Melissa Foster

Von der Liebe erobert

Die Autorin

Melissa Foster ist eine preisgekrönte *New-York-Times-* und *USA-Today*-Bestsellerautorin. Ihre Bücher werden vom *USA-Today-Bücherblog*, vom *Hagerstown Magazin*, von *The Patriot* und vielen anderen Printmedien empfohlen. Melissa hat mehrere Wandgemälde für das *Hospital for Sick Children*, eine Kinderklinik in Washington, D. C., gemalt.

Besuchen Sie Melissa auf ihrer Website oder chatten Sie mit ihr in den sozialen Netzwerken. Sie diskutiert gern mit Lesezirkeln und Bücherclubs über ihre Romane und freut sich über Einladungen. Melissas Bücher sind bei den meisten Online-Buchhändlern als Taschenbuch und E-Book erhältlich.

www.MelissaFoster.com

Melissa Foster

Von der Liebe erobert

Die Ryders

Love in Bloom – Herzen im Aufbruch

Aus dem Amerikanischen von Anne Sommerfeld

*Für mein fantastisches Fanclub-Mitglied Christine Dyc
Weil ich dich in Dukes Buch niemals unerwähnt lassen könnte,
ohne es zu bereuen.*

Vorwort

Dukes und Gabriellas Geschichte zu schreiben, hat riesig Spaß gemacht! Duke begleitet mich schon durch einige Serien, und ich bin sehr froh darüber, dass ich ihm endlich sein eigenes Happy End verschaffen konnte. Bei Gabriella wusste ich sofort, dass sie es ihm nicht gerade leicht machen würde. Ich hoffe sehr, dass Ihnen das Abenteuer der beiden auch so gut gefällt wie mir. Elpitha Island ist übrigens nicht echt, sondern eine fiktive Insel, ganz allein für Duke und Gabriella. Die Bücher aus meiner Reihe »Love in Bloom – Herzen im Aufbruch« können alle unabhängig voneinander gelesen werden, also tauchen Sie einfach ein in diese humorvolle, sexy Liebesgeschichte.

Um immer über Neuerscheinungen und Bonusmaterial auf dem Laufenden zu bleiben, abonnieren Sie am besten meinen Newsletter.
www.MelissaFoster.com/Newsletter_German

Die Reihe »Love in Bloom – Herzen im Aufbruch«

Die Serie *Die Ryders* ist nur eine der vielen Serien aus der weitverzweigten Reihe »Love in Bloom – Herzen im Aufbruch«.

Sie werden den Figuren aus jeder Geschichte immer wieder begegnen, sodass Sie keine Verlobung, Hochzeit oder Geburt verpassen. Eine vollständige Liste aller Serientitel sowie eine Vorschau auf den nächsten Band finden Sie am Ende dieses Buches und auf meiner Website:
MelissaFoster.com/Herzen-im-Aufbruch

Besuchen Sie auch meine Seite mit »Reader Goodies«! Dort finden Sie Serienübersichten, Checklisten, Stammbäume und einiges mehr:
www.MelissaFoster.com/Checklisten_und_Stammbaume

Eins

Duke Ryder klemmte sich das Handy zwischen Ohr und Schulter, ging über den klapprigen hölzernen Steg zu dem weißen Sandstrand und lauschte seinem Kumpel und Investmentpartner Pierce Braden, der von ihrem neuesten Anlageobjekt sprach.

»Der Steg ist möglicherweise das Stabilste auf der ganzen Insel«, sagte Pierce gerade. »Genieß die Sonne und den Sand, solange du da bist. Sie sind der beste Teil von Elpitha Island.«

Duke fielen sofort die ausladenden Eichen auf, von denen er schon gelesen hatte. Wie Wachtposten säumten sie die bewaldeten Ländereien dahinter. Ihre langen, dicken Äste waren mit Moos bewachsen und sahen aus wie träge Arme, die sich ausstreckten. Aber nach was? Ein schneller Blick rundum verriet ihm, dass es nicht viel gab, bis auf ein Gebäude, das eher wie eine vergessene mediterrane Villa wirkte als wie das Besucherzentrum der kleinen Südstaaten-Insel. Eine breite Veranda mit steinernen Säulen zog sich über die gesamte linke Seite des Gebäudes aus Stein und Holz. Ein Spalier, an dem ganz bezaubernde Blumen rankten, spendete dem Bereich Schatten. Obwohl das Gebäude selbst renovierungsbedürftig war, wurde es von einem perfekt gepflegten Ziergarten eingefasst, der einen starken Kontrast zu den wuchernden und struppigen Büschen weiter hinten auf dem Grundstück bildete.

»Die Entfernung zum Festland ist nicht schlecht«, sagte Duke zu Pierce. Er stellte seinen Koffer in den Sand und schaute auf den Atlantik. »Ich habe nur eine Stunde fünfzehn bis hierher gebraucht.« Elpitha war die kleinste der Ferieninseln vor der Küste von South Carolina und mehr als die Hälfte des Landes gehörte seit Jahrhunderten der Familie Liakos. Sie war nur knapp einundzwanzig Quadratkilometer groß, und nicht viele Investoren wollten so wenig Land oder sich mit einer Familie herumschlagen, die so verwurzelt war, wie es die Liakos' zu sein schienen. Andere Familien mochten durchaus Verrat an ihren Idealen begehen und verkaufen, doch Familien wie diese wehrten sich mit Zähnen und Klauen gegen Veränderungen, was auf einer so kleinen Insel zu Streit führen konnte. Duke und Pierce hatten sich davon nicht beirren lassen. Die begrenzte Größe des Objekts würde letztlich den Wert nur erhöhen und die Insel zu einem exklusiven Urlaubsort für die Elite machen.

»Jetzt, wo Hilton Head und die anderen Inseln so überrannt sind«, fuhr Pierce fort, »ist Elpitha einfach reif für die Erschließung. Wobei wir noch eine Lösung für den Namen finden müssen. Wer will schon auf eine Insel namens Elpitha? Klingt eher nach einer Krankheit als nach einer Insel.«

Duke kniff die Augen gegen das grelle Sonnenlicht zusammen und lockerte seine Krawatte. »Ich weiß nicht. Mir gefällt er irgendwie.« In der Ferne hinter den Bäumen entdeckte er ein Haus im Plantagen-Stil. »Dass es hier wirkt wie eine Mischung aus mediterranen und Südstaaten-Einflüssen, war nicht übertrieben. Das könnte interessant werden.« Duke wusste bereits ein wenig über die Geschichte der Insel. Zwar verstand er immer noch nicht, warum Griechen in die US-Südstaaten auswanderten und versuchten, die Atmosphäre ihrer Heimat nachzubilden, doch es war auch nicht wirklich wichtig. Falls Pierce und er entschieden, das Land zu kaufen, würden sie sowieso alle Gebäude abreißen und der Insel eine Generalüberholung im Stile der Südstaaten verpassen, um sie zum begehrenswertesten Urlaubsziel im Süden zu machen.

»Chuck hat vorhin angerufen und erzählt, dass Liakos' Enkelin Gabriella Anwältin ist«, erklärte Pierce. »Er glaubt, dass sie sie heranziehen werden. Offensichtlich sind die Familienbande sehr eng. Sei also nett, wenn du sie triffst.«

Das hohle Klacken einer sich schließenden Fliegengittertür erregte Dukes Aufmerksamkeit. Eine Frau stand auf der Veranda des alten Hauses und schirmte mit einer Hand ihre Augen von der Sonne ab, während sie aufs Meer hinausblickte. Die langen dunklen Haare reichten bis zur Hälfte ihres Rückens. Duke war zu weit weg, um ihr Gesicht zu erkennen, aber ihr kurviger Hintern und die vollen Brüste waren nicht zu übersehen, ganz zu schweigen von ihren scheinbar endlos langen Beinen in dem kurzen Sommerkleid. Duke betrachtete sie interessiert, während Pierce ihm die neuesten Informationen der Anwälte und Ingenieure erläuterte.

Die Frau warf einen Blick auf ihre Uhr, ehe sie die Hand auf die Hüfte stützte. Aus dem Gebäude erklang eine Stimme und die hübsche Frau eilte wieder hinein.

»Ich habe soeben Lebenszeichen entdeckt.« Er betrat den Sandweg. »Ich rufe dich an, sobald ich mehr Einzelheiten herausgefunden habe.«

Auf dem Weg zum Haus verloren seine schwarzen Lederschuhe durch den Staub schnell ihren Glanz. Stimmen drangen aus den offenen Fenstern, als er die Treppe hinaufging. Er warf einen Blick durch die Fliegengittertür und entdeckte die

Brünette, die er gerade gesehen hatte. Sie hatte ihm den Rücken zugewandt, während sie lautstark auf Griechisch sprach und mit den Händen wedelte, während ihre entnervte Stimme immer höher wurde.

Ein beleibter Mann mit grau melierten Haaren saß an einem Tisch neben der Anrichte. Belustigung funkelte in seinen Augen, während die Brünette sich vor einer älteren Frau weiter ausließ. Der Mann sagte etwas, was Duke nicht hören konnte.

»Aah! Baba!« Die junge Frau warf die Hände in die Luft und rauschte durch die Fliegengittertür, die Duke beinahe ins Gesicht schlug.

Er taumelte zurück und machte einen Bogen um die wütende Frau, die über die Veranda stapfte. Sie murmelte etwas auf Griechisch, verschränkte die Arme, hob die Schultern und ließ sie laut schnaubend wieder sinken. Duke nahm unwillkürlich die Röte auf ihren glatten, sonnengeküssten Wangen wahr. Ihre Nase war klein und gerade und ihre mandelförmigen, dunklen – und gerade vor Wut blitzenden – Augen wurden von langen Wimpern umrahmt.

Da Duke mit einer jüngeren Schwester aufgewachsen war, machte er sich nicht sofort bemerkbar, denn er wollte nicht zum Ziel ihrer Verärgerung werden.

Sie atmete tief ein, sodass sich ihre Brüste hoben und gegen den zarten Stoff drückten, dann senkten sie sich wieder, als sie seufzend ausatmete. Ihre Schultern sackten nach unten und der angespannte Zug um ihren Mund löste sich. Mit einem atemberaubenden Lächeln auf ihren vollen Lippen wandte sie sich an Duke, als wäre sie nicht gerade aus einem Feuersturm gekommen.

»Mein Vater denkt, dass ich immer etwas anderes höre, egal, was er sagt.« Sie legte nachdenklich den Kopf schräg und im

Bruchteil einer Sekunde trat etwas Widerspenstiges in ihren Blick, was sie noch attraktiver machte. »Dabei sind Zuhören und Zustimmen einfach zwei Paar Schuhe.«

Was ihr Vater wohl gerade gesagt hatte, dass sie so fuchsteufelswild war? Jedenfalls fand er sie so in Rage völlig unangebrachterweise aufregend und sexy. Himmel noch mal, er musste sich einkriegen.

»Ich bin Gabriella Liakos. Willkommen auf Elpitha Island.«

Die Enkelin? Es würde kein Problem sein, zu dieser temperamentvollen Schönheit nett zu sein. Duke schüttelte ihr die Hand und hielt sie etwas länger fest, als er es wahrscheinlich sollte. Er war noch immer von dem Wirbelsturm aus Energie gefesselt, der sie umgab. »Duke Ryder. Freut mich, Sie kennenzulernen. Ich wollte nicht stören.«

»Auf Elpitha stört niemand«, erwiderte sie herzlich.

Duke richtete den Blick auf die Fliegengittertür und sie lachte leise. Es war eine seltene Art von Lachen, das schwebte wie ein Lufthauch und nicht leicht zu vergessen war.

»Wir sind Griechen«, sagte sie schulterzuckend, als würde das alles erklären.

Er hob eine Braue.

»Wenn man einen griechischen Vater mit einer Mutter aus den Südstaaten kombiniert, die sich die besten griechischen Eigenarten angeeignet hat, kommt das dabei heraus. Essen, Geschrei, Vorwürfe, mehr Essen. Wunderbare Liebe. Verrückte Liebe. Noch mehr Essen. So sind wir eben.« Sie musterte ihn von seinem Anzug bis zu seinen Schuhen, stemmte wie vorhin eine Hand in die Hüfte und tippte sich mit einem Finger an die Lippen.

Duke hätte nichts dagegen, seinen Mund für etwas *verrückte Liebe* auf diese vollen Lippen zu drücken.

»Sie sind der Investor, der sich unsere Insel ansieht, damit er sich die Taschen vollstopfen kann, richtig?«

Er konnte nicht beurteilen, ob der Ausdruck in ihren Augen neckend oder ernst war, aber ihre scharfe Zunge weckte sein Interesse nur weiter. Duke respektierte selbstbewusstes Auftreten, und auch wenn das nicht die Begrüßung war, auf die er gehofft hatte, gefiel es ihm, dass sich Gabriella nicht die Butter vom Brot nehmen ließ.

»So was in der Art«, antwortete er lässig.

Als Immobilieninvestor wusste Duke, dass seine Kunden verletzlich waren und häufig ein Angebot annahmen, das ihnen nicht wirklich gefiel. Denn wenn es so weit war, dass er hereinschneite, um die Kuh vom Eis zu bringen, hatten sie schon eine ordentliche Kostprobe von Versagen bekommen. Das war immer eine bittere Pille. Deshalb machte es Duke nichts aus, dass Gabriella ihm mit solcher Skepsis begegnete. Während andere Investoren kaltherzige Haie waren, hatte Duke es nie geschafft, das Blut in seinen Adern durch Eis zu ersetzen. Aber er erreichte dennoch immer, was er wollte.

Ihr Blick glitt zum Wasser, wo sich ein weiteres Boot dem Steg näherte, und ihr Lächeln wurde wieder aufrichtig, als ihr eine Handvoll Kinder vom Boot aus zuwinkte. Sie winkte mit beiden Armen zurück und rief etwas auf Griechisch, ehe sie die Hände in die Hüften stemmte und beobachtete, wie die Kinder vom Boot strömten.

»Es war schön, Sie kennenzulernen, Gabriella«, sagte Duke und hoffte, sie später wiederzusehen. Auf der Insel lebten nur etwas mehr als zweihundertfünfzig Menschen, weshalb es schwer vorstellbar war, den Leuten während seines Aufenthalts nicht mehrmals zu begegnen. »Ich gehe dann mal rein und frage nach meinem Zimmer und der Inseltour.«

»Sie haben Glück«, erwiderte sie und sah ihn fest an. »Ich bin Ihre Tour-Leiterin.« Ohne eine Antwort abzuwarten, öffnete sie die Tür und rief etwas auf Griechisch hinein. Mit einem Blick über die Schulter sagte sie zu Duke: »Ich hole schnell die Schlüssel und einen Wagen. Anschließend führe ich Sie herum und bringe Sie zu Ihrer Unterkunft.«

Es dauerte einen Moment, bis er sich daran erinnerte, dass hier auf der Insel Golfwagen oder Fahrräder zur Fortbewegung dienten. Autos waren verboten.

Sie eilte ins Haus, direkt zu ihrem *Baba* – jetzt wusste Duke, dass es wohl ihr Vater sein musste – und sagte etwas zu ihm, das ihn zum Lachen brachte. Als sie sich vorbeugte, um ihrem Vater einen Kuss zu geben und ihn zu umarmen, rutschte ihr Kleid hoch, wodurch die Rückseite ihrer Oberschenkel entblößt wurde und sich der Stoff an ihren Hintern schmiegte. Duke versuchte, den Anblick zu ignorieren. Sie nahm hinter dem Empfangstresen einen kleinen Schlüsselbund vom Haken und legte dann der Frau, mit der sie vorhin gesprochen hatte, einen Arm um die Schultern.

»Mama«, sagte Gabriella zu der Frau. Die Haare ihrer Mutter waren einen Hauch heller als ihre eigenen. »Bring ihn bitte zur Vernunft, ja?« Sie flüsterte noch etwas, ehe sie auch ihr einen Kuss gab.

Die Frau wischte sich die Hände an der Schürze ab und lächelte Duke an, als sie seinen Blick bemerkte. »Willkommen auf unserer Insel. Ich bin Peggy Ann und das ist mein Mann Niko.«

Ihr warmer Südstaatenakzent überraschte Duke, nachdem er sie in fließendem Griechisch hatte reden hören, und gleichzeitig wurde ihm klar, wie unsinnig das war. Schließlich waren sie hier im Süden.

Er trat ein. »Es ist mir eine Freude, hier zu sein und Sie beide kennenzulernen.«

Gabriellas Vater nickte. »Nett, Sie kennenzulernen, Mr. Ryder.«

»Ich warte draußen auf Sie«, sagte Gabriella, nahm einen großen Korb von der Anrichte und verschwand durch eine Tür im hinteren Bereich des Raums.

Als er auf die Veranda trat, hatte Duke das Gefühl, dass Pierce mit seiner Annahme, der Sand und die Sonne wären das Beste an der Insel, falsch lag. Sie waren nichts im Vergleich zu der faszinierenden Frau, die gerade durch die Hintertür geschlüpft war.

Zwei

Gabriella war erst seit ein paar Tagen zurück auf der Insel, hatte sich aber sofort wieder eingelebt. Witzig, wie schnell das jedes Mal passierte, wenn sie nach Hause kam. Sie war freudig in ihre alten Gewohnheiten zurückgefallen, stand früh auf, um den Sonnenaufgang über dem Meer zu sehen, kochte mit ihrer Familie, trank mehr Wein, als sie sollte, und half mit ihren Nichten und Neffen und überall sonst aus, wo ihre Familie sie brauchte. Sie war hier so glücklich, dass sie dringend eine Erinnerung brauchte, warum sie überhaupt ihre Zeit damit verschwendete, beim Verkauf der Insel zu helfen. Daher rief sie spontan ihre enge Freundin und Assistentin Addison Dahl an, die in New York City die Stellung hielt.

»Du tust das Richtige«, versicherte Addy ihr.

»Wirklich, Addy? Oder trage ich dazu bei, das Vermächtnis meiner Familie zu zerstören?«

»Hör mir zu, Gab. Du schlägst dich ständig mit Arschlöchern rum. Mit Männern und Frauen, die sich einen Dreck dafür interessieren, dass sie ihre Familien auseinanderreißen, weil sie jemand Jüngeren oder Süßeren gefunden haben, der ihre Bedürfnisse stillt«, erinnerte Addy sie. »Du tust es, weil du musst. Sieh dich genau um.«

Gabriella betrachtete die Risse im Fundament des Gebäudes, die fehlenden Ziegel auf dem Dach, und als sie die Straße entlangblickte, entdeckte sie genau dasselbe. Selbst aus der Ferne konnte sie kaputte Fenster und die Baufälligkeit der Läden auf der Hauptstraße erkennen. Die Hälfte dieser Geschäfte war schon seit Jahren geschlossen. Die andere Hälfte kämpfte um das Überleben. Es war an der Zeit für eine Veränderung, doch die Leute, die hier lebten, lagen ihr sehr am Herzen, und sie fürchtete sich vor dem, was ein Investor mit der Insel machen würde. Würden sie Elpitha Island in eine Hochhaus-Metropole verwandeln? Würden sie die ungezwungene Atmosphäre und das starke Gemeinschaftsgefühl zerstören? Würden sie die Mieten so hochtreiben, dass Ladenbesitzer ihre Geschäfte schließen mussten? Gabriella war hier aufgewachsen, hatte am Leben dieser Menschen teilgenommen und jede Gelegenheit für Besuche genutzt, seit sie die Insel fürs Studium verlassen hatte. Die Anwohner waren mehr als ein Mischmasch aus Kulturen und Persönlichkeiten. Sie waren Familie. Die Gebäude waren vielleicht baufällig, aber die Menschen darin? Sie waren so unversehrt wie eh und je.

»Oh, Addy«, sagte Gabriella. »Ich weiß, dass du recht hast. Es ist das Richtige, hier zu sein, den potenziellen Käufer herumzuführen und ihm die Insel schmackhaft zu machen. Außerdem hätte ich es Großvater auch nicht abschlagen können, als er mich gebeten hat, mich darum zu kümmern. Und wenn er das Resort und seine Liegenschaften aufgibt, was dann? Das alles war schon immer sein Leben und sein Zuhause. Seine Familie ist hierher ausgewandert, als mein Ururgroßvater jünger war als ich.«

Gabriella wusste, dass sich ihr Leben um Welten von dem ihrer Vorfahren in ihrem Alter unterschied. Viele ihrer männlichen Ahnen waren Schiffskapitäne gewesen oder hatten in irgendeiner Weise in Griechenland mit dem Meer zu tun gehabt. Die Idee, hierher auszuwandern, um eine Reederei zu gründen, was ihnen nie gelungen war, war aus ihren Hoffnungen und Träumen auf eine bessere Zukunft geboren worden. Sie hatte nie aus den Augen verloren, was ihre Familie in die Staaten verschlagen hatte, oder wie viel Entschlossenheit und Mut es gekostet hatte, dorthin zu gelangen, und sie betrachtete die Widerstandsfähigkeit ihrer Familie nicht als so selbstverständlich, wie viele andere Menschen es taten. Die Insel zu verkaufen fühlte sich an, als würde sie alles zunichtemachen, worauf ihre Familie je hingearbeitet hatte.

»*Was dann?*«, wiederholte Addy. Seit vier Jahren war sie Gabriellas Assistentin und konnte ihr ebenso gut die Meinung sagen, wie sie ihr den Rücken stärkte. »Bei dir klingt es, als würde dein Großvater in Zukunft irgendwo in einer kleinen Wohnung versauern. Ich dachte, du wolltest den Investor irgendwie geschickt davon überzeugen, die Insel nicht nur zu kaufen, sondern deinen Großvater auf irgendeine Art und Weise miteinzubeziehen. Hast du es dir anders überlegt?«

»Nein«, erwiderte Gabriella hastig. »Natürlich nicht, ich bin nur nicht sicher, ob ich etwas aushandeln kann. Dafür bin ich nicht hier. Ich hoffe es, aber …« Sie hatte in ihrem Leben auf eine Menge gehofft, und sie wusste aus Erfahrung, dass Hoffnung allein einen nicht weit brachte. Was sie Addy verschwieg, war, dass sie nicht wirklich wollte, dass ihr Großvater das Resort oder überhaupt einen Teil von seinem Besitz verkaufte, obwohl sie sich der Tatsache bewusst war, dass er *irgendetwas* tun musste. Sie hoffte verzweifelt darauf, die Dinge würden sich irgendwie zum Guten wenden.

»Tja«, sagte Addy, »immerhin lenkt es dich von der Schlichtung in der Sache McGrady ab.«

Sie arbeiteten seit Monaten an der McGrady-Scheidung. Mr. McGradys Anwalt war ein schleimiger Mistkerl, und Mr. McGrady selbst ein prominenter, betrügerischer Ehemann mit selbstgefälliger Einstellung und zahllosen Vermögenswerten, die bei der Scheidung auf dem Spiel standen. Gabriella machte sich keine großen Hoffnungen, dass irgendjemand zu ihm durchdringen würde, aber eine Schlichtung war ein notwendiger Schritt im ganzen Prozess. Nicht zum ersten Mal fragte sie sich, wie sie in ein so unschönes Feld gerutscht war. Sie hatte dafür sorgen wollen, dass es Kindern während einer stressigen Scheidung gut ging, und Familien bei Adoptionen und Leihmutterschaften helfen wollen. Leider hatte sie schnell herausgefunden, dass Kinder in zu vielen Fällen als Schachfiguren missbraucht wurden.

»Uff, erinner mich nicht daran. Hoffentlich kann ich sie ein paar Tage vergessen.«

»Mist, jetzt habe ich dich an etwas Schreckliches denken lassen, obwohl ich dich doch aufmuntern sollte. Entschuldige.«

»Hey, das ist mein Leben, oder?« Gabriella stellte sich vor, wie Addy ihre großen, grünbraunen Augen verengte und in Gedanken alle Möglichkeiten durchging, wie sie Gabriellas Laune heben konnte. Addy war gut darin, wie ein Sonnenstrahl, wenn die Arschlöcher der Scheidungswelt auf Gabriella einprasselten.

»Nur ein *Teil* deines Lebens«, korrigierte Addy sie. »Amüsier dich mit deiner Familie. Und denk dran, Gab, dein Großvater hat dich gebeten, dich um alles zu kümmern, weil er weiß, wie sehr du die Insel liebst und dass du eine unglaubliche Geschäftsfrau bist, also schnapp sie dir.«

Nach dem Telefonat versuchte Gabriella, den wiederkehrenden, kindischen Gedanken aufzuhalten, der sich in ihren Kopf schleichen wollte, doch es war zwecklos. Sie hatte den Schmerz nie wirklich abgelegt. *Wenn ich die Beste bin, die es gibt, warum hat er dann nicht darum gekämpft, mich auf der Insel zu halten?*

Warum bat ihr Großvater nicht seinen Anwalt, seinen Immobilienmakler oder ein anderes Familienmitglied, das noch auf der Insel lebte, den Investor herumzuführen? Aber in ihrer Familie ging der Respekt vor den Älteren über alles und sie würde seinem Wunsch aus Respekt und Liebe nachkommen.

Gabriella stellte den Korb mit dem Brot, das sie für ihren Großvater gebacken hatte, auf den Sitz neben sich und ließ den Golfwagen an, während sie an den übertrieben steifen Festländer dachte, der auf sie wartete. Er war groß, mindestens dreißig Zentimeter größer als ihre eins sechzig, und umwerfend gut aussehend, jedenfalls für städtische Verhältnisse. Wahrscheinlich hatte er nachgelesen, wie lange er die sexy Stoppeln auf seinen gemeißelten Wangen und dem markanten Kinn für ein perfektes Ergebnis wachsen lassen musste. *Und diese Augen.* Er hatte warme, dunkle Augen, die einer Frau das Gefühl vermittelten, das Einzige zu sein, was er sah.

Sie kannte seinen Typ ganz genau. Männer wie ihn hatte sie vor dem Scheidungsgericht reihenweise fertiggemacht. Wahrscheinlich hatte er mindestens eine Ex-Frau und dazu noch andere Leichen im Keller, von denen sie nichts wissen wollte. Auf der Fahrt dachte sie darüber nach, wie leicht der Unterschied zwischen einem Stadtmenschen und einem Inselbewohner zu erkennen war. Sicher, Stadtleute wie Duke stellten sich mit freundlichen Worten und Handschlag vor, als wären sie so unbeschwert wie eine Sommerbrise. Aber es dauerte nie lange, bis das unzuverlässige Internet, die Hitze, der Sand, das frühmorgendliche Vogelgezwitscher oder irgendetwas anderes, was Gabriella an der Insel liebte, die Arroganz und Überheblichkeit ans Licht brachten, die gerissenen Geschäftsmännern wie Schatten folgten.

Sie umrundete das Gebäude und war überrascht, dass Duke auf der Treppe neben ihrer zwölfjährigen Nichte Vivi und einigen von Gabriellas anderen Nichten und Neffen und deren Freunden saß, die gerade von der Schule auf dem Festland zurückgekommen waren.

Es gab nur eine Schule auf der Insel, mit zwei Räumen, in denen mehrere Klassenstufen gemeinsam unterrichtet wurden. Die Kids der sechsten bis zwölften Stufe wurden mit der Fähre zum Festland gebracht und dort von einem Schulbus aufgesammelt, um die Middle- und High-School zu besuchen. Gabriella hatte diese Stunden abseits der Insel verflucht, und als ihre Eltern darauf bestanden hatten, dass sie aufs College ging, hatte sie das sogar noch mehr gehasst. Ihr hatte die Selbstsüchtigkeit nie gefallen, die Stadtmenschen wie eine zweite Haut anhaftete, oder dass sie nie lang genug innehielten, um die wunderbare Welt zu genießen, auf der sie lebten. Sie zerstörten sie mit ihrem CO_2-Abdruck und raubten dem Land die Bäume und das Grün. Ganz zu schweigen davon, dass so viele Menschen Familie für selbstverständlich hielten und stattdessen die Arbeit über alles andere stellten.

»Haben Sie noch mehr Fotos von Ihrer Schwester? Sie ist so hübsch.« Vivis dunkle Augen waren geweitet und schimmerten aufgeregt, als sie Gabriella zuwinkte. »*Thea*, seine Schwester ist Schauspielerin!«

War ja klar. Bilder von spindeldürren, überheblichen Frauen schossen ihr durch den Kopf, und sie fragte sich, wie sehr diese Einstellung in seiner Familie lag. Duke war gerissener, als sie ihm zugetraut hatte. Er versuchte, auch die Kids für sich zu gewinnen. Für ihre Nichte zwang sie sich zu einem Lächeln.

»Wie aufregend.« Sie wusste, dass Vivi, wie viele ihrer jüngeren Verwandten, auf eine Weise vom Leben auf dem Festland fasziniert war, wie Gabriella es nie gewesen war, und danach strebte, die Insel zu verlassen.

Gabriella und andere Verwandte in ihrem Alter waren liebevoll gezwungen worden, die Insel nach dem Collegeabschluss zu verlassen, um ein *Leben zu haben*. Darüber konnte sie jetzt nicht nachdenken, nicht, wenn sie eine Tour vor sich hatte.

Duke schenkte ihr ein Lächeln, das sie fast in die Knie zwang, und mit Sicherheit hatte ihn das mit seinen attraktiv zerzausten, dunkelblonden Haaren schon in so manches Bett gezaubert. Gegen ihren Willen konnte sie sich genau vorstellen, wie das ablief. Obwohl Ehen auf der Insel nicht nur zu halten, sondern geradezu aufzublühen schienen, kämpfte Gabriella als Familienrechtsanwältin täglich für ihre Klienten mit dem Schmerz, der mit einer Scheidung einherging. Sie datete nicht oft, und es war lange her, seit jemand mit ihr geflirtet hatte. Offensichtlich sehnte sich ihr Körper ein wenig danach, denn er wurde zum Verräter an ihrer Vernunft und genoss die Aufmerksamkeit.

Prima, Gab. Er flirtet nicht mal. Er lächelt einfach nur.

Duke richtete seine Aufmerksamkeit wieder auf die Kids. »Meine Schwester ist nicht annähernd so hübsch wie du.« Er tippte Vivi auf die Nase, was ihm ein weiteres Grinsen einbrachte. Gabriella wunderte sich über seinen lockeren Umgang mit den Kindern, denn das war das komplette Gegenteil dessen, was sie erwartet hatte.

»Ich denke, es ist an der Zeit, dass ich eine Tour über die Insel mache, aber es war schön, euch kennenzulernen.« Duke wandte sich mit ernster Stimme an Gabriellas Neffen David. »Hey, Kumpel. Es erfordert wahre Größe, Beschimpfungen gelassen hinzunehmen, anstatt sie zu erwidern. Denk darüber nach. Versuch es beim nächsten Mal vielleicht.«

David sah zu Gabriella. Seine dunklen Haare waren dicht und zerzaust und er flehte sie mit seinem Blick um Nachsicht an. Was Duke wohl gehört hatte? Wenn David in der Schule in Schwierigkeiten geraten war, hatten sich die Kids wahrscheinlich darüber unterhalten. In ihrer weitläufigen Großfamilie gab es keine Geheimnisse. Auch wenn sie David sagen wollte, dass alles gut werden würde, egal, was in der Schule passiert war, wusste sie, dass sie es nicht tun sollte. Ihre Familie war der Überzeugung, dass man zu seinen Fehlern stand und ihnen geradewegs entgegentrat. Man versteckte sich nicht vor ihnen oder tat, als wäre etwas nicht passiert. Obwohl ihr der Ausdruck auf dem Gesicht ihres Neffen verriet, dass er genau das gern tun würde.

Sie richtete ihre Aufmerksamkeit auf ihn und sprach auf Griechisch, um ihn vor Duke nicht in Verlegenheit zu bringen. »Wird deine Mutter wieder einen Anruf vom Schuldirektor erhalten?«

David zuckte mit den Schultern.

»Du willst die Suppe nicht auslöffeln, die du dir eingebrockt hast? *Tss.* So läuft das nicht. Geh und erzähl deiner Mutter, was passiert ist.« Gabriella nahm den Korb mit Brot in die Hand, den sie auf dem Beifahrersitz abgestellt hatte. Sie staunte darüber, wie leicht ihr die Worte über die Lippen gingen, die ihr Vater Hunderte Male gesagt hatte. *Siehst du, Baba? Ich höre zu.*

»Begleitet ihr uns auf der Tour?«, fragte Duke Vivi und David.

»Ich kann nicht, trotzdem danke«, erwiderte David.

Vivis dunkle Augen weiteten sich. »Darf ich, *thea*?«

»Auf jeden Fall. Wir sagen nur schnell deiner Mama Bescheid.« Gabriella war erleichtert. Vivi würde sie wunderbar von Mr. Ich-will-die-Insel-ruinieren ablenken. Sie verabschiedete sich von den anderen Kindern und beobachtete, wie sie in Richtung Stadt liefen. Nicht zum ersten Mal schwelgte sie in dem Kontrast zwischen der Sicherheit der Insel und der Stadt, die sie nun ihr Zuhause nannte.

Ihr Großvater sprach schon seit Jahren davon zu verkaufen, doch Gabriella hatte nicht eine Minute geglaubt, dass er es wirklich durchziehen würde, trotz der verminderten Wirtschaftskraft der Insel. Aber sie würde es nicht dem Zufall überlassen. Oh ja, sie würde Duke eine Tour geben. Sie würde dafür sorgen, dass er die *ganze* Insel erlebte, von der glühenden Hitze der Nachmittagssonne bis hin zum Sand, der seine teuren Schuhe und Hosen ruinieren würde. Dazu noch ein paar übertrieben gesprächige Anwohner, die ihn zu Tode langweilten, und er war sicher bis Sonnenuntergang verschwunden.

Duke nahm Vivi den Rucksack ab und deutete auf den Beifahrersitz. »Die Ladys dürfen vorne sitzen.«

Kichernd kletterte Vivi in den Golfwagen und nahm den Korb entgegen, während Gabriella ihre Überraschung verbarg. Die meisten Männer wie er, makellos gekleidet und mit einem Koffer, der wahrscheinlich mehr als dieser Golfwagen kostete, würden vorne sitzen wollen, mit Abstand zu der Staubwolke, die sie aufwirbelten.

»Thea?«, fragte er.

»Es bedeutet Tante. Ich bin nicht wirklich ihre Tante. Sie ist die Tochter meiner Cousine. In meiner Familie nennen wir Cousins und Cousinen, die deutlich jünger sind als wir selbst,

Nichten und Neffen. Ich weiß, es ist seltsam, aber so hat meine Familie es schon immer gemacht.«

»Mir gefällt es.« Er deutete mit dem Kopf auf den Korb. »Eine Tour und ein Snack? Wir können uns wohl glücklich schätzen, Vivi.«

Vivi lachte. »Das ist für *papou*. *Thea* macht das beste Brot der ganzen Insel.«

Ihr Großvater war in den Achtzigern und da ihm der Großteil von Elpitha gehörte, war er der Mann, der ihr wundervolles Inselleben möglich machte.

Gabriella beantwortete die unausgesprochene Frage in Dukes Augen. »*Papou* bedeutet Großvater. Wir nutzen keine genauen Bezeichnungen wie Urgroßvater oder Cousin ersten Grades.« In ihrer Familie gab es keine Abgrenzungen der Abstammungslinien und diese griechische Tradition erstreckte sich auch auf den mütterlichen Zweig ihrer Verwandten. Ein Cousin zweiten Grades oder eine Großtante waren einfach nur *Cousin* oder *Tante*.

Duke nickte. Er ging zum hinteren Teil des Golfwagens, stellte seinen Koffer auf einen der Sitze und sagte: »*Papou*.«

Sein Interesse an ihrer Sprache faszinierte sie. Die meisten Besucher fragten nicht einmal.

Vivi nahm die Abdeckung vom Korb, sah Gabriella flehend an und fragte auf Griechisch: »Darf ich teilen?«

Gabriella wurde weich, wenn es um ihre Nichten und Neffen ging. So gern sie Vivi auch sagen wollte, dass sie das Brot ihres Großvaters nicht mit Duke teilen konnte, nur um den Typen auszuschließen, der die Insel kaufen wollte, würde sie Vivis Großzügigkeit niemals unterdrücken.

»Du darfst«, antwortete sie.

Duke fing Gabriellas Blick auf, als er das Brot annahm, das

Vivi ihm anbot. Ein nervöses Flattern breitete sich überraschenderweise in ihrem Bauch aus und sie konzentrierte sich schnell wieder aufs Fahren. Hoffentlich mochte er das Brot, das sie gebacken hatte.

Sie ächzte innerlich. *Warum ist das wichtig?*

Duke hatte eine Menge Bilder von der Insel gesehen, doch als sie über die Sandstraßen fuhren, auf die große, moosbewachsene Bäume ihre Schatten warfen, glaubte er, noch nie einen so ruhigen Ort gesehen zu haben. Auf dem Weg zur Siedlung wurde der Blick aufs Meer von üppigem Grün abgelöst, so weit das Auge reichte. Sie kamen an Häusern vorbei, die sich zwischen die Bäume schmiegten. Einige hatten große Gartenflächen, während andere zwischen den Stämmen kaum sichtbar waren.

Es war seltsam, unter den mediterranen Villen auch Cottages, vornehme Häuser im Südstaaten-Stil und Häuser im Queen-Anne-Stil zu sehen. Das Einzige, was die Häuser miteinander zu verbinden schien, waren bunte Fensterläden, die jedem einzelnen Gebäude eine eigene Persönlichkeit verliehen.

Gabriella fuhr über eine lange Einfahrt und hielt vor einer kastenförmigen, weißen Villa mit leuchtend blauen Fensterläden.

»Dauert nur einen Moment«, sagte sie, als sie und Vivi ausstiegen.

Duke trug den Rucksack, denn Vivi rannte bereits ins Haus.

»Sie scheint ein süßes Kind zu sein.« Er folgte ihr den Weg hinauf.

»Ist sie.« Gabriella griff nach dem Rucksack.

»Schon okay. Ich nehme ihn. Oder soll ich lieber im Wagen warten?«

Verwirrung zeigte sich in ihren Augen, ebenso hinreißend wie vorhin, als sie ihn mit den Kids gesehen hatte. »Sie *wollen* reingehen? Die meisten Leute würde diese Unannehmlichkeit stören.«

»Unannehmlichkeit? Wenn hier jemand Unannehmlichkeiten bereitet, dann ich.« Er legte ihr eine Hand auf den Rücken und spürte, wie sie sich unter seiner Berührung versteifte.

»Tut mir leid.« Er zog seine Hand zurück. »Ich wollte nicht aufdringlich sein. Ist eine Angewohnheit. Die ist wohl hängen geblieben, weil ich das bei meiner Mom oder Schwester immer so mache.«

Bevor sie antworten konnte, flog die Haustür auf und eine hochschwangere Frau, die ein kleines Mädchen mit dunklen, lockigen Haaren auf dem Arm trug, lief über den Rasen auf sie zu. Die Frau hatte ihre Haare zu einem unordentlichen Knoten gebunden und sprach laut und schnell auf Griechisch. Sie gestikulierte wild mit einer Hand, umarmte Gabriella, küsste ihre Wangen und stemmte dann die Hand in die Hüfte und musterte Duke eindringlich.

Er wartete darauf, dass sie etwas sagte, was er verstehen würde, doch sie sprach weiter wie ein Wasserfall auf Griechisch. Angesichts ihres eindringlichen Blicks und der leichten Röte, die sich auf Gabriellas Wangen ausbreitete, vermutete er, dass sie über sein Aussehen sprach. Duke wusste, dass er mit seinen über eins neunzig stattlich wirkte, vor allem gegenüber zierlichen Frauen wie diesen beiden, die gerade mal eins sechzig groß waren.

»Duke Ryder«, sagte Gabriella schließlich, »das ist meine

Cousine Katarina.«

Katarina ließ ihm keine Chance, etwas zu sagen, sondern legte ihm eine Hand auf die Schulter, stellte sich auf die Zehenspitzen und küsste seine Wangen.

»Und das ist Ermione.« Der Name des kleinen Mädchens klang wie *Er-mi-ooh-nie*. Katarina drückte der Kleinen einen Kuss auf die Wange und flüsterte: »Sag Hallo, Mione.«

Sie versteckte ihr Gesicht in der Halsbeuge ihrer Mutter und sagte: »Hi.«

Duke liebte Kinder und Mione schien drei oder vier Jahre alt zu sein. Und sie war zuckersüß. »Freut mich, euch kennenzulernen. Sie haben hinreißende Töchter.«

Ein Funke Schalk blitzte in Katarinas dunklen Augen auf und sie stieß Gabriellas Schulter an. »Und auch eine hinreißende Cousine, nicht wahr?«

»Katarina!« Gabriella schüttelte den Kopf und bedeckte ihre Augen mit der Hand. »Ignorieren Sie sie. Sie hat so viele Kinder, dass sie den Verstand verloren hat.«

Katarina tätschelte ihren wachsenden Bauch. »Das wird hoffentlich ein Junge.«

»*Baba* sagt, dass sie immer weitermachen, bis er einen Jungen bekommt«, erklärte Vivi und streichelte ihrer jüngeren Schwester über den Rücken. Katarina beugte sich nach unten und küsste ihren Kopf.

»Wie viele Töchter haben Sie?« Er versuchte, Katarinas Alter zu schätzen, denn er glaubte nicht, dass sie älter als dreißig war.

»Vier, bis jetzt.« Sie strich sich eine Haarsträhne hinters Ohr und fügte hinzu: »Ich habe jung angefangen.«

»Mama hat mich bekommen, als sie mit zwanzig geheiratet hat«, warf Vivi ein. »Jetzt ist sie zweiunddreißig.«

Katarina zog spielerisch an Vivis Zopf und sagte etwas auf

Griechisch, woraufhin Vivi sich lachend eine Hand vor den Mund legte.

»Sie können sich glücklich schätzen. Ich komme aus einer großen Familie und hoffe, eines Tages selbst eine zu haben.« Duke war der Älteste von sechs Geschwistern. Sein Bruder Cash hatte kürzlich geheiratet und sein Bruder Blue war mittlerweile verlobt. Er war immer davon ausgegangen, dass er als Erster heiraten würde, musste aber noch eine Frau finden, mit der er den Rest seines Lebens verbringen wollte. Er zog seine Brüder damit auf, dass sie sich häuslich niederließen, doch in Wahrheit hatte Duke genug Frauen gehabt und war ebenfalls bereit für ein neues Kapitel in seinem Leben.

Katarina stieß Gabriella mit dem Ellbogen an und Duke tat so, als würde er ihre Kuppelversuche nicht bemerken, obwohl er insgeheim hoffte, dass sich Gabriella ebenso zu ihm hingezogen fühlte wie er sich zu ihr. Welcher Mann würde das nicht tun? Eine temperamentvolle Brünette mit umwerfendem Körper und einem rebellischen Zug? *Perfekt.*

»Wir sollten gehen. Ich bin heute für die Tour verantwortlich.« Gabriella umarmte ihre Cousine und Vivi nahm ihre Hand.

Katarina senkte die Stimme. »Bist du sicher, dass du Vivi mitnehmen willst?«

»Ja, natürlich«, erwiderte Gabriella nachdrücklich und ging mit ihrer Nichte im Schlepptau zum Golfwagen.

Duke schluckte die Enttäuschung darüber hinunter, dass Gabriella die Chance abtat, Zeit allein mit ihm zu verbringen. »Sollten wir uns nicht noch mal sehen, wünsche ich Ihnen alles Gute mit dem neuen Baby, Katarina.«

Sie umfasste seinen Unterarm. »Kommen Sie morgen Abend zum Fest?«

»Welchem Fest?«

»Wir feiern den Geburtstag meines Vaters. Die ganze Insel wird da sein und Sie sollten auf jeden Fall kommen.« Sie beugte sich näher zu ihm und fügte hinzu: »Es findet in dem großen Haus am Leuchtturm statt. Um sieben.«

Duke sah zurück zu Gabriella und fragte sich, ob sie auch da sein würde. Wenn ihn eine Frau abwies, verstand er den Wink und richtete seine Aufmerksamkeit in eine andere Richtung. Aber Gabriella hatte etwas an sich, was ihn faszinierte, und das machte es ihm unmöglich, sie aus dem Kopf zu bekommen.

»Vielen Dank. Das hört sich wirklich nett an.«

Er stieg in den Golfwagen und dann fuhren sie eine Stunde durch die Siedlung. Jeder, an dem sie vorbeikamen, winkte ihnen. Duke fiel auf, dass es keine eingezäunten Gärten gab, keine Grenze zwischen der einen Familie und der nächsten. Frauen unterhielten sich in den Gärten, während Kinder in der Nähe spielten. Das Bild löste in ihm ein warmes Gefühl aus.

»Keine der Straßen hier ist befestigt«, erklärte Gabriella auf dem Weg zurück in den Ort. »Es gibt nur eine Handvoll Autos auf der Insel und die werden hauptsächlich für Notfälle genutzt.« Sie hielt vor einem kleinen Restaurant mit dem Namen *Liakos Taverna*, das im selben mediterranen Stil gehalten war wie einige der Villen, die er gerade gesehen hatte.

»Wir bewegen uns mit Golfwagen, Fahrrädern oder denen hier fort.« Sie zeigte auf ihre Füße. »Die Insel ist nur einundzwanzig Quadratkilometer groß. Wenn man will, kann man sie an einem Tag erlaufen.«

»Darf ich zu *theos* reingehen?« Vivi war bereits ausgestiegen und auf dem Weg zur Tür.

»Klar.« Gabriella kletterte aus dem Wagen und Duke sah das als Zeichen, dass die Fahrt beendet war.

»*Theos?*«, fragte er und stellte sich neben sie.

»Onkel.« Wieder trat dieses neugierige Funkeln in ihre Augen.

»Ah. Ich kann es kaum erwarten, Onkel zu sein.« Er zog sich das Jackett aus und warf es auf die Rückenlehne, dann rollte er seine Hemdsärmel nach oben. Als er den Blick hob, war die Hitze in Gabriellas Blick nicht zu übersehen.

»Ja, also …« Ihre Wangen wurden rot, doch sie hielt seinem Blick stand, was Duke beeindruckend fand, wenn man bedachte, dass er sie gerade beim Starren erwischt hatte. »Wir haben eine sehr große, eng verbundene Familie.« Sie ging einen Schritt auf das Restaurant zu, als ein kräftiger Mann mit rabenschwarzen Haaren und Goatee herauskam. Sein Blick huschte zwischen Gabriella und Duke hin und her.

Dann reichte er Duke die Hand. »Niko.«

»Duke.« Er schüttelte seine Hand. »Freut mich, Sie kennenzulernen.«

Gabriella sagte etwas auf Griechisch, als sie dem Mann die Wange küsste, und Duke fragte sich, ob er ihr Freund war.

Niko antwortete auf Griechisch. Gabriellas Erwiderung bestand aus einem scharfen Tonfall und verengten Augen. Duke kam zu dem Schluss, dass es höchste Zeit war, ihre Sprache zu lernen. Ihm gehörten Resorts und Casinos auf der ganzen Welt und er war es gewohnt, am längeren Hebel zu sitzen. Es störte ihn nicht, auf einem ausgeglichenen Spielfeld zu stehen, aber er würde nicht der Unterlegene sein.

Besorgt, dass er einen eifersüchtigen Freund mit seiner Anwesenheit wütend gemacht hatte, sagte er: »Gabriella, wenn Sie mir sagen, wo ich das Resort finde, kann ich auch laufen. Den Rest der Insel kann ich zu Fuß erkunden.«

»Seien Sie nicht albern. Gabriella liebt es, den Tour-Guide

zu spielen.« Niko sah nicht wie ein Mann aus, der seine Freundin einem anderen Mann in die Arme trieb, sondern eher, als würde er etwas im Schilde führen und sie vielleicht aufziehen.

»Es macht mir tatsächlich Spaß. Ich werde nur normalweise nicht von meinem Bruder angefahren, weil ich ein Date mit einem seiner Freunde abgelehnt habe.«

Bruder? Ein Date abgelehnt? Erleichterung, die nach ihrer höflichen Abfuhr viel zu stark war, durchflutete ihn. Langsam erkannte er das Verkuppel-Muster bei ihren Verwandten.

»Oh, nun, Sie sind ein ganz anderer Typ Bruder als ich«, sagte Duke. »Ich tue alles in meiner Macht Stehende, um die Typen von meiner Schwester *fernzuhalten*.«

»Wow. Stecken alle Brüder ihre Nasen in das Leben ihrer Schwestern?«, fragte Gabriella, als Vivi mit zwei anderen Mädchen in ihrem Alter aus dem Restaurant kam.

»Wussten Sie das nicht? Um Bruder zu sein, muss man erst mal beweisen, dass man überfürsorglich und unerträglich neugierig ist.«

Sie lachte lauter als beim letzten Mal, und es war möglicherweise das attraktivste Lachen, das Duke je gehört hatte.

»*Thea*, ich hab Mama angerufen, und sie hat erlaubt, dass ich mit meinen Freundinnen in die Bibliothek darf«, sagte Vivi. »Hast du was dagegen?«

»Natürlich nicht. Viel Spaß.« Gabriella umarmte ihre Nichte.

»Es hat mich gefreut, Sie kennenzulernen, Mr. Ryder«, sagte Vivi zu Duke.

»Hat mich auch gefreut, Vivi. Sollen wir dich auf dem Rückweg mit nach Hause nehmen?«

Sie schüttelte den Kopf. »Nein danke. Die Bibliothek ist

gleich da drüben und wir gehen dann zusammen nach Hause.«
Sie zeigte die Straße hinunter auf ein kleines Backsteingebäude.
»Viel Spaß auf Ihrer Tour.« Die Mädchen rannten kichernd
gemeinsam über die Straße.

Duke nahm sich einen Moment, um sich die Main Street
anzusehen. Keine Ladenfront glich der anderen. Während das
Restaurant dem Aussehen nach sehr mediterran und die
Bibliothek ein unscheinbares Backsteingebäude war, war die
Bank ein prächtiges Gebäude im georgianischen Stil mit einer
imposanten, breiten Steintreppe, die zu einer hölzernen
Doppeltür führte. Ein kunstvoll verzierter Giebel schmückte
den Vorbau aus Beton. Ein Laden mit bunten Körben voller
Früchte und Gemüse in der Auslage wurde von einer Apotheke
und einem leeren Backsteinhaus flankiert. Mehrere Geschäfte
waren geschlossen oder stark renovierungsbedürftig, was er
erwartet hatte, doch sie wirkten vor dem friedlichen Atlantik
und den wunderschönen Laubbäumen fehl am Platze.

»Ist es okay, wenn sie später nach Hause läuft?«, fragte Duke.

»Das Leben hier ist anders«, erklärte Gabriella. »Niko, wir
sehen uns morgen.« Sie küsste seine Wange und deutete mit
einem Nicken auf die Straße. »Wollen wir?«

Duke schüttelte Niko erneut die Hand. Niko überraschte
ihn jedoch, als er ihn unerwarteterweise in eine kurze Umarmung zog.

»Genießen Sie Elpitha«, sagte er.

»Danke.« Bei dem Gedanken an Gabriella fügte er hinzu:
»Das tue ich bereits.« Duke holte zu Gabriella auf und ging
neben ihr her. Da es keinen Autolärm gab, bemerkte er andere
Geräusche wie vorbeifahrende Fahrräder, die Schritte der Leute
und die zwitschernden Vögel über ihnen. Ungefähr ein

Dutzend Leute war unterwegs. Fast alle lächelten oder grüßten sie im Vorbeigehen. Es war ein großer Unterschied zur Hektik in New York, wo er wohnte, und überhaupt allen anderen Orten, die er je besucht hatte.

»Sie sagten, das Leben hier wäre anders. Inwiefern?«, fragte er, während sie durch die Stadt schlenderten.

»Es ist … besser«, antwortete Gabriella. »Das Leben hier ist einfach besser.«

»Besser als …?«

Sie zuckte mit den Schultern und sah in den blauen Himmel hinauf. Ein verträumter Ausdruck trat in ihre Augen. »Besser als irgendwo anders auf der Welt.«

Ihre einfachen Antworten – *Wir sind Griechen. Es ist besser* – erzählten von ihrer Liebe für die Insel und ihre Familie, aber es war die Atemlosigkeit in ihrer Stimme, die in ihm den Wunsch auslöste, die Insel durch ihre Augen zu erleben.

Drei

Während ihrer Tour durch den Ort stellte Gabriella Duke bewusst die Ladenbesitzer und Einwohner vor. Das war ihr Plan, sie wollte ihn schnell ermüden und langweilen. Er würde ihr Kleinstadtleben bald satthaben und feststellen, dass er kein Geld in diesen Ort stecken wollte.

Lyman und Dottie Eastman, das Pärchen, das den örtlichen Lebensmittelladen betrieb, füllten gerade draußen die Kisten wieder auf, als sie vorbeigingen. Sie waren der Inbegriff eines Südstaatenpärchens und *sehr* gesprächig. Das perfekte Ärgernis für einen viel beschäftigten Stadtmenschen.

»Lyman, Dottie, das ist Duke Ryder. Ich führe ihn über die Insel.«

»Nett, Sie kennenzulernen, Mr. Ryder.« Dotties Südstaatenakzent war so dick wie ihre ergrauenden, blonden Haare. Sie war klein und untersetzt und hatte volle, rosige Wangen. »Wie lange bleiben Sie auf der Insel?«

Gabriella wurde klar, dass sie so davon überzeugt gewesen war, ihn bis zum Abend wieder aufs Festland vertreiben zu können, dass sie sich seine Buchung nicht genau angesehen hatte und gar nicht wusste, wie lange er bleiben wollte.

»Oh, vielleicht ein paar Tage. Ich bin noch nicht ganz sicher.« Duke schüttelte Lymans Hand. »Freut mich, Sie kennenzulernen, Sir.«

Lyman nickte. »Sie haben die beste Tour-Leiterin, die es gibt.« Die Sonne hatte ihm tiefe Falten ins Gesicht gegraben. Er zwinkerte Gabriella zu und zog sie dann für eine Umarmung an seinen spindeldürren Körper. »Gabriella kennt jeden Winkel dieser Insel. Oh, ich kenne sie schon, seit sie so klein war.« Er hielt die Hand knapp sechzig Zentimeter über den Boden. »So ein süßes kleines Ding.«

Duke lachte. »Sie leben also schon eine Weile hier?«

»Oh, ja«, antwortete Lyman. »Wir sind direkt nach unserer Hochzeit auf die Insel gezogen.« Er erzählte, wie das Leben direkt nach ihrer Hochzeit gewesen war und wie es sich mit jeder Geburt eines ihrer drei Kinder verändert hatte.

Duke unterhielt sich lange mit ihnen über ihre Familie und die Stürme, die sie im Laufe der Jahre gesehen hatten, die Schwierigkeiten, Vorräte per Boot zu bekommen, und über Gott und die Welt. Gabriella wurde noch vor Duke langweilig, und schließlich drängte sie ihn zum Weitergehen, um die Tour zu beenden. Versuchte er etwa, auch die beiden für sich zu gewinnen?

»Nette Leute«, bemerkte Duke, als sie den Hügel hinab zum Angelladen gingen, der Gabriellas Onkel George gehörte.

»*Gabrielaki mou*«, begrüßte George sie, breitete die Arme aus und umarmte sie. Er bemerkte Duke und nach einer kurzen Musterung warf er Gabriella *den Blick* zu. Sie kannte *den Blick* und hatte ihn satt. Der Blick, der sagte: *Er ist attraktiv, männlich, im richtigen Alter. Also?* Wie lange würde ihre Familie noch versuchen, sie dazu zu bringen, sich einen Mann zu suchen, zu heiraten und Babys zu bekommen? Warum hatten sie ihren Großvater nicht mit einem Blick angesehen, der sagte:

Lass sie bleiben. Sie wird hier glücklicher sein. Sie schob diese Gedanken beiseite und konzentrierte sich darauf, Duke eine langweilige *und* erdrückende Tour zu geben. Das Problem war, dass er weder gelangweilt noch erdrückt wirkte, und wenn sie ehrlich war, genoss sie seine freundliche, bodenständige Art, die sich im Laufe des Tages gezeigt hatte. War er schon so gewesen, als sie sich getroffen hatten?

»*Theo*, das ist Duke Ryder. Ich zeige ihm die Insel.«

Duke schüttelte ihm die Hand und wurde wie erwartet von George fest umarmt. In ihrer Familie gab es so etwas wie zu viel Liebe nicht und sie teilten gern. Ein weiterer sicherer Abtörner für Stadtmenschen. Obwohl es Duke überhaupt nicht zu stören schien, denn er erwiderte Georges Umarmung.

»Kommen Sie.« George bedeutete Duke, ihm zum Gang mit den Angelruten zu folgen. »Angeln Sie gern?«

Gabriella lehnte sich an den Tresen und beobachtete, wie sich die Männer unterhielten und lachten und ... Ihr Plan funktionierte definitiv nicht. Duke schien aufrichtig an den Angelausflügen von Georges Kindern und den neuen Ködern im Sortiment interessiert zu sein. Sie nutzte die Gelegenheit, um ihn etwas genauer zu betrachten als bisher, da er beschäftigt war und nicht merkte, dass sie ihn abcheckte. Er fuhr sich mit einer Hand durch die dichten Haare, dann beugte er sich zu ihrem Onkel und sagte etwas, was George zum Lachen brachte. Duke tätschelte seinen Arm, ehe er die Hand in die Tasche seiner Hose steckte, deren Beine unten am Saum mittlerweile zehn Zentimeter mit Staub bedeckt waren. Als er in ihre Richtung sah, beschleunigte sich ihr Puls. Er hob das Kinn, als würde er sie begrüßen wollen und warf ihr wieder dieses Bezwinger-Lächeln zu. Ihr gefiel dieses Bezwinger-Lächeln so richtig gut, aber es waren seine dunklen Augen, die sie in diesem Moment fesselten. Sein Blick ruhte nur kurz auf ihr, ehe er seine Aufmerksamkeit wieder auf George richtete, trotzdem wurden ihre Brustwarzen hart und ihre Haut prickelte.

Nachdem sie den Angelladen verlassen hatten, gingen sie zum Fischgeschäft.

»Spielen hier alle den Kuppler?«, fragte Duke.

Sie errötete vor Verlegenheit.

»Tut mir leid, falls das zu persönlich ist. Ihr Cousin und die anderen Leute hier haben Sie nur so komisch angesehen, und nach dem, was Ihr Bruder sagte, war ich neugierig.« Er schwieg einen Augenblick und die Stille fühlte sich plötzlich schwer an.

Sie hoffte, dass er sich nur unterhalten wollte und sie nicht für eine Versagerin hielt, die einen Kuppler brauchte. Vielleicht ging sie nicht oft aus, aber sie brauchte in dieser Hinsicht keine Hilfe. In der Stadt traf sie einfach nicht viele bodenständige Männer.

»Meine Verwandten sind nicht gerade diskret, nicht wahr?«

Er lachte. »Stört es Sie?«

»Ein wenig. Meine Familie glaubt, mir einen Ehemann suchen zu müssen. Niemand scheint zu verstehen, dass ich sehr glücklich mit meinem Leben bin. Na ja, abgesehen davon, dass ich nicht auf der Insel lebe.«

»Mir war nicht klar, dass Sie nicht hier wohnen«, bemerkte er leicht überrascht. »Warum eigentlich, wenn Sie doch lieber hier wären?«

Sie war froh, dass er sich darauf konzentrierte, anstatt zu denken, sie bräuchte Hilfe dabei, einen Ehemann zu finden – oder dass sie überhaupt nach einem suchte. Was nicht der Fall war. Gott, was war nur los? Sie zerbrach sich doch sonst nicht so den Kopf. Also beantwortete sie lieber seine Frage, statt sich mit diesen seltsamen Gedanken zu beschäftigen, oder damit, wie nah er neben ihr herging.

»Zu dem Zeitpunkt, als ich meinen Highschool-Abschluss gemacht habe, ging der Tourismus stark zurück und mein Großvater hat entschieden, dass alle Nachkommen in meinem Alter und jünger studieren sollen. Dadurch sollten wir die Chance auf mehr im Leben bekommen als das, was uns die Insel bieten kann. Während sich einige Bewohner *entschieden* haben, von der Insel wegzuziehen, hat mein Großvater uns nicht wirklich eine Wahl gelassen. Respekt wird in unserer Kultur sehr großgeschrieben. Es ist nicht wie in den Fünfzigern oder so. Frauen arbeiten und wir haben Macht, doch der Respekt für die Älteren steht über allem anderen.« Sie dachte über die Wahrheit dieser Aussage nach und fügte hinzu: »Wenn man sich die Haushalte genau ansieht, wird deutlich, dass die Frauen das Zepter in der Hand haben. Aber nach meinem Abschluss habe ich ein Stipendium bekommen und Jura studiert. Außerdem ist es ja nicht so, als bräuchten wir hier auf der Insel der Glückseligkeit eine Familienrechtsanwältin.«

»Die Insel der Glückseligkeit?«

Seufzend sah sie sich um und ihre Augen nahmen einen verträumten, warmen Ausdruck an. »Hier lässt sich niemand scheiden. Und Scheidung ist nur ein Aspekt des Familienrechts. Ich kümmere mich um Leihmutterschaften, Adoptionen und einige andere rechtliche Angelegenheiten, was mir wirklich Spaß macht. Aber darum geht es nicht wirklich, sondern darum, dass ich nicht wirklich die Chance hatte, mir auszusuchen, was ich wollte. Alles, was ich will, befindet sich hier auf der Insel. Geld oder eine große Karriere oder mir einen Namen in einer Branche zu machen, die ich ein wenig … heuchlerisch finde, sind mir egal.«

Er verengte die Augen.

Sie wand sich innerlich und fragte sich, ob es in seiner Vergangenheit eine Ex-Frau gab. »Tut mir leid. Ich wollte nicht schimpfen.«

Sein Blick wurde sanfter. »Ich erfahre gern etwas über Sie.«

Ach ja?

»Ihre Familie scheint sich sehr nahezustehen. Würde Ihr Großvater die Familie nicht über alles stellen und eher daran interessiert sein, die Familie zusammenzuhalten, als Sie irgendwo anders hinzuschicken?« Lässig schob er eine Hand in seine Hosentasche, als hätte er den ganzen Tag Zeit, sich mit ihr über ihr Leben zu unterhalten, und das machte ihn noch sympathischer.

»Ja. Das tut er, sehen Sie das nicht? Er vergöttert uns, aber er wird älter und macht sich Sorgen, was nach seinem Tod mit uns passiert. Was mit der Insel passiert. Eine Auswahl an möglichen Partnern im richtigen Alter gibt es auf dieser Insel praktisch nicht, und er macht sich Sorgen, was das für unsere Familie bedeuten könnte.«

»Klingt nachvollziehbar. Würde Ihnen das keine Sorgen machen? Möchten Sie eine Familie haben? Möchten Sie, dass Vivi eines Tages die Möglichkeit hat, zu heiraten und eine Familie zu gründen?«

Es überraschte sie, dass er so persönliche Fragen stellte, doch es gefiel ihr auch. Niemand fragte je danach, was sie wollte.

»Ich *habe* mir Sorgen darum gemacht, aber ich hätte sie beiseitegeschoben, weil ich die Insel, meine Familie und das gemeinsame Zusammenleben mehr liebe als das Recht.« Sie konnte kaum glauben, dass sie ihm so leichtfertig so viel über sich erzählte, doch Duke war offensichtlich nicht der gehetzte, selbstbezogene Geschäftsmann, für den sie ihn gehalten hatte. Sie wollte ihn besser kennenlernen.

»Ich möchte, dass Vivi und all meine Verwandten ein wundervolles Leben haben, aber für mich ist die Insel wundervoll. Ich glaube, mein Großvater dachte, dass ich auf dem Festland bleiben wollen würde, wenn ich einen College-Abschluss habe.« Sie schüttelte angesichts der Erinnerung den Kopf. Wochenlang hatte sie geweint, nachdem sie zum Studium aufs Festland gezogen war, ihre Familie hatte jedoch darauf bestanden, dass sie dortblieb. »Er lag falsch. Ich habe mir nur eine Karriere aufgebaut, um es ihnen recht zu machen. Familie. Liebe. Das alles dringt in jeden Aspekt unseres Lebens ein.« Sie zuckte mit den Schultern, fasziniert von dem aufrichtigen Interesse in seinen Augen. »Diese Insel *ist* mein Leben. Der Rest ist … Nun, es ist, wie es ist. Wenn ich hier bin, bin ich in jeder Hinsicht glücklich.«

Ein Ausdruck, den sie nicht deuten konnte, zeigte sich kurz auf seinem Gesicht.

»Ich bewundere Ihre Leidenschaft und halte sie für einen durchaus legitimen Grund zurückzukehren. Aber machen Sie sich keine Sorgen darüber, wie schnell die Insel Geld *und* Bewohner verliert? Ich habe gelesen, dass die Bevölkerung in den letzten drei Jahren von dreihundertzehn auf zweihundertfünfzig gesunken ist.«

»Ich kenne die Statistiken und es stimmt. Die Insel und ihre Bewohner stecken in großen finanziellen Schwierigkeiten, weil wir zurzeit kaum Tourismus haben und uns ohne Einkommen die Mittel fehlen, um das Resort und die Villen zu renovieren. Meine ganze Familie ist für einen Verkauf. Aber Sie sollten wissen, dass ich es nicht bin.« Sie hielt inne, denn ihr war klar, wie kindisch der nächste Satz klingen würde, doch aus irgendeinem Grund war es ihr egal. Duke musste ihren Standpunkt kennen.

»Ich muss daran glauben, dass wir es irgendwie ohne Hilfe schaffen, und wichtiger noch, ohne dass die Insel mit riesigen Hotels, glitzernden Casinos, der dazugehörigen egoistischen Einstellung und obendrein mit befestigten Straßen und dem entsprechenden Autoverkehr verschandelt wird.«

Duke trat näher und brachte eine Welle von Hitze mit sich. Obwohl sie gegensätzliche Ziele hatten, ertappte sie sich dabei, dass sie alles an ihm bewunderte – von seinem sexy Blick und den Lippen, die zum Küssen gemacht zu sein schienen, bis zu seiner Freundlichkeit, der Gesprächsbereitschaft und seinem Willen, beide Seiten der Medaille zu betrachten.

»Das verstehe ich voll und ganz, Gabriella, und kann auch nicht mit Sicherheit sagen, dass Ihre Sorgen unberechtigt sind. Bauprojekte sind immer riskant. Glauben Sie wirklich, dass Sie es ohne die Hilfe von Investoren schaffen können?« Fragend sah er ihr in die Augen. »Und ich finde es toll, dass Sie wir sagen, wenn Sie von der Insel sprechen. Es ist offensichtlich, wie sehr Ihr Herz daran hängt.«

Sie zögerte, denn sie wusste, dass es ohne Investoren unmöglich war. Aber das bedeutete nicht, dass sie die Hoffnung aufgeben würde. Irgendetwas an Dukes Blick entriss ihr die Wahrheit.

»Ich hoffe es.«

Nachdem sie ihm ihr Herz offenbart hatte, schwiegen sie beide einen Augenblick. Duke blickte ihr nachdenklich in die Augen, und sie konnte sehen, konnte spüren, dass er verstand, wie wichtig ihr die Insel war. Außerdem hatte sie das Gefühl, dass sie noch etwas anderes in seinem Blick erkennen konnte. Als wäre ihm das alles auch wichtig.

Er berührte ihren Arm und deutete mit dem Kopf zum Fischgeschäft. »Wie wäre es, wenn wir den nächsten Kuppler treffen?«

Mal Hacknee hatte schütteres Haar und trug eine Brille mit schwarzem Rahmen. Obwohl er schon Ende fünfzig war, hatte er noch immer mehr Muskeln als Fett am Körper. Das Fischgeschäft gehörte ihm schon seit über zwanzig Jahren und als er Gabriella entdeckte, weiteten sich seine grünen Augen und er breitete seine muskulösen Arme aus. Oh, wie sie diese Begrüßungen vermisst hatte. In New York konnte sie sich glücklich schätzen, wenn ihr auch nur ein Blick zugeworfen wurde, obwohl sie schon jahrelang in denselben Läden einkaufte. Mal umarmte Gabriella so fest, dass sie fürchtete, dass sie den Rest des Nachmittags nach Fisch riechen würde. Er und Duke unterhielten sich eine Weile, ehe Duke sich mit Gabriella auf den Rückweg zum Stadtzentrum machte.

Sie konnte nicht aufhören, an seine Reaktion auf ihren Wunsch zu denken, die Insel nicht zu verlassen. Und dieser Blick? Oh, was dieser Blick mit ihr anstellte! Verstand er ihre Liebe für die Insel wirklich? Ganz langsam spürte sie eine Verbindung zu Duke und fühlte sich wegen ihres Versuchs, ihm die Insel madig zu machen, ein wenig schuldig. Trotzdem würde sie sich nicht von ihrem Plan abbringen lassen. Sie würde ihn zu seiner Villa bringen und ihn dort mit dem wackligen Internet kämpfen lassen.

Sobald sie angekommen waren, fragte Duke, ob sie etwas dagegen hätte, wenn sie die Bibliothek besuchten. Sie war überrascht, stimmte aber zu und freute sich, mehr Zeit zu haben, um das Mysterium Duke Ryder genauer zu ergründen.

»Sie kennen nun meine Lebensgeschichte. Was ist mit Ihnen? Gibt es zu Hause eine Mrs. Ryder oder eine Verlobte?«

»Nein«, erwiderte er auf dem Weg die Treppe hinauf. »Ich hoffe, dass es eines Tages so weit ist. Ich habe noch nicht die richtige Frau gefunden.«

Das war nun schon das zweite Mal, dass er erwähnte, eine Ehe oder Familie zu wollen, und das weckte ihre Neugier noch stärker.

Sie schlenderten durch die Regalreihen, bis Duke Vivi und ihre Freundinnen entdeckte. Er ging zu ihrem Tisch, um Hallo zu sagen, und Vivi klopfte auf den Stuhl neben sich. *Hm. Er hat die Kids wirklich für sich gewonnen.*

Gabriella dachte an ihre Unterhaltungen zurück. Hin und wieder sah Duke sie an und lächelte, und sie wandte den Blick ab, da sie nicht wieder beim Starren erwischt werden wollte.

Nach seinem Gespräch mit Vivi und ihren Freunden kam er zu Gabriella zurück, beugte sich zu ihr und flüsterte: »Sie reden über Jungs, statt zu lesen.«

»Ach was.« Sie lachte. »Es sind zwölfjährige Mädchen. Worüber sollten sie sonst reden?« Sie sah Georgette Swan auf sie zukommen und winkte der reizenden Bibliothekarin zu. Georgette war Anfang siebzig und hatte schon vor Gabriellas Geburt in der Bibliothek gearbeitet.

Sie stellte Georgette und Duke einander vor, und wie bei allen anderen Begegnungen entwickelte sich auch jetzt sofort ein Gespräch. Er stellte Georgette alle möglichen Fragen, wie lange sie schon hier arbeitete – *eine Ewigkeit* –, wer ihre Lieblingsautoren waren – *Harper Lee, Dorothy Allison und Kathleen Grissom.* Die beiden waren sich einig, dass die Klassiker immer eine sichere Wahl waren.

Als sie gingen, trug Duke ein Buch von Kathleen Grissom unter dem Arm, das er sich ausgeliehen hatte.

Er hatte sich bei jeder Person, die sie ihm vorgestellt hatte, so viel Zeit gelassen, dass sich Gabriella fragte, ob er es getan hatte, um freundlich zu wirken, da es sich irgendwie so gehörte, oder ob die Bewohner für sich zu gewinnen Teil seines Plans war, um die Insel zu kaufen. Aber er hatte zu interessiert an ihnen gewirkt, als dass das der Fall sein könnte. Langsam vermutete sie, dass sie ihn vollkommen falsch eingeschätzt hatte.

»Danke, dass Sie sich so viel Zeit genommen haben, um mich herumzuführen«, bedankte er sich auf dem Weg zurück zum Golfwagen.

»Es war tatsächlich eine nette Ablenkung. Als Teenager habe ich Touristen nur zum Spaß herumgeführt.«

»Sie vermissen es wirklich, hier zu leben, nicht wahr?«

»Ja. Ich weiß, dass der fehlende Tourismus aus vielen Gründen ein Problem ist, aber für mich ist es jetzt besser. Ich liebe den Zusammenhalt der Gemeinschaft und wenn es ruhig ist, habe ich mehr Zeit mit meiner Familie und um einfach ... *da zu sein*, verstehen Sie?« Sie winkte einigen ihrer Freunde auf der anderen Straßenseite zu.

»Ihre Liebe für die Insel ist definitiv zu erkennen und die Menschen hier vergöttern Sie offensichtlich«, erwiderte er lächelnd. »Mein Leben ist selten ruhig genug, um einfach da zu sein, aber es klingt nach einem wundervollen Konzept.«

Ihr wurde klar, dass er den ganzen Nachmittag gelächelt hatte. Es war nicht dieses verführerische Bezwinger-Lächeln von zuvor. Dieses Lächeln war ungezwungen und gelöst, als hätte er überhaupt keine Sorgen, dennoch hatte es denselben Effekt wie der Bezwinger. Sie wusste nicht, was sie davon halten sollte, oder von der Tatsache, dass sie ihm gerade *stundenlang* eine Tour gegeben hatte, die normalerweise nach sechzig Minuten beendet war.

Vor dem *Sip'n'Chat*-Coffeeshop blieb er stehen. »Darf ich Sie als Dankeschön für die Tour auf einen Kaffee einladen?«

Ihr Ziel war es gewesen, ihn aus der Stadt zu vertreiben, und er wollte mit ihr Kaffee trinken gehen? Ihr Plan funktionierte ganz offensichtlich nicht. Als sie seinen freundlichen Blick auffing, wurde ihr klar, dass ihr Plan auch für *sie* nicht funktionierte. Sie wollte mit ihm etwas trinken gehen. Sie wollte mehr über den Mann erfahren, der angezogen war, als würde er auf die Wall Street gehören, sich aber wie ein Südstaaten-Gentleman aus einer Kleinstadt benahm. Es fühlte sich an, als würde sie ihn schon länger als nur ein paar Stunden kennen, doch sie konnte sich vorstellen, dass er diese Wirkung auf jeden hatte. Und während er mit einem leichten Lächeln auf ihre Antwort wartete, schlug ihr Magen einen Purzelbaum. Das war nicht gut. Sie musste alle Register ziehen und die großen Geschütze auffahren – um ihrer beider willen. Es war an der Zeit für eine Überdosis Liakos. Sicher würde er nach einer großzügigen Kostprobe ihrer Familie wieder aufs Festland flüchten.

Doch wollte sie wirklich, dass er ging? *Du musst ihn verscheuchen, egal, was dein Körper meint.*

»Ich bin kein großer Kaffeetrinker, würde aber ein Glas Wein nehmen.« Sie deutete die Straße hinunter zum Restaurant ihres Bruders.

»Ah, die *Taverna.* Das ist mal ein griechisches Wort, das ich kenne.« Erneut legte er auf dem kurzen Stück zum Restaurant seine Hand auf ihren unteren Rücken.

Dieses Mal zuckte sie unter seiner Berührung nicht zusammen. Tatsächlich gefiel es ihr langsam und sie genoss die Hitze ein wenig zu sehr.

Gemeinsam gingen sie an der überfüllten Terrasse der *Taverna* vorbei, auf der die Gäste an Tischen mit rot-weißen Tischdecken saßen. Da *Liakos Taverna* eines der wenigen Restaurants auf der Insel war, war hier immer etwas los.

Duke hielt ihr die Tür auf und ihr schlugen die Gerüche ihrer Jugend entgegen – gegrilltes Fleisch und *patatas. Patatas*, dachte sie. Gebackene Kartoffeln. Im Grunde war sie damit aufgewachsen. Das tiefe Lachen ihres Bruders drang aus der Küche und sie entdeckte ihren Onkel hinter der Bar. Sie vermisste es, hier zu sein, vermisste ihre Familie, die Gerüche und die Wärme der Familie und der Liebe.

»Ich hole eine Karaffe, dann können wir uns auf die Terrasse setzen.« Sein heißer Blick brannte sich förmlich in ihren Rücken, als sie hinter die Bar ging. Onkel Chris bekam einen Begrüßungskuss auf die Wange, bevor sie zwei Gläser aus dem Regal nahm und verstohlen einen Blick auf Duke warf. Ihr Herzschlag beschleunigte sich, als sie feststellte, dass er sie noch immer beobachtete.

»Wer ist denn dieser aufgeblasene Kerl, der dich mit Adleraugen verfolgt?«, fragte Chris in ihrer Muttersprache. Er war der Bruder ihres Vaters, Anfang fünfzig und wie der Rest ihrer Familie behielt er seine Gedanken nur selten für sich.

»Investor.« Sie war froh, dass Duke die Sprache nicht verstand. »Wir setzen uns auf die Terrasse.«

»Es ist warm draußen«, erinnerte Chris sie. »Setzt euch rein, hier läuft die Klimaanlage. Sonst vertreibst du ihn noch.«

»Ich zähle darauf, dass die Liakos-Familie, die Hitze des Spätnachmittags und die lauten Gäste genau das tun.« Noch während sie das sagte, zog sich ihre Brust zusammen. Zwar wollte sie nicht, dass ihr Großvater verkaufte, sie fühlte sich aber durchaus zu Duke hingezogen. *Ich hätte nichts dagegen, wenn er aus anderen Gründen noch bleiben würde.*

Sie warf einen Blick über die Schulter und Duke hob das Kinn, als würde er sagen wollen: *Ich bin hier.* Ein Lächeln umspielte ihre Lippen, während sie die Karaffe mit Wein füllte, und sie konnte den Blick nicht von ihm abwenden. Die Sonne hatte bereits sein Gesicht und seine muskulösen Unterarme geküsst. Ob der Rest von ihm auch so durchtrainiert war und so köstlich aussah?

Duke riss die Augen auf, kurz bevor sie spürte, wie der Wein über den Rand der Karaffe lief.

»Mist«, fluchte sie.

Chris eilte herbei und wischte die Sauerei lachend auf. »Jemand ist von unserem gut aussehenden Investor angetan.«

»Tss. Nein, bin ich nicht.« Sie schnappte sich das Tablett und ging um die Bar herum, bevor ihr Onkel die Lüge in ihren Augen erkennen konnte. Duke nahm ihr das Tablett ab und trug es mit einer Hand, während er die andere wieder an ihren angestammten Platz auf ihrem Rücken legte.

Gott, das fühlte sich gut an. Er fühlte sich gut an, ebenso die Hitze, die er ausstrahlte, als sie zur Terrassentür gingen.

»Alles in Ordnung?«, fragte er leise.

Nicht mal annähernd.

»Klar«, brachte sie heraus. »Ich habe nur gerade an tausend Dinge gedacht.« *Zum Beispiel, dass ich so viel mehr als nur einen aufgeblasenen Kerl sehe, wenn ich in deine Augen blicke.*

Auf der Terrasse stellte Duke das Tablett auf einen Tisch und zog Gabriella den Stuhl hervor.

»Sie sehen heute wirklich bezaubernd aus. Wahrscheinlich gehört es sich nicht, das zu meinem Tour-Guide zu sagen, aber ...«

Oh Mann. Er tat es schon wieder. Er sah sie an, als wäre sie die einzige Person auf der Welt, obwohl mindestens zwanzig andere Gäste auf der lauten Terrasse saßen.

»Danke.« Interessiert beobachtete sie, wie er sich ihr gegenüber setzte und ihre Weingläser füllte. Einen Moment glitt sein

Blick über die Straße und die vorbeischlendernden Fußgänger, ehe er sich ruhig und aufmerksam einzig und allein auf sie konzentrierte.

Lächelnd hob er sein Glas.

Sie unterdrückte ein Seufzen. *Dieses Lächeln.*

»Auf das *da sein*«, verkündete er.

Als sich ihre Gläser berührten, schossen elektrische Funken ihren Arm hinauf, und sie hätte schwören können, dass die Temperatur um gut hundert Grad anstieg.

Vier

Gabriellas Lippen glänzten nach jedem Schluck Wein feucht, und wenn sie sich dann über die Lippen leckte, trat ein unglaublich verführerischer Ausdruck in ihre Augen. Duke hätte sie die ganze Nacht betrachten können. Oder, besser noch, er würde sie gern küssen, sie schmecken und *spüren*, was wirklich unter der Fassade der Tour-Leiterin vor sich ging. Aber da Gabriella Mr. Liakos' Enkelin war, war sie tabu, zumindest, bis der Deal abgeschlossen war.

Niko kam aus dem Restaurant und stellte ihnen einen weiteren Teller mit Essen auf den Tisch.

»*Gemista!*«, verkündete Niko und es klang wie *jemista*. Das farbenfrohe Gericht bestand aus gefüllten Auberginen, Tomaten und Paprika. Dazu gab es eine großzügige Portion Reis, kleine Fleischstückchen und Gemüse. Die Beilage bestand aus klein geschnittenen Kartoffeln und einer orange-roten Soße. Die abgeschnittenen Enden der Paprika und Tomaten thronten wie bunte Kronen auf der Füllung.

»Du verwöhnst uns, Niko«, sagte Gabriella und lächelte ihren Bruder hingebungsvoll an.

»Ich weiß nicht, wie wir all das essen sollen«, bemerkte Duke. Niko hatte ihnen bereits gegrilltes Fleisch, Gemüse, gebackene Kartoffeln und große Schüsseln voller Suppe gebracht.

»Ich helfe euch.« Ein dunkelhaariger Mann Ende zwanzig beugte sich hinab und küsste Gabriellas Wange. Anschließend setzte er sich an den Tisch und grinste Duke an wie ein Honigkuchenpferd.

Gabriella schüttelte den Kopf. »Duke, das ist Dimitri, mein jüngerer Bruder. Er ist außerdem Nikos Geschäftspartner.«

Duke reichte ihm die Hand. »Freut mich, Sie kennenzulernen. Das Essen ist köstlich.«

Niko sagte etwas auf Griechisch, ehe er ins Restaurant zurückkehrte, und Dimitri lachte. Duke hatte schon einige der Einheimischen kennengelernt, die an ihren Tisch gekommen waren, um sich mit Gabriella zu unterhalten.

»Sie sind also der potenzielle Investor?«, fragte Dimitri. »Was denken Sie?« Er belud seinen Teller und nahm dann einen Schluck von Gabriellas Wein.

Er erinnerte Duke an seinen Bruder Jake. Jung und unverfroren, mit einem Lächeln, das seiner Unverschämtheit die Schärfe nahm.

»Ich bin wirklich beeindruckt.« Duke konnte nicht anders, als zu beobachten, wie Gabriella an ihrem Wein nippte. Uuuund … da war wieder dieses Ziehen in seinem Bauch und dieses Ziehen unter seinem Reißverschluss. »Die Insel ist weitaus interessanter, als ich anfangs dachte.«

Während Dimitri zwischen Duke und Gabriella hin und her sah, erklang von der anderen Seite der Terrasse ein Ausruf und sie drehten sich alle um. Zwei Männer und eine Frau kamen auf ihren Tisch zu und Dimitri winkte sie heran.

»Mein Onkel und meine Tante,« erklärte Gabriella.

Duke öffnete den Mund, um etwas zu erwidern, doch plötzlich standen die drei am Tisch, und es gab herzliche Umarmungen und laute Gespräche auf Griechisch und Englisch, als auch noch eine weitere Gruppe zu ihnen stieß. Sekunden später mischte sich auch eine Familie mit drei jungen Kindern in das Gespräch ein. Duke verlor sich darin, die einzelnen Personen kennenzulernen, beobachtete das Chaos und genoss jede Sekunde davon. Die freundlichen Besucher zogen sich Stühle an den Tisch und während der nächsten Stunde brachte Niko ein Gericht nach dem anderen nach draußen. Immer mehr leere Weinflaschen sammelten sich auf dem Tisch, während die Kinder herumrannten und auf der Terrasse spielten. Selbst die Freunde und Verwandten, die ganz offensichtlich nicht griechisch waren, sprachen Griechisch und ein Sprachkurs kletterte auf seiner Prioritätenliste immer weiter nach oben. Er wollte nichts verpassen, denn Gabriella war schon mindestens ein Dutzend Mal rot geworden und hatte jedes Mal verstohlen in seine Richtung gesehen.

Er genoss es, sie mit ihrer Familie und ihren Freunden zu beobachten. Ihre Gesellschaft war so angenehm, sie selbst so lieb und selbstbewusst, und die Liebe für ihre Familie wurde in allem, was sie sagte und tat, deutlich.

Als sie gingen, waren alle mit genug Essen und Wein für eine ganze Woche traktiert worden. Alle umarmten Duke und Gabriella, und er war zu so vielen Geburtstagsfeiern eingeladen worden, dass er den Überblick verloren hatte. Kein Wunder, dass Gabriella diese Insel und die Leute so sehr liebte.

Es war fast zehn Uhr abends und der Mond hüllte die Insel in einen romantischen Schimmer. Da es keine Hotels oder Casinos gab, die den Nachthimmel mit ihren Lichtern trüben konnten, und sich die Gerüche des Meeres mit den Düften aus der Taverne vermischten, hatte Duke das Gefühl, auf einer

Mittelmeerinsel zu sein und nicht einen einfachen Katzensprung von South Carolina entfernt.

»Das ist meine Lieblingszeit am Abend«, sagte Gabriella seufzend. »Wenn die Sonne gerade untergegangen ist, die Luft abkühlt und die nächtlichen Geräusche der Insel sich zu einer Melodie verbinden.«

Er würde sich auch gern mit ihr *verbinden*. Duke hatte im Laufe des Tages viel über Gabriella erfahren und er wollte noch mehr wissen. Sie hatte ganz klar versucht, ihn zu ermüden, hatte jedoch keine Ahnung, mit wem sie es zu tun hatte. Duke war nicht auszupowern.

Als sie den Golfwagen erreichten, streckte er die Hand nach den Schlüsseln aus. Sie starrte seine Hand an, als würde sie die Geste nicht verstehen. Vermutlich tat sie das auch nicht, weil auf der Insel wohl nicht so oft gefahren wurde. Also legte er einen Finger unter ihr Kinn, hob ihr Gesicht an und sah ihr suchend in die umwerfenden Augen. Sein Herz geriet ins Stolpern, als das Mondlicht in ihren Augen tanzte. Aus dieser Nähe erkannte er, dass sie kein Make-up trug. Ihre langen, dichten Wimpern waren ganz natürlich. Alles an ihr war natürlich und bequem, im Gegensatz zu den Frauen, die er aus der Stadt kannte. Ihr Kleid war hübsch und schlicht, ihre Sandalen vom Staub ihres Nachmittagsspaziergangs bedeckt, ebenso wie seine Schuhe und der Saum seiner Hose, doch das schien sie nicht zu stören.

»Ich würde gern deine Gedanken über diesen wundervollen Abend hören«, sagte er. »Aber du hast genauso viel getrunken wie ich und ich bin bestimmt fünfzig Kilo schwerer als du. Ich glaube nicht, dass es sicher ist, wenn du fährst.«

»Ist das wieder diese Großer-Bruder-Nummer?«, fragte sie und ein flirtendes Funkeln lag in ihren Augen.

Er trat näher, unfähig, seine Hand von ihrer Hüfte fernzuhalten, und schüttelte den Kopf. Wie konnte er ihr klarmachen, dass seine Gedanken alles andere als brüderlich waren? Ihre Hüfte schmiegte sich ganz köstlich in seine Handfläche. Er sollte sich zurückziehen, bevor die Hitze, die sich in ihm ausbreitete, spürbar wurde, doch er war machtlos und konnte dem Drang, sie fester anzufassen, nicht widerstehen.

»So was in der Art«, antwortete er und erinnerte sich daran, dass er geschäftlich hier war und nicht, um die wunderschönste Frau der Insel abzuschleppen.

Sie sah auf seine Hand hinab, als er sie widerwillig fallen ließ.

»Der Schlüssel steckt im Zündschloss«, sagte sie und sah ihm wieder in die Augen. »Keine Kriminalität. Hier ist es besser, schon vergessen?«

»Ich bezweifle, dass ich das jemals vergesse.« Er warf einen Blick in den Wagen und bemerkte den Brotkorb und seinen Koffer. »Gabriella, sollten wir das nicht deinem *papou* bringen?«

Sie keuchte und packte seinen Unterarm. »Oh nein, *papou*! Er wird sich fragen, was mit mir passiert ist.«

»Wir bringen es ihm jetzt«, versicherte er ihr. »Ich erkläre ihm, dass es meine Schuld war.«

»Du musst die Schuld nicht auf dich nehmen. Das war meine Sache.« Kurz drückte sie seinen Arm. »Aber wenn es dir nichts ausmachen würde, mich dorthin zu fahren, wäre ich dir sehr dankbar.«

Gabriella leitete ihn durch die Ortschaft und eine hügelige Straße hinauf. »Du hast dir das griechische Wort für ›Großvater‹ gemerkt.«

Ohne nachzudenken, nahm er ihre Hand und drückte sie. »Ich bezweifle, dass ich irgendetwas von dem vergessen werde, was du gesagt hast.«

Einen Augenblick lang trafen sich ihre Blicke, ehe er seine Aufmerksamkeit wieder auf die Straße richtete. Ihre Hände blieben jedoch ineinander verschränkt. Sein Herzschlag beschleunigte sich, wie schon seit Jahren nicht mehr. Er versuchte, nicht zu sehr darüber nachzudenken, was das bedeuten könnte. Er hatte schon früher mit Frauen Händchen gehalten. Himmel, er war kein Heiliger, aber plötzlich nahm er alles an Gabriella überdeutlich wahr, darunter auch, wie sie sich gerade angestrengt bemühte, ihn nicht anzusehen. Noch nie hatte er eine Frau so intensiv wahrgenommen oder war so sehr an ihr interessiert gewesen. Er löste seine Hand aus ihrer, um ihr Raum zu geben, obwohl er selbst keinen wollte. Jede Sekunde, die sie gemeinsam verbrachten, weckte in ihm den Wunsch nach mehr.

Stille hatte sich während der Fahrt über sie gesenkt, abgesehen vom Brummen des Golfwagens und dem Rauschen der Bäume. Ein paar Minuten später öffnete sich die Straße zum Gelände des Resorts. Der Anblick des Monds, der über dem Meer hing, war absolut spektakulär.

Duke hatte so viel über das Resort gelesen, dass er sich die Einzelheiten praktisch eingeprägt hatte. Zu dem atemberaubenden Anwesen im mediterranen Stil gehörten sieben kleinere Villen, von denen er zwei links von sich erkennen konnte. Er wusste, dass die anderen abgeschiedener lagen und nur zu Fuß erreichbar waren.

»Dein Großvater lebt im Resort?« Das hatte er nicht erwartet.

»Nein. Du musst an der Straße da drüben scharf rechts abbiegen.« Sie deutete auf eine dunkle Lücke zwischen den Bäumen.

Duke bog ab und die Scheinwerfer erhellten eine weitere schmale, unbefestigte Straße. Sie folgten ihr um eine Biegung, hinter der eine kleine Villa zum Vorschein kam, die denen ähnelte, die er bereits gesehen hatte. Er parkte davor und Gabriella stieg mit dem Korb aus.

Anschließend strich sie ihr Kleid glatt. Ihr Blick huschte kurz und nervös über Dukes Körper. Sie hatten nichts weiter getan, als einen Nachmittag spazieren zu gehen und etwas zu essen, aber alles an ihr war einfach ungemein anziehend. Gedanklich war er schon zu ihrem ersten Abschiedskuss vorgeprescht und stellte sich vor, wie süß sie schmecken und wohin es führen würde. Der besorgte Ausdruck in ihren Augen und die Hitze, die von ihrem Körper ausstrahlte, erinnerten ihn an die unzähligen Kommentare und Blicke, die sie von ihren Verwandten bekommen hatte. Beides hatte sie ganz klar zusammenbringen sollen.

Sie mussten nicht zusammengebracht werden. In ihrem Blick konnte er deutlich erkennen, dass ihr Händchenhalten sie ernüchtert hatte. Offensichtlich machte sie sich Sorgen, dass ihr Großvater ihr Verlangen ebenso leicht erkennen konnte wie Duke gerade. Die Rädchen in seinem Kopf setzten sich in Bewegung. Gabriella war die Enkelin des Mannes, mit dem er verhandeln würde. Das war verzwickt und kompliziert. Er musste sein Verlangen in den Griff bekommen.

»Es ist spät«, sagte er. »Ich will deinen Großvater nicht stören. Geh ruhig alleine rein und ich warte hier auf dich.«

»Danke.« Erleichterung zeigte sich in ihren Augen.

Als sie die Tür öffnete und mit zärtlicher Stimme, die von der Liebe für ihren Großvater sprach, *Papou* rief, wusste Duke, dass er das Richtige getan hatte. Er war nur für ein paar Tage auf der Insel und die Bewohner waren ganz klar ein neugieriger Haufen. Das Letzte, was er wollte, war, Gabriella in eine unangenehme Lage zu bringen.

Sobald sich die Tür hinter ihr schloss, ging er im Garten vor dem Haus auf und ab und versuchte, die Kontrolle über seine Emotionen zurückzuerlangen. Sein Leben war davon geprägt, die Risiken und den Nutzen von Investitionen und seinen Handlungen abzuwägen. Während er versuchte, wieder Herr über die Leidenschaft zu werden, die ihn von innen heraus verbrannte, bemühte er sich gleichzeitig, sich davon zu überzeugen, dass es sich nicht lohnte, mit Gabriella zusammen zu sein, wenn er im Gegenzug die Investitionsmöglichkeit verlor. Noch nie zuvor hatten ihm Körper und Geist so deutlich gemacht, was das für ein Schwachsinn war, wie in diesem Moment. Er war steinhart und sein Verstand wurde von Gedanken an Gabriella überflutet.

Ein Schatten am Fenster erregte Dukes Aufmerksamkeit. Gabriella ging auf einen älteren Mann in einem Ledersessel zu. Sie stellte den Korb auf den Couchtisch und kniete sich an seine Seite. Nachdem sie eine Hand auf seinen Arm gelegt hatte, küsste sie seine Wange. Der Mann hatte einen buschigen, grauen Schnauzer und die dazu passenden Haare. Duke konnte seine Gesichtszüge nicht sehen, aber das reichte aus, um ihn von den Fotos zu erkennen, die er gesehen hatte. Als er seine Hand auf Gabriellas legte, konnte Duke die Liebe zwischen ihnen spüren. Ihn überkam das seltsame Verlangen, mit ihr im Zimmer zu sein, ihren Großvater kennenzulernen und als Teil ihres Lebens und nicht als Investor vorgestellt zu werden. Nur selten konnte man eine so aufrichtige Zuneigung sehen, wie Gabriella und ihre Familie sie so offen ausstrahlten. Es erinnerte ihn an seine Familie.

Sie lachte und richtete den Blick zum Fenster. Sein Puls

beschleunigte sich und er sagte sich, dass sie sein Gesicht im Dunkeln nicht sehen konnte, doch irgendwie wusste er, dass sie das nicht musste. Obwohl er sich einzureden versuchte, dass er ein wenig auf Distanz gehen und die Nacht ohne auch nur eine Kostprobe ihrer Lippen beenden musste, war die Welle aus Emotionen, die ihn erfasst hatte, zu groß und zu heftig, um sie zu ignorieren.

Schweigend fuhren sie zurück zum Resort. Gabriella war in Gedanken versunken. Ihr Großvater hatte sich gefreut, sie zu sehen, aber er hatte so abgelenkt gewirkt, wie Gabriella sich fühlte. Ihr war nicht klar gewesen, wie sehr ihr Duke unter die Haut gegangen war, bis sie ihn draußen vor dem Wohnzimmerfenster gesehen hatte. Es war zu dunkel gewesen, um seine Gesichtszüge zu erkennen, doch sie hatte gespürt, wie sich sein Blick in sie gebohrt hatte. Die Silhouette seiner breiten Schultern, der schmalen Taille und der muskulösen Beine stellte seine selbstbewusste Einstellung zur Schau und strahlte trotzdem auch deutlich einen Hauch von bewusster Entspannung aus. Die Energie zwischen ihnen war nicht mehr freundlich, sondern knisterte nun und es waren diese Funken, die in ihr den Gedanken weckten … die Frage … ob sie sich gestatten sollte, herauszufinden, was sie noch an ihm mögen könnte.

Als sie am Resort ankamen, beschrieb sie Duke den Weg zum überdachten Parkplatz hinter dem Gebäude. Abgesehen vom Mondlicht, das auf das tintenschwarze Wasser fiel, war es dunkel. Die Geräusche des Ozeans vermischten sich mit dem schrillen Zirpen der Grillen und den entfernten Rufen der Laubfrösche und anderer Insekten. Das waren die Geräusche, die sie normalerweise beruhigten, aber in Dukes Gesellschaft nahm sie mehr als nur die Laute der Natur wahr. Die Energie, die zwischen ihnen summte, verstärkte die innere Symphonie, die das Rauschen des Blutes in ihren Ohren und ihr donnernder Herzschlag erklingen ließen.

»Wir lassen den Wagen hier stehen«, erklärte sie, um sich selbst von ihrem Verlangen abzulenken. »Ich zeige dir deine Villa.«

Duke legte seine Hand auf ihre, bevor sie aus dem Golfwagen aussteigen konnte. Als er vorhin ihre Hand gehalten hatte, hatte sie all ihre Konzentration aufbringen müssen, um nicht an das schamlose Verlangen zu denken, das sich in ihr geregt hatte. Jetzt, in der Dunkelheit der Nacht, während sich ihre gemeinsame Zeit dem Ende näherte, wollte sie nicht gegen die brodelnde Hitze in sich ankämpfen.

»Beschreib mir doch einfach den Weg. Sicher finde ich sie auch allein.«

Ihr letztes Mal mit einem Mann war wirklich sehr lange her, trotzdem, war sie *so* aus der Übung? Hatte er beim Abendessen nicht mit ihr geflirtet? Sie behandelt, als wäre sie die einzige Person, die er sah, und jedem ihrer Worte gelauscht? War seine Hand auf ihrem Rücken wirklich nur eine Gewohnheit? Anfangs hatte sie es geglaubt, aber im Verlauf des Nachmittags hatte sie doch einen stärkeren Druck seiner Finger gespürt, oder? War sein Griff an ihrer Hüfte nicht fest gewesen, wie der eines Mannes, der mehr wollte?

Sanft drückte er ihre Hand und lenkte ihren Fokus wieder auf den Augenblick.

»Gabriella.«

Ihr Name perlte voller Verlangen von seinen Lippen. Also hatte sie seine Signale doch nicht falsch verstanden. Seine dunkler werdenden Augen und die Anspannung, die er ausstrahlte, waren die Bestätigung, dass er denselben inneren Kampf ausfocht wie sie selbst. Sie wusste nicht, was genau sie von ihm wollte, aber sie wusste, dass sie noch nicht bereit war, sich zu verabschieden.

Er führte ihre Hand an seine Lippen und drückte einen Kuss darauf. »Lass mich dich sicher nach Hause bringen, danach finde ich den Weg selbst.«

Bei der Vorstellung, dass er sie nach Hause brachte, raste ihr Puls. Erst dann sank der Gedanke ein, dass er gehen und sich den Weg zu seiner Villa selbst suchen würde. Nicht, dass sie schon bereit wäre, mit ihm ins Bett zu hüpfen. Oder? Ihre Gedanken rasten in Richtungen, die sie nicht erwartet hatte.

Sanft strich er mit dem Daumen über ihre Fingerknöchel, jagte ihr damit einen heißen Schauer über den Arm und zwang ihre Lunge zu arbeiten. »Meine Villa liegt diesen Weg hinunter.«

Er schien einen Augenblick darüber nachzudenken, bevor er leicht nickte, ihre Hand losließ und die Schlüssel hochhielt. Sofort vermisste sie seine Berührung.

»Nimmst du die mit?«, fragte er. »Oder lässt du sie hier?«

»Der blaue Schlüssel ist für deine Villa. Wenn du ihn abmachst, kannst du die anderen hierlassen.«

Er löste den Schlüssel, schob ihn sich in die Tasche und legte den anderen auf das Armaturenbrett.

»Auf der Insel können sich Diebe wohl nicht verstecken«, sagte er, stieg aus und nahm sein Jackett und das Gepäck vom Rücksitz.

Gemeinsam gingen sie den schmalen Pfad entlang. Gabriella

sehnte sich nach seiner Hand auf ihrem Rücken, aber er trug den Koffer und das Jackett und musste ein oder zwei Schritte hinter ihr gehen. Hohe Bäume hielten das Mondlicht ab und die Pflanzen schirmten sie von den Geräuschen des Meeres ab, verstärkten jedoch die Geräuschkulisse des Waldes.

»Hast du je Angst, allein hier draußen zu sein?« Sein Mund lag so nah an ihrem Ohr, dass Duke gegen ihren Rücken stieß, als sie langsamer ging, um ihm zuzuhören. Als sie sich umdrehte, um sich zu entschuldigen, landete seine Hand auf ihrer Taille. Ihre Körper schmiegten sich aneinander und seine Hand verbrannte durch den dünnen Stoff ihres Kleides ihre Haut.

»Entschuldige«, flüsterte er. »Ich hätte nicht so dicht hinter dir laufen sollen.«

Es kostete sie all ihre Konzentration, sich nicht auf die Zehenspitzen zu stellen und ihn zu küssen. Nur ein einziger Kuss. Eine Kostprobe.

Sie musste den Verstand verlieren. Sie wollte mit einem Typen rummachen, den sie weniger als einen Tag lang kannte. Einem unglaublich gut aussehenden, charmanten Gentleman, der eine eigene Familie wollte, nach Moschus und etwas Würzigem und Scharfem roch und maskuliner war als jeder Mann, dem sie je begegnet war. Einem Mann, der sie ansah, als würde er sie verschlingen wollen – und gerade einen Schritt zurück machte.

Seine Hand rutschte von ihrer Taille. »Entschuldige, Gabriella. Ich versuche, Abstand zu wahren.«

»Warum?«, fragte sie ohne nachzudenken und presste die Lippen zusammen, um nicht noch mehr zu sagen. Peinlich berührt drehte sie sich um und marschierte hastig den Pfad hinunter, in der Hoffnung, dass er sie nicht gehört hatte. Eine Minute später seufzte sie erleichtert. Selbst wenn er sie gehört hatte, sprach er sie zumindest nicht darauf an.

Am Ende des abgelegenen Pfades kam ihre Villa in Sicht.

»Hier wohne ich.« Sie drehte sich um und schon wieder stand er direkt vor ihr, ragte über ihr auf. Sein sinnlicher, verführerischer Duft ließ ihre Knie weich werden, ohne dass er auch nur ein Wort sagen musste.

»Und ich?«

Seine Stimme klang vor Zurückhaltung angespannt und es dauerte einen Moment, bis sie begriff, was er gefragt hatte.

»Ich bringe dich zu deiner Villa.« Sie machte einen Schritt, doch er legte sanft seine Hand auf ihren Oberarm und zog sie zurück. Nun waren sie sich so nah, dass sie den Wein in seinem Atem riechen konnte.

»Ich habe gesagt, dass ich dich sicher nach Hause bringe und den Weg dann allein finde.«

Sein Tonfall war besitzergreifend, sein Blick durchdringend, als würde er ihre Bemühungen durchschauen, die Lust zu verbergen, die sich tief in ihr rührte. Sanft strich er über ihren Arm und glitt mit dem Daumen über ihre erhitzte Haut.

»Deine … deine Villa ist da drüben.« Sie deutete auf einen Pfad, der den Hügel hinaufführte. »Bei Tageslicht kann man sie von hier aus sehen.«

»Ich finde sie sicher.« Er nahm seinen Koffer, legte die Hand auf ihren Rücken und gemeinsam gingen sie über den Rasen zu ihrer Villa.

Sie trat unter das Rankgitter über der Haustür und schwelgte in Dukes Berührung, prägte sich das Gefühl ein, während sie gegen den Drang ankämpfte, alle Bedenken in den Wind zu schlagen und ihn zu küssen.

»Hast du deinen Schlüssel?«, fragte er und riss sie damit aus ihrer Fantasie.

Was dachte er denn, wo sie in einem Kleid ohne Taschen einen Schlüssel aufbewahrte? Sie drehte sich um und, *gütiger Gott*, er hatte es schon wieder getan. Ihre Hände landeten auf seinen festen Bauchmuskeln. Sie schluckte einen Laut hinunter, der ihre Sehnsüchte zu verraten drohte.

»Kein Schlüssel«, antwortete sie.

»Richtig. Weil es hier *besser* ist.« Er warf einen Blick auf die Tür. »Ich weiß, dass du dich sicher fühlst, aber ich war noch nie hier und dich in ein Haus zu lassen, das den ganzen Tag unverschlossen war, fühlt sich falsch an. Hättest du was dagegen, wenn ich kurz mit reinkomme, um sicherzugehen, dass keine gruseligen Gestalten auf dich warten?«

Hatte sie etwas dagegen? Sie hatte keine Zeit, darüber nach- zudenken, wie es sie ganz und gar nicht stören würde, dass er ihr Haus oder ihr Bett überprüfte, bevor er ihre Fantasien zum Erliegen brachte, indem er hinzufügte: »Ich verspreche, mich zu benehmen.«

»Klar«, antwortete sie.

Er ging hinein und sie schloss für den Bruchteil einer Se- kunde die Augen, um sich daran zu erinnern, *warum* sie ihn nicht küssen wollen sollte. Wenn sie nicht wollte, dass er die Insel kaufte, warum dachte sie dann überhaupt darüber nach, ihn zu küssen? In diesem Moment verdrehte ihr das Verlangen so sehr den Kopf, dass sie nicht klar denken konnte. Es war einfach falsch.

Duke schaltete das Licht an und ging durch den Eingangs- bereich der gemütlichen Villa. Seine beeindruckende Gestalt ließ das Gebäude viel kleiner wirken. Sein Blick wanderte über die Steinfußböden, das Sofa, den Couchtisch und den Kamin in der Ecke. Was er wohl dachte, als er sich umdrehte und die Theke musterte, die das Wohnzimmer von der Küche trennte?

Ihre Fallakten lagen dort sauber gestapelt neben ihrem Laptop.

»Es ist hübsch hier«, stellte er fest. »Könntest du für mich bitte in deinem Schlafzimmer nachsehen? Ich möchte nicht, dass du dich unwohl fühlst, wenn ich in deinen Sachen schnüffle. Wirf einen Blick in die Schränke und ich warte hier.«

»Klar.« Ihr Vokabular war plötzlich geschrumpft. Er war Gentleman genug, um ihr Schlafzimmer nicht zu betreten? Wow, sie sollte sich für die Bilder schämen, die ihr durch den Kopf geschossen waren, die Vorstellung, wie er sie im Bett unter sich fest- und die ganze Nacht wachhielt, während er sie leidenschaftlich lie…

»Alles in Ordnung?« Er lehnte am Türrahmen, die Füße an den Knöcheln verschränkt, und sah einfach umwerfend gut aus. Sein Körper füllte die Tür aus und ihre Gedanken sprangen sofort dazu zurück, wie sein Körper *sie* ausfüllte.

»Äh, ja«, erwiderte sie nervös. »Keine gruseligen Gestalten.«

»Mehr kann man nicht verlangen.«

Offensichtlich war ihm nicht klar, wie lange es her war, seit sie das letzte Mal einen Mann geküsst hatte. Sie könnte eine ganze Menge mehr verlangen.

»Danke noch mal, dass du dir den ganzen Tag freigenommen hast, um mich herumzuführen«, sagte er, als sie ihn wieder zur Tür brachte.

»Das war doch nichts.«

»Das war eine ganze Menge.« Er umfasste ihr Gesicht und strich mit dem Daumen über ihre Wange. »Du bist wirklich eine wunderschöne Frau, Gabriella.«

Ihre Finger zuckten vor Verlangen, ihn zu berühren.

»Ich weiß, du willst nicht, dass irgendjemand diese Insel kauft«, fuhr er fort, während sein Blick über sie glitt und kurz an ihrem Mund hängen blieb, ehe er ihr wieder in die Augen sah. »Ich weiß auch, dass du klug genug bist, um zu verstehen, was passiert, wenn niemand hilft. Ich würde gern derjenige sein, der hilft. Wenn du morgen also Zeit hast, bevor oder nachdem du Vivi abgeholt und nachdem du im Besucherzentrum gearbeitet hast, könntest du mir die wichtigsten Teile der Insel zeigen, die du erhalten willst.«

»Morgen ist Samstag. Da ist keine Schule, also muss ich Vivi nicht abholen.« Sie versuchte, sich darauf zu konzentrieren, dass sie ihn herumführen sollte, aber ihr Kopf klammerte sich an einen Gedanken und leider nicht an den, der ihr lieb gewesen wäre. »Du bist also definitiv an der Insel interessiert?«

Sie hatte gewusst, dass es letztendlich zu einem Verkauf kommen würde, oder nicht?

»Ja, sehr. Warum sollte ich mich sonst von dir fernhalten wollen?«

Warum sonst? Ihr schwirrte der Kopf. »Das hast du gehört, hm?«

Er beugte sich näher zu ihr und sie dachte, er würde sie jetzt küssen. Sie leckte sich über die Lippen und bereitete sich darauf vor, denn sie wollte es.

»Ich habe alles gehört, was du gesagt hast.« Sein Atem strich hauchzart über ihre Lippen. »Und alles, was du nicht gesagt hast.«

Gabriella war noch nie so zweideutig angesprochen worden. Er hatte sie wahrgenommen, *alles* an ihr. Sie schluckte schwer.

»Ich muss Abstand halten«, erklärte er trotz des verlangenden Ausdrucks in den Augen, »weil ich dich jedes Mal küssen will, wenn du in meiner Nähe bist. Und ich habe das Gefühl, dass eine einzige Kostprobe von dir auf keinen Fall genug sein würde.«

Seine Worte entflammten sie und zogen eine brennende

Spur Richtung Süden. Wenn schon seine Worte solche Macht hatten, wie wäre es dann, wenn er sie küsste? Sie berührte?

Als er in die Nacht verschwand, wiederholte sie seine Worte in Gedanken immer wieder, denn sie wusste, dass er recht hatte. Es wäre für sie beide gefährlich, einer solchen Anziehung nachzugeben. Erregt und aufgewühlt fiel sie ins Bett. In ihr brannte das Verlangen nach Erlösung, doch sie kämpfte gegen den Drang, sich sein Gesicht oder die verführerische Note seiner Worte ins Gedächtnis zu rufen. Als sie jedoch die Augen schloss, sah sie nur ihn. Sein Geruch war in ihre Sinne eingedrungen. Es waren seine Hände, die unter ihr Höschen schlüpften, seine Stimme, die ihr ins Ohr flüsterte, seine Finger, die ihr Befriedigung verschafften, als sie der tiefen Sehnsucht in sich nachgab und glückselig ins Vergessen taumelte.

Fünf

Nach einer unruhigen Nacht, in der Gabriella die Hauptrolle in jedem Traum, jeder Fantasie und jedem wachen Moment gespielt hatte, rief Duke bei Pierce an und erzählte ihm von den Einzelheiten der gestrigen Tour. Hoffentlich würde ihn das davon abhalten, jede Sekunde an Gabriella zu denken.

»Verwurzelt beschreibt die Familien hier nicht mal annähernd.« Seine Gedanken wanderten zu seiner Zeit mit Gabriella gestern, ihren Spaziergängen, den Unterhaltungen, dem Abendessen mit ihrer Familie und ihren Freunden. »Im Grunde sind sie geradezu mit dem Sand hier verwachsen, aber ich glaube, dass wir mit ihnen arbeiten können.« Duke hatte noch nie einen Geschäftsinhaber kennengelernt, den er nicht mochte. Vielleicht gefielen ihm ihre Einstellungen nicht, oder was sie verkauften, doch wenn es um Menschen ging, blickte Duke tiefer als das, was sie ihm zeigen wollten. Die meisten Menschen zeigten ihre Unsicherheiten offen, obwohl sie sich verzweifelt bemühten, es nicht zu tun. Gabriellas Gefühle waren in allem sichtbar, was sie tat, in allem, was sie sagte – und noch lauter in allem, was sie in sich verschloss.

»Die Bewohner hier sind entweder ältere Familien, die vor vielen Generationen hier ansässig geworden sind, oder die jüngere Generation der Liakos-Familie. Auf der Insel gibt es kaum noch jemanden, der zwischen achtzehn und dreißig ist. Als die Wirtschaft einbrach, sind die jüngeren Einwohner geflohen. Die, die noch hier sind, gehören entweder zur Liakos-Familie oder sind Überbleibsel, die zu stur waren, um die Insel in den schweren Zeiten zu verlassen.«

»Und Mr. Liakos? Wann triffst du dich mit ihm und erkundigst dich danach, ob er verkaufen will?«, fragte Pierce.

»Ich bin gerade auf dem Weg zu ihm. Ich habe gestern seine Enkelin Gabriella kennengelernt und sie will nicht verkaufen.«

Pierce lachte. »Das hat uns noch nie aufgehalten. Du findest schon einen Weg, sie zu überzeugen.«

»Sie vom Verkauf zu überzeugen, ist das kleinste meiner Probleme. Sie ist klug. Sie weiß, dass sie Hilfe brauchen.« *Und ich will sie so sehr, dass ich nicht klar denken kann.* Heute Morgen war er am Strand joggen gewesen, nur damit er nicht in der Hoffnung, einen Blick auf sie zu erhaschen, ihre Villa beobachtete.

»Aber?«, fragte Pierce. Als Duke nicht antwortete, fuhr er fort: »Duke, spuck's aus, Kumpel. Sonst ziehe ich voreilige Schlüsse über dich und die Enkelin des Mannes, mit dem wir ein Geschäft machen wollen.«

Duke fuhr sich durch die Haare und sah hinaus auf den Atlantik. Er versuchte, das Lächeln zu unterdrücken, das an seinen Lippen zupfte, doch er war ein schrecklicher Lügner – sogar sich selbst gegenüber.

»So voreilig wäre das nicht. Allerdings habe ich nicht … Ich werde es nicht tun.«

»Du klingst nicht sehr überzeugt und *das* klingt überhaupt nicht nach dir. Du hast Arbeit und Vergnügen noch nie vermischt.«

»Nein.« Duke war von seinem Verlangen ebenso verblüfft wie Pierce. In all seinen Jahren als Investor hatte er diese Grenze noch nie überschritten. »Ich bin nicht sicher, warum die Grenzen verschwimmen, aber ich habe dem nicht nachgegeben, und es ist ja nicht so, als würde ich die Risiken nicht kennen, falls ich mich mit ihr einlasse. Ich reiße mich zusammen.«

»Mhm. Vielleicht sollte ich mich um dieses Geschäft kümmern.«

»Sei nicht albern. Du musst eine Hochzeit planen und ich schaffe das schon.« Zumindest würde er es versuchen. Was er Pierce jedoch nicht erzählte, war, dass sich ihr ursprünglicher Plan, die bestehenden Gebäude abzureißen und eine durchgehende Südstaaten-Atmosphäre zu schaffen, bereits geändert hatte. Die Mischung der Kulturen hier war einzigartig. Er konnte sich vorstellen, dass sie einen Teil des Reizes der Insel ausmachte, und nachdem er Gabriella kennengelernt und erfahren hatte, wie aufrichtig sie alles an der Insel liebte, ertrug er die Vorstellung nicht, alles niederzuwalzen. Aber er hatte keine Lösung und wusste nicht mal, ob es überhaupt möglich war, die Richtung zu ändern und trotzdem einen angemessenen Profit aus ihrer Investition zu schlagen. Deshalb behielt er diese Gedanken für sich.

»Hör zu, ich werde mein Bestes geben. Gibt es etwas Neues, das ich Mr. Liakos gegenüber erwähnen soll?«

Nachdem sie ihre Strategie besprochen und aufgelegt hatten, ging Duke für sein Meeting zum Resort.

»Haben Sie alles, was Sie brauchen, Mr. Ryder?«, begrüßte ihn Dreama Beaumont dort. Sie war eine herzliche, stämmige Frau mit dichten blonden Haaren und einer freundlichen Art. Sie hatte Duke vorhin Kaffee angeboten, als er auf der Terrasse gesessen hatte, und jetzt stand sie einladend lächelnd vor ihm, um ihn zu Mr. Liakos zu bringen.

»Ja, danke.«

»Mr. Liakos freut sich darauf, Sie zu treffen.« Sie führte ihn in ein Büro mit einem großen Konferenztisch und Blick aufs Meer. »Kann ich Ihnen noch etwas Kaffee oder Tee bringen?«

»Nein danke. Ich brauche nichts.«

Bevor sie die Tür ganz hinter sich schließen konnte, wurde sie wieder aufgestoßen und Mr. Liakos kam auf einen Stock gestützt herein. Seine Glatze wurde von dichten, silbernen Haarbüscheln umrahmt, die aussahen, als hätte er sie mit den Fingern gekämmt. Durch die silberne Farbe wirkten seine buschigen, dunklen Brauen noch dunkler und dadurch sahen seine Augen noch schmaler aus, als sie es durch die tiefen Krähenfüße ohnehin schon taten. Der graue Bart über seiner Oberlippe war dicht und kräuselte sich an den Enden nach oben. Sein Hemd war beinahe bis zur Mitte aufgeknöpft und enthüllte seine grauen Brusthaare und wettergegerbte, faltige Haut.

Duke reichte ihm die Hand. »Danke, dass Sie sich die Zeit nehmen, sich heute mit mir zu treffen.«

Der alte Mann betrachtete Dukes Hand und lächelte, ehe er sie schüttelte. Ohne seine Hand loszulassen, beugte sich Mr. Liakos vor und umarmte Duke. »In meiner Familie begrüßen wir uns, als wären alle Teil der Familie.« Er sprach Englisch, obwohl der Akzent seiner Vorfahren unüberhörbar war.

Duke lachte. »Was, wenn Sie die Person nicht mögen, die Sie begrüßen?«

Der alte Mann bedeutete ihm, sich zu setzen. »Wie kommen Sie darauf, dass wir all unsere Familienmitglieder mögen? Entweder lieben, schreien oder essen wir. Liebe? Zuneigung? Abneigung? Alles dasselbe.« Er stellte den Stock neben sich, ließ sich auf einen Lederstuhl sinken und verschränkte die Hände über seinem leicht rundlichen Bauch. Einen Augenblick lang nickte er schweigend, als würde er eine Frage beantworten oder – wie Duke eher vermutete – ihn einschätzen, so wie Gabriella es getan hatte.

»Sie haben meine süße Gabrielaki kennengelernt, ja?«

»Ja, Sir.« *Und sie ist wirklich süß.* »Darf ich fragen, was es mit der Aussprache ihres Namens auf sich hat? Ich versuche, mehr über die Kultur der Insel und ihrer Bewohner zu erfahren, und natürlich gehört es dazu, Griechisch zu lernen. Ich arbeite auch an meiner Südstaaten-Sprechweise. *Y'all* hab ich schon ziemlich gut drauf.«

Überrascht hob Liakos seine buschigen Brauen. »Sie möchten etwas über die Kultur der Insel erfahren?«

»Ja, natürlich. Gabriella hat mich einigen der Anwohner vorgestellt. Ich habe nicht vor, die Wurzeln zu zerstören, die diese Gegend über all die Jahre hier genährt haben.«

»Verstehe. Mir gefällt Ihre Philosophie, Duke.« Er beugte sich vor und sein Tonfall wurde ernst. »Sie haben nach dem Namen meiner Enkelin gefragt. Meinem Volk geht es um Liebe. Kurzformen oder Verniedlichungen sind eine Form der Liebe. Wir hängen *aki* oder *mou* an die Namen. *Gabrielaki mou* oder *meine kleine Gabriella. Gabriella* ist kein traditioneller griechischer Name, aber wir sind ja auch nicht in Griechenland, richtig?«

Er erklärte die verschiedenen Variationen der Spitznamen im Detail und wie sich im Laufe der Jahrzehnte die Familien aus Griechenland und aus den Südstaaten vermischt und wie sie voneinander gelernt hatten. Eine Stunde später lachten sie über die hypothetischen Namen, die seine Kinder gehabt hätten, wenn sie nach ihren Persönlichkeiten benannt worden wären.

»Mr. Liakos …«

»Niko, bitte.«

»Also Niko, vielen Dank.« Duke erinnerte sich an die Namen von Gabriellas Vater und ihrem Bruder und stellte fest, dass es in der Liakos-Familie drei *Nikos* gab. Wie hielt die Familie sie auseinander? »Was ist deine Vision für die Insel? Dein Ziel mit diesem Verkauf?«

Der alte Mann lehnte sich schwer seufzend zurück. »Meine Vision …« Er blickte eine ganze Minute oder länger aus dem Fenster, als würde er seine Erinnerungen ansehen, während sie sich wie ein Film vor seinem inneren Auge abspielten. »Ich möchte meine Familie zusammenhalten und ich möchte, dass für sie gesorgt ist. Ich bin ein alter Mann. Ich habe meinen Traum gelebt.« Er zuckte mit den Schultern und sein Blick wurde nachdenklich. »Diese Insel, das, worauf wir einst hofften, worauf wir hingearbeitet haben und was wir sehr lange hatten, war der Traum meiner Vorfahren. Es ist an der Zeit für einen neuen Traum, Duke. Sicher weißt du das.«

Als Investor ging es in Dukes Job nur um neue Visionen und Träume, aber seit Gabriella erwähnt hatte, dass sie die Insel verlassen hatte, um dem Wunsch ihres Großvaters gerecht zu werden, fragte er sich, ob hinter dem Umzug mehr steckte, als sie preisgab. Nun konnte er sehen, dass ihr Großvater alles tun würde, damit seine Familie gut versorgt war, und das beinhaltete auch, dass er ihr Vermächtnis verkaufte.

»Was, wenn ich mit einem Angebot wiederkomme, das du nicht ablehnen kannst, und dann alles niederreiße und eine Fabrik aufbaue?« Niko tat so, als würde er ein finanzielles Angebot annehmen, um die Stabilität seiner Familie zu sichern, aber Duke wusste, dass das nicht der Fall war. Wenn doch, hätte er die Tour einem Immobilienmakler überlassen und dieses Treffen würde nicht ohne Rechtsberater stattfinden.

»Dann habe ich deinen Charakter falsch eingeschätzt.« Niko lehnte sich zurück und verschränkte die Arme über dem Bauch. »Wir haben eine einzigartige Insel. Die alten Gepflogenheiten der Griechen haben sich mit denen der Südstaatler vermischt. Und jetzt ist es an der Zeit, größere Visionen hinzuzufügen, damit die Familien, die diese Insel zu dem gemacht haben, was sie ist, hierbleiben können. Es ist Zeit für eine Veränderung.« Er hielt inne, ehe er die Hände hob und hinzufügte: »Wie diese Veränderung aussehen soll? Keine Ahnung. Aber ich denke, Sie wissen es.«

Am Ende des Treffens hatte Duke eine Geschichtsstunde über die Einwanderung der Liakos-Familie und eine weitere Einladung zur anstehenden Geburtstagsfeier von Katarinas Vater erhalten.

Der Duft von Aufläufen, gegrilltem Lamm und die einzigartigen Gerüche der Menschen, die Gabriella am meisten liebte, vermischten sich auf ungemein behagliche Art und Weise. Gabriella werkelte mit ihrer Mutter, ihren Cousinen, Tanten und Onkeln in der Küche des *großen Hauses*, wie sie es nannten, am Leuchtturm, während die Kinder durch die geöffneten Terrassentüren herein und hinaus flitzten. Das große Haus war eine großzügige Villa mit Blick aufs Meer. Hier fanden all ihre Feiern statt.

Die aufgeregten Stimmen der Frauen erfüllten während der Vorbereitungen für die abendlichen Feierlichkeiten die Luft. Gabriella schnitt rote, orange, gelbe und grüne Paprika und beobachtete, wie ihre Mutter geschickt verschiedene Lebensmittel zerteilte, hackte und zu einem gigantischen Auflauf schichtete, wie sie es schon ihr ganzes Leben lang tat. In ihren braunen Haaren, die sie zu einem Pferdeschwanz zusammengebunden hatte, zeigten sich einige graue Strähnen. Ihre Bewegungen ähnelten eher denen einer dreißigjährigen Frau als einer in den späten Fünfzigern, sie waren voller energiegeladener Tatkraft und Wärme. Gabriella hatte ihre Mutter immer für hübsch gehalten, und als sie ihre Verwandten und Freunde betrachtete, erkannte sie in jedem von ihnen eine unverwechselbare Schönheit.

Ihre Tante Alexandra war groß, hatte dunkle, lockige Haare und ein neugieriges Wesen. Immer wieder warf sie Gabriella verstohlene Blicke zu, während sie Käse auf dem Gericht verteilte, um das sie sich kümmerte.

Gabriella hatte sich heute beim Anziehen mehr Zeit gelassen, in der Hoffnung, Duke noch einmal zu treffen, da sie nichts Konkretes ausgemacht hatten. Sie hatte das Gefühl, dass das der Grund für die Blicke war, die ihre Tante und einige der anderen ihr im Laufe des Vormittags zugeworfen hatten. Ihre Ururgroßmutter väterlicherseits hatte sieben Kinder und zweiundzwanzig Enkel gehabt, die alle wiederum zwischen drei und sechs eigene Kinder gehabt hatten. Die Familie ihrer Mutter war genauso groß. Da war es selbstverständlich, dass es auf der Insel immer etwas zu feiern gab, und sie vermisste es, sie vermisste das hier – dass die Generationen ganz einfach deshalb zusammenkamen, um Essen für die Menschen vorzubereiten, die sie liebten. Sie vermisste diese Verbindungen und die Gelegenheiten, diese Erinnerungen zu schaffen, so sehr, dass der Schmerz sich in ihr zusammenballte und ihr die Kehle zuschnürte.

»Vivi hat erzählt, dass die Schwester des Investors Schauspielerin ist«, erzählte Alexandra ihrer Schwester Eleni. Daraufhin keuchten alle Frauen auf und unterhielten sich darüber, wie aufregend ihr Leben sein musste.

»Ich frage mich, ob sie Brad Pitt kennt«, sagte ihre Cousine Salina mit großen Augen.

»Oder Matthew McConaughey. Sein texanischer Akzent ist einfach hinreißend«, fügte Katarina hinzu.

Eleni hob die Hände und brachte die anderen zum Schweigen. »Ich frage mich, ob sie Giannis Anastasakis kennt!«

Gabriella lachte. Giannis Anastasakis war John Aniston, ein unglaublich gut aussehender griechischer Schauspieler, der vor allem durch seine Rolle als Patriarch Victor Kiriakis in *Zeit der Sehnsucht* bekannt war. Die jüngeren Generationen kannten ihn einfach nur als Jennifer Anistons Vater, aber für Gabriella würde er immer ihr allererster Schwarm sein.

»Warum lachst du, Gabrielaki?«, fragte ihre Tante Loy.

»Ich erinnere mich, dass ihr die Serie immer beim Kochen geguckt und von ihm geschwärmt habt. Euretwegen habe ich ihn verehrt.«

»Meine kleine Prinzessin war in einen älteren Mann verknallt«, sagte ihre Mutter zwinkernd. Der entzückende Südstaaten-Charme ihrer Mutter milderte das Ungestüm der anderen ab.

Ihre Tante Loulou sah von den Pilzen auf, die sie klein schnitt, und fügte hinzu: »Und jetzt ist unsere kleine Ella in einen anderen Mann verknallt.«

Gabriellas Herz setzte einen Schlag aus, weil Loulou ihre Gedanken so mühelos gelesen hatte. Während die anderen Frauen ihre Hoffnungen lautstark kundtaten, vertrieben ihre Umarmungen Gabriellas Verlegenheit, sodass nichts als Wärme und Liebe zurückblieb. Die Kosenamen prasselten wie Regen auf sie ein – *Ella, Gabrielaki, Lala*. Ihre Familie hatte sich nie auf einen Spitznamen festlegen können, aber in einer Sache waren sie sich einig – sie *brauchte* einen Ehemann.

Ein schwerer Arm legte sich um ihre Schultern und dann flüsterte Dimitri an ihrer Wange: »Hilf mir draußen beim Kochen. Ich rette dich.«

Ihre Mutter schüttelte den Kopf. »Dimitri, dir würde es auch guttun, eine Frau zu finden.«

Dimitri hob geschlagen die Hände und wich zurück. Er war siebenundzwanzig, was bedeutete, dass die älteren Verwandten in ihm einen perfekten Heiratskandidaten sahen.

»Oh, nein, das wirst du nicht tun.« Gabriella zog ihn zurück an den Tisch. »Du würdest mich im Regen stehen lassen?«

Sie folgte Dimitris Blick zum Eingang der Terrasse, wo Duke in einer Jeans und einem schwarzen Polo-Shirt stand. Der intensive Blick seiner dunklen Augen überbrückte die Entfernung zwischen ihnen.

»Störe ich?«, fragte Duke und trat ein.

Gabriella war sich vage bewusst, dass ihre Tanten ihn umschwärmten, ihn ins Zimmer zogen und einen riesigen Aufriss machten, wie nur sie es konnten. Sie berührten seine Arme und seinen Kragen, küssten ihn so oft auf die Wangen, dass er innerhalb weniger Sekunden unzählige Lippenstiftabdrücke auf der Haut hatte, und verteilten gleichzeitig großzügig Komplimente und stellten Fragen. Aber ihr Tumult verblasste im Vergleich zu Gabriellas wild schlagendem Herz, als sie die Einladung in seinem festen, schwelenden Blick sah.

»Sei nicht albern. Komm, komm«, sagte Gabriellas Mutter, als sie ihn ins Zimmer scheuchten.

»Danke.« Duke hatte damit gewartet, Gabriella aufzusuchen, bis er sicher gewesen war, dass er sein Verlangen, ihr näher zu sein, kontrollieren konnte. Es war ihm sogar gelungen, sich einzureden, dass seine Anziehung zu ihr flüchtig und nur der Situation geschuldet war und nicht etwas Bedeutungsvollerem oder einer tieferen Verbindung. Jetzt stand sie vor ihm und ihre sorgfältig aufgesetzte Beherrschung zeigte sich deutlich in ihren gestrafften Schultern und ihrem leicht gehobenen Kinn. Wie Metall, das von einem Magneten angezogen wurde, kam er näher, und die Mischung aus Überraschung und Verlangen in ihren warmen, dunklen Augen war unmissverständlich.

Es war dumm gewesen, Pierce zu sagen, er könnte mit den Funken umgehen, die zwischen ihnen flogen, vor allem, wenn sein Herz schon bei ihrem bloßen Anblick einen Salto in seiner Brust schlug. Diese Anziehung hatte nichts damit zu tun, dass Gabriella die nächstbeste Frau in seiner Nähe war. Und sie war auch nicht flüchtig. Es war eine Art von Verbindung, die er noch nie zuvor erlebt hatte. Der Risikomanager in ihm suchte nach einer plausiblen Erklärung, doch der Mann in ihm wusste, dass er keine finden würde, weil eine solche Verbindung einer Quelle entsprang, die viel zu tief in ihm lag.

»Hi«, begrüßte sie ihn mit einem leicht fragenden Unterton in der Stimme – ganz und gar nicht die beherrschte Frau, die er gestern kennengelernt hatte.

Er mochte diese sanftere, femininere Seite an ihr, und dass sie ebenso Schwierigkeiten zu haben schien, die Energie zu verstehen, die sie zueinander zog, wie er. Bedeutete das, dass sie letzte Nacht so an ihn gedacht hatte, wie er an sie? Spürte sie die Intensität dieser unausgesprochenen Sache zwischen ihnen ebenso heftig wie er?

»Ich hoffe, es stört dich nicht, aber ich hatte gehofft, dass du mich rumführen kannst.« Am Rande nahm er das leise Flüstern und die Gespräche um sie herum wahr.

Gabriellas Blick huschte zum Tisch, an dem sie offensichtlich Essen zubereitet hatte. Duke sah zum Herd, den Tischen und Arbeitsplatten. Jede Oberfläche war mit Geschirr, Besteck und halb fertigen Gerichten bedeckt und ihm wurde klar, wie unangebracht seine Bitte war.

»Es tut mir leid. Ich wusste nicht, dass du mit deiner Familie beschäftigt bist. Ich hätte nicht davon ausgehen sollen ...«

Plötzlich lagen die Hände der Frauen wieder auf seinen Armen und schoben ihn zu Gabriella. Diese Frauen gaben dem Wort *aufdringlich* eine ganz neue Bedeutung. Sie redeten alle gleichzeitig, und ihm blieb nichts anderes übrig, als zu lächeln und zu nicken.

»Oh, Liebling. Geh und amüsier dich. Wir schaffen den Rest allein«, versicherte ihre Mutter.

Eine Frau mit krausen, blonden Haaren schubste Gabriella einen Schritt nach vorn. »Geh. Nimm sie mit. Nimm Ella. Seht euch die Insel an.« Sie deutete auf die anderen Frauen, die sich mit aufmunternden Worten um sie versammelten.

»Ja, geh. Zeig ihm den Obstgarten, Schätzchen. Na los, haut schon ab«, fügte eine füllige Brünette hinzu und schob Gabriella näher zu ihm.

Eine andere Blondine berührte seine Wange und sagte: »Lass dir von Lala die Klippe zeigen.«

Duke hörte die Kosenamen gern. Gabriella lachte leise. Das hinreißende Geräusch sorgte dafür, dass er die Hand hob und nach ihr griff.

»Der Strand, Gabrielaki«, warf eine zierliche Blondine ein. »Geht schwimmen.«

Gabriella legte ihre Finger in seine Handfläche und ein

rosiger Schimmer breitete sich auf ihren hohen Wangenknochen aus. »Wie es aussieht, zeige ich dir heute den Rest der Insel.«

»Nun geht schon«, drängte ihre Mutter. »Verschwindet und amüsiert euch.«

Die Frauen scheuchten sie aus dem Haus.

»Danke«, verabschiedete sich Duke von ihnen. Duke war nicht überrascht, dass die Männer, die sich bei seiner Ankunft um den Bratspieß versammelt hatten, nun interessiert in ihre Richtung blickten.

Er winkte. »Wie geht's?«

Ein halbes Dutzend Antworten prasselte gleichzeitig auf ihn ein, doch die Zustimmung in ihren Augen verriet Duke, dass ihm nicht das übliche, überfürsorgliche Verfahren bevorstand, das die Dates seiner Schwester hatten ertragen müssen, wenn er und seine Brüder da gewesen waren. Es war schön zu sehen, wie sehr Gabriellas Familie sie vergötterte, aber er atmete in dem Wissen, dass er sie gleich ganz für sich allein haben würde, etwas leichter.

Eine schwere Hand legte sich auf seine Schulter und er drehte sich zu Dimitri um, der denselben, belustigten Gesichtsausdruck aufgesetzt hatte wie ihr Vater am Tag seiner Ankunft.

»Die anderen wollen sie verheiraten. Ich will nur, dass sie etwas Spaß hat.« Dimitri drückte seine Schulter. »Nicht zu viel Spaß.« Er zwinkerte ihm zu.

»Dimitri!« Gabriella verdrehte die Augen.

»Ich behalte deine Richtlinien im Kopf«, versicherte Duke ihm.

Gabriella drückte ihrem Bruder einen Kuss auf die Wange, ehe sie etwas auf Griechisch sagte, was alle – bis auf Duke – zum Lachen brachte.

Er *musste* wirklich diese Sprache lernen.

Sechs

Als sich Duke und Gabriella von dem großen Haus entfernten, ermahnte er sich, die Insel mit professionellen Augen zu betrachten, und nicht wie ein Typ, der von einer wunderschönen Frau hingerissen war. Aber je mehr er sich bemühte, desto schwieriger wurde es. Nachdem sie ein paar Minuten Hand in Hand spazieren gegangen waren, zog Gabriella ihre Hand aus seiner.

»Was hast du dir denn vorgestellt?«, fragte sie am Ende der unbefestigten Straße. »Möchtest du die Orte von historischer Bedeutung sehen? Die Gemeinschaftsgärten, die …«

Und damit schaltete sie einfach so in den Tour-Guide-Modus. Wie konnte ihr das so leicht fallen, wenn er damit zu kämpfen hatte, sie nicht in die Arme zu nehmen und zu küssen?

»Gabriella.« Er wartete, bis sie ihn ansah und das Verlangen, das in ihren Augen schimmerte, lockte ihn näher. Er berührte ihre Wange und sie blinzelte ihn mit ihren langen Wimpern an. Es kostete ihn all seine Selbstbeherrschung, sich nicht nach unten zu beugen und ihre Lippen zu kosten. Doch als er den Blick auf ihren vollen Mund senkte, presste sie ihn zu einer schmalen Linie zusammen, und ihm wurde klar, dass sie ebenso zu kämpfen hatte wie er. Der Tour-Guide-Modus war ihr

Sicherheitsnetz.

»Ich weiß alles über die historischen Orte der Insel. Wie ich gestern Abend schon sagte, ich möchte die Stellen sehen, die dir am wichtigsten sind und die du gern erhalten würdest, sollten wir wirklich investieren.« Er sah ihr suchend in die Augen, während sich ihre Mundwinkel hoben und diese sexy Röte erneut über ihre Wangen kroch.

Sie nickte und senkte kurz den Blick, ehe sie ihn wieder selbstbewusster ansah. »Tut mir leid, dass alle so aufdringlich sind.«

»Das muss es nicht. Es ist ein tolles Gefühl, dass du diesen Leuten so wichtig bist. Meine Familie steht sich sehr nah, und ich habe mich oft gefragt, ob ich jemals eine Frau kennenlernen werde, für die Familie genauso wichtig ist wie für mich.« Er sah den Weg entlang, den sie gekommen waren. »Es ist offensichtlich, dass die Menschen, die hier leben, ebenso denken.« Dann schlug er alle Vorsicht in den Wind und griff nach ihrer Hand. »Ich kann sehen, dass du es auch tust.«

»Duke …« Erneut zog sie ihre Hand aus seinem Griff, woraufhin ihm der Magen in die Kniekehlen sackte. »Ich habe darüber nachgedacht, was du gestern Abend gesagt hast, und du hattest recht. Wenn wir dem nachgeben, was auch immer das zwischen uns ist, könnten wir wirklich in Schwierigkeiten geraten. Ich denke, wir sollten professionell bleiben.«

Duke kämpfte gegen seinen niederen Instinkt, sie in seine Arme zu ziehen und solange zu küssen, bis sie wieder bei Verstand war. Doch er wusste, dass er im Unrecht war und sich gerade von seinen Emotionen überwältigen ließ. Letzte Nacht war er derjenige gewesen, der die Grenze im Sand gezogen hatte, aber mit jedem Blick, jeder Berührung ihrer Hände, jedem einzelnen Lächeln war diese Grenze weiter verschwommen.

Er zwang sich, das Richtige zu tun. »Du hast recht. Es tut mir leid.« Um nicht dem Drang nachzugeben, sie zu berühren, schob er die Hände in die Taschen. »Ich würde trotzdem gern die Orte sehen, die dir wichtig sind, wenn es dir nichts ausmacht.« Verzweifelt suchte er nach einem anderen Grund als der Wahrheit dafür – dass er alles über sie wissen wollte –, scheiterte jedoch.

»Okay, sicher.« Ihre Stimme brach ein wenig.

Auf dem Weg zum Strand straffte Gabriella die Schultern, setzte eine neutrale Miene auf und hob das Kinn. Das hatte sie schon ein paar Mal getan und Duke erkannte, was es damit auf sich hatte. Er wusste von den unsichtbaren Mauern, hinter denen sich Menschen versteckten, um nicht verletzt zu werden oder sich lächerlich zu machen. Oder aus irgendeinem anderen Grund, der in ihnen das Bedürfnis weckte, sich zu verstecken. Duke hatte dieser Versteckerei nie etwas abgewinnen können. Er kannte seine Stärken und Schwächen und stellte sich Herausforderungen offen. Und was das Verletztwerden anging, nun, er würde nie etwas tun, um Gabriella wehzutun, und würde sich lieber dem Risiko aussetzen, von ihr verletzt zu werden, als niemals die Gelegenheit zu bekommen, herauszufinden, was aus ihrer Anziehung entstehen könnte.

In den letzten vierundzwanzig Stunden hatte er viel Zeit damit verbracht, über Gabriella nachzudenken und dass sie mehr als nur sexy, hinreißend und klug war. Ihre Familie liebte sie so sehr, dass sie sie weggeschickt hatten, damit sie die Chance bekam, sich ein besseres Leben aufzubauen. Duke hatte sein Zuhause aus eigenem Antrieb verlassen, voller Begeisterung, aufs College zu gehen und die echte Welt zu sehen. Wie hätte er sich wohl gefühlt, wenn er nicht hätte gehen wollen, sondern gezwungen worden wäre? Er spürte, dass sie diese Narbe ganz nah unter der Oberfläche trug und verspürte das brennende Verlangen, der Mann zu sein, mit dem sie diese Gefühle teilen konnte.

»Gehen wir zuerst zum Strand«, schlug Gabriella vor. »Eines der besten Dinge an dieser Insel ist, dass sie eine *Insel* ist.«

Sie ließen ihre Schuhe am Rand des Strandes stehen und spazierten über den warmen Sand zum Wasser. Gabriella schloss die Augen und hob ihr Gesicht dem strahlend blauen Himmel entgegen. Das Sonnenlicht, das auf ihrer olivfarbenen Haut glänzte, brachte sie zum Strahlen und eine sanfte Brise ließ ihr hübsches Kleid flattern. Duke stellte sich vor, wie sie sich in ihrer Kindheit an genau diesem Strand gesonnt hatte und einfach *da gewesen war*. Er wünschte sich, er hätte sie schon als neugierigen, rebellischen Teenager gekannt und hätte beobachten können, wie sie zu der großartigen Frau heranwuchs, die sie nun war. Am meisten wünschte er sich jedoch, er hätte für sie da sein können, als man sie dazu gedrängt hatte, die Insel zu verlassen. Die Vorstellung, dass sie diese Art von liebevoller Strenge ohne jemanden durchstehen musste, der sie hielt, während sie unter den guten Absichten ihrer Familie litt, schmerzte ihn.

»Mutter Naturs größtes Geschenk an die Menschheit«, sagte sie, während sie ihn mit dem friedlichsten Ausdruck ansah, den er je gesehen hatte. Als hätte sie gerade einen perfekten Moment erlebt.

Duke würde am liebsten in der Zeit zurückreisen und ihn mit ihr erleben. Einen Augenblick später wurde ihm klar, dass er genau das tat.

»Nichts kommt gegen das klare Meerwasser, den Sand zwischen den Zehen und die saubere Luft an. Versuch mal, *das* auf dem Festland zu finden.« Sie trat mit den Füßen ins Wasser.

»Ich verstehe, wie leicht man hier im Moment leben kann.« *Da sein.* Duke stellte sich neben sie ins knöcheltiefe Wasser. »Danke, dass du mich daran erinnerst, wie schön solche Momente sind.«

»Es ist toll, nicht wahr?«, fragte sie seufzend.

»Es wäre gelogen, wenn ich behaupten würde, deine Anwesenheit würde es nicht noch schöner machen.« Er ertappte sich dabei, wie er die Hand nach ihrem unteren Rücken ausstreckte, und schob sie stattdessen in seine Hosentasche. »Natürlich ganz professionell.«

Sie verdrehte die Augen. »Natürlich. Also, wenn du deine Hausaufgaben gemacht hast, weißt du, dass meine Vorfahren hierherkamen, um eine Reederei aufzubauen.«

»Tatsächlich habe ich die Gründe für die Einwanderung deiner Familie nicht recherchiert, aber dein Großvater hat mir ein wenig darüber erzählt. Meine Nachforschungen reichen nur bis zu dem Zeitpunkt zurück, an dem der Besitz von deinem Urgroßvater an deinen Großvater überging. Ich fand es interessant, dass das Resort immer an den ältesten Sohn des Vorbesitzers vererbt und nicht unter den Erben aufgeteilt wurde. Ist es in der griechischen Kultur normalerweise nicht üblich, Besitz unter den Erben zu verteilen?«

»Doch, das ist so üblich.« Sie hielt inne, um ihren Blick übers Wasser schweifen zu lassen. »Uns allen gehören kleine Anteile an den Grundstücken unserer Vorfahren in Griechenland, die seit Generationen vererbt und gestückelt wurden. Ich glaube, mir gehört irgendwo ein Viertel von einem Fünftel Land. Ich bin nicht sicher, warum sie das mit der Insel nicht auch so gemacht haben.«

»Lass mich raten. Land ist auch Liebe?«, neckte er.

»Tatsächlich, ja.« Sie lachte und sah mit zusammengekniffenen Augen zu ihm auf. »Liebe, Liebe, Liebe. Von Umarmungen bis hin zum Schimpfen.«

»Aber das ist bei anderen Familien nicht anders, oder?«

»Ich kenne nicht genug andere Familien, um es zu vergleichen.« Sie setzte sich wieder in Bewegung und ihr Tonfall wurde nachdenklich. »Anscheinend folgen wir dem Rat unserer Vorfahren noch lange nach ihrem Tod, und ich bin nicht sicher, ob das in den meisten Familien typisch ist. Du weißt also, dass der ursprüngliche Plan war, eine Liakos-Reederei hier auf der Insel zu gründen.«

Duke schwieg, während sie aus dem Wasser kamen und den Strand hinaufliefen.

»Wo es Häfen gibt, gibt es Griechen«, fuhr Gabriella fort, als sie sich die Schuhe anzogen und zurück auf die unbefestigte Straße traten. »Wir sind ein sehr fleißiges Volk, auch wenn die nachlassende Wirtschaft hier vielleicht einen anderen Eindruck erweckt.«

»Ich habe hier niemanden getroffen, der nicht fleißig wirkt. Der fehlende Tourismus hat nichts damit zu tun, wie hart die Menschen hier arbeiten. Es liegt an dem, was den Touristen geboten wird. Um die Massen anzulocken oder zu reizen.«

Sie schwieg eine Weile, während sie über eine andere Straße zu einem Pfad im Wald schlenderten. »Damit hast du wohl recht«, räumte sie schließlich ein. »Weißt du, warum es hier keine Liakos-Reederei gibt?«

Er schüttelte den Kopf.

»Ich kenne nicht alle Einzelheiten, weil die Erzählungen im Laufe der Zeit natürlich immer komplizierter werden. Aber angeblich haben sie Lastwagen und Material mitgebracht, um die Reederei aufzubauen, und einer meiner Verwandten – und ich benutze dieses Wort sehr großzügig, weil Tanten und Onkel in meiner Familie nicht immer blutsverwandt waren. Das nenne ich mal Identitätskrise. Kannst du dir vorstellen, an jedem Osterfest mit Onkel George, Onkel Mike, Onkel Niko und einem Haufen anderer *Verwandter* zusammenzusitzen …« Sie sah Duke an. »Die Männer haben ihr Bier getrunken und sich dabei abgewechselt, das Lamm am Spieß zu drehen, wie sie es jetzt tun, und erzählten dabei Geschichten. Tja, so habe ich erfahren, dass viele von uns nicht miteinander blutsverwandt sind. Diese kleine Entdeckung hat mich mit zwölf in eine ziemliche Identitätskrise gestürzt. Ich meine, was *ist* Familie? Was macht eine Familie aus?«

»Meiner Meinung nach kann eine Familie jede Gruppe von Menschen sein, die man lieben gelernt hat«, erwiderte Duke, wobei er an Pierce und seine Geschwister dachte. Er duckte sich unter einem Ast durch und konnte dem Drang nicht widerstehen, seine Hand wieder auf ihren unteren Rücken zu legen. Er sehnte sich nach dieser Nähe und würde jede Berührung nehmen, die sie zuließ.

»Glücklicherweise habe ich das herausgefunden, aber ich schweife ab.« Sie lachte.

Duke war froh, dass sie seine Berührung nicht abschüttelte, denn er hatte das Gefühl, dass sie diese für das brauchen würde, was auch immer kommen mochte. Ihre Stimme zitterte ein wenig.

»Zurück zu der Geschichte über die Reederei, die übrigens auch der Grund dafür ist, dass wir hier keine befestigten Straßen oder Autos haben.« Ihr Lächeln verblasste. »Es wurden also Lastwagen und Ausrüstung hergebracht, und ich glaube, eine meiner Verwandten hat am späten Nachmittag einen Spaziergang durch die Stadt gemacht. Ein Arbeiter war betrunken und fuhr einen Laster …« Ihre Schritte wurden langsamer und Duke spürte, wie sie tief einatmete.

Sie erreichten den Waldrand und betraten eine wunderschöne Wiese. Gabriella ließ ihren Blick über das Gras und die Blumen schweifen. »Der Legende nach hat einer der Ältesten, der das Grundstück gekauft hat, ihren Tod als Omen gesehen. Sie haben alle Arbeiten eingestellt und verkündet, dass es keine Autos auf der Insel geben würde und natürlich auch keine Straßen. Niemals.«

»Das ist eine sehr traurige Geschichte. Ich kann mir nur vorstellen, wie verzweifelt deine Familie gewesen sein muss, nachdem sie dieses wunderschöne Land in der Hoffnung gekauft hat, es einer Generation nach der anderen zu hinterlassen.«

»Ich weiß, doch die Sache ist die«, fuhr sie fort, während sie über die Wiese zu einem Friedhof gingen, der von einem verschnörkelten Eisenzaun eingefasst war. »Ich denke, dass die Insel so tatsächlich besser ist. Nicht, dass ich mich darüber freue, dass jemand sein Leben verloren hat. Natürlich nicht. Aber kannst du dir vorstellen, wie hier ständig große Schiffe einlaufen würden? Oder Autos mit ihrem Lärm und den Abgasen über die Insel fahren?«

Ja, er konnte es sich vorstellen, allerdings waren es in seinem Kopf Fähren, die mehrmals täglich Touristen brachten, oder ablegende Ausflugsboote. Die Grenze zwischen Investor und Mann verschwamm, und Duke musste sich anstrengen, um seine Sichtweise als Investor zu bewahren.

Sie standen am Tor des Friedhofs und betrachteten das Meer aus Grabsteinen, von denen viele schon so verwittert waren, dass die Inschriften unlesbar waren. Auf einigen Gräbern lagen frische Blumen, und plötzlich wurde Duke von der intensiven Verbindung, die Gabriella und ihre Familie zu ihren Vorfahren hatten, beinahe erschlagen. Er dachte daran, wie wenig er über seine entfernten Verwandten wusste, wie entfernt er sich von ihnen fühlte. Der ernste Ausdruck in Gabriellas Augen verriet ihm, dass die Erinnerungen an die, die vor ihr da waren, ein großer Teil ihres Lebens waren.

»Als mich mein Großvater gebeten hat, dir die Insel zu zeigen, war ich nicht sicher, ob ich es kann. Ich meine, ganz ehrlich, du weißt, wie sehr ich die Vorstellung hasse, die Insel zu verkaufen.«

Oh ja, das wusste er. Es wurde in all ihren Taten und Worten deutlich.

»Das war der erste Ort, den ich besucht habe, als ich ein paar Tage vor deiner Ankunft zurückgekommen bin. Ich hatte gehofft, irgendeine Schwingung aufzufangen, weißt du? Als könnten mir meine Vorfahren ein Zeichen geben, ob ich dich von der Insel vertreiben soll oder nicht.«

»Daraus kann ich dir keinen Vorwurf machen, aber ich bin froh, dass du mich nicht allzu heftig weggestoßen hast.«

»Das lag nicht an mangelnden Versuchen. Aber ... möglicherweise wollte ich deinen Anzug ruinieren und dich mit dem einfachen Leben und dem Kleinstadtdasein der Einwohner langweilen, damit du fluchtartig wieder in die Stadt verschwindest.«

Er trat näher. »Es braucht weitaus mehr als das, um mich in die Flucht zu schlagen.«

Hitze flammte in ihren Augen auf und verriet ihm, dass sie wusste, dass er nicht davon sprach, allein wegen der Investition zu bleiben. Da er sich die Chance nicht versagen wollte, all diese Hitze zu genießen, trat er noch näher an sie heran und fragte: »Und was hast du gefühlt, als du an diesem Tag hierhergekommen bist, Gabriella?«

Sie leckte sich über die Lippen und einen Moment lang glaubte Duke, dass sie der pulsierenden Energie nachgeben würde, die sich zwischen ihnen ausbreitete, und ihn an sich ziehen würde, doch stattdessen wandte sie sich ab und trennte ihre Verbindung.

»Hauptsächlich Nostalgie«, erwiderte sie kaum lauter als ein Flüstern. »Ich dachte, ich würde hier bei ihnen sein. Auf der Insel leben und sterben.«

Die Sehnsucht in ihrer Stimme weckte in Duke den Wunsch, sie an sich zu ziehen, festzuhalten und ihr zu sagen, dass sie wieder auf die Insel ziehen sollte, wenn sie hier am glücklichsten war. Er wollte vergessen, dass er geschäftlich hier war, und all seine Energie, all seine Emotionen auf Gabriella konzentrieren. Aber sie hatte die Grenze im Sand gezogen, und er versuchte – *oh, und wie er versuchte* –, ihr Bedürfnis nach Abstand zu respektieren. Ihm fiel jetzt schon schwer, einen Weg zu finden, wie er Pierce sagen sollte, dass er nicht mehr gegen seine Gefühle für sie ankämpfen wollte, egal, was das für ihre Investition bedeutete.

»Meine Mom und die anderen Frauen aus dem Ort bringen oft Blumen zu den Gräbern.« Der Themenwechsel schwächte die Sehnsucht in ihrer Stimme nicht ab, machte aber deutlich, dass sie sich wieder hinter ihre Mauern zurückzog, anstatt weiter darüber zu sprechen, wie es sich anfühlte, nicht mehr auf der Insel zu leben.

»Deine Mom scheint sehr liebenswert zu sein«, sagte er. »Ich war überrascht, dass sie so gut Griechisch spricht.«

»Kannst du dir vorstellen, zu meiner Familie zu gehören und *kein* Griechisch zu sprechen?«

Sie drehte sich um und stolperte. Duke legte einen Arm um

ihre Taille, um sie aufzufangen, und sie lachte. Er verfiel diesem süßen Lachen und als er die siedende Leidenschaft in ihren wunderschönen Augen sah, wusste er, dass er sich in so viel mehr verliebte als nur ihr Lachen.

Von der Liebe erobert

ihre Taille, um sie aufzufangen, und sie lachte. Er verfiel diesem süßen Lachen und als er die siedende Leidenschaft in ihren wunderschönen Augen sah, wusste er, dass er sich in so viel mehr verliebte als nur ihr Lachen.

Sieben

Vor Gericht war Gabriella aalglatt und stellte sich problemlos den Wölfen von New York City, doch in ihrer Magengrube breitete sich ein Kribbeln aus, wenn sie nur neben Duke stand. Mit jedem Blick beschleunigte sich ihr Puls und sie fühlte sich alles andere als geerdet. Er sah sie genauso an wie vorhin im großen Haus, als wäre es nicht schlimm, wenn sie über dem Boden schweben würde – was in seiner Gegenwart durchaus möglich war –, da er an ihrer Seite war, ihr auf Wolke sieben folgen und sie sicher wieder nach unten bringen würde, wenn sie bereit war.

»Tut mir leid. Ich weiß nicht, warum ich heute so tollpatschig bin.« Sie trat einen Schritt zurück, aber er hielt sie weiter fest und die Hitze brannte sich durch ihr dünnes Kleid. Gabriella hob den Blick und seine Augen verdunkelten sich. Seine Lippen waren so nah, dass sie sich nur auf die Zehenspitzen stellen müsste, um ihn zu küssen.

»Ich denke darüber nach, auf jedem Weg unserer Tour Hindernisse aufzustellen.« Verlangen ließ seine Stimme rau klingen, sodass die Worte eher nach einem Versprechen als einer Neckerei klangen.

Bei der Vorstellung, in seine Arme zu sinken, breitete sich

Wärme in ihrer Brust aus. *Ich sollte mit einem Investor arbeiten, statt mich in ihn zu verlieben.* Sie zwang sich, zurückzutreten, sich aus seinen Armen zu lösen und bemühte sich um Fassung.

Da sie nicht wusste, was sie darauf erwidern sollte, ging sie einfach weiter in Richtung Wald. Zumindest gab es hier mehr, was sie von ihren Gedanken ablenkte. Doch während sie versuchte, sich auf die Geräusche der Eichhörnchen zu konzentrieren, die über den Waldboden huschten, ging ihr auf, dass sie genau dasselbe tat wie die kleinen Tiere. Mit jeder gemeinsamen Minute huschte sie näher zu Duke und zog sich dann wieder zurück.

Sie stieg über einen umgestürzten Stamm und er berührte ihren Arm. Es war nichts weiter als eine sanfte Berührung, um sie zu stützen, aber irgendwie fühlte sie sich unglaublich intim an und füllte die Stille mit weiteren Fragen. *Soll ich es zulassen? Ich will, dass es passiert. Ich darf nicht. Aber, oh, gütiger Gott, ich will es.*

»Das erinnert mich an den Ort, an dem ich aufgewachsen bin.« Dukes Stimme riss sie aus ihren Gedanken. »Meine Eltern haben ein großes Grundstück und ich habe mit meinen Brüdern viel Zeit im Wald verbracht.«

»Wie viele Brüder hast du?«, fragte sie, dankbar, sich nicht mehr auf die Vorstellung konzentrieren zu müssen, wie sich seine Lippen auf ihren anfühlen würden.

Er streckte die Hand aus und zupfte ein Blatt aus ihren Haaren, während sein Blick langsam von ihren Augen zu ihrem Mund wanderte. Alles in ihr sehnte sich nach seinem Geschmack. *Ja, küss mich. Nein, nicht. Ja, bitte. Oh, Mist.* Ihr Herz raste vor Vorfreude auf einen Kuss, den sie nicht wollen sollte. Der Kuss, der ihr Untergang sein könnte – und zu Schwierigkeiten bei den Verhandlungen ihrer Familie führte. Wann hatte sie sich je so zu einem Mann hingezogen gefühlt? Wann hatte die Aufmerksamkeit eines Mannes ausschließlich ihr gegolten? Noch nie.

Vielleicht lag es an der Magie der Insel, dem friedlichen Nachmittag oder dem Alleinsein mit Duke, dass sie ihre gemeinsame Zeit romantisierte. Doch als sein Blick wieder warm und einladend zu ihren Augen wanderte, hatte sie das Gefühl, dass sie überall mit ihm sein könnte, und das Beben des Verlangens wäre ebenso überwältigend.

»Du bist nicht so, wie ich erwartet habe«, rutschte es ihr heraus und ihre eigentliche Frage war vollkommen vergessen. Sie hatte keine Ahnung, woher dieses Geständnis gekommen war. Er war kein aufgeblasener Schaumschläger und zu beschäftigt, um die Bewohner oder die Insel kennenzulernen – oder sie. Er war intelligent und umsichtig, gleichzeitig lieb und stark und überhaupt nicht gehetzt.

»Ich hatte keine Erwartungen«, erwiderte er, während er seine starken Arme um sie schlang und sie an sich zog. »Du bist …« Tief sah er ihr in die Augen, als würde er dort die Antworten finden, die er suchte. »… eine entzückende Überraschung. Und möglicherweise bin ich nicht stark genug, um ihr zu widerstehen.«

Sie biss sich auf die Lippe, um die lustvollen Laute zurückzuhalten, die in ihr aufstiegen.

»Wir sollten nicht …« Ihr Flüstern klang selbst in ihren eigenen Ohren schwach.

»Du hast recht.« Er lehnte seine Stirn an ihre. »Möchtest du, dass ich dich loslasse?«

Nein, nein, nein, nein, nein!

Sie öffnete den Mund, um ihm zu antworten. Duke senkte den Kopf und sah ihr mit dem Hunger und der Dringlichkeit in die Augen, die sie in sich und um sich spüren wollte. Von denen sie vereinnahmt werden wollte. Sie erstarrte, wartete, hoffte darauf, dass sie den nächsten Atemzug gemeinsam machen würden, und dann fing er ihre Lippen mit seinen ein. Ihre Zungen trafen sich, erkundeten einander und erfüllten das Verlangen, das zwischen ihnen gewachsen war. Er krallte eine Hand in ihre Haare und entließ damit das Stöhnen, das sie eben unterdrückt hatte. Es wurde von seinem Kuss verschlungen und als er seinen harten Körper an sie drückte, stöhnte er selbst kehlig auf und setzte sie damit in Brand. Mit einer Hand umfasste er ihren Hintern. Es war so lange her, dass sie auch nur einen Hauch von Leidenschaft gespürt hatte, und das hier – dieser Kuss, sein Körper, die Hitze – überwältigte sie, umschloss sie und weckte in ihr den Wunsch nach so, so viel mehr. Duke schob seine muskulösen Schenkel zwischen ihre Beine und ihre Körper trafen sich. *Großer Gott.* Die fantastische Reibung ließ sie den Kopf in den Nacken legen.

»Du bist so … Gott, Gabriella, du bist wunderschön«, murmelte er an ihrem Hals und verteilte Küsse auf ihrer erhitzten Haut.

Sie schlang ein Bein um seine Hüfte und er presste seine harte Länge gegen sie, was ihr ein weiteres, gieriges Stöhnen entlockte. Nun schob auch Gabriella die Hände in seine Haare, strich über seinen muskulösen Rücken und drückte dabei seine harte, breite Brust an ihre schmerzenden Brustwarzen. Duke eroberte erneut ihren Mund, und sie wollte, dass seine großen Hände sie weiter berührten und die feuchte Hitze zwischen ihren Beinen spürten. Die Bewegung seiner Hüften, die er so präzise, langsam und sinnlich, hart und intensiv kreisen ließ, verriet ihr, dass er ein unglaublich leidenschaftlicher Liebhaber sein würde.

»Gabriella«, raunte er, ehe er einen keuschen Kuss auf ihre Lippen drückte. »Gott, Gabriella, du entfachst alles in mir.«

Sie konnte nicht antworten, konnte nicht über ihr wildes, verrücktes Verlangen, ihn zu haben, hinausdenken. Schließlich trat Duke einen Schritt zurück und die Luft, die plötzlich zwischen sie strömte, schien so gewaltig wie der Ozean zu sein. Sie klammerte sich an sein Shirt, denn sie wollte ihn wieder an sich spüren.

»Das war …« Mehr Worte fielen ihr nicht ein.

»Unglaublich.« Die Hitze zwischen ihnen brannte weiter und ließ seinen Blick sinnlich und dann ebenso schnell nachdenklich werden. »Du wolltest das nicht«, sagte er leise. »Es tut mir leid.«

»Ich wollte es.« Ein nervöses Lachen, in das sich ihr Verlangen mischte, sprudelte aus ihr hervor.

Er zog sie wieder an sich und rieb seine Erektion an ihr. »Es tut mir leid. Ich muss dich spüren. Ich kann nicht … Du nimmst mir jede Kontrolle, Baby. Aber du wolltest keine Komplikationen. Wir sollten nicht weitergehen. Das würde alles nur verworrener machen. Trotzdem kann ich dich anscheinend einfach nicht loslassen.«

»Ja«, war alles, was sie herausbrachte, denn, verdammt, er hatte recht. Sie würde ihrer Familie keinen Gefallen tun, wenn sie mit dem Mann schlief, der die finanzielle Macht über ihrer aller Zukunft in der Hand hatte. Doch sein Herz schlug schnell und heftig an ihrem, und seine Hand war noch immer in ihren Haaren, was einen erregenden Schmerzimpuls über ihre Kopfhaut jagte, während die andere Hand auf ihrem Rücken lag und ein brennendes Gefühl auf ihrer Haut hinterließ.

Einen Atemzug später stellte sie sich auf die Zehenspitzen und er kam ihr auf halbem Weg entgegen. Sie machten sich übereinander her und nahmen, was sie so verzweifelt wollten, obwohl ihnen klar war, dass sie es nicht sollten. Er schmiegte sich enger an sie und presste seine harten Muskeln an ihren willigen Körper. Und sie wusste – *oh, und wie sie wusste* –, dass sie sich ausziehen und für ihn auf den Waldboden legen würde.

Duke vertiefte den Kuss, obwohl er wusste, dass er es nicht tun sollte, doch alles an Gabriella lockte ihn – von ihrer Verletzlichkeit bis hin zu ihrer Stärke. Er war machtlos und konnte ihr nicht widerstehen. Gabriella klammerte sich an ihn, als wäre er ihr Rettungsanker, und er hielt sich ebenso fest. Sie war sein Sturm, die Frau, die er nicht anrühren sollte, aber nicht abweisen konnte. Sie küsste ihn gierig und weckte ein Verlangen in ihm, das in den Tiefen seiner Seele geschlummert hatte. Er ertrank in ihr, doch dieser Kuss – *Grundgütiger, dieser Kuss* – zerstörte auch den letzten Fetzen seiner Selbstbeherrschung.

»Gabriella«, keuchte er und hörte die Verzweiflung in seiner Stimme, ehe sich ihre Münder wieder trafen. Gabriella ließ sich zu Boden gleiten und zog ihn mit sich.

Ihre sinnlichen Kurven schmiegten sich an seine Härte, und als sie das Bein erneut um seine Hüfte schlang und ihre süße Hitze an seiner schmerzenden Erregung rieb, fing ihre Verbindung Feuer. Doch das hier war Gabriella, die Frau, deren Familie ihn auf der Insel willkommen geheißen und ihm die Chance geboten hatte, mehr daraus zu machen. Die Frau, mit der er nicht nur schlafen wollte – und obwohl er keine Ahnung hatte, woher oder warum er das wusste, war er davon überzeugt. Ja, er wollte mit ihr schlafen. Welcher Mann würde das nicht wollen? Aber er wollte mehr. Er wollte sie in Besitz nehmen, ihr seine Wertschätzung zeigen, jeden Zentimeter von ihr mit der Zärtlichkeit und Grobheit lieben, nach der sie sich sehnte. Er wollte der Mann sein, der ihr ein verträumtes Seufzen, ein Wimmern entlockte und sie im Rausch der Leidenschaft seinen Namen schreien ließ. Er wollte die Traurigkeit vertreiben, die in ihren Augen aufblitzte, wenn sie darüber sprach, die Insel gezwungenermaßen verlassen zu haben, und keine Traurigkeit je wieder an sie heranlassen.

Um die Frau zu betrachten, die ihn mit schwindelerregender Geschwindigkeit umkrempelte, zog er sich zurück. Flatternd öffnete sie ihre vor Verlangen schweren Lider. Ihre Lippen waren von den groben Küssen leicht gerötet, und er wusste, dass sich diese Röte über jeden Zentimeter ihrer wunderschönen Haut erstreckte. Er spürte ihre Hitze an sich und unter seinen Händen und wie sie sich durch ihren hungrigen Blick in ihn brannte. Er war verloren. Vollkommen und hoffnungslos verloren.

»*Fuck*«, flüsterte er und zuckte zusammen. Das Verlangen nach mehr ließ seinen Körper ebenso heftig beben wie ihren. »Entschuldige. Für den Fluch, nicht den Kuss.«

Acht

Nachdem sie eine Weile gebraucht hatten, um wieder zur Besinnung zu kommen, setzen sie ihren Spaziergang schließlich fort, ohne noch weiter über die Lust zu sprechen, die sie verzehrte. Anfangs berührten sich beim Laufen ihre Hände, wie Teenager, die beim ersten Date austesteten, ob der Partner Lust auf einfaches Händchenhalten hatte. Aber an der Leidenschaft, die zwischen ihnen schwelte, war nichts einfach. Sie war voller möglicher Komplikationen. Gabriella wollte seine Hand nehmen und sie auf ihre Brust drücken, während sie ihn noch einmal küsste. Die Anspannung in seinen Kiefermuskeln machte deutlich, dass auch er gegen das Verlangen ankämpfte. Sie verstand nicht, wie sich die Dinge so schnell hatten ändern können, doch während sie sich angestrengt bemühte, die Hitze zwischen ihnen abzukühlen, umfasste Duke ihre Hand und drückte sie, als könnte er ihre Gedanken lesen.

»Wir sollten darüber reden«, sagte er.

Gabriella gab ihr Bestes, um in den Anwaltsmodus zu schalten und sich dadurch zu schützen. Der Versuch war im besten Fall halbherzig. »Einverstanden.«

»Da ist etwas sehr Intensives zwischen uns, Gabriella, und ich würde gern herausfinden, was es ist, aber nicht, wenn es dich die Beziehung zu deiner Familie kosten würde. Oder wenn die Investition daran scheitern würde. Das möchte ich auch herausfinden.«

»Ich verstehe.« Das tat sie wirklich, weil es ihr genauso ging, doch darüber hinaus hatte sie keine Antwort.

Er blieb stehen und drehte sich zu ihr. In ihm sah sie alles, was sie je gewollt hatte, und genau das machte ihr eine Heidenangst. Er griff nach ihren Händen.

»Risikomanagement ist mein Geschäft, und ich weiß, dass du mir das Risiko wert bist. Allerdings weiß ich nicht, ob es umgekehrt genauso ist.«

Damit hatte sie ganz und gar nicht gerechnet und einen Moment lang gerieten ihre Gedanken ins Stocken.

»Was genau heißt das?« Sie konnte nicht klar denken, wenn er sie berührte, also zog sie ihre Hände zurück. »Willst du mir sagen, dass es eine Affäre wäre? Ich bin nämlich ein großes Mädchen, Duke. Ich weiß, wie diese Dinge laufen, und es ist nicht so, als würde ich nach einem Ehemann suchen.« Allein diese Worte auszusprechen, ließ sie seltsamerweise ein wenig aufrechter stehen. Sie war keine schwache Frau, die die Risiken nicht kannte, sich mit einem Mann einzulassen, aber sie war eine *Frau*. Und sie war sich sehr bewusst, wie ihr Körper auf ihn reagierte und dass es Welten von dem entfernt war, was sie kannte. Sie wollte es so dringend erforschen, dass es schmerzte.

»Nein, Gabriella, das meine ich ganz und gar nicht. Ich kann nicht versprechen, wohin es führt – nicht nach nur zwei Tagen –, egal, was mein Körper mir sagt.«

Er hielt inne und obwohl sie nicht erwartete, dass er ihr seine Liebe gestand, breitete sich Enttäuschung in ihr aus.

»Aber ich betrachte das hier nicht als Affäre«, fuhr er leise fort. »Wenn es so wäre, hätte ich noch an unserem ersten Abend mit dir geschlafen, oder nicht?« Er strich ihr die Haare hinters Ohr und drückte seine Hand an ihre Wange. »Bei einer wunderschönen, klugen, starken Frau wie dir wäre es doch verrückt, es nicht zu versuchen.«

Schmetterlinge flatterten in ihrem Bauch.

»Es war verrückt von mir, es nicht zu versuchen, Gabriella, aber so wusste ich, dass du nicht nur eine Affäre sein würdest. Denn, ganz ehrlich, ich bin kein Heiliger. Ich hatte viele Affären und kenne den Unterschied.«

»Ist das dein bester Spruch? Weil ich mich dadurch nicht besser fühle.« Sie trat einen Schritt zurück, doch er überbrückte den Abstand zwischen ihnen wieder. Der Ausdruck in seinen dunklen Augen war ernst.

»Ich benutze keine *Sprüche*, Gabriella«, erwiderte er schnell und wütend. »Meinst du nicht, ich hätte dein Herz überall hier auf der Insel gesehen? Warum sollte ich dich wie jede andere Frau nehmen, und zwar an dem Ort, den du vergötterst? Würde ihn das nicht für immer zerstören? Dass ein Typ vorbeikommt und dich flachlegt, nur um seine körperliche Lust zu befriedigen?«

Ihr klappte der Mund auf.

»Ich respektiere dich und versuche, mich davon leiten zu lassen.« Er zog sie wieder an sich, was ihren Puls in die Höhe schnellen ließ, und als er sprach, war seine Stimme tief, kontrolliert und verlangend. »Ich werde dich nicht anlügen. Ich will dich unter mir und will so tief in dich eindringen, dass du mich noch am nächsten Tag spürst. Ich will, dass du vor Verlangen zitterst und dann vor Leidenschaft explodierst, aber ich sehe das hier *nicht* als Affäre.«

Die Luft wich schlagartig aus ihrer Lunge. Seine hitzigen Worte ließen ihre Knie weich werden. Sollte sie sich nicht vor einem Mann in Acht nehmen, der so schonungslos ehrlich war? Der *solche* Dinge sagte? Noch nie hatte jemand so mit ihr geredet. Aber sie war nicht auf der Hut. Sein Bedürfnis, ihr in so sinnlichen Einzelheiten zu erklären, was er wollte, erregte sie und hatte sie geradezu umgehauen.

»Ich …«, setzte sie an, doch ihr Mund war staubtrocken.

Duke schloss einen Moment lang die Augen, und sie beobachtete, wie die Entschlossenheit und die Anspannung um seinen Mund herum nachließen. Als er die Augen öffnete, war sein Blick wieder sanfter.

»Wie du sicher sehen kannst, fällt es mir schwer. Ich bin es nicht gewohnt, so etwas zu fühlen wie das, was ich in deiner Gegenwart empfinde.« Er trat zurück, und sie wusste, dass er es nicht nur für sich, sondern auch für sie tat. »Normalerweise sehe ich, was ich will, wiege die Risiken ab und handle. Aber das hier ist kompliziert.«

Nun war sie diejenige, die den Abstand zwischen ihnen verkürzte. Sie legte die Hände an seine Taille und spürte, wie sich die Muskeln anspannten.

»Duke …« Sie wusste nicht, was sie sagen wollte. Sie wusste nur, dass sie da sein, ihn berühren und nicht zu weit weglassen wollte.

»Ich kann für die Insel nichts versprechen, Gabriella, und das bringt mich total durcheinander. Ich würde das Geschäftliche gern beiseiteschieben und einfach herausfinden, wie es sich zwischen uns entwickelt, aber das kann ich nicht. Es gibt zu viele Menschen, die sich auf mich verlassen.«

Ihre Gedanken sprangen zurück zur Insel. »Was sind denn deine Pläne für die Insel? Du hattest doch sicher eine Vorstellung davon, was du aufbauen wolltest, als du hergekommen bist.«

»Hatte ich.« Er hielt ihren Blick fest, und sie sah einen Hauch von etwas darin – Reue? Heimlichkeit? Unsicherheit?

»Welche?« Sie verschränkte die Arme über der Brust, denn sie musste auf ihren eigenen Füßen stehen, wenn er ihr antwortete.

»Meine anfänglichen Pläne und das, was ich jetzt vorhabe, sind zwei unterschiedliche Dinge. Aber ich kann mich noch auf nichts festlegen. Hier muss zu viel gemacht werden, es gibt zu viele Aspekte, die analysiert werden müssen, wenn sich die Puzzleteile verändern.« Er trat wieder auf sie zu, doch sie blieb standhaft.

»Gabriella, genau das meine ich. Wir beide zusammen könnten atemberaubend sein, aber wenn man die Insel, die du liebst, und den Grund für meine Anwesenheit dazunimmt, könnte es in einer Katastrophe enden.«

Das wusste sie. Natürlich wusste sie es. Schon seit sie ihn mit Vivi und David vor dem Besucherzentrum gesehen hatte und ihr Herz augenblicklich aufgemerkt hatte.

»Stimmt«, erwiderte sie schließlich und fragte sich, was mit ihrem Wortschatz passiert war. Das hier war wichtig und sie musste ihre Gedanken auf den Tisch legen. Sie wollte ihn. Sie wollte ihn wirklich. Sie wollte, dass sich seine rücksichtsvolle, fürsorgliche Seite mit seinem dunkleren, leidenschaftlichen Verlangen vermischte, und ehe sie sich aufhalten konnte, bot sie sich auf dem Silbertablett an. »Was schlägst du vor? Wir sind beide erwachsen. Das wollte ich nur mal erwähnen.«

Erneut griff er nach ihrer Hand. »Darf ich?«

Sie nickte und legte ihre Finger in seine Hand.

»Nun, Frau Anwältin. Ich glaube nicht, dass Sie der Typ Frau sind, der Affären hat.«

Sie öffnete den Mund, um seiner Einschätzung zu widersprechen, doch sein ernster Gesichtsausdruck ließ ihre Lüge verstummen. Sie war nicht der Typ für Affären. Himmel, sie war schon kaum der Typ Frau, der im Wald mit einem Typen rummachte, den sie erst zwei Tage lang kannte.

»Das ist etwas Gutes, Gabriella, obwohl es mir auch egal gewesen wäre, wenn du hundert Bettgeschichten gehabt hättest. Was auch immer du vor diesem Moment getan hast, ist deine Sache und hat dich zu der Frau gemacht, die du jetzt bist. Ich will dich nicht verändern. Du gefällst mir so, wie du bist, und ich will ganz sicher nicht nur eine schnelle Nummer mit dir. Ich weiß nicht, wohin das führen wird, aber eine Affäre steht absolut nicht zur Debatte. Ich schlage vor, dass wir allem gegenüber offen und uns bewusst sind, was auf dem Spiel steht. Auch in dem Wissen, dass wir in Bezug auf die Insel aneinandergeraten könnten. Und am wichtigsten ist, dass wir auch die Menschen einweihen, die an diesem Geschäft beteiligt sind. Ich bin nämlich kein Lügner, und falls wir uns für eine Beziehung entscheiden, werde ich meine Gefühle für dich nicht verstecken.«

Oh Gott. Sie wollte das alles so sehr, dass sie es beinahe schmecken konnte. Dass sie seine Sichtweise kannte, machte sie viel zuversichtlicher. Diese Zuversicht brachte auch eine gewisse Klarheit mit sich, und sie wollte mehr, ehe sie ihr Herz ins Spiel brachte. »Erzähl mir doch, mit welchen Absichten du hergekommen bist. Und dann sagst du mir, inwiefern sie sich geändert haben. Das gibt uns einen Anfang.«

»Bist du sicher, dass du das jetzt tun willst? Wir könnten ...«

»Ja«, unterbrach sie ihn, bevor sie einen Rückzieher machen konnte.

Er nickte und umfasste ihre Hand fester. »Nur wenn du

versprichst, mir zuzuhören, ohne davonzustürmen.«

Sie verdrehte die Augen. »Das sagt schon, worauf ich mich einstellen kann, oder nicht?«

»Nein.« Er trat näher und brachte diese Hitze mit, bei der sie jedes Mal für ihn dahinschmolz. »Es sagt dir, dass ich eine faire Chance haben möchte, um mich zu erklären.«

Gabriella hielt seinen Blick fest und schätzte ihre Fähigkeit ein, hier stehen zu bleiben, wenn sie nicht hören wollte, was er zu sagen hatte. Ihr Großvater vertraute ihr, und Geschäfte auszuhandeln, die ihr nicht gefielen, war ihr Job. Sie konnte es.

»Okay.«

»Du musst die Emotionen aus der Gleichung nehmen. Kannst du das?«

»Ich bin Profi. Natürlich kann ich das.« Diese Lüge würde sie mit ins Grab nehmen.

»Die Insel hat eine Menge zu bieten, braucht aber einen Anreiz, um Touristen anzulocken, und dieser Anreiz muss eine Geldmaschine sein.« Er beobachtete sie eindringlich, als würde sie ihm jeden Moment sagen, dass er aufhören sollte, weil sie nichts weiter hören wollte.

»Weiter.« Sie knirschte mit den Zähnen. Seine Worte waren keine Offenbarung, doch sie hasste es trotzdem, sie zu hören.

»Unser ursprünglicher Plan war es, ein exklusives Resort mit mehreren Golfanlagen, einem Casino, Hotels am Strand, Booten ...«

Sie hob eine Hand, um ihn zum Schweigen zu bringen, und versuchte, ihre wild durcheinanderwirbelnden Emotionen unter Kontrolle zu bekommen. »Nach allem, was ich dir erzählt habe, ist *das* die Richtung, in die du gehen willst?«

»Du hast nach unseren ursprünglichen Ideen gefragt, Gabriella, und das waren sie nun mal. Bestimmte

Einkommensquellen müssen nun mal geschaffen werden, damit die Insel erfolgreich ist«, hielt er sachkundig, sogar streng dagegen.

Sie musste zugeben, dass er recht hatte, was ihre anfängliche Bitte anging. »Und jetzt, Duke? Wie haben sich deine Visionen geändert?«

Er rieb über seine Bartstoppeln. »Darauf habe ich noch keine Antwort. Ich habe Ideen, kann mich aber nicht festlegen, bis ich nicht weiß, ob sie realisierbar sind.« Seufzend schob er die Hände in die Taschen. »Ich hab dir gesagt, dass es kompliziert werden würde und wenn es dir zu schwerfällt, damit umzugehen, verstehe ich das.«

Er konnte es vielleicht verstehen, wenn sie jetzt ging, aber konnte sie es auch?

Neun

Gabriella betrachtete Duke eine ganze Weile, las die Aufrichtigkeit und unterschwellige Sorge in seinen Augen und versuchte, die hartnäckige Frustration abzuschalten, die an ihr fraß. Was hatte sie erwartet? Sie wusste, dass der Verkauf der Insel kommen würde. Warum war es also etwas anderes, es tatsächlich aus seinem Mund zu hören, und darüber hinaus so unglaublich schwer zu akzeptieren?

»Wenn du vergessen willst, was zwischen uns passiert ist«, fuhr Duke leise fort, »ist das dein gutes Recht. Ich möchte nichts, was dich angeht, vergessen, Gabriella, und selbst, wenn du es wolltest, weiß ich, dass ich es nicht könnte. Aber ich will dir auch nicht wehtun.«

»Ich will es auch nicht vergessen«, erwiderte sie ehrlich.

Erleichterung breitete sich auf seinem Gesicht aus. »Bist du sicher?« Erneut griff er nach ihrer Hand und als er mit dem Daumen über ihre Haut strich, fühlte es sich noch intimer und ganz richtig an.

»Ich will es nicht. Das ist alles so schwer. Wieder hier zu sein, obwohl ich weiß, dass sich die Insel verändern wird. Zu wissen, dass sie sich verändern muss, und es gleichzeitig nicht zu wollen. Einfach alles, angefangen damit, wie es sich auf meine

Familie auswirken wird, bis hin zur Zukunft der Menschen hier, macht es so kompliziert. Aber du? *Das hier?* Was auch immer das zwischen uns ist?« Sie trat näher. »Ich möchte nicht die einzige Sache wegwerfen, die mich glücklich macht und mir das Gefühl gibt, lebendig zu sein.«

»Du kannst dir nicht vorstellen, wie sehr ich das hören musste. Dennoch, Gabriella, du weißt, dass ich dir in Hinblick auf die Insel nichts versprechen kann. Ich habe einen Investitionspartner und …«

»Duke, ich bin Anwältin. Ich weiß alles über Verhandlungen und gebrochene Versprechen. Als ich mit Jura angefangen habe, wusste ich, dass es Dinge gibt, mit denen ich mich nicht befassen will, aber mir war auch klar, dass es zum Job gehört. Die Lügner, die Betrüger, das permanente Gezanke von Menschen, die nichts über Kommunikation wissen.« Sie hielt inne, da sie nicht wollte, dass sich die Dunkelheit ihres Jobs in ihren Kopf schlich.

»Du bemühst dich so sehr, aufrichtig und offen und ehrlich zu sein, und das bedeutet etwas. Tatsächlich …« Sie sah zu ihm auf. »… bedeutet es mehr als alles andere. Du benutzt mich nicht, um den Deal an Land zu ziehen, oder beschwichtigst mich, um mich ins Bett zu bekommen. Du hältst mich auf Abstand, gibst mir alle Fakten und erlaubst mir, auf dieser Basis meine eigenen Entscheidungen zu treffen, und das weiß ich zu schätzen.«

»Danke, dass du das anerkennst.« Wieder führte er ihre Hand an seine Lippen. Sie liebte es, wenn er das tat. Die Geste war so süß und bescheiden. »Willst du immer noch von meiner Familie hören?«

Sie war erleichtert, dass er nicht weiter über die Insel diskutieren wollte. In ihrem Magen befand sich ein Knoten so groß wie die Insel, aber sie hatte in ihrem Leben schon Schwierigeres getan, als zu hoffen, dass die Dinge mit einem gut aussehenden, intelligenten und rücksichtsvollen Mann wie Duke nicht den Bach runtergingen.

»Ja, das würde ich sehr gern«, erwiderte sie aufrichtig. Sie wollte alles wissen, was er preisgeben wollte.

Er ließ ihre Hand los und legte einen Arm um ihre Taille.

»Gut«, sagte sie, ehe er ihr einen Kuss auf den Kopf drückte. »Denn nachdem ich dich mit deiner Familie gesehen habe, vermisse ich meine.«

Das hörte sie nur allzu gern und ihr Herz geriet noch mehr ins Schwärmen.

»Ich habe vier jüngere Brüder und natürlich meine Schwester Trish, die Schauspielerin, von der ich Vivi erzählt habe.«

Bei der Erwähnung seiner Schwester schämte sie sich für ihre anfängliche Einschätzung. Duke hatte bereits bewiesen, dass er nicht der aufgeblasene Kerl war, für den sie ihn gehalten hatte. Sie war neugierig auf seine Familie, vor allem seine Eltern, die ihn zu einem so warmherzigen Menschen gemacht hatten. Sie wusste aus Erfahrung, dass der Apfel nur selten weit vom Stamm fiel. Sie selbst hatte das Einfühlungsvermögen ihrer Mutter und die Sturheit ihres Vaters geerbt. Aber Duke sprach erst einmal nur von seinen Geschwistern und damit würde sie sich zufriedengeben.

»Ist einer von ihnen auch Investor wie du?«, fragte sie, als sie den steinigen Pfad entlang schlenderten.

»Nein.« Er lachte. »Meine Brüder haben nicht die Geduld dafür. Gage ist Sportdirektor in einem Jugendzentrum in Colorado. Blue ist talentierter Handwerker und lebt auf Cape Cod. Er baut Häuser, maßgefertigte Schränke und im Grunde alles Mögliche. Und Cash – er hat kürzlich geheiratet – ist

Feuerwehrmann in New York City. Er und Jake, mein jüngster Bruder, der wie mein Vater beim Rettungsdienst ist, sind immer stundenlang zusammen im Wald unterwegs gewesen. Gage und ich standen auf nerdige Sachen.«

»Nerdig? Das glaube ich nicht. In meiner Vorstellung bist du der große Mann auf dem Campus, der attraktive Football-Spieler.«

Er lachte und half ihr über einen Steinhaufen hinweg.

»Na ja, nicht so nerdig, dass ich ein Kugelschreiberetui in der Brusttasche hatte, aber ich habe immer mit der Nase in einem Buch gesteckt oder vorm Computer gehangen. Ich war der Junge, der abends schon das nächste Kapitel durchgegangen ist, damit er den anderen Schülern voraus ist. Ich habe trotzdem Football und Baseball gespielt, aber …« Er tippte sich auf den Kopf. »Ich habe meinen Geist ebenso gern angeregt wie meinen Körper.«

Sie dachte daran, auf welche Art er ihren Körper anregen konnte.

Während Duke offen und ohne zu zögern mehr über seine Familie erzählte, wurde ihr klar, dass sie ihn davon abgehalten hatte, *ihre* Lieblingsorte der Insel zu sehen. Stattdessen hatte sie ihm die Stellen gezeigt, die für alle Einwohner wichtig waren. Sie hatte gefürchtet, sich ihm auf eine Art und Weise zu öffnen, für die sie nicht bereit war, wenn sie ihm ihre kostbarsten Orte zeigte. Doch nun, nachdem sie in den Abgrund aus *Ich will dich küssen* und *Bitte zerstör die Insel nicht* gesprungen waren, wollte sie sich nicht mehr verstecken. Sie wollte auch etwas mit ihm teilen und ging deshalb den Pfad entlang, der zu einer ihrer Lieblingsstellen führte.

»Was ist mit dir? Hast du nur zwei Brüder? Niko und Dimitri?«

»Ja. Ihnen gehört die *Taverna*. Keine Schwestern, aber Katarina und meine restlichen Cousinen und ich stehen uns so nahe wie Schwestern. Leider wurden die meisten Verwandten in meinem Alter auch von der Insel gescheucht, um ein besseres Leben zu haben, wie ich schon erwähnte.«

»Wenn ihr so eng aufgewachsen seid, musst du sie vermissen.«

»Das tue ich, aber hauptsächlich, wenn ich hier bin. Mein Leben in New York ist so hektisch, dass ich keine Zeit habe, darüber nachzudenken, wie sehr mir alle fehlen. Außer nachts. Doch ich verbringe die Sommer und Feiertage auf der Insel. Und ich habe Addy. Sie ist meine Assistentin und in New York das, was einer Schwester am nächsten kommt. Ich wünschte, ich könnte sie einpacken und wieder hierherziehen.«

»Du hast so oft erwähnt, dass du hier sein willst. Warum kommst du nicht zurück?«

Ihr Herz zog sich zusammen, als sie die Wahrheit gestand. »Ich glaube, mein Großvater wusste, was er tat, als er uns von der Insel gedrängt hat.« Sie versuchte, zu ignorieren, wie sich die alte Wunde von Neuem öffnete. Sie wusste, dass es die Träume ihrer Jugend waren, die an ihr nagten und ihr den Bauch verknoteten.

»Ich rede davon, dass ich wieder hier leben will, und ein großer Teil von mir will es tatsächlich, aber ich muss realistisch sein und je mehr wir uns über die Insel unterhalten, desto mehr wird mir klar, was das wirklich bedeutet. So ungern ich auch möchte, dass das Land nicht mehr unserer Familie gehört oder sich die Insel verändert, verstehe ich, dass sich das, was die Insel zu bieten hat, im Laufe der Jahre verändert hat. Und wahrscheinlich hat mein Großvater recht. Unser Familienvermächtnis wird nicht überleben, wenn wir alle bleiben. Ich meine, wenn wir nicht anfangen wollen, unsere Cousins und Cousinen zu heiraten.«

Als sie den Wald verließen und auf die Wiese traten, kam *M'lady's Home Bridge* in ihr Sichtfeld. Nun konnte sie sich auf etwas anderes konzentrieren.

»Das ist einer meiner Lieblingsorte.« Sie deutete auf die klapprige Holzbrücke. »Das ist *M'lady's Home Bridge*, obwohl wir sie normalerweise nur *M'lady's Home* nennen. Dahinter steckt noch eine Geschichte, die seit Generationen weitergegeben wird, also genieße sie mit Vorsicht. Angeblich hat Mr. Banks, der Mann, dem das weiße Haus hinter den Bäumen auf der anderen Seite gehört, die Brücke gebaut und … Es klingt albern, wenn ich es laut ausspreche, aber irgendwie ist es auch cool. Es heißt, dass es auf dieser Seite der Brücke mal eine große Eisenglocke gab und seine Frau Hebamme war. Wenn sie nach einer Geburt nach Hause gekommen ist, oder nachdem sie nach den Frauen in der Stadt gesehen hat, hat sie die Glocke geläutet, und er hat ihren neun Kindern – oder denen, die gerade da waren – gesagt, dass *m'lady* zu Hause ist und sie sie begrüßen sollten.«

»Das ist süß.«

»Alles Coole an der Insel stammt aus der Vergangenheit, nicht wahr?«

»Da wäre ich mir nicht so sicher«, erwiderte er, zog sie an sich und drückte seine Lippen auf ihre. Der Kuss war unerwartet, zärtlich und nicht verlangend, und es fühlte sich ganz natürlich an, ihn zu erwidern.

»Ich denke, dass das Coolste der Insel direkt hier bei mir ist«, sagte er. »Und es geht ihr immer darum, *da zu sein.*«

Mit verengten Augen sah sie zu ihm auf. »Wenn es jemand anderes gesagt hätte, würde es kitschig klingen.«

»Das liegt daran, dass du nicht mit deinen Anwaltsohren zuhörst. Du hörst mit den Ohren einer Frau, die weiß, dass das zwischen uns nicht nur ein vergänglicher Moment ist. Du fühlst dich mir so verbunden wie ich mich dir.«

Er legte seine Lippen in einem verführerischen und zärtlichen Kuss auf ihre, und dass der nicht leidenschaftlich und überwältigend war, machte ihn nur noch süßer.

Sie versuchte nicht mal, zu antworten, als sich ihre Lippen voneinander lösten, und war dankbar, dass er ihre Finger ineinander verschränkte.

»Gehen wir«, schlug er vor und führte sie auf die Brücke. Etwa auf der Hälfte blieb er stehen und lehnte sich gegen die verwitterte Brüstung. »Es ist wunderschön hier draußen. So abgeschieden.«

Sie beobachtete, wie sein Blick übers Wasser, die Grasbüschel an den Stützpfeilern und dann zurück zu ihr glitt. Er verlagerte das Gewicht, sodass sie sich von den Schultern bis zur Hüfte berührten, und Gabriella spürte, wie sich ihre Welt verschob und neu abgesteckt wurde, als würden sie nicht unter freiem Himmel stehen, sondern wären in ihre eigene, private Oase transportiert worden.

»Warum ist das einer deiner Lieblingsorte?« Duke legte eine Hand auf ihre Hüfte.

Oh Gott, das fühlt sich zu gut an.

Er drückte die Finger in ihre Haut.

Das fühlt sich noch besser an.

Wie war die Frage gewesen? Sie verlor sich zu sehr in seinem heißen Anblick. Hinter ihm wanderte die Sonne Richtung Horizont und unter dem offenen Knopf seines Shirts blitzte etwas nackte Haut hervor. Er war so viel größer als sie, so kraftvoll und maskulin. Sie verspürte den Drang, die Vorsicht in den Wind zu schießen, an ihm hochzuklettern wie auf einer Leiter, die Beine um seine Taille zu schlingen und mit ihm rumzumachen.

»Gabriella?«, fragte er leise.

Sie konnte sich beim besten Willen nicht daran erinnern, wonach er sie gefragt hatte? *Der Brücke? Oh! Lieblingsort!* Um das Gewirr der Lust aus ihren Gedanken zu verbannen, schüttelte sie den Kopf.

»Ich bin hier mit meinem Großvater hergekommen. Wir haben uns stundenlang unterhalten und er hat mich immer aufgemuntert, weißt du? Bei ihm klang es, als könnte ich alles auf der Welt erreichen, und ich glaube, dass er das wirklich gemeint hat. Er hat gesagt: ›Wenn du älter bist und die Insel verlässt …‹ Und daraufhin habe ich geantwortet: ›Ich werde die Insel niemals verlassen.‹« Emotionen schnürten ihr die Kehle zu und sie versuchte, sie herunterzuschlucken. »Hier hat er mir von seinen Plänen für die jüngeren Liakos-Generationen erzählt. Wahrscheinlich sollte ich meinem Vater die Schuld dafür geben, oder? Weil er nicht dafür gekämpft hat, mich auf der Insel bleiben zu lassen. Aber in unserer Familie kommen solche Entscheidungen tatsächlich von meinem Großvater, und mein Vater wusste, dass es das Beste war.«

Duke zog sie näher und das brachte die Erinnerungen näher an die Oberfläche. Sie hatte gedacht, sie vor langer Zeit begraben und so unterdrückt und mit ihren Erfolgen überdeckt zu haben, dass sie den Schmerz dieser Erinnerungen nie wieder fühlen müsste. Duke streichelte ihren Rücken, ohne um etwas zu bitten, ohne sie zu küssen, sich etwas zu nehmen oder zu verlangen. Er hielt sie einfach nur warm und sicher und beruhigend in den Armen.

»Es tut mir leid«, flüsterte er, ehe er seine Lippen auf ihren

Kopf drückte. »Ich hasse es, dass du den Ort verlassen musstest, den du so sehr liebst.« Er platzierte einen weiteren Kuss auf ihrem Kopf. »Vielleicht findest du eines Tages den Weg zurück.«

Das hatten ihr im Laufe der Jahre so viele Leute gesagt und jedes Mal hatte sie es abgetan. Warum wagte ein Teil von ihr zu hoffen, dass er recht hatte?

Später an diesem Abend lief Gabriella über die Veranda hinter ihrer Villa, während sie mit Addison über *FaceTime* sprach. Die Verbindung war schon zwei Mal abgebrochen, doch an dieser Stelle schien sie relativ stabil zu sein.

»Addy, es ist *nicht* hilfreich, dass du ihn gegoogelt und festgestellt hast, dass er heiß ist.«

»Vielleicht nicht, aber, wow, Gab. Ich weiß, dass du mit ein paar gut aussehenden Kerlen aus warst, die ziemliche Arschlöcher waren, aber Duke Ryder? Er ist verdammt heiß, *und* du meintest, dass er nett ist.«

»Das ist nur Teil des Problems.« Sie setzte sich auf die Kante der kniehohen Steinmauer, die an die Veranda grenzte und seufzte. Addy funkelte sie mit fröhlichen Augen an und stichelte, wie man es nur einer besten Freundin durchgehen lassen konnte.

»Er ist auch aufrichtig, herzlich, rücksichtsvoll und seine sinnliche Anziehungskraft ist so intensiv, dass ich nie weit von ihm entfernt sein will. Eigentlich sollte ich eine fachkundige Verhandlungspartnerin sein, schmelze in seiner Gegenwart aber dahin«, erklärte Gabriella.

»Klingt, als hättest du ziemlich kraftvolle Chemie ausgehandelt!« Addy lachte und schob sich die dunklen Haare hinters Ohr.

»Tja, das kann ich nicht leugnen. Kannst du mich bitte daran erinnern, dass ich mit ihm über seine Pläne für die Insel reden und nicht darüber nachdenken soll, wie toll er in seinem Schlüpferli aussieht?«

Addy fiel lachend nach hinten, als Gabriella ihre gemeinsame Bezeichnung für Männer-Unterwäsche benutzte. »Ich denke, dass du etwas Action auf der Matratze mit ihm aushandeln solltest.« Sie wackelte mit ihren perfekt gezupften Brauen. »Ich habe auf Facebook ein Foto von ihm in Badehose gesehen und kann dir mit absoluter Überzeugung sagen, dass der Mann dafür geschaffen ist, in seinem Schlüpferli herumzulaufen. Der Körper dieses Mannes ist zum Ausziehen gemacht! «

»Himmel, Ad.« Bei dem Gedanken an Duke in Unterwäsche musste sie halb lachen und halb seufzen.

»Oh ja, ich kann es mir vorstellen.« Addy wedelte mit den Händen, als würde sie präsentieren, was als Nächstes kam. »Du sitzt unter dem Baum, unter dem du deinen ersten Kuss bekommen hast, der Mond scheint über dem Meer und Duke legt einen sexy Striptease ...«

»Hör auf! Meinst du, ich hätte ihn mir nicht schon in jeder Position und jedem möglichen Bekleidungszustand vorgestellt? Das ist das Problem.«

»Tut mir leid, Boss, aber ich sehe kein Problem. Was kann den schlimmstenfalls passieren? Du schläfst mit einem sexy Investor, ziehst einen guten Deal an Land und verkuppelst mich mit seinem Bruder Jake. Er ist der mit der Facebook-Seite. Wusstest du, dass er *mehrere* heiße Brüder hat? Gabriella, ich schwöre, solltest du dich mit Duke in den Laken wälzen, musst du mir bitte Jakes Nummer besorgen.«

»Du bist wirklich ein Luder.« Gabriella lachte, dann biss sie sich auf die Unterlippe und dachte über Addys Worte nach. Bei dem Gedanken, sich mit Duke in den Laken zu wälzen, wurde ihr ganz heiß. »Vielleicht sollte ich früher nach New York zurückkommen. Was ist mit der McGrady-Schlichtung?«

»Der Blödmann ist nicht aufgetaucht. Er meinte, dass er sich nicht mit, und ich zitiere, ›einem Arschloch-Schlichter, der keine Ahnung hat‹ in einen Raum setzt. Sein Anwalt versucht, den Gerichtstermin auf nächste Woche vorzuverlegen.«

»Nicht überraschend.« Gabriella seufzte. »Er hat wirklich gute Verbindungen, wenn also jemand die Verhandlung vorziehen kann, sind das er und sein schleimiger Anwalt. Ich habe seine zukünftige Ex vorbereitet, sie weiß also, dass es direkt vor Gericht landen kann. Wie hat sie es aufgenommen?«

»Sehr gut. Sie ist genauso kalt wie er. Sie meinte, dass nächste Woche nicht schnell genug kommen kann.«

»Warum vergessen Pärchen, die sich scheiden lassen, dass sie mal verliebt waren?« Gabriella dachte an ihre Eltern, ihre Tanten, Onkel, Cousinen und die anderen verheirateten Paare auf der Insel. Sie hatte erhitzte Diskussionen gesehen und war sogar ein oder zwei Mal dabei gewesen, als es ausgesehen hatte, als ob eine Ehe zu Ende war, doch schon nach wenigen Stunden hatten die Paare sich wieder in den Armen gelegen. Leidenschaftliche Menschen liebten *und* stritten leidenschaftlich. Dennoch hatte sie sich nie Sorgen gemacht, dass sich ihre Eltern oder Verwandten scheiden lassen würden, auch wenn sie jedes andere Paar analysierte, das sie abseits der Insel traf. Sie beurteilte ihre Körpersprache, wie oft sie sich berührten, wie sie einander ansahen, genauso, wie sie es den ganzen Tag bei Duke getan hatte. Das war vermutlich die Anwältin in ihr, aber im

Gegensatz zu den Paaren, die sie abseits der Insel traf, hatte Duke sie berührt, mit ihr gesprochen und sie angesehen, als wäre sie das einzig Wichtige auf der Welt. Natürlich kannten sie sich erst seit zwei Tagen.

»Und warum lässt sich niemand auf der Insel scheiden?«

»Nun«, begann Addy und lenkte Gabriellas Gedanken auf ihr Gespräch zurück. »Die Antwort auf deine erste Frage lautet, dass die Leute zu tief drin stecken, in jemand anderen verliebt oder zu verletzt sind, um klar zu denken, wenn es zur Scheidung kommt, wie du weißt. Und was die Insel angeht … Die meisten Leute in unserem Alter sind weg, also sind nur noch ältere Paare oder deine Cousinen und Cousins und Brüder und andere da, die dem Wegwerf-Lebensstil nicht so ausgesetzt sind wie wir.«

»Oh, Addy. Liegt es daran? Ist Liebe wie alles andere auf der Welt auch selbstsüchtig geworden?« Sie atmete tief ein. »Antworte nicht darauf. Natürlich ist es so. Sieh uns an. Wir sind auch selbstsüchtig.«

»Ja, wir wollen Männer, die uns multiple Orgasmen bescheren, dulden, dass wir verrückte Arbeitszeiten haben und dass kein Essen auf dem Tisch steht, ohne sich darüber zu beschweren, und die nur den Mund aufmachen, wenn sie angesprochen werden.« Addy hob ihr Glas. »Auf die Gleichberechtigung.«

»Du bist total verrückt.« Gabriella lachte. Addys unverblümte Art war eines der Dinge, die Gabriella am meisten an ihr liebte. »Ich begnüge mich mit einem Typen, der durch dick und dünn bei mir bleibt. Jemand, der seine Arbeit genauso ernst nimmt wie ich … *und* für multiple Orgasmen sorgt.«

Sie unterhielten sich noch eine Weile und als sie auflegten, hatten ihr die McGrady-Scheidung und die Gedanken an ihr Leben in New York die Realität vor Augen geführt, obwohl Addy ihr Bestes gegeben hatte, um sie zu etwas Spaß mit Duke zwischen den Laken zu überreden. Gabriella war entschlossen, sich nicht mehr so sehr auf einen bestimmten großen, gut aussehenden Mann zu konzentrieren.

Immerhin war sie entschlossen, es zu versuchen.

Zehn

Auf dem Weg zur Feier im großen Haus schlugen Duke die angenehmen Geräusche von Musik, Gelächter und erregten Stimmen entgegen. Er kam später als beabsichtigt, aber es hatte eine Ewigkeit gedauert, eine stabile Internetverbindung zu bekommen, und letztendlich hatte er mit seinem Handy einen Hot-Spot einrichten müssen, um die Dokumente herunterzuladen und zu lesen, die Pierce ihm geschickt hatte.

Pierce hatte sich mit dem Team für die Grundstückserschließung getroffen und besprochen, in welchen Maßstäben sie arbeiten mussten, um aus ihrer Investition Profit zu machen. Allerdings waren Dukes Nerven schon zum Zerreißen gespannt, wenn er nur die Beschreibungen des aufwendigen Casinos, des zwanzigstöckigen Hotels und des herausgeputzten Jachthafens las. Er überlegte, ob er ganz auf die Feier verzichten sollte, denn er wusste, wie schmerzhaft es sein würde, Gabriella zu sehen und an das zu denken, wogegen sie kämpfte. Damit schob er das Unvermeidliche jedoch nur auf. Außerdem sorgte die Vorstellung, Gabriella nicht zu sehen, für noch schlechtere Stimmung.

Bunte Lichter hingen in den Bäumen. Im Garten waren mindestens ein Dutzend großer, runder Tische aufgestellt. Auf der Veranda befand sich das Buffet auf mehreren Tischen und jeder Zentimeter von ihnen war mit üppigen Gerichten bedeckt. Kinder rannten in hübschen Kleidchen und kurzen Hosen herum; einige hatten Luftballons bei sich und andere spielten Ball. Abseits der Menge versammelten sich Teenager in kleinen Trauben; der Schein eines Handys wanderte von einer Person zur anderen. Eine rote Katze knabberte an etwas neben einem leeren Stuhl. Erwachsene tanzten auf dem Rasen, standen mit Drinks in der Hand in Grüppchen zusammen oder saßen an einem der gewaltigen Tische, um zu essen und sich zu unterhalten. Allein hier zu sein, beruhigte seine Nerven. Wahrscheinlich sollte es nicht so sein. Immerhin waren das die Menschen, deren Leben sich verändern würde, sobald das Geschäft geschlossen war, aber Familienfeiern beruhigten ihn immer.

Duke suchte in der Menge nach Gabriella.

Er ging zu dem Tisch, der ihm am nächsten war, an dem Gabriellas Großvater, ihr Vater, ihr Bruder Dimitri und eine Handvoll anderer Männer saßen.

»Duke, setz dich zu uns.« Dimitri stand auf und legte ihm einen Arm um die Schultern, was Duke an seine eigenen Brüder erinnerte und wie nah sie einander standen. Ob Dimitri und die anderen jeden Investor so begrüßt hätten wie ihn? Die Worte des ältesten der Liakos-Männer kamen ihm in den Sinn: *In meiner Familie begrüßt man sich, als würde man zur Familie gehören* und er wusste, dass es der Fall gewesen wäre. Das weckte seinen Kampfgeist. Er wollte der Investor sein, für den sie sich entschieden.

»Danke. Entschuldigt die Verspätung«, sagte Duke, als die Frau mit den krausen blonden Haaren, die er bereits kannte, eine Flasche Bier vor ihm abstellte. »Danke. Das hätte ich doch selbst holen können.«

Sie klopfte ihm auf die Schulter, ehe sie sich zu den Frauen gesellte, die an einem der Buffet-Tische schwatzten.

Dimitri beugte sich zu ihm. »Sie wollen dich zum Trinken verführen. Pass lieber auf. Noch vor Ende der Woche haben sie dich unter die Haube gebracht.«

»Das haben schon stärkere Menschen versucht.« Das war nur halb im Scherz gemeint. Seine Familie machte ihm ständig die Hölle heiß und drängte ihn, sich häuslich niederzulassen. Seine Gedanken wanderten zu Gabriella, während sich die anderen Männer am Tisch über das Wetter, die Feier und das Essen unterhielten, das dank einiger der Frauen, die Duke heute Vormittag gesehen hatte, plötzlich auf dem Tisch auftauchte. Die Männer füllten ihre Teller mit gegrilltem Fleisch, Brathähnchen, Aufläufen und verschiedenen Gemüse-Gerichten, die er nicht mal zu benennen versuchte. Die Aromen der Südstaatenküche und der mediterranen Gerichte vermischten sich und schufen die grundlegende Essenz der Insel, in die er sich gerade verliebte. Es roch einladend und intensiv, warm und köstlich.

Er entdeckte Gabriella auf dem Rasen, wo sie sich mit einem großen, blonden Mann unterhielt. Sie trug ein schwarzes, fließendes Oberteil mit Spaghetti-Trägern und dazu einen unglaublich sexy Rock, der sich an ihre Taille schmiegte und ihre Hüften betonte, was ihre Figur noch verlockender machte. Der Tag in der Sonne hatte ihre Haut gebräunt und sie wirkte glücklich und entspannt, als sie den Arm des Mannes berührte, sich vorbeugte und ihm aufmerksam zuhörte. Bei der vertrauten Geste zog sich Dukes Magen zusammen. Sein Blick glitt über die Menge und dann legte der blonde Typ eine Hand auf Gabriellas unteren Rücken und führte sie zur Tanzfläche. Dukes Muskeln spannten sich an. Er zwang sich, sitzen zu bleiben. Sie gehörte ihm nicht, egal, wie viel er in ihren gemeinsamen Nachmittag und die leidenschaftlichen Küsse hineininterpretiert hatte. Nichtsdestotrotz wollte er seinen Besitzanspruch deutlich machen.

»Sie sind seit zwei Tagen hier. In meinem Land ist das eine Ewigkeit, um einen Ort kennenzulernen«, sagte Gabriellas Großvater.

»Ja, Sir.« Duke löste seinen Blick von Gabriella und konzentrierte sich auf den Mann, der seine ungeteilte Aufmerksamkeit bekommen sollte. »Die Insel ist wunderschön, und ich glaube, dass sie viel Potenzial hat.«

Da er nicht widerstehen konnte, warf er wieder einen Blick auf Gabriella. Katarina tanzte mit Mione auf dem Arm neben ihr und als Gabriella die Hände nach dem kleinen Mädchen ausstreckte – nicht nach dem Mann –, stieß Duke den Atem aus, obwohl er gar nicht bemerkt hatte, dass er die Luft anhielt.

»Wie läuft das ab?«, fragte Dimitri und lenkte seine Aufmerksamkeit zurück auf das Gespräch.

Das war Dukes Gelegenheit zu glänzen und wie immer stellte er sich der Herausforderung. Die Verkaufspräsentation bekam seine volle Aufmerksamkeit, obwohl er wusste, dass die meisten Kunden ihn viel dringender brauchten als er sie. Eine Weile später, nachdem er den Männern den Prozess umrissen und Dutzende Fragen über seine anderen Investitionen beantwortet hatte, sah er sich erneut nach Gabriella um. Den blonden Mann, mit dem sie getanzt hatte, entdeckte er schnell und war froh, dass sie nicht bei ihm war. Er sah Katarina und Mione, Gabriellas Mutter und ein paar der anderen Frauen, die er heute Vormittag kennengelernt hatte. Gerade als er die Hoffnung verlor, sie zu finden, teilte sich die Menge und ihr lächelndes Gesicht erschien wie ein strahlendes Licht.

Ihre Blicke trafen sich und er spürte, wie ihm ein elektrischer Schauer durch die Brust fuhr. *Da bist du ja, meine Schöne.* Sie senkte den Blick, ehe sie hastig wieder aufsah. Eine weitere Welle von Hitze durchschoss ihn.

Duke entschuldigte sich bei den Männern an seinem Tisch und ging durch den überfüllten Garten zu ihr. Die Frauen, mit denen sie sich unterhielt, beobachteten ihn und flüsterten hinter vorgehaltenen Händen miteinander.

»Duke!« Vivi winkte ihm von der Tanzfläche aus zu, wo sie sich mit ihren Freundinnen zur Musik wiegte.

Er winkte zurück, ließ sich aber nicht davon abbringen, den Abstand zu Gabriella zu überbrücken. Jeder zielstrebige Schritt machte seinen Entschluss zunichte, sie keineswegs wie die Frau zu behandeln, die er wieder und wieder küssen wollte.

Ihm fiel auf, dass David allein unter einem Baum saß und einer Gruppe Kindern beim Stickball-Spielen zusah. So sehr Duke auch zu Gabriella wollte, konnte er den niedergeschlagenen Ausdruck in Davids Augen unmöglich ignorieren. Duke ging um die Menge herum und kniete sich vor David.

»Hey, Kumpel. Wie geht's dir?«

David zuckte mit den Schultern.

»Warum spielst du nicht mit den anderen?« Als David erneut mit den Schultern zuckte, wurde Duke klar, dass der Junge ihn nicht so einfach an sich heranlassen würde. »Darf ich mich dann zu dir setzen?« Duke nahm neben ihm auf dem Boden Platz.

Noch einmal hob David schweigend die Schultern.

»Magst du Stickball nicht?«

»Ich bin nicht sehr gut«, erwiderte David. »Ich kann den Ball nicht fangen. Deshalb mobben mich die anderen Kinder der Schule. Wir sind im selben Baseball-Team.«

Duke erinnerte sich an den Tag seiner Ankunft, als David einem anderen im Besucherzentrum erzählt hatte, dass er in der Schule Schwierigkeiten bekommen hatte, weil er ein anderes Kind beschimpft hatte.

»Sie nennen mich Spinnenhand.« David hob die Hände und spreizte seine ungewöhnlich langen Finger.

»Bei solchen Händen erwarten sie wohl ziemlich viel von dir, hm? Du kannst dich glücklich schätzen, große Hände zu haben.« Duke beugte sich näher und senkte die Stimme. »Wenn du älter bist, werden die Mädchen diese großen Hände halten wollen.«

David lachte.

»Hat dein Dad mit dir geübt und dir gezeigt, wie man schlägt und fängt?«

»Mein Dad arbeitet im Schichtdienst auf dem Festland und kommt alle paar Tage nach Hause, aber meistens ist er dann beschäftigt. Es ist schon okay. Eigentlich ist es mir egal, ob ich spiele oder nicht.«

Duke fühlte mit dem Jungen. Sicher war es schwer, zur Schule aufs Festland gehen zu müssen und sich von Anfang an wie ein Außenseiter zu fühlen. Wenn er gehänselt wurde, hasste er es sicher nur noch mehr.

»Ich hab eine Idee«, sagte Duke. »Wie wäre es, wenn ich deine Eltern frage, ob sie etwas dagegen haben, wenn ich dir ein paar Dinge zeige?«

»Mein Onkel hat es mal versucht«, erwiderte David. »Ich bin einfach nicht gut darin.«

»Na ja, manchmal muss man die Dinge einfach anders angehen. Einer meiner jüngeren Brüder war der schlechteste Basketballspieler aller Zeiten. Jake war so groß wie ich, hätte den Korb aber nicht mal mithilfe eines Plans gefunden.«

David lachte. »Ist er immer noch beschissen?«

»Hey, ich hab nicht gesagt, dass er beschissen ist. Deine Mom will sicher nicht, dass du solche Ausdrücke benutzt, also sagen wir einfach, dass er mies war. Abgemacht?«

Er nickte.

»Gut und nein. Er ist nicht mies. Er ist der beste Spieler in unserer Familie.« Duke sah sich in dem vollen Garten um. »Ist dein Vater hier?«

Er schüttelte den Kopf. »Er kommt in ein paar Tagen nach Hause.«

»Wo ist deine Mom?«, fragte Duke.

»Das ist sie, mit meinem Bruder auf dem Arm.« David zeigte auf eine der Frauen bei Gabriella. Sie hielt einen kleinen Jungen und ein anderes kleines Mädchen rannte um ihre Beine herum.

»Wenn es für sie okay ist, hast du dann Lust, morgen eine Stunde mit mir Ball zu spielen?«

David nickte eifrig.

»Alles klar. Ich rede mit deiner Mom und wir vereinbaren was.« Duke stand auf und reichte David die Hand. »Na komm.« Er zog den Jungen auf die Füße. »Männer verhandeln selbst.«

David folgte ihm über den Rasen. »Ich bin kein Mann.«

»Mach dir nichts vor. Du bist ein werdender Mann. Das zählt.«

Gabriella zwang sich, ruhig zu bleiben und abzuwarten, bis Duke zu ihr kam. Sie hatte ihn schon bei seiner Ankunft bemerkt und er sah in seiner schwarzen Hose und dem weißen

Hemd wahnsinnig gut aus. Der Mann wusste, wie man sich kleidete. Jeder Schritt betonte seine kräftigen Beine. Der oberste Knopf seines Hemds stand offen und entblößte gerade genug Haut, um ihren Herzschlag zu beschleunigen. Die Frauen, bei denen sie stand, gehörten zu den anständigsten, die sie kannte, doch selbst ihnen fehlte bei seinem Anblick die übliche Schicklichkeit. Ihr Geflüster verriet, dass mittlerweile die gesamte Insel versuchte, ihre Kuppel-Magie zu wirken. *So sexy. Du musst diesen Mann küssen. Darf ich ihn mir ausborgen?*

»Guten Abend, die Damen«, begrüßte er sie schließlich. Sein Blick löste sich kein einziges Mal von Gabriella, und unwillkürlich wurde sie von einem Schauer erfasst, als er sich vorbeugte, eine Hand auf ihren Arm legte und ihre Wange küsste. »Du siehst umwerfend aus.«

»Danke.« Sie würde sich auf keinen Fall davon abhalten können, ihn zu küssen. Sie brauchte Verstärkung. Rüstung. Einen Panzer. Eine ganze Armee.

Er legte eine Hand auf Davids Schulter und wandte sich Natalia, Davids Mutter, zu.

»Hi. Sie müssen Davids Mutter sein.«

»Ja, Natalia.«

»Natalia, freut mich sehr, Sie kennenzulernen. Ich bin Duke. Ich habe David gestern auf dem Heimweg von der Schule kennengelernt, und als ich eben die Kinder beim Ballspielen gesehen habe, hat es mich daran erinnert, wie viel Spaß das gemacht hat. David hat freundlicherweise angeboten, morgen eine Runde mit mir zu spielen, wenn das für Sie in Ordnung ist.« Er senkte die Stimme und fügte hinzu: »Um ehrlich zu sein, könnte ich etwas Hilfestellung gebrauchen und …« Er zuckte mit den Schultern und Stolz schimmerte in Davids Augen.

Gabriella spürte, dass sie ihm noch mehr verfiel. Wo zum Teufel war ihre Armee?

Natalie warf einen Blick auf den strahlenden Gesichtsausdruck ihres Sohnes und Gabriella sah eine unglaubliche Dankbarkeit in den Augen ihrer Cousine. »Na ja, ich bin nicht sicher, ob Sie mit meinem kleinen Mann mithalten können, Duke. Aber wenn Sie es versuchen wollen, werde ich nicht im Weg stehen.«

Duke drückte Davids Schulter. »Morgen gegen zwei? Passt dir das?«

»Ja, Sir.« David nickte.

Sie verabredeten sich für den nächsten Nachmittag auf dem Feld beim Schulgebäude. Als Natalia die Kinder mit zum Desserttisch nahm, richtete Duke seine Aufmerksamkeit auf Gabriella.

»Möchtest du tanzen?«, fragte er.

Ein Tanz würde ihre Körper nah zusammenbringen und dann würden sich ihre Gedanken überschlagen und sie wäre nutzlos. Sie brauchte wirklich Verstärkung. Also drehte sie sich um, doch die anderen Frauen hatten sich zerstreut. Es gab keine Armee, nicht einmal einen einzigen Soldaten.

Bevor sie antworten konnte, legte er eine Hand an ihre Taille und führte sie auf die Tanzfläche.

»Denk nicht zu viel darüber nach«, flüsterte er an ihrer Wange.

Na schön. Er konnte auch noch Gedanken lesen.

Sie lag in seinen Armen und ihre Körper bewegten sich zusammen in einem verführerischen Tanz, wie zwei Geliebte mit jahrelanger Übung. Gabriella schlang die Arme um seinen Nacken. Irgendwie schien sie in den wenigen Stunden, die sie getrennt gewesen waren, vergessen zu haben, wie groß er war.

Sie hatten sich am Nachmittag so oft geküsst, dass sie sich eingebildet hatte, sein Mund wäre eher auf ihrer Höhe.

»Das ist eine schöne Feier«, stellte er fest.

»Mh-hm.« Trotz der aufmunternden Worte, die sie vorhin an sich selbst gerichtet hatte, wollte sie heute Abend nicht zu viel nachdenken. Vielleicht hatte Addy recht. Was konnte schlimmstenfalls schon passieren? Sie könnte ein paar tolle Tage haben, bevor sie sich aufs Neue dem Stress aussetzte, das Leben anderer Leute auseinanderzunehmen.

»Danke für das, was du für David getan hast. Natalia ist mit den Kindern so beschäftigt und ...«

»Gabriella, ich habe getan, was mir mein Herz gesagt hat. Sobald ich wusste, was los ist, wie konnte ich mich da abwenden? Aber ich möchte nicht über David reden.«

Sein Blick wurde wild, besitzergreifend, und selbst wenn ihr Leben davon abgehangen hätte, hätte sie nicht antworten können.

»Ich hatte vor, mich heute Abend trotz unseres Gesprächs von dir fernzuhalten. Ich dachte, es würde die Dinge leichter machen.«

Suchend sah er sie an und sie musste ein *Ich auch* unterdrücken. Wie sollte sie es aussprechen, wenn es ihr nicht ernst war? Wenn sie jedes Mal mehr und nicht weniger von ihm wollte, wenn sie zusammen waren?

»Okay«, erwiderte sie schließlich, doch sie verstand seine Bemerkung nicht, denn sie war direkt hier, in seinen Armen, und spürte die Wirkung, die sie auf ihn hatte.

»Ich will keinen Abstand halten. Du weißt das. Du kannst es sehen und spüren. Himmel, Baby, wahrscheinlich hörst du es mir an.«

Er lächelte, und sie tat es ebenfalls, nicht nur, weil seine

Aufrichtigkeit wieder einmal mehr als erfrischend war, sondern weil er sie so natürlich *Baby* genannt hatte. Egal, wie oft sie sich daran erinnerte, es nicht zu tun, hatte sie bereits das Gefühl, ihm zu gehören.

»Vielleicht ein bisschen«, neckte sie. »Ich bin mit demselben Entschluss hergekommen. Ich wollte, dass es zwischen uns auf beruflicher Ebene bleibt und wir uns auf die Zukunft der Insel konzentrieren.«

»Und wie läuft es?«, fragte er, während er ihre Hüften fester packte.

Jedes Mal, wenn er das tat, schossen ihr Visionen davon durch den Kopf, wie sich seine Hände auf ihrem nackten Körper anfühlen würden. Er war so groß. Sie konnte sich nur vorstellen, wie es sich anfühlen würde, von all dieser Kraft gehalten zu werden, während er in sie eindrang.

»Nicht so gut«, gestand sie und atmete zittrig aus.

Er beugte sich hinab und schmiegte seine Wange an ihre. »Ich will dich so sehr küssen, dass es wehtut, aber ich werde es nicht tun. Nicht hier vor all diesen Kupplern. Sonst verheiraten sie uns in Rekordzeit.«

Gabriella riss die Augen auf. Ihre Familie. *Oh, verdammt.* Was war nur los mit ihr, dass sie mit ihm tanzte, als wären sie allein, und ihre Hüften an ihm rieb? Sie brachte nicht ein einziges Wort zustande, als sie die Hüften neigte, um etwas Abstand zwischen sie zu bringen. Allerdings vermisste sie die Verbindung sofort und schmiegte sich wieder an ihn.

Er hob ihr Kinn an und blickte ihr in die Augen. »Ich möchte meine Gefühle für dich nicht verstecken. Ich versuche, dir Raum zu geben, damit du entscheiden kannst, was du den anderen zeigen möchtest.«

»Danke.« Es gefiel ihr, dass er die Rücksicht auf sie und ihre

Familie über sein eigenes Verlangen stellte, aber sie sehnte sich auch danach, dass er einfach die Kontrolle übernahm und sie endlich küsste. Die Entscheidungsgewalt zu haben, machte ihr besagte Entscheidung nur noch schwerer.

»Falls wir uns noch einmal küssen, brauchen wir Spielregeln. Und wenn du mir nicht sagst, dass du es nicht willst, werden wir eine ganze Menge mehr tun, als uns nur zu küssen.«

Ihr schlug das Herz bis zum Hals und sie sah sich um, um sicherzugehen, dass niemand sonst dieses sinnliche Versprechen hören konnte. »Spielregeln?«

»Ja, Gabriella. Ich möchte in die Insel investieren und deine Familie braucht die richtige Person dafür. Du hast es selbst gesagt. Wahrscheinlich wird es – nein. Wir werden definitiv gegensätzliche Meinungen haben. Sollten wir weitergehen …«

Er ließ seine Hände auf ihren unteren Rücken gleiten und drückte sie gegen seine Erregung.

Ihr stockte der Atem.

»Was auch immer das zwischen uns ist, darf keine Auswirkungen auf das Geschäft haben. Und das Geschäft darf keine auf uns haben.«

»Wie sollen wir das anstellen?« Sie könnte behaupten, dass sie es versuchen würde, aber ernsthaft, wie sollte sie die zwei bedeutsamsten Teile ihres Lebens voneinander trennen?

»Vertrauen.«

»Vertrauen?«

»Vertrauen. Das ist der Glaube an die Verlässlichkeit, Wahrhaftigkeit oder Fähigkeiten von jemandem oder etwas. Du hast doch sicher schon mal davon gehört?« Sein Sinn für Humor, während ihre Körper beinahe explodierten, ließ sie ihn nur noch mehr wollen.

»Ich muss darauf vertrauen, dass du darüber nachdenkst

und darauf hinarbeitest, was das Beste für deine Familie und die anderen Inselbewohner ist. Und du musst darauf vertrauen, dass ich dasselbe Ziel habe.«

Elf

Gabriella hatte nie gedacht, dass sie Probleme mit Vertrauen hätte. Sie war ja durch ihre Arbeit geübt im Umgang mit Menschen, die nicht die Wahrheit sagten. Doch während sie zuhörte, wie Duke über ihre Beziehung, die Insel *und* Vertrauen sprach, als wäre das alles miteinander verbunden, breitete sich eine Gänsehaut auf ihren Armen aus. Der Song ging nahtlos in den nächsten über und um sie herum versammelten sich Pärchen. Noch nie zuvor hatte sie sich auf der Insel eingeengt gefühlt, aber nun brauchte sie Luft und Raum, um die Gefühle zu verarbeiten, die Duke in ihr zutage förderte. Und der besorgte Ausdruck in seinen Augen weckte in ihr den Wunsch, diese Erkenntnis mit ihm zu teilen.

»Können wir ein Stück gehen und uns unterhalten?«, bat sie.

Er legte eine Hand auf ihren Rücken und sie entfernten sich von der Menge. »Nichts lieber als das, aber ich hoffe, dass ich dich nicht irgendwie verärgert habe.«

Seine Aufmerksamkeit und Sensibilität gegenüber ihren Taten und Worten machte es so leicht zu vergessen, dass sie sich am Verhandlungstisch gegenübersaßen.

»Du hast mich nicht verärgert. Es ist lange her, seit ich

wirklich darüber nachgedacht habe, was es bedeutet, jemandem zu vertrauen. Ich meine natürlich abgesehen vom Vertrauen zwischen Anwalt und Klient.«

Sie schlenderten Arm in Arm dahin und er hielt sie dabei fest. Als sie sich dem Leuchtturm näherten, verblassten das Licht und der Lärm der Feier und wurden von den Geräuschen der Wellen ersetzt, die gegen das Ufer schlugen. Der Leuchtturm warf einen Lichtstrahl über das Meer.

»Es gab mal eine Zeit, in der vertrauen einfach war. Wenn mir meine Eltern als Kind etwas erzählt haben, habe ich es nicht angezweifelt. Wenn mir ein Freund oder Verwandter etwas versprochen hat, wurde es immer eingehalten.«

»So sollte es sein.«

»Ja, ich weiß. Wenn das, was ich sage, seltsam klingt, liegt es daran, dass ich noch nie zuvor jemandem davon erzählt habe, deshalb könnte es etwas kompliziert klingen.«

Duke blieb stehen und sah ihr tief in die Augen. »Du musst mir nichts verraten, was du nicht willst. Ich gehe nicht weg und obwohl ich der Meinung bin, dass es gut ist, jetzt über alles zu reden, solltest du dich nicht gedrängt fühlen.«

»Danke, aber ich möchte es dir erzählen.«

Er warf einen Blick zum großen Haus und sie wusste, dass er nachsah, ob man sie beobachten konnte.

»Hier sieht uns niemand«, versicherte sie ihm. »Trotzdem danke für deine Sorge.«

»Ich möchte nichts von dem verbergen, was ich für dich empfinde. Aber das ist deine Entscheidung.« Er presste seine Lippen zu einem zärtlichen Kuss auf ihre. »Danke, dass du mir genug vertraust, um das mit mir zu teilen.«

Ihr war nicht klar gewesen, dass sie ihm vertraute, doch genau das war der Fall. Ihre tiefsten Gedanken mit ihm zu teilen, bedeutete an und für sich schon, dass sie ihm vertraute. Witzig, wie leicht das passiert war.

»Ich habe meine Jugend in diesem seligen Wunderland verbracht, wo alles genauso war, wie es schien«, erklärte sie und sie setzten sich wieder in Bewegung. »Vielleicht gilt das für alle Kinder. Ich weiß es nicht. Aber als mein Großvater seine Meinung über meine Zukunft geändert hat, ist dieses Vertrauen geschwunden. Nicht, weil mir mein Großvater je Versprechen gegeben hat, die er nicht halten konnte, sondern weil *ich* viel zu viel in ›Du kannst alles sein und tun, was du willst‹ hineininterpretiert habe.«

Er drückte ihr einen Kuss auf den Kopf, schwieg jedoch. Sie spürte, dass er ihr den Raum geben wollte, den sie brauchte, um sich darüber klar zu werden, was sie sagen wollte, und das wusste sie zu schätzen.

»Ich denke, dass er seine Worte so gemeint hat, aber er hat wohl nicht geglaubt, dass ich wirklich ein Inselmädchen sein wollte. Dass das das *Einzige* war, was ich sein wollte. Ich wollte die Meeresbrise im Rücken haben und meiner Familie mit dem Resort, dem Besucherzentrum und der *Taverna* helfen.« Es fühlte sich so gut an, sich das von der Seele zu reden. Nicht einmal Addy gegenüber hatte sie all das eingeräumt, doch es fühlte sich richtig an, es mit Duke zu teilen.

»Ich wollte mit meinen Cousinen, meiner Familie und all den anderen Menschen, die ich liebe, Babys großziehen, damit sie sie mit Liebe überschütten können. Ich wollte, dass meine Kinder das erleben.« Sie atmete tief ein und füllte ihre Lunge mit der kühlen Meeresluft.

In der Nähe der Küste war der Untergrund felsiger. Duke stützte sie, als sie um den riesigen, grauen Leuchtturm gingen und sich ins Gras am Ufer setzten. Wellen brachen sich an den

Felsen und bespritzten sie mit feinen Wassertropfen, was sie beide zum Lachen brachte.

»Das, Duke. Das ist alles, was ich je wollte. Meine Kinder sollten in dem Schulgebäude mit den zwei Klassenräumen aufwachsen, dann die lange Bootsfahrt zum Festland unternehmen und beim Nachhausekommen dieselbe Erleichterung und das Gefühl von *Heimat* erleben, wie ich es getan habe.«

»Stattdessen bist du weggezogen und eine verteufelt gute Anwältin geworden«, erwiderte Duke. »Aber du kommst oft zurück, was wahrscheinlich mehr ist, als die meisten Leute tun.«

Sie legte sich ins Gras und sah hinauf in den Sternenhimmel. »Ja, das tue ich. Jeden Sommer, zu allen Feiertagen.«

Duke stützte sich auf den Ellbogen und beugte sich über sie, um ihr eine verirrte Strähne von der Wange zu streichen. Er drückte ihr einen sanften Kuss auf die Lippen, dann auf die Wange und schließlich die Stirn. Jeden einzelnen dieser Küsse spürte sie bis in die Zehenspitzen.

»Als ich dich also gebeten habe, mir zu vertrauen, hast du dir Sorgen gemacht, dass ich nicht ganz verstehen oder glauben würde, wie verzweifelt du dir wünschst, dass sich auf der Insel nichts verändert?«, fragte er. Er strich mit einem Finger über ihre Seite, was all ihre Nervenenden zum Leben erweckte. »Du befürchtest also, dass du am Ende eine Insel voller Dinge hast, die du nicht willst, und eines Morgens verblüfft aufwachst und dich fragst: Wie zum Teufel sind wir hier gelandet?, wenn du mir vertraust.«

»So was in der Art«, gestand sie. »Ich weiß, dass du nichts versprechen kannst, und das erwarte ich auch nicht von dir.«

»Gabriella, das zu tun, was das Beste für die Zukunft aller Einwohner ist, wird für niemanden leicht sein. Nicht für dich, nicht für mich und meine Mitarbeiter und ganz sicher nicht für die Bewohner, die, wie du, das einfache Leben hier mit Sicherheit schätzen. Es muss sich etwas ändern und ich weiß, dass du das verstehst. Ich kann dir nicht versprechen, wie das Endergebnis genau aussehen wird, aber ich kann dir versprechen, dass ich dich höre.«

Duke strich mit den Fingern über ihre Wange und sein Tonfall wurde noch ernster. »Ich höre mir alles an, was du mir erzählst. Die Geschichte deiner Familie, den Grund, warum es hier keine gepflasterten Straßen oder Autos gibt. Ich höre alles und es bedeutet mir etwas, weil es dir etwas bedeutet. Ich werde mein Bestes geben, um diese Insel zu einem Ort zu machen, an dem du nicht nur voller Stolz leben würdest, sondern der genauso viel Leidenschaft in dir weckt wie jetzt.«

»Das kannst du nicht versprechen«, hauchte sie atemlos, hoffte jedoch bei allem, was heilig war, dass er es konnte.

»Ich habe es gerade getan.«

Zwölf

Duke sah in Gabriellas wunderschöne, hoffnungsvolle Augen und wusste in diesem Moment, dass ihm jedes seiner Worte ernst war. Selbst wenn es bedeutete, mit Pierce aneinanderzugeraten, war er bereit, diesen Kampf auszufechten. Der Drang, sein Versprechen mit einem Kuss zu besiegeln, war so stark, so drängend, dass er beinahe vergaß, sich zu versichern, dass sie ebenfalls mit vollem Einsatz dabei war. Er brauchte diese Vergewisserung, brauchte sie ebenso sehr wie die umwerfende Frau, die zu ihm aufsah.

»Vertraust du mir, Gabriella?«

Ihre Lippen öffneten sich und als sie sagte: »Ja, Duke. Ich vertraue dir. Ich vertraue dir und du weißt, dass du mir auch vertrauen kannst«, hörte er die Einladung in ihrer Stimme und drückte erst in diesem Moment seine Lippen auf ihre.

Sie schmeckte süß und heiß, willig und verlangend. Der Kuss begann langsam und sinnlich, aber jede Berührung ihrer Zungen, jeder Druck ihrer Finger an seinem Rücken, ließ die Lust durch seinen Körper schießen. Er vertiefte den Kuss, während sie sich an seinen Rücken krallte, und seine Kontrolle zerbrach. Seine Hände wanderten über den Schwung ihrer Hüfte zu ihrem warmen, nackten Oberschenkel.

»So süß. So sexy.« Sie fühlte sich wahnsinnig gut an, als sie sich seiner Berührung entgegenwölbte und ihn mit derselben Verzweiflung küsste, die auch in ihm tobte.

»Nur du«, flüsterte er an ihrem Mund, »kannst dafür sorgen, dass sich ein Kuss nach so viel mehr anfühlt.«

Er legte sich über sie und schirmte sie vor dem Wasser der Wellen ab, die ans Ufer schlugen und ihre Beine benetzten. Eine Hand schob er unter ihren Kopf und neigte ihn dann ein wenig, um sie noch mehr zu vereinnahmen. Ihre Hüften bewegten sich im stummen Takt ihrer Herzschläge. Jeder süße, sinnliche Laut, den sie von sich gab, jede Berührung seiner Finger auf ihrer erhitzten Haut entflammte mehr Verlangen. Er zog sanft an ihren Haaren und das ergebene Seufzen, das über ihre Lippen perlte, war der erotischste Laut, den er je gehört hatte. Er musste sie an sich spüren.

»Ich muss dich anfassen«, flüsterte er, während er unzählige Küsse auf ihren Hals niederregnen ließ. Als er schließlich an der Haut saugte, krallte sie die Hände in seine Haare.

»Ja«, hauchte sie atemlos. »Duke, fass mich an.«

Sie zog sein Hemd aus der Hose und er richtete sich auf den Knien auf, um es aufzuknöpfen, doch Gabriellas Anblick bremste ihn. Sein Blick huschte durch die Dunkelheit. Er wusste, dass sie nicht gesehen werden konnten, aber er wusste nicht, ob jemand vorbeikommen würde, und wollte sie nicht in Verlegenheit bringen.

»Duke.« Sie fummelte an seinen Knöpfen herum.

»Deine Familie?« Sein Herz schlug wie wild, aber schließlich öffnete sich sein Hemd dank ihrer geschickten Finger. Mit großen Augen strich sie über seine Muskeln und entfachte das Inferno seines Verlangens noch stärker.

»Sie werden …« Gabriella richtete sich ein Stück auf, leckte an seiner Brustwarze und entlockte ihm ein gieriges Stöhnen. »… die Party nicht verlassen.«

»Gott sei Dank.«

Er befreite sich von seinem Hemd, zog Gabriella das Oberteil in einer schnellen Bewegung über den Kopf und legte sie so sanft wie möglich ins Gras, was überhaupt nicht sanft war. Er war zu gierig, zu verloren in dem Anblick von Gabriella und wie sie nur in einem hochgeschobenen Rock und einem schwarzen Spitzen-BH unter ihm lag.

»Du bist wunderschön«, sagte er und küsste die verlockende Wölbung ihrer Brust. »So wunderschön.«

Leckend und küssend überschüttete er ihren Mund, ihren Hals und den schimmernden Pfad entlang der Mitte ihrer Brust mit Liebe. Seine Finger umspielten ihre Nippel, die sich gegen die Spitze ihres BHs drückten. Mit einem verlangenden Kuss eroberte er ihren Mund, wobei er alles kostete und verzehrte, was er konnte. Sie atmete scharf ein, als er ihren BH öffnete und ihr auszog. Der Träger glitt über ihre Schulter und Duke folgte ihm mit der Zunge. Gabriella bog den Rücken durch, als er über ihr Schlüsselbein leckte, mit der Zungenspitze in die Kuhle in der Mitte glitt und gegen den Drang ankämpfte, sie auszuziehen und sich in ihr zu vergraben.

»Duke, bitte.«

»Ich will, dass es andauert. Meine erste Kostprobe von dir, das erste Mal, dass du mir vertraust, das erste Mal, dass ich deine Hände auf mir spüre.« Mit den Zähnen zog er den anderen Träger über ihre Schulter und verteilte Küsse auf ihrem Arm. Den BH warf er zur Seite und nahm sich einen Moment, um ihren Anblick in sich aufzunehmen.

»Grundgütiger, Gabriella. Fühl nur, was du mit mir machst.«

Er führte ihre Hand zwischen seine Beine und stöhnte, als sie über seine harte Länge rieb. Mit dem Daumen strich er über ihren Nippel, während Gabriella ihn durch die Hose streichelte. Lust schoss durch seine Adern und köchelte unter jedem Zentimeter seiner Haut, bis er sie nicht mehr kontrollieren konnte. Er schob ihre Hand weg.

»Ich brauch mehr«, presste er hervor. Dann drückte er erneut seine Lippen auf ihre und versuchte, das Verlangen zu unterdrücken, während er seine Erektion an ihrer Mitte rieb.

Er verteilte intensive Küsse auf ihrem Hals und ihrem Brustbein und leckte über einen harten Nippel, was ihm ein weiteres, verführerisches Stöhnen einbrachte.

»Mm, Baby, das gefällt dir.«

»Ja …«

Sie ballte die Hand in seinen Haaren zur Faust und drückte seinen Mund an ihre Brust, während er daran saugte, sie neckte und reizte und über sie herfiel. Währenddessen schob er die andere Hand an ihrem Bein hoch. Ihre Hüften zuckten und er packte sie fest, um sie auf dem Boden zu halten.

»Gott, jede deiner Bewegungen … Du bringst mich um«, sagte er verzweifelter, als er wollte. Wieder verschmolz er ihre Lippen miteinander, während die Gischt einer Welle auf sie niederregnete.

Gabriella küsste ihn hungrig und ihr gesamter Körper bewegte sich mit ihm. Sie packte ihn, krallte sich an ihm fest und trieb ihn in den Wahnsinn. Hastig nahm er ihre andere Brust in den Mund und schenkte ihr ebenso viel Aufmerksamkeit wie der ersten. Er folgte einem Pfad auf ihrer heißen, süßen Haut, von ihren Rippen bis zur Wölbung ihrer Hüften. Das war Folter. Er konnte sich kaum zusammenreißen, als sie gegen seine Schultern drückte. Die Raffinesse versank im Meer – er riss ihr einfach den Rock und das Höschen vom Körper und konnte seine Hände endlich auf ihren wundervollen Hintern legen. Bis jetzt hatte er nicht so auf Hintern gestanden, aber, Himmel, von dem Moment an, als er sie das erste Mal gesehen hatte, hatte ihn ihr Hintern angemacht. Sie wölbte sich in seine Hände und stöhnte, als er ihre seidige Haut streichelte.

Verflucht, sie war so über alle Maßen schön. Über alle Maßen überwältigend, mit runden Hüften, einer schlanken Taille und vollen Brüsten. Doch es war nicht ihr Pin-up-Girl-Körper, der sein Herz schneller schlagen ließ. Es war der vertrauensvolle Ausdruck in ihren Augen, der ihn still schwören ließ, ihr niemals, *niemals* einen Grund zu geben, ihm nicht zu vertrauen. Er legte seine Lippen auf die feuchten Locken zwischen ihren Beinen und verteilte dort sanfte Küsse. Gabriella schob die Hüften vor, drückte gegen seine Schultern und wölbte sich seinem gierigen Mund entgegen, während er mit der Zunge ihre Feuchte erkundete.

»So verdammt süß«, sagte er, ehe er diese feuchte Hitze in Besitz nahm. Mit der Zunge drang er in sie ein, kostete den süßen Honiggeschmack und neckte sie mit zärtlichen Küssen, ehe er seine Zunge noch einmal tief in sie schob. Wieder ballten sich ihre Hände in seinen Haaren zur Faust und sie spannte die Schenkel an.

»Duke. *Gott* ... Duke.«

Er rieb mit dem Daumen über ihre geschwollene Klit, drückte den Mund über ihre Mitte und sie verlor unter ihm die Kontrolle. Er leckte, saugte und liebte sie durch ihren Höhepunkt hindurch, und noch während dieser langsam nachließ, legte er seinen Mund über ihre überempfindlichen Nerven und trieb sie erneut auf den Gipfel.

Erschöpft lag Gabriella unter Duke und versuchte, zu Atem zu kommen. Der Mund dieses Mannes brauchte einen Warnhinweis. Nach zwei intensiven Orgasmen konnte sie sich kaum bewegen, doch als Dukes Finger wieder ihre empfindlichste Stelle fanden und er sie in einen Kuss verwickelte, der die perfekte Mischung aus grob und sanft mit sich brachte, dauerte es nur Sekunden, bis sie ein drittes Mal überwältigend kam.

»Baby«, flüsterte er an ihrem Mund. »Ich kann keine Sekunde länger warten. Ich muss in dir sein.«

Mehr, als nach seiner Hose zu greifen und am Knopf herumzufummeln, schaffte sie nicht. Er packte ihre Hand, nahm zwei ihrer Finger in den Mund und leckte verlockend mit der Zunge darüber.

»Oh mein Gott …« Der Anblick, wie er an ihren Fingern saugte, weckte in ihr das Bedürfnis, an *ihm* zu saugen.

Seine Augen verengten sich, er zog ihre Finger aus seinem Mund und schob sie zwischen seine Beine.

Oh. Wow.

Duke senkte den Kopf und küsste sie erneut – hart –, wobei er mit seiner Zunge in ihren Mund stieß, als würde er seinen Schaft zwischen ihren Beinen reiben, und sie verlor beinahe den Verstand.

»Fass dich an«, flüsterte er.

Oh Gott. Konnte sie das? Sie hatte sich noch nie vor einem Mann berührt. Aber er betrachtete sie, als könnte nichts auf der Welt jemals so schön sein, und nachdem er ihr solch überwältigende Empfindungen geschenkt hatte, wollte sie ihn befriedigen. Und sich selbst.

Er legte seine Hand auf ihre und drückte ihre Finger in ihre feuchte Hitze. »Genau so, Baby. Zeig mir, wie du es gern hast.«

Sie versuchte nicht mal, ihm zu sagen, dass er schon ganz genau wusste, wie er sie anfassen musste. In seinen Augen brannte die Leidenschaft, als sie sich streichelte, und das Verlangen umgab ihn wie eine Aura, als er aufstand, um sich von seiner Hose zu befreien. Er zog sich die dunkle Unterhose aus und ihre Hand hielt inne. Großer Gott. Dieser Mann war gut bestückt.

»Hör nicht auf, Baby«, verlangte er und streichelte sich selbst. Ein, zwei, drei lange, köstliche Bewegungen, die sie mehr anmachten als alles andere je zuvor. Ihre Beine bebten und sie beobachtete, wie er ein Kondom aus seiner Brieftasche nahm und es mit den Zähnen öffnete. *So heiß.*

Zwischen ihren Beinen ließ er sich auf die Knie sinken. Ihr Blick wanderte über seine breiten Schultern, seine Muskeln und blieb an den Tätowierungen auf seinem Bizeps hängen. Für die Betrachtung blieb ihr nur ein kurzer Moment, da ihr Blick von seinen Händen angezogen wurde. Sie konnte kaum atmen, geschweige denn, sich daran erinnern, ihre Hand zu bewegen, als er sich das Kondom überzog und mit der anderen Hand seine Hoden umfasste. Bevor er die Insel verließ, würde sie ihn schmecken, aber im Moment musste sie ihn in sich spüren. Jeden großartigen Zentimeter.

Er senkte den Mund auf ihre Mitte und leckte über ihre Finger, wodurch er ihre Nässe verteilte und sie noch feuchter machte.

»Oh Gott ...« Es war nicht mehr als ein verzweifeltes Flüstern und oh, sie war verzweifelt. Allein der Anblick seiner Zunge und seines heißen Mundes an ihrer Klit brachten sie erneut an den Rand des Höhepunkts.

Er hob ihre Finger, nagelte sie mit seinem erhitzten Blick auf dem Boden fest und leckte über ihre Finger, ehe er sie wieder in seinen Mund sog.

Sie spannte die Oberschenkel an, um das Verlangen nach einem Orgasmus zu unterdrücken. Dukes Spitze drückte gegen ihre Mitte und sie hob die Hüften. Er küsste sie innig und schnell, während er mit einem einzigen Stoß in sie eindrang. Sie schrie auf, doch Duke schluckte den Laut, und das Lächeln auf seinen Lippen war beim Küssen deutlich spürbar. Im Gegensatz zu den anderen Männern, mit denen sie bisher geschlafen hatte, war es für ihn kein Rennen zur Ziellinie. Ihr Körper brauchte einen Augenblick, um sich an seinen Umfang zu gewöhnen, und in diesem Augenblick nahm Duke das Tempo aus dem Kuss und stöhnte in ihren Mund. Seine Hüften bewegten sich in langsamen, sinnlichen Kreisen, wobei er jedes Mal diese besondere Stelle in ihr traf, die ihr ein Keuchen entlockte. Mit einer seiner großen Hände umfasste er ihren Hinterkopf, während er die andere unter ihren Hintern gleiten ließ, um sie ein wenig anzuheben, bis sich ihre Körper so perfekt aneinanderschmiegten, dass nicht einmal die Luft zwischen sie passte.

»Spürst du das?« Er verteilte zittrige Küsse auf ihrem Mundwinkel.

»Wie sollte ich …«, keuchte sie. »… nicht?«

»Sag mir, was du spürst«, flüsterte er. »Spürst du, wie wir zusammenpassen? Wie du mich ganz aufnimmst, so eng, so perfekt? Spürst du das?«

Er zuckte in ihr und das Gefühl ließ sie beinahe den Verstand verlieren.

»Ja.« Sie schloss die Augen und er küsste ihre Lider.

»Mach die Augen auf, Baby. Ich will dich sehen, wenn wir zum ersten Mal zusammen kommen.«

Grundgütiger. Seine Worte. Sein Blick. Sein talentierter Mund, seine Hände, sein Schaft. Sie war gestorben und direkt in den Himmel aufgestiegen, während der Mond auf sie herabschien und das Meerwasser auf ihre erhitzte Haut traf.

Schließlich bewegte sich Duke, und sie kam ihm entgegen, bis sie einen gemeinsamen Rhythmus fanden. Gott, ihr herrlicher, perfekter Rhythmus erreichte genau die richtigen Stellen. Wieder drückte er seine Lippen auf ihre, küsste sie, leckte, saugte ihre Zunge in einem erotischen Tanz, der nie enden sollte, in seinen Mund. Gabriellas Hände glitten über seine zuckenden Muskeln. Er war der selbstbewussteste, vor Leben strotzendste Mann, den sie je getroffen hatte. Ganz egal, dass er übertrieben gepflegt war – dieser Mann könnte sich den ganzen Körper wachsen und wäre trotzdem noch mehr Mann als die meisten Kerle, die sie kannte.

»Darf ich deinen Kopf ablegen?«, flüsterte er an ihrem Hals.

»Ja, alles.« Er könnte sie umdrehen und von hinten nehmen und sie wäre voll dabei.

»Himmel, Baby. Sag das nicht, wenn du nackt in meinen Armen liegst. Du hast keine Ahnung, was ich mit dir anstellen will, von den Orten, an die ich dich bringen will.«

Ihre Gedanken lösten sich auf, als er ihre Beine um seine Hüften schlang und mit beiden Händen ihren Hintern packte. Sein intensiver Blick bohrte sich in sie, als könnte er direkt in ihren Kopf blicken. Noch nie hatte sie ihre dunkelsten, sexuellen Fantasien erkundet, und sicher waren sie nichts im Vergleich zu dem, was er im Sinn hatte. Der Gedanke erregte sie. Seine Finger glitten zwischen ihre Pobacken, als er ihre Hüften anhob, in sie stieß und sie gekonnt direkt an den Rand des Höhepunkts brachte.

»Du …«

Ihre Worte verloren sich in ihrer Lust. Duke vergrub das Gesicht an ihrem Hals und drückte seine Zähne in ihre Haut. Der wunderbare Schmerz jagte sie mit schwindelerregender Geschwindigkeit über die Klippe. Ein Beben erfasste ihren Körper und sie wölbte sich. Schweiß sammelte sich zwischen ihnen und er lockerte den Biss, um sanft an der Haut zu saugen und zärtliche Küsse auf der Stelle zu hinterlassen, während jeder seiner Stöße härter wurde.

Er nahm den Mund von ihrem Hals.

»Gabriella, mach die Augen auf.« Der Befehl war reiner Besitzanspruch.

Ihre Lider öffneten sich flatternd und er stieß mit seinen kraftvollen Hüften weiter in sie. Der Ausdruck in seinen Augen drückte pure, hypnotisierende Verführung aus. Sie würde nie vergessen, wie er sie ansah, wie er mit ihr sprach und sie berührte. Sein Körper bewegte sich mit der Kraft eines Orkans und zog sie mit sich, als sie von Leidenschaft erfasst und über den Rand getragen wurden, nichts mehr als ein Haufen aus verschränkten Gliedmaßen, Stöhnen und Keuchen.

Und als er ihr ins Ohr flüsterte: »Ich kann mich nicht verstecken. Kann meine Gefühle nicht verstecken.«

Da wusste sie, dass sie es auch nicht konnte – oder wollte.

Dreizehn

Duke und Gabriella lagen unter den Sternen und kamen nach und nach von ihrem Hoch herunter. Sie in seinen Armen zu halten, fühlte sich so richtig an. Ihr Atem tanzte flüsternd über seine Haut und ihre Schenkel drückten sich warm an seine. Duke fuhr mit den Fingern durch ihre Haare, während seine Gedanken durch unbekanntes Gebiet stolperten, um die Gefühle zu verstehen, die in ihm tobten. Er wollte nicht, dass diese Nacht endete, und konnte sich nicht vorstellen, ohne Gabriella in seinen Armen aufzuwachen.

Es war fast zwei Uhr morgens, als sie schließlich entschieden, zu ihren Villen zurückzugehen. Die Feier war schon lange vorbei.

Gabriella schmiegte sich an Dukes Seite. Eine Hand hatte sie unter sein Hemd auf seinen Bauch gelegt, die andere ruhte auf seiner Taille. Er liebte es, sie so nah bei sich zu haben und die Wärme der Gefühle zu spüren, die sie miteinander verbanden.

»Baby?«

»Hm?«

»Ich möchte, dass du heute Nacht bei mir bleibst.«

Sie hob schläfrig den Blick. »Ich weiß nicht.«

Die schleichende Rückkehr der Realität ließ ihm den Magen in die Kniekehlen rutschen. Er war so mitgerissen worden, dass er nicht über seine eigenen Wünsche hinausgedacht hatte.

»Wegen deiner Familie?«, fragte er.

»Ja, aber auch …« Sie wandte den Blick ab.

Duke legte die Finger unter ihr Kinn, hob ihr Gesicht an und küsste sie sanft.

»Aber auch was, Baby? Was könntest du noch vor mir zurückhalten?«

»Ich habe nicht … Ich habe noch nie die ganze Nacht mit einem Mann verbracht. Ich bin nicht sicher, wie ich mich fühlen werde, wenn die Sonne aufgeht.«

Er seufzte erleichtert auf und zog sie in seine Arme. »Ich werde dich nicht bedrängen, doch es wäre gelogen, wenn ich behaupten würde, nicht enttäuscht zu sein.«

Nachdem er Gabriella nach Hause gebracht und ihre Villa überprüft hatte, weil sie ja die Türen nicht abschloss, drückte er ihr auf der Veranda einen Gute-Nacht-Kuss auf die Lippen.

»Du bist nicht böse?«, fragte sie.

»Böse? Wieso sollte ich böse sein, nachdem wir uns so nahgekommen sind? Nach dieser gemeinsamen Nacht?« Erneut verschmolz er ihre Lippen miteinander. »Gabriella, ich respektiere dich und möchte, dass du glücklich bist und dich wohlfühlst.«

»Danke.«

»Du musst dich nicht bedanken, Baby. Ich will dein Mann sein, und der erste Mann zu sein, bei dem du übernachtest, steht nun ganz oben auf meiner To-do-Liste. Was ich dir noch nicht gesagt habe, du aber wirklich wissen solltest, ist, dass ich noch nie zuvor eine Frau *gebeten* habe, die Nacht mit mir zu verbringen.«

»Ach komm schon«, widersprach sie mit großen Augen. »Ein Mann wie du? Voller … Leidenschaft und Herz. Ich kann mir nicht vorstellen, dass du eine Frau nicht bittest, über Nacht zu bleiben.«

»Das liegt daran, dass du mich noch nicht gut genug kennst. Risiko gegen Gewinn. Ich wollte nie riskieren, dass eine Frau zu viel Zuneigung für mich entwickelt.«

Sie schlang die Arme um ihn und küsste ihn auf die Brust. »Warum dann ich?«

»Du weißt wirklich nicht, wie besonders du bist, oder?« Sie hob den Blick und er küsste sie wieder. »Als ich dich am ersten Tag auf der Veranda des Besucherzentrums gesehen habe, fühlte ich mich körperlich zu dir hingezogen. Du bist eine umwerfende Frau, und ich bin sicher, dass unzählige Männer um deine Aufmerksamkeit konkurrieren. Doch dann hast du mit mir gesprochen, mich mit deinem scharfen, klugen Verstand beurteilt, und ich wusste, dass du nicht nur eine weitere, attraktive Frau bist. Du warst frech und ein wenig kampflustig, aber auch herzlich und liebevoll gegenüber deiner Nichte und Katarina. Und dann warst du verspielt und von dem Moment an war ich verloren.«

Ihre Wangen röteten sich, während er versuchte zu erklären, warum er sie über Nacht bei sich haben wollte, und ihm war klar, dass er den Tiefen seiner Gefühle nicht gerecht wurde, aber er musste es versuchen.

»Nachdem ich zwei Tage lang erlebt habe, wer du bist, deine Ängste, Hoffnungen und Träume kennengelernt habe … *hoffe* ich, dass du Zuneigung entwickelst.«

»Weil du mich attraktiv und klug findest«, wiederholte sie mit unbewegter Miene, die ihn über alle Maßen verwirrte.

Er sah zum Himmel hinauf und stellte fest, dass er zum

ersten Mal keine triftigen Gründe für seine Gefühle hatte. Es gab keine Daten, mit denen er das Wagnis gegen den Gewinn abwiegen könnte. Das, was er fühlte, kam direkt aus seinem Herzen. Als er sie wieder ansah, lächelte sie.

»Ich mache mich nicht über dich lustig.« Kokett lächelnd drückte sie ihren Finger gegen seine Brust. »Ich …«

»Du schätzt die Ernsthaftigkeit meiner Antworten ab. Himmel, ich kann mir nicht vorstellen, wie es sein würde, dir im Gerichtssaal gegenüberzustehen.« Er legte seine Hand auf ihre und drückte sie gegen seine Brust. »Es gibt keine eindeutigen und schnellen Antworten. Ich weiß nicht, warum du mein Herz aus dem Takt gebracht hast, aber es ist so, Gabriella. Wenn ich bei dir bin, liegt mein Fokus auf *dir*. Deinen Gedanken, deinen Hoffnungen, deinen Ängsten um die Zukunft der Insel, was für dich vielleicht nicht nach viel aussieht, und doch Welten von dem entfernt ist, wie ich eigentlich bin. Normalerweise konzentriere ich mich übertrieben auf meine Arbeit. Frauen kamen immer erst nach der Arbeit, den Meetings und meinen Geschäften. Ich habe nie eine Frau, die in irgendeiner Weise mit einer meiner Investitionen zu tun hatte, in mein Leben oder mein Bett gelassen.«

Die Wucht seiner Worte zauberte Röte auf ihre Wangen, aber sie musste die Wahrheit hören. Duke hielt lang genug inne, um sich zu beruhigen, und als er wieder das Wort ergriff, ließ er all die Emotionen hineinfließen, die er bis jetzt in sich verschlossen hatte.

»Baby.« Er sah in ihre vertrauensvollen Augen. »Spürst du es nicht? Ich hätte dir nicht widerstehen können, selbst wenn mein Leben davon abhängen würde.«

»Na ja, genau genommen …« Sie grinste. »… hast du mich noch nicht in dein *Bett* geholt.«

»Was nicht an mangelnden Versuchen liegt«, erwiderte er, ehe er sie küsste und ihr verschmitztes Grinsen in ein sinnliches Stöhnen verwandelte, das ihn erneut erregte.

Vierzehn

Gabriella wachte am nächsten Morgen auf und fragte sich, was bloß mit ihr nicht stimmte. Gestern Abend hatte sie sich fest vorgenommen, sich von Duke fernzuhalten, und war nicht nur seinem Zauber verfallen, sondern hatte auch mit ihm geschlafen. *Im Freien.* Das allein war für sie schon ungewöhnlich genug, aber sie hatte ihm auch noch geglaubt, als er ihr ein Versprechen gegeben hatte, das er unmöglich halten konnte. Nicht, dass sie jetzt, selbst im Licht des neuen Tages, glauben würde, Duke würde absichtlich lügen. Nein, er war ganz offensichtlich zu rücksichtsvoll, zu aufrichtig in seiner Art und seinen Gefühlen, um das zu tun. Doch sie war Anwältin. Während er sich mit den Risiken dessen auseinandersetzte, was sein *könnte*, kümmerte sie sich um die Realität dessen, was *war*.

Und beim Duschen und Anziehen wurde ihr auch klar, dass sie keine Ahnung hatte, was die Realität genau war. Duke hatte seine Visionen für die Insel nicht genauer erklärt, sondern nur, dass sie sich veränderten.

Sie ging zum Strand, um den Sonnenaufgang zu beobachten. Sie brauchte Klarheit und das Meer beruhigte sie immer. Na ja, bis auf letzte Nacht, als die Gischt auf sie herabgeregnet war und ihre erhitzte Haut abgekühlt hatte, sodass jede Brise ihre Erregung noch gesteigert hatte.

Die Sonne schob sich gerade erst langsam über den Horizont, als sie die Hauptstraße erreichte. Die Läden waren noch nicht geöffnet, weil es zu früh war, und das war eine weitere ihrer Lieblingszeiten. Auf der Insel schien jede Minute ihre Lieblingszeit zu sein.

Eine Katze schlenderte die Hauptstraße entlang. Gabriella verlangsamte ihre Schritte, um sie zu beobachten und einen Blick auf die Straße zu werfen, die sie in- und auswendig kannte. Bei ihrer Tour mit Duke hatte sie die Läden ausgelassen, die seit einer Ewigkeit geschlossen waren. Manchmal fiel es ihr leicht, sie zu ignorieren und so zu tun, als wären sie einfach nicht da, aber nun ging sie bewusst zu dem Laden, der einmal Miltons Eisenwarengeschäft gewesen war. In ihrer Jugend hatte sie Mr. Milton unheimlich gerne in seinem Laden besucht. Er war ein echter Südstaatengentleman und roch immer nach Old Spice und Mottenkugeln. Das störte sie nicht; es war *sein* Geruch. Die Glastüren waren mit Fingerabdrücken und Staub beschmutzt. Sie schirmte ihre Augen ab und warf einen Blick in das leere Gebäude. Noch immer konnte sie den Tresen an der rechten Seite erkennen, wo er immer eine Dose mit Lutschern aufbewahrt hatte, die er an die Kinder verteilte. Die grünen Lutscher hatte sie am liebsten gemocht. Unzählige Metallregale, die einst voller Werkzeuge und Farbe gewesen waren, standen nun leer in der Mitte des Ladens. Aber das waren Dinge, die eine wachsende Gemeinschaft brauchte, die auf einer Insel, die jedes Jahr von mehr Menschen verlassen als besucht wurde, jedoch nicht bedeutsam genug waren.

Sie ging ein paar Meter weiter zum ehemaligen Souvenirshop von Elpitha. In New York City waren die Touristen so zahlreich, dass die Läden nicht nur das ganze Jahr über zu tun hatten, sondern den Verkauf der Souvenirs auch auf Kioske und Tische auf der Straße verlegt hatten. Hier konnten sie nicht einmal einen einzigen Laden am Leben erhalten. Der Schönheitssalon-Schrägstrich-Barbershop nebenan florierte noch, obwohl er nur an Mittwochen und Samstagen geöffnet war.

Gabriella betrachtete den abgeblätterten Nagellack auf ihren Zehen. Ihre Sandalen und Füße waren nach dem kleinen Spaziergang bereits staubig. Auf dem Weg zum Pier wanderten ihre Gedanken zu Duke und sie seufzte innerlich. Es war gestern Abend so verlockend gewesen, mit zu seiner Villa zu kommen. Die Vorstellung, in seinen Armen aufzuwachen, gab ihr ein behagliches Gefühl, das nur Duke ihr schenken konnte. Sie war keineswegs prüde und ganz sicher keine Jungfrau mehr, aber irgendwie hatte sie den Morgen danach immer für sich selbst haben wollen, und heute war sie froh darüber – selbst wenn sich ein Teil von ihr fragte, ob sie mit denselben zwiespältigen Gedanken aufgewacht wäre, wenn sie zuallererst diesen wundervollen Mann gesehen hätte. Irgendwie bezweifelte sie, dass ihr Hirn so gut funktioniert hätte.

Der Übergang vom harten Untergrund zum sandigen Strand fühlte sich himmlisch an und ihre Unruhe legte sich augenblicklich. In der Ferne ging die Sonne auf und brachte eine erneute Hoffnung mit sich, dass sich für alles eine Lösung finden würde. Während sie über den Strand schlenderte, über Treibholz und einen Haufen aus Muscheln und Kieselsteinen stieg, wusste sie, dass sie ihre Gefühle für die Insel und ihre Gefühle für Duke unmöglich voneinander trennen konnte. Der Insel gehörte schon zu lange ein Teil ihres Herzens. Duke schummelte sich geschickt zwischen ihren Grenzen hindurch und wurde ihr ebenso wichtig wie die Insel. Es schien so schnell zu gehen, fühlte sich aber so richtig an. Wie sollte sie es verlangsamen?

»Gabrielaki mou.«

Sie drehte sich um und lächelte beim Klang der Stimme ihres Großvaters. »Ich hab dich gar nicht gehört.« Sie umarmte ihn und war nicht überrascht, ihn so früh zu sehen. Viele ihrer Diskussionen hatten stattgefunden, während sie beobachteten, wie die Sonne am Horizont erstrahlte.

»Ich bin im Alter sehr leise«, sagte er auf Griechisch. »Darf ich dich begleiten?«

»Sehr gern.«

Gemeinsam gingen sie zum Dock und Gabriella genoss die Zeit mit ihm. Seine Vertrautheit spendete ihr Trost. Er trug ein weinrotes Hemd, das sie schon eine Million Mal gesehen hatte, und Ledersandalen, die ebenso alt aussahen wie seine staubigen Füße.

Der Steg knarrte, als sie bis zum Ende gingen. Gabriella half ihrem Großvater, sich an den Rand zu setzen und die Füße herunterbaumeln zu lassen. Sie erinnerte sich daran, wie er das für sie getan hatte, als sie noch so klein gewesen war, dass er sie damit geneckt hatte, dass die Fische sie im Ganzen verschlucken würden. Es machte sie traurig, dass die Zeit so schnell verging und sie nur sporadisch bei ihm sein konnte, wenn ihre Arbeitszeiten es zuließen. Die Familie bedeutete ihre so viel. Oft sehnte sie sich danach, die Liebe in den Augen ihrer Mutter zu sehen, wenn sie mit ihrem Südstaatenakzent Griechisch sprach, oder die Belustigung in den Augen ihres Vaters, wenn es das komplette Gegenteil zu dem war, was er gesagt hatte.

»Wie läuft es mit dem Investor?«, fragte er. »Duke.«

Seufzend dachte sie an all die Dinge, die sie sagen könnte: *Er ist wundervoll, so aufrichtig und süß. Stark und maskulin. Jedes Mal, wenn er mich ansieht, schlägt mein Herz einen Salto. Aber er verspricht Dinge, die er unmöglich tun kann, selbst wenn er es will.*

Sie blickte in die weisen, fürsorglichen Augen ihres Großvaters und wollte ihm all diese Gefühle gestehen. Doch ihre Liebe für ihren Großvater vermischte sich mit dem Schmerz, von der Insel gedrängt worden zu sein, und ihr wurde klar, dass sie diese Dinge verstehen musste, ehe sie mit Duke weitermachen konnte. Vielleicht sogar, bevor sie mit dem Rest ihres Lebens weitermachen konnte. Es war an der Zeit, sich der einen Person, dem einen Problem zu stellen, das Traurigkeit in ihre Erinnerungen brachte.

»Warum hast du mich gebeten, nach Hause zu kommen und ihn herumzuführen? Warum hast du es nicht selbst gemacht, oder ihm von einem meiner vielen Onkel oder *deinem* Anwalt die Insel zeigen lassen?«, fragte sie auf Griechisch.

Ihr Großvater nahm ihre Hand. Seine starke, vom Alter ganz raue Handfläche in ihrer zu spüren, versetzte ihr einen Stich. Sie fühlte sich schuldig, weil sie seine Entscheidung infrage stellte, gleichzeitig spürte sie so viel Liebe, dass es ihr die Brust zuschnürte.

»Weil du, mein süßes Mädchen, Dinge siehst, die sonst niemand sieht.« Er sah hinaus aufs Wasser, als hätte er ihr gerade alle Antworten, die sie brauchte, gegeben, statt noch mehr Fragen aufzuwerfen.

»Und was heißt das genau?«

Er legte die andere Hand auf ihre verschränkten Hände. »Mein Püppchen, was siehst du, wenn wir hier sitzen?«

Gabriella wurde ganz warm ums Herz, als er den Kosenamen benutzte, mit dem er sie schon ihr ganzes Leben lang ansprach: *kukla mou*, mein Püppchen. Er hatte ihr so viele liebevolle Namen gegeben, aber *kukla* war praktisch ihr erstes Wort gewesen, weil sie es so oft gehört hatte.

»Ich sehe den Steg, auf dem du mir gezeigt hast, wie man angelt. Das Wasser, in dem mir mein Vater das Schwimmen beigebracht hat.« Sie drehte sich um und musterte das sandige Ufer, die Dächer der Gebäude hinten rechts und die wunderschönen Bäume auf der linken Seite. »Die Stadt und die Bäume, in denen ich stundenlang rumgeklettert bin und gelesen habe. Erinnerst du dich, als Niko eine Reifenschaukel an der alten Eiche beim Fahrradladen aufgehängt hat?« Sie drehte sich noch ein Stück weiter und begab sich weiter auf ihre nostalgische Reise.

»Ich sehe das Besucherzentrum und die Gärten, die meine Mutter und ich in dem Sommer angelegt haben, in dem ich auf die Highschool kam. Mama und ich waren erdverschmiert. Ich erinnere mich, wie sie mich den Steg hinuntergejagt hat und wir beide ins Wasser gesprungen sind. Oh Mann, in dem Sommer war es so heiß.«

Sanft drückte er ihre Hand. »Was würden meine Söhne sehen?«

Sie ließ sich die Worte durch den Kopf gehen und stellte fest, dass sie während ihrer Antwort den Faden ihrer eigentlichen Frage verloren hatte. Nun, da sie ihn wieder gepackt hatte, dachte sie über ihre Onkel und ihren Vater nach und wie sie die Insel sehen könnten.

»Ich bin nicht sicher, was sie sehen würden«, antwortete sie leichthin und noch immer auf Griechisch.

»Ja, mein Püppchen. Deshalb habe ich dich ausgewählt. Mein Anwalt? Was würde er sehen? Vielleicht Dollarzeichen. Dein Herz ist hier, Gabriella. Die Lebensgrundlage meiner Söhne ist hier. Sie werden die Dinge ganz sicher anders sehen als du. Verschiedene Ansichten bringen auch unterschiedliche Ergebnisse.«

Ein schmerzhafter Stich und das Bedürfnis zu verstehen, warum sie zum Gehen gezwungen worden war, während andere bleiben durften, machten sich in ihr breit. Ihr Verstand wusste, dass er sich für sie und die Verwandten, die nach ihr kamen, mehr wünschte, aber ihr Herz – ihr schmerzendes, sich nach der Insel sehnendes Herz – musste verstehen, was ihn noch dazu angetrieben hatte, eine so lebensverändernde Entscheidung zu treffen. Sie konnte nachvollziehen, dass sie sich um Duke kümmern sollte, damit er die kostbarsten Teile der Insel sah und ihr Erbe während der Veränderung nicht verloren ging, doch sie wegzuschicken und dann zurückzuholen, war so widersprüchlich. Da waren mehr Antworten nötig.

»Ich weiß, warum du wolltest, dass ich gehe, aber mich jetzt für etwas so Wichtiges zurückzuholen und meine Sehnsucht nach etwas zu wecken, was ich nicht haben kann … Warum tust du das?«

»Mein Püppchen, du hast dich immer nach Dingen gesehnt, die du nicht haben kannst. Deshalb musste ich dich gehen lassen. Bist du nicht glücklich in New York?«

Sie verstand seine Antwort nicht. Wann hatte sie sich nach mehr gesehnt, als die Insel bieten konnte?

»Glücklich?« Glück umfasste so viele Dinge und nachdem sie Zeit mit Duke verbracht hatte, wurde ihr klar, wie viel glücklicher sie sein *könnte*. Allein der Gedanke, ihn zu sehen und zu wissen, wie sehr er strahlen – und heiß werden – würde, sobald er sie entdeckte, machte sie glücklich. Denn ihr ging es ebenso.

»Hast du Freunde?«, fragte er.

»Ja.«

»Eine sichere Unterkunft?«

»Ja.«

»Eine achtbare Karriere?«, fragte er mit Stolz in den Augen.

Ihr Magen zog sich zusammen. »Ich habe eine verlässliche Karriere, bin aber nicht sicher, ob sie achtbar ist. Wenn es um das Gesetz geht, ist nichts so, wie es scheint.«

»Das ist es nirgendwo, meine Süße. Was hättest du, wenn du hier wärst?«

Sofort spuckte ihr Verstand die wichtigste Antwort von allen aus: »Familie.«

Er lachte. »Familie? Du hast Familie, mein Liebling. Wir sind hier. Du hast überall auf dem Festland Verwandte.«

»Ja, aber alles, was ich je wollte, war eine eigene Familie hier auf der Insel. Warum kann das niemand akzeptieren?«

»Das tun wir. Das haben wir immer. Doch das hättest du hier nicht gefunden. Es gibt keine Jobs für die Männer, keine Karrieren für die Frauen, abgesehen von der Familie. Du hast immer mehr als das gebraucht, Gabrielaki. Es gab keine Chance, hier einen Ehemann zu finden, und dann hättest du auf der Insel bleiben müssen, aber wofür?«

»Ein friedliches Leben.«

Er schüttelte den Kopf und sein Blick wurde ernst. »Das friedliche Leben würde dich irgendwann langweilen.«

»Nein, Großvater, so ist es nicht.« Sie konnte sich nicht vorstellen, sich jemals auf der Insel zu langweilen.

»Erinnerst du dich, was du jeden Sommer getan hast, als du auf dem College warst?«, fragte er.

»Ja. Im ersten Sommer habe ich den Eastmans geholfen, mit ihren Lieferanten zu verhandeln, damit die Sendungen pünktlicher kommen, obwohl sie weniger brauchten. Und im zweiten Sommer habe ich Onkel George und Niko ein Online-Warenwirtschaftssystem für ihr Geschäft eingerichtet. Und das war auch der Sommer, in dem ich mit Georgette in der

Bibliothek gearbeitet habe. Wir haben uns in die Online-Datenbanken gestürzt.« Während ihrer Erklärung fiel ihr auf, dass sie ihre Zeit genutzt hatte, um die Insel voranzutreiben und sie nicht im Stillstand verharren zu lassen.

»Siehst du, mein süßes Kind? Du hast immer mehr gebraucht. Du bist zu klug, um dich von dem einschränken zu lassen, was es hier gibt.«

Sie verschränkte die Arme, um sich gegen die Wahrheit zu stemmen. »Ich bin anderer Meinung.«

Das Lächeln ihres Großvaters wurde breiter. »Dann verwirkliche deine Träume. Ich habe dir die Werkzeuge gegeben, kann aber nicht die Arbeit für dich übernehmen.«

Großer Gott. Deshalb hatte er sie in diese Lage gebracht. Sie schlang die Arme um den Mann, der sie weggeschickt hatte – und den Mann, der sie zurückgeholt hatte –, und Hoffnung erfasste sie.

»Ich werde dich nicht enttäuschen, Großvater. Und mich selbst auch nicht.«

Fünfzehn

Duke verbrachte den Vormittag in der Bibliothek und ging die Kaufprüfungsberichte durch, die Pierce ihm geschickt hatte. Er hatte sie sich bereits ein paar Mal angesehen und wusste, was darin stand, da er sich von seinem Team auf dem Laufenden hatte halten lassen. Aber er musste die Daten, Zahlen und Fragen noch einmal schriftlich sehen, um sich daran zu erinnern, seinen kritischen Blick nicht zu verlieren und sicherzustellen, dass seine professionelle Einschätzung nicht von seinem Herzen überschattet wurde.

Er hatte mit den Leuten von der Flächenentwicklung und dem Finanzteam einen Termin für Dienstag ausgemacht, wodurch er nur noch zwei Tage mit Gabriella auf der Insel hatte. Das war nicht genug, aber würde irgendeine Zeitspanne jemals reichen? Er hatte sich Gabriellas sehr erfolgreiche Kanzlei angesehen. Da sie viele prominente Scheidungsfälle mit Leuten verhandelt hatte, die in den Medien als unhöfliche, arrogante Arschlöcher bekannt waren, schien sie genau die gerissene Geschäftsfrau zu sein, für die er sie gehalten hatte. Warum hatte sie das Verlangen, auf die Insel zurückzukehren? Würde sie wirklich alles aufgeben, wofür sie so hart gearbeitet hatte?

Er hatte gehofft, sie heute Morgen zu sehen, doch als er zu

ihrer Villa gekommen war, war sie schon weg gewesen. Also hatte er ihr einen Zettel mit seiner Handynummer und die Blumen hinterlassen, die er auf dem Weg zu ihrem Haus im Wald gepflückt hatte. Nun war es fast Mittag und er hatte noch nichts von ihr gehört. Er fürchtete, dass sie zu schnell gewesen waren, obwohl er wusste, dass er keine Chance gehabt hatte, langsamer zu machen. Letzte Nacht hatte er sie in seine Villa tragen und sie lieben wollen, bis sie zu müde war, um nach Hause zu gehen. Stattdessen hatte er sich ein Buch zum Griechischlernen heruntergeladen, eine Stunde geübt und dann *The Kitchen House*, das Buch, das Georgette ihm empfohlen hatte, zur Hälfte durchgelesen. Da ihn der Roman so gefesselt hatte, hatte er nur zwei Stunden geschlafen.

»Hast du alles gefunden, was du brauchst, Duke?«, fragte Georgette. Sie war eine herzliche Frau mit weit auseinanderstehenden, meeresfarbenen Augen und einem freundlichen Gesichtsausdruck, der rief: *Komm rein, trink etwas Tee, iss ein Stück Kuchen und lass uns plaudern.*

»Habe ich, danke, Georgette. Und mir gefällt das Buch sehr, das du mir empfohlen hast.«

Sie berührte seine Schulter und nickte. »Hab ich doch gesagt. Sie kann gut mit Worten umgehen, nicht wahr? Ich hatte tatsächlich das Gefühl, mit Belle und Lavinia auf der Plantage zu sein.«

»Ja, sie ist eine talentierte Schriftstellerin. Seit damals haben sich die Dinge ziemlich verändert.«

»Oh, ja, sieh dich nur um.« Ihr Blick schweifte durch die beinahe leere Bibliothek. »Es gab eine Zeit, in der alle Teenager hier herumgehangen und gelesen haben. Jetzt kommen nur noch ein paar. Der Rest hängt am Handy oder ist aufs Festland gezogen und hat sich da mit Videospielen verschanzt.«

»Das kommt heutzutage wirklich oft vor.«

»Ja.« Sie seufzte. »Die Kinder finden keine Freude mehr am ruhigen Leben, wie es in meiner Generation der Fall war.« Sie senkte die Stimme. »Ich weiß, wir sollen nicht darüber reden, dass Mr. Liakos seinen Besitz verkauft, aber wenn wir nichts unternehmen, fürchte ich mich davor, was mit unserer schönen Insel passiert.«

Duke nickte. »Ich hoffe, dabei helfen zu können.«

Eine Weile unterhielten sie sich über ihre Söhne, die vor zehn Jahren nach Georgia gezogen waren, und darüber, was für ein viel beschäftigtes Leben sie führten. Offensichtlich war sie sehr stolz auf sie und obwohl sie ihre Enkel vermisste, sagte sie, dass es ihnen dort besser ging, wo sie die Werkzeuge hatten, die sie brauchten, um die Welt zu verändern.

Duke hatte gerade noch genug Zeit, sich etwas zum Mittag zu holen, bevor er sich mit David traf. Die Sonne schien und anscheinend hing die ganze Stadt auf der Terrasse der *Taverna* herum. Kinder rannten kichernd umher, während sich die Teenager in Grüppchen zusammendrängten und die Erwachsenen so gut wie jeden der rot-weiß eingedeckten Tische besetzten. Weinflaschen, Salate, buntes Gemüse und blockweise Feta-Käse, dekorative Körbe mit Brotlaiben und Teller voller Fleischspieße und Pommes bogen die Tischplatten. Duke fragte sich, ob schon wieder etwas gefeiert wurde. Da er nicht stören wollte, ging er an der *Taverna* vorbei, anstatt anzuhalten.

»Duke!« Dimitri winkte ihn an den Tisch, an dem er, sein Bruder Niko, seine Eltern und sein Großvater saßen.

Auf dem Weg über die Terrasse hielt er nach Gabriella Ausschau, in der Hoffnung, sie bei ihrer Familie zu finden.

»Hi. Ich wollte gerade zum Resort, um mir etwas zum Mittag zu holen.«

»Zum Resort?«, fragte Dimitri überrascht. »Im Resort gibt es Essen, ja, aber wir sind hier. Du bist hier. Iss mit uns.« Er zog einen Stuhl von einem der anderen Tische heran, packte Duke an der Schulter und drückte ihn auf den Stuhl.

Gabriellas Mutter reichte ihm eine Serviette, während Niko sein Glas mit Wein füllte und es vor ihn stellte. Dimitri reichte ihm einen Teller, wobei sich Duke fragte, wo er den auf einmal hergezaubert hatte.

Gabriellas Vater hob sein Glas. »Auf die Zukunft der Insel.«

Duke stieß mit den anderen an. Sie füllten ihre Teller und machten sich über das Essen her. Die Unterhaltung sprang locker zwischen Essen, Dukes Familie, der Insel und schließlich wieder dem Essen hin und her. Mit vollem Bauch warf Duke einen Blick auf die Uhr und stellte fest, dass er gehen musste, um David zu treffen.

»Danke für das köstliche Mittagessen, aber ich fürchte, dass ich aufbrechen muss, wenn ich nicht zu spät kommen will.« Er stand auf und sein Puls beschleunigte sich, als er Gabriella entdeckte, die gerade die Straße hinaufkam. Ob sie die Blumen und den Zettel auf ihrer Veranda gefunden hatte? Ihr hübsches gelbes Kleid betonte ihre olivfarbene Haut, und die Haare fielen ihr locker über die Schulter, ein Widerspruch zu ihrem ernsten Gesichtsausdruck.

»Wie lange bleibst du auf der Insel, Duke?«, fragte Niko, als Gabriella zu ihnen kam.

Es kostete Duke all seine Konzentration, nicht die Hand nach ihr auszustrecken und zu fragen, was los war. »Leider muss ich am Montag abreisen, doch ich habe meinen Aufenthalt sehr genossen«, antwortete er Niko, ohne Gabriellas Blick loszulassen. Warum sah sie ihn so angespannt an?

»*Gabrielaki mou*, gesellst du dich zu uns?« Ihr Vater reichte ihr die Hand.

Gabriella ging um den Tisch und küsste jeden ihrer Verwandten auf die Wange. Ein Stich der Eifersucht fuhr durch seinen Körper. Er wollte einen dieser Küsse und das Lächeln, das dazugehörte.

»Danke, *Baba*, aber ich hatte gehofft, ein paar Minuten mit Duke allein zu sprechen.«

»Aah«, erwiderte Dimitri und zwinkerte.

»Ihr zwei seid gestern Abend auch verschwunden«, bemerkte Niko mit einem ernsten Ausdruck in den Augen. »Braucht ihr einen Aufpasser?«

»Ruhig, Jungs«, mischte sich ihre Mutter ein. »Ihr zwei unterhaltet euch und ignoriert diese Neandertaler. Es war schön, dich wiederzusehen, Duke.«

»Ebenso.« Duke legte eine Hand auf Gabriellas Rücken und spürte, wie sie sich sträubte. Ihm wurde klar, dass er sie vor ihrer Familie sehr besitzergreifend berührte, und obwohl es ihm zutiefst widerstrebte, ließ er die Hand sinken.

Sie verließen die *Taverna* und Gabriellas Herz schmerzte. Duke hatte so glücklich ausgesehen, sobald er sie entdeckt hatte. Sie hatte sich in seine Arme werfen wollen, doch irgendwie war es ihr gelungen, die Kontrolle zu behalten. Und als er ihren Rücken berührt hatte, hatte sich alles in ihr danach gesehnt, sich in seinen Armen umzudrehen, auf die Zehenspitzen zu stellen und seine Lippen zu küssen. Aber nachdem sie den Morgen mit ihrem Großvater verbracht und anschließend mit ihrer Mutter, ihren Tanten und Cousinen gesprochen hatte, hatte sich ihr eine neue Perspektive eröffnet. Da sie ihre Gefühle für Duke nicht von denen für die Insel trennen konnte und wusste, dass ihr Großvater darauf zählte, sie würde irgendwie das Beste aus der einfachen Lebensweise hier und dem, was auch immer Duke der Insel bringen konnte, machen, blieb ihr keine andere Wahl, als Abstand zwischen sie zu bringen. *Erneut.*

Und als sie die fröhliche Atmosphäre der *Taverna* verließen und nur von Sonnenschein und den Geräuschen der Insel umgeben waren, wappnete sie sich für das, was sie tun musste.

»Ich habe dich letzte Nacht vermisst«, sagte Duke. Sie verließen die Hauptstraße und gingen über einen bewaldeten Pfad zum Schulgebäude.

Sie fürchtete, ihr würde ein *Ich hab dich auch vermisst* herausrutschen, wenn sie den Mund aufmachte, also schluckte sie ihre Gefühle hinunter und ließ zu, dass sich Schweigen zwischen ihnen ausbreitete. Sie hasste die Distanz zwischen ihnen schon nach wenigen Sekunden leidenschaftlich.

»Gabriella?« Sie waren allein auf dem Weg, der von großen Bäumen beschattet wurde. Duke berührte ihren Arm und sie blieben beide stehen. »Was ist los? Hast du deine Meinung über uns geändert?«

Nein. Sie straffte die Schultern, da sie jeden Funken Kraft brauchte, den sie aufbringen konnte, und hob das Kinn. Ihm in die Augen zu sehen, durchbohrte sie mit Schuldgefühlen.

»Nicht über uns, aber über das, worauf wir uns geeinigt haben.«

In dem weichen grauen T-Shirt und der tief sitzenden Jeans sah er sexy und ablenkend aus. Er trat näher und sie wollte ihn, obwohl sie wusste, dass sie es nicht sollte.

»Über welchen Teil?« Mit dem Zeigefinger strich er ihr eine Strähne aus dem Gesicht und seine Mundwinkel hoben sich.

»Der Teil, bei dem wir uns darauf geeinigt haben, unsere Gefühle füreinander nicht von dem beeinflussen zu lassen, was auch immer mit der Insel passiert und umgekehrt.«

Er legte seine großen, warmen Hände auf ihre Hüften und zog sie an sich. Wie sie das liebte.

»Verstehe.« Er leckte sich über die Lippen und musterte sie. »Und was sollen wir dagegen tun, Frau Anwältin?«

Gestern Abend hatte sie es geliebt, so genannt zu werden, und jetzt? Würde sie ihm gern an die Wäsche gehen.

Das war nicht hilfreich. Duke in seinem Schlüpferli war ein herrlicher Anblick – und die Vorstellung weckte die Erinnerungen daran, wie er neben ihr gestanden und seine harte Länge gestreichelt hatte. Hitze sammelte sich zwischen ihren Beinen und er musste es gespürt haben, denn er drückte seine Lippen auf ihre.

Seine Küsse und die Art, wie er seine starken Arme um sie schlang und ihren Mund liebkoste, waren wie eine Droge. Sie spürte, wie ihre Hirnzellen schmolzen, und als wäre das noch nicht genug, gab er einen tiefen, kehligen Laut von sich, der durch sie hindurch vibrierte. Sie ließ ihre Finger in seine Haare gleiten, als er ihren Hintern packte und sie so fest an sich zog, wie es vollständig bekleidet möglich war. Ihre Knie wurden schwach, und sie versenkte sich in den Kuss, nahm sich davon ebenso viel, wie sie gab. Jede Berührung seiner Zunge und jeden Schlag seines Herzens an ihrem eigenen sog sie in sich auf.

»Ich liebe es, dich zu küssen«, flüsterte er an ihren Lippen, ehe er sie in einen weiteren quälend intensiven Kuss verwickelte.

Du bist mein Untergang.

Meine Droge.

Mein … Oh mein Gott.

Sie zwang sich, die Hände auf seine Brust zu legen, um ihn

wegzuschieben, doch als sie ihre Finger über seinen Muskeln spreizte, wollte sie stattdessen unter sein Shirt kriechen und ihn überall ablecken. Bei dem Gedanken riss sie die Augen auf.

Er lächelte an ihren Lippen.

»Duke.« Sie drückte ihn schwer atmend weg, obwohl sie irgendwie das Gefühl hatte, überhaupt nicht zu atmen. »Ich kann das nicht. *Wir* können das nicht machen.«

Er umfasste ihr Gesicht und im Vergleich zu dem erhitzten Ausdruck in seinen Augen war seine Stimme überraschend ruhig. »Baby, ich kann das definitiv tun, und du weißt es vielleicht noch nicht, aber du kannst es auch.«

Tränen brannten in ihren Augen. »Nein, Duke. Ich empfinde schon zu viel für dich.«

»Das ist gut. Himmel, weißt du, wie viele Jahre ich mich gefragt habe, ob ich jemals so für jemanden empfinden werde, wie es bei meinen Eltern der Fall ist? Ich habe diese ganze ›Du wirst deine Seelenverwandte erkennen, wenn du sie triffst‹- Sache für eine Farce gehalten. Aber, Baby …« Sein Blick bohrte sich direkt in ihr Herz. »Ich weiß es. Ich verliebe mich in dich und ich will mehr von dir, nicht weniger.«

»Dich ver-verlieben? Nein, Duke. Das kannst du nicht.« Doch sie wusste, dass er konnte, denn ihr ging es nicht anders. Auf wackligen Beinen trat sie einen Schritt zurück und er zog sie wieder an sich.

»Zu spät«, erwiderte er.

Er fühlte sich so gut an. So richtig. »Das ist nicht so einfach.« Sie war seit dem ersten Tag dabei, sich in ihn zu verlieben, durfte sich aber keine Gefühle für ihn erlauben. »Ich kenne mich selbst zu gut. Ich kann das nicht. Meine Familie, mein Großvater, die Menschen auf dieser Insel … Sie alle zählen darauf, dass ich klug handle.«

»Du bist von Natur aus klug, Baby. Warum macht dir das Sorgen?«

Erneut schob sie ihn weg. »Wegen dir und deiner verführerischen Stimme, deinen sinnlichen Worten und …« Sie ließ ihren Blick über seinen unglaublich heißen Körper wandern. »Deinem blöden, heißen Körper, der aussieht, als wärst du von einem Sexgott gesegnet worden. Das alles macht mich ganz wuschig.«

Sein anzügliches Grinsen wurde wölfisch. »Dir gefällt mein Körper?«

»Aaah!« Halb frustriert, halb lachend wandte sie sich ab. »Duke, siehst du nicht, was du mit mir machst?«

Er wirbelte sie in seinen Armen herum, ließ seinen Blick gemächlich über ihr Gesicht wandern und blieb schließlich so lange an ihren Lippen hängen, dass sie beinahe ihn geküsst hätte. »Du meinst die Röte auf deiner Haut?« Sein Blick wanderte tiefer. »Oder wie sich deine Nippel nach meinem Mund sehnen?«

Unwillkürlich stöhnte sie auf und als er noch näher an sie herantrat, hielt sie den Atem an. Sie war so kurz davor nachzugeben. Ein Hauch von ihm würde ihre Entschlossenheit zerstören.

»Ja, das sehe ich«, flüsterte er. »Und es gefällt mir. Sehr.« Er hob ihr Kinn, sodass sie gezwungen war, seinem ernsten Blick zu begegnen. »Du kämpfst gegen das Unvermeidliche an, Baby. Wir sind füreinander bestimmt. Ich spüre es tief in mir und vertrau mir, da ich näher an der Vierzig als an der Dreißig bin, kenne ich den Unterschied zwischen einer Schwärmerei und dem hier.«

»Dem hier …« Sie hatte das Gefühl, den Halt verloren zu haben und unkontrolliert einen Hügel hinabzustürzen.

»Wir müssen es nicht benennen und du kannst versuchen, dagegen anzukämpfen, aber ich werde nicht zulassen, dass du uns aufgibst, Gabriella.«

»Ich gebe uns nicht auf. Ich drücke nur auf Pause.«

Er lachte tief und aus vollem Herzen auf. »Ernsthaft? Du denkst, ich könnte mich von dir fernhalten? Ich bin von dir berauscht, *kardia mou*, ich höre deine Stimme, wenn du nicht mal da bist.«

Oh mein Gott. »W-was hast du gerade gesagt?«

»Ich höre deine Stimme …«

»Nein, das andere.«

»Ich bin so berauscht …«

»Duke!« Sie legte eine Hand auf seine Brust und genoss das verschmitzte Funkeln in seinen Augen. Da sie sich danach sehnte, ihm näher zu sein, stellte sie sich auf die Zehenspitzen. »Du hast mich ›mein Herz‹ auf Griechisch genannt.«

»Möglicherweise habe ich gestern Nacht ein wenig geübt.«

»Duke«, hauchte sie mit vor Emotionen erstickter Stimme.

»Ich bin mit Haut und Haar dabei, Gabriella. Es gibt auch für mich Risiken, aber ich will es. Ich will dich.«

Sie konnte kein Wort sagen, weil auch sie alles geben wollte. Er beugte sich für einen Kuss zu ihr, legte ihr eine Hand auf den Rücken und sie gingen weiter in Richtung Schule.

»Ich habe eine Verabredung mit David, bin aber froh, dass du vorbeigekommen bist, um mir von deinen Plänen zu erzählen. Während du Abstand zwischen uns bringst, werde ich einfach mein Leben weiterleben, okay?«

Ihr rutschte der Magen in die Kniekehlen. »Was bedeutet das?« Ließ er sie nun doch gehen? Plötzlich wirkte ihre Idee sehr, sehr schlecht.

»Es bedeutet, dass du tust, was du tun musst, und ich tue, was ich tun muss. Ich spiele keine Spielchen, Baby. Das wirst du noch herausfinden. Nicht, dass ich glaube, du würdest Spielchen spielen. Du bist nur verwirrt. Unterschätzt, wozu du fähig bist.«

»Nein, ich bin nicht verwirrt.« Okay, vielleicht entsprach das nicht ganz der Wahrheit. Sie *war* von dem unglaublichen Rausch ihrer Gefühle für ihn verwirrt, aber nicht darüber, wozu sie fähig war. »Ich weiß, was du mit mir machst, und ich weiß, dass ich einen klaren Kopf brauche. Wenn du meinem Großvater nämlich deine Pläne für die Insel erklärst, kann ich helfen, dich wieder in die richtige Richtung zu lenken.«

Erneut blieb er stehen. »Wie bitte?«

Sie erinnerte sich an die Verantwortung, die ihr Großvater ihr anvertraut, und das Gefühl von Macht, das sie nach ihrer Unterhaltung erfasst hatte. An dieser Entschlossenheit musste sie festhalten.

»Du hast mich richtig verstanden.« Sie biss die Zähne zusammen, damit sie nicht klapperten. »Und solltest du zu weit übers Ziel hinausschießen, werden wir uns einfach einen anderen Investor suchen.«

Sein Blick wurde ernst. »Du musst mir nicht drohen, Baby. Ich breche keine Versprechen.«

Unerschütterliches Selbstvertrauen hatte offensichtlich einen Namen: Duke Ryder. Und sie hatte noch nie etwas so Heißes gesehen.

Er legte seine Hand auf ihren Rücken. »Ich werde dich niemals unterschätzen, Baby. Ich habe genauso viel Vertrauen in dich wie in mich selbst.« Dann ging er an ihr vorbei auf den Schulhof.

Sie wollte ihm sagen, dass sie es nicht so gemeint hatte, dass sie hoffte, es würde nie so weit kommen, aber sie hatte diese Kluft aus einem Grund erschaffen. *Sie* brauchte sie, selbst wenn er es nicht tat.

<h1 style="text-align:center">Sechzehn</h1>

Das Schulgebäude mit den weißen Schindeln war ein wenig angeschmutzt und die Verkleidung splitterte, hielt sich aber standhaft. Das Fundament schien neu verfugt zu sein und die Flecken auf dem Dach wiesen darauf hin, dass es kürzlich repariert worden war. Duke konnte sich vorstellen, dass dieses Schulgebäude einst der Stolz dieser Gemeinschaft gewesen war, der Versammlungsort für Kinder und ihre Familien. Er versuchte, sich Gabriella als junges Mädchen vorzustellen, und wünschte, sie damals gekannt zu haben. Er wünschte, sie wären zusammen aufgewachsen, sodass er für sie hätte da sein können, als sie die Insel verlassen hatte. Er drehte sich zu ihr um, damit er sie fragen konnte, wie es gewesen war, sie stand jedoch zu weit weg, noch immer am Rand des Pfads.

Er versuchte, ihre Erklärung zu verstehen. Natürlich kannte sie sich selbst besser als er, aber war das wirklich der Fall, wenn sie nicht glaubte, dass sie ihre Beziehung von der Investition trennen konnte? Ihr Ruf als Anwältin verriet, dass sie alles bewältigen konnte, was sie anging. Er glaubte nicht, dass ihre Beziehung einfach sein würde, vor allem, sobald die Verhandlungen über das Angebot tatsächlich begannen. Andererseits würde er nicht zulassen, dass er das Beste verlor, was ihm je passiert war. Er musste sich einfach mehr anstrengen, ihr zu der Erkenntnis zu verhelfen, dass sie es schaffen konnte.

Nachdem er diese Entscheidung getroffen hatte, entdeckte er David, der am hinteren Ende des Gebäudes lehnte. Knapp dahinter hatte sich eine Gruppe Kinder zusammengedrängt. David war ein hübscher Junge, mit großen braunen Augen und dichten dunklen Haaren. Wie die meisten Kinder in der Vorpubertät sah er in seinem T-Shirt und den Shorts vollkommen schlaksig und ungelenk aus. Duke hatte schon immer eine Schwäche für die Außenseiter gehabt.

»Hey, Kumpel«, begrüßte er David. »Wie läuft's?«

David zuckte mit den Schultern. »Ganz okay, denke ich.«

»Bereit, ein paar Bälle zu werfen?« Er bückte sich, um Schläger, Handschuh und Ball vom Boden aufzuheben.

David warf einen Blick auf die Gruppe der anderen Kids, die ihnen keine Beachtung schenkten.

Duke deutete auf die andere Seite des Feldes. »Na komm. Zeigen wir ihnen, was wir können.«

»Da gibt es nicht viel zu sehen«, erwiderte David.

Duke warf auf der Suche nach Gabriella einen Blick über die Schulter und entdeckte sie am hinteren Teil der Schule. Sie beobachtete sie, doch als sich ihre Blicke trafen, sah sie weg. Sein Magen verkrampfte sich, aber er war hier, um David zu helfen, und durfte sich nicht von seinen Gefühlen ablenken lassen.

»Okay, Großer«, sagte Duke. »Auf welcher Position spielst du?«

»Außenfeld.«

»Außenfeld. Cool. Das Erste, was du wissen musst – und das ist eine Lektion fürs Leben, also hör genau zu ... Regel Nummer eins jeder Sportart ist, selbstbewusst zu sein. Tu so, als würdest du alles gut machen, und alle anderen werden das dann auch glauben. Wenn alle denken, dass du gut bist, ist die halbe Schlacht schon gewonnen. In der anderen Hälfte geht es darum, es wahr werden zu lassen.«

»Ja, klar. Ich bin doch kein Kind«, antwortete er mit all der Arroganz, die ein Dreizehnjähriger aufbringen konnte. »Es wahr werden lassen wird aber nicht funktionieren.«

»Erstens, du *bist* ein Kind, ein sehr kluges und fähiges Kind. Zweitens, es ist die Wahrheit, also lächle und sag mir, dass du es versuchen wirst.«

»Na schön. Ich versuche es.«

Das Lächeln schenkte er ihm nicht, aber Duke ließ es auf sich beruhen. »Gut. Jetzt werfen wir mal den Ball und finden heraus, ob wir dir das Fangen beibringen können.«

Davids Blick huschte erneut zu den anderen Kids.

Duke berührte seine Schulter, um seine Aufmerksamkeit auf sich zu ziehen. »Augen zu mir. Konzentration ist in jeder Sportart der Schlüssel.« Er wartete, bis David den Handschuh angezogen hatte. Dann brachte er etwas Abstand zwischen sie und rief: »Bereit?«

David sah wieder zu den anderen Kindern.

»David, konzentrier dich, Kumpel. Tu so, als würden sie nicht existieren.« Erst, als er Davids volle Aufmerksamkeit hatte, warf er ihm den Ball zu.

David streckte den Handschuh aus. Der Ball prallte von der Kante ab und fiel vor seinen Füßen auf den Boden.

»Schon okay. Wirf ihn zurück.«

David warf den Ball so hart, dass Duke beim Fangen einen Stich verspürte. »Wow, du hast einen guten Arm.«

Er zuckte mit einer Schulter. »Kann sein.«

Duke warf ihm erneut den Ball zu, der erst in seinem Handschuh landete, dann jedoch herausrollte. »David, wenn der Ball in deinem Handschuh ist, schließ die Finger darum. Sieh mal.« Er lief zu ihm hinüber und legte den Ball in Davids Handschuh. »Schließ die Hand.« David folgte der Anweisung und hielt den Ball fest. Duke drehte den Handschuh herum, ohne dass der Ball herausfiel. »Siehst du? Du musst das Fangen voraussehen. Und sobald du den Ball hast, schließt du die Faust.«

»Ich hab dir doch gesagt, wie schlecht ich bin.«

»Zuerst mal brichst du die erste Regel. Wie lautet die erste Regel?« Verstohlen warf er einen Blick auf Gabriella und freute sich sehr, dass sie sie wieder beobachtete. Im Licht der Nachmittagssonne sah sie wunderschön aus. Er wünschte, er könnte zu ihr laufen und versuchen, die Wogen zwischen ihnen zu glätten.

»Sei selbstbewusst.«

Davids Stimme lenkte Dukes Aufmerksamkeit zurück auf ihre Unterhaltung. »Ganz genau und weißt du, was dann kommt? Regel Nummer zwei?«

David zuckte mit den Schultern.

»Glaub an Regel Nummer eins. Regel Nummer drei? Tu alles in deiner Macht Stehende, damit es klappt. Verstanden?«

David lachte. »Verstanden.«

Duke ging erneut zur Abwurfstelle und warf den Ball. David fing ihn und warf ihn so hart zurück, dass Duke unterdrückt fluchte.

»Hey, Kumpel? Hat dich schon mal jemand gefragt, ob du lieber Werfen als auf dem Feld spielen willst?«

»Wie soll ich denn werfen, wenn ich nicht fangen kann?« Davids Blick huschte wieder zu den anderen Kindern.

»Du machst Witze, oder? Viele Werfer können nicht sehr gut fangen. Dein Arm ist der Wahnsinn. Gib mir deinen Handschuh.« Duke zog Davids Handschuh an und reichte ihm den Ball. »Ich will, dass du mir diesen Ball so hart und schnell zuwirfst, wie du kannst.«

David ging zur Abwurfstelle und Duke hockte sich auf die Home-Base.

»Kann losgehen, Kumpel.« Er spürte die Hitze von Gabriellas Blick und als er kurz in ihre Richtung sah, schmetterte David einen perfekten Fastball direkt über die Home-Base.

»Mensch, Junge. Sicher, dass du erst dreizehn bist?« Duke warf den Ball zurück und versuchte, Gabriellas Blick einzufangen, doch sie schien jedes Mal wegzusehen, wenn er in ihre Richtung sah. Es kostete ihn all seine Konzentration, sich nicht für ein paar Minuten bei David zu entschuldigen, um mit Gabriella zu sprechen. Das wollte er David nicht antun, da der gerade anfing, selbstbewusster zu werden.

Sie übten noch eine weitere halbe Stunde. Die Kids, die sich an der Schule unterhalten hatten, waren nähergekommen und beobachteten sie.

»Hast du schon mal einen Curveball geworfen?«, fragte Duke und ging zur Abwurfstelle.

»Nein. Ich fasse den Ball kaum an.«

»Dann wird es Zeit, dass sich das ändert. Deine Hände wurden zum Werfen gemacht und es gibt nur wenige Menschen auf der Welt, die das behaupten können. Beim Curveball kommt es auf den Topspin und den Halt an. Mit deinen unglaublichen Händen wirst du ihnen die Hölle heiß machen.«

David lächelte und es wärmte Duke das Herz.

»Der Halt ist ziemlich einfach. Siehst du die Naht an der Seite des Balls? Du hältst ihn so, dass das U in deine Richtung zeigt. Hier, ich zeig's dir. Es muss auf dem Kopf stehen.« Er hielt den Ball zwischen seinem Daumen und Zeige- und Mittelfinger. »Jetzt versuch du es.«

David nahm den Ball, drehte ihn und hielt ihn genau so, wie Duke es ihm gezeigt hatte.

»Gut, wie fühlt es sich an?«

»Gut. Wie ein Baseball.« David lachte.

»Wir sind wohl etwas übermütig, hm?«, stichelte Duke. »Das ist toll, mach weiter so. Also, der Ball soll in einem Bogen zur Home-Base fliegen. Um das zu schaffen, musst du dem Ball Topspin geben. Dadurch wird Windwiderstand an den Nähten erzeugt, sodass der Ball absinkt. Sobald du das kannst, bringe ich dir den Slider bei. Wir werden dich zur Geheimwaffe deines Teams machen.«

»Cool«, sagte David und lächelte erneut breit. »Das wäre geil.«

»Glaubst du daran?«, fragte Duke.

Er nickte.

Duke hob die Hand und David schlug kräftig mit ihm ein.

»Gut, gehen wir es an. Du weißt schon, wie man einen Fastball wirft. Bei einem Curveball machst du dieselbe Bewegung bis hierher.« Er ging den Ablauf durch, bis sein Ellbogen und Arm ein L formten, wobei sein Arm senkrecht zum Boden war. »Dann drehst du die Hand nach innen.«

David ahmte die Bewegung perfekt nach. »So?«

»Kumpel, du hast es drauf.« Duke klopfte ihm auf die Schulter. »Aber es gibt ein paar Schlüsselelemente, an die du die ganze Zeit denken solltest. Dein Mittelfinger ist beim Halt am wichtigsten. Du musst die Stelle finden, an der die Naht den höchsten Widerstand an deinem Finger hat.«

»Das krieg ich hin.« Mit ernstem Blick packte David den Ball.

»Und erinnerst du dich daran, dass ich gesagt habe, deine großen Hände wären ideal fürs Werfen? Tja, der andere

Schlüssel ist, den Ball nicht auf deiner Handfläche liegen zu lassen. Die meisten Jungs können das nicht, weil ihre Finger zu kurz sind.« Duke riskierte einen weiteren Blick zu Gabriella und winkte ihr zu. Die schwache Erwiderung versetzte ihm einen Stich ins Herz.

David hob die Hand und ein Lächeln breitete sich auf seinem Gesicht aus, als er Duke die Lücke zwischen seiner Handfläche und dem Ball zeigte. »Alter, das krieg ich hin.«

»Und wie du das tust, Junge. Denk dran, wenn du loslässt, ist das nicht wie bei einem Fastball. Du drückst die Vorderseite des Balls nach unten und versuchst, für Rotation zu sorgen, damit sich der Ball so stark wie möglich dreht.«

»So?« David übte die Bewegung ein paar Mal.

Duke erklärte ihm den richtigen Winkel zwischen Ellbogen und Arm beim Loslassen, wie er das Handgelenk drehen musste, die Flugbahn des Balls und wie sie sich von einem Fastball unterschied und schließlich merkte er noch an, wie Davids Schritte den Wurf beeinflussen würden.

Er beobachtete David beim Üben der Bewegung, bis der Junge sich sicher fühlte, dann ließ er ihn werfen. Er war ein Naturtalent. Nach einem halben Dutzend Versuchen flog beinahe jeder Ball eine perfekte Kurve.

»Das ist der Wahnsinn. Können wir bis Sonnenuntergang üben?« Davids gesteigertes Selbstbewusstsein zeigte sich in seinem anhaltenden Blickkontakt, der Aufregung in seiner Stimme und der geraden, stolzen Haltung seines schlaksigen Körpers.

Die anderen Kids beobachteten sie interessiert und kamen näher. Einer der Jungs, ein blonder Kerl mit ernsten Augen, der etwa in Davids Alter zu sein schien, kam über das Feld auf Duke zu und rief: »Hey, können Sie mir das beibringen?«

Duke wollte David weder die Zeit noch die Aufmerksamkeit stehlen, hatte jedoch eine Idee, wie er ihm noch mehr helfen konnte.

»Leider kann ich nicht viel länger bleiben, aber David ist Profi. Ich wette, dass er dir ein oder zwei Dinge zeigen kann, wenn er will.«

Der andere Junge wandte sich hoffnungsvoll an David. »Würdest du?«

Duke trat einen Schritt zurück und gab David den Raum, um die Kontrolle zu übernehmen. Hoffentlich blieb sein neu gefundenes Selbstbewusstsein bestehen.

»Klar«, antwortete David mit einem Hauch von Nervosität.

Duke fing seinen Blick auf und hob das Kinn. David würde wissen, was es bedeutete. *Du packst das.*

David straffte sich ein wenig und sagte: »Wir werfen Curveballs. Zeig mal deine Hände.«

Zwei weitere Jungs gesellten sich zu ihnen und hoben ebenfalls die Hände, um sie David zu zeigen. David lächelte nun und sah den anderen in die Augen. Duke lauschte, wie der kluge Junge den anderen beibrachte, was er gerade gelernt hatte. Geradezu beschwingt dreht er sich um, um diesen Moment mit Gabriella zu teilen – doch sie war weg.

Siebzehn

Gabriella ging auf ihrer Veranda die Akte zum Fall McGrady durch. Die Abendbrise trug den süßen Duft der Blumen heran, die Duke ihr gebracht hatte. Wie sich herausstellte, waren sie ebenso ablenkend wie Duke selbst. Es war einfach zu schwer gewesen, zuzusehen, wie Duke mit der perfekten Mischung aus Selbstbewusstsein und Fürsorge einen Draht zu David gefunden hatte. Sie hatte gespürt, wie sie immer mehr ins Schwärmen geraten war, und war nach Hause gegangen, um ihn aus dem Kopf zu bekommen. Doch als sie die Blumen auf der Veranda entdeckt hatte, war sie erneut über diese Gefühle gestolpert.

Morgen würde sie nach New York zurückkehren. Da der McGrady-Fall anstand, musste sie in Bestform sein. Zumindest hatte sie sich das eingeredet, als sie die Vorbereitungen für die Reise getroffen hatte. Wenn sie mit Duke auf der Insel blieb, würde sie ihm niemals widerstehen können. Sie wollte ihm nicht widerstehen. Aber irgendwann würde das Angebot, das gerade noch in der Schwebe war, Früchte tragen, und wenn sie Duke ansah, wollte sie niemals den Mann sehen, der den Ort ruiniert hatte, den sie liebte. Es war besser, ihre Beziehung zurückzustellen, bis die Sache vorbei war, richtig?

Bei dem Gedanken zog sich ihr Herz zusammen. Sie

brauchte definitiv Abstand und ein paar hundert Kilometer würden dabei helfen.

Sie nahm den Zettel, den Duke mit den Blumen dagelassen hatte, und las ihn zum x-ten Mal.

Denk nicht zu viel über uns nach. Gute Dinge werden passieren. Kann es nicht erwarten, dich wieder in meinen Armen zu halten. XO Duke

Selbst seine Handschrift war so schön und souverän wie er. Mit einem Finger fuhr sie seinen Namen nach, ehe sie dasselbe mit der Telefonnummer tat, die er daruntergeschrieben hatte. Sie ging ins Haus, um ihr Handy zu holen, und speicherte Duke in ihren Kontakten. Irgendwann würden die Verhandlungen über die Insel vorüber sein und vielleicht könnten sie dann wieder Zeit zusammen verbringen. Wenn es gut lief. Ihr schoss sein Versprechen in den Sinn. *Ich werde mein Bestes geben, um diese Insel zu einem Ort zu machen, an dem du nicht nur voller Stolz leben würdest, sondern der genauso viel Leidenschaft in dir weckt wie jetzt.*

»Hey, Baby.«

Sie hob den Blick und schmolz innerlich dahin, als sie Duke auf der anderen Seite der Fliegengittertür entdeckte. Er war hier, obwohl sie ihm gesagt hatte, dass sie Abstand brauchte. Wahrscheinlich sollte sie verärgert sein, doch es hatte die gegensätzliche Wirkung auf sie. Der Blick seiner dunklen Augen wanderte warm wie eine Berührung über sie. Seine Stimme war tief und rau. Sie wünschte, sie könnte sich seine Stimme einprägen und immer wieder abspielen, bis das Geschäft über die Bühne gebracht war.

»Darf ich reinkommen?«, fragte er.

»Ja, natürlich.« Sie legte ihr Handy und den Zettel ab und ging ihm entgegen. Er öffnete bereits die Tür. »Danke für die hübschen Blumen. Das kam so unerwartet.«

»Genau wie du«, erwiderte er und beugte sich hinab, um ihre Wange zu küssen. »Du hast Davids großes Finale verpasst.«

Duke berührte ihre Fingerspitzen und sie wehrte sich nicht. Sie wollte diese Verbindung. Es beruhigte ihre Sorge darüber, wie kalt sie sich vorhin ihm gegenüber verhalten hatte, als sie gedroht hatte, einen anderen Investor zu finden. Oh, sie hatte es gehasst, die Worte auszusprechen, aber die Barriere war notwendig. Die Barriere, die er anscheinend ignorieren wollte.

»Wie hat er sich geschlagen?«, fragte sie.

»Am Fangen muss er noch arbeiten, aber das wird schon. Er ist ein wirklich kluger Kerl. Wie sich herausgestellt hat, ist er ein talentierter Werfer. Hat sofort die Curveballs gemeistert.« Er umfasste ihre Wange. »Doch ich bin nicht hergekommen, um über David zu sprechen. Er hat den anderen Kids das Werfen beigebracht, als ich gegangen bin.«

Sein Blick streifte über ihr Gesicht, während sie versuchte, sich vorzustellen, wie der nervöse Junge den anderen Kindern irgendetwas beibrachte.

»Er kam klar?«

»Mehr als das. Aber wie geht es dir, Baby? Ich war traurig, als du gegangen bist. Ich glaube, sein Selbstbewusstsein am Ende hätte dir sehr gefallen.«

Sie senkte den Blick auf seine Brust und fühlte sich schuldig, weil sie verschwunden war, wusste aber, dass es nötig gewesen war. Mit jeder Sekunde, in der sie ihn beobachtet hatte, hatte er sich tiefer in ihrem Herzen verwurzelt.

»Ich musste arbeiten. Ich reise morgen zurück nach New York, um mich auf einen Fall vorzubereiten.«

»Morgen? Ich muss erst am Dienstag wieder arbeiten. Ich hatte vor, mich morgen noch mal mit deinem Großvater zu treffen und mit weiteren Ladenbesitzern zu sprechen, hatte aber auch gehofft, dass wir den Großteil des Tages miteinander verbringen.«

Sie kämpfte gegen den Drang, ihren Flug zu verschieben, was ihr wirklich, wirklich schwerfiel. »Es ist ein großer Fall. Ich reise gegen acht ab, damit ich Zeit für die Vorbereitung habe.«

»Ich verstehe.« Er sah hinaus auf die Veranda, wo ihr Laptop und die Papiere ausgebreitet waren. »Ich komme ungelegen. Ich sollte dich nicht weiter stören.«

Ihr Herz schlug schnell. Sie wollte nicht, dass er ging. Am Ende gab er ihr doch den Freiraum, den sie brauchte. Er war so wahnsinnig gut! Arbeit hin oder her. Sie wollte keine Ablenkung. Sie wollte Duke. Und so sah sie ihm tief in die Augen, umfasste seine Hand und hielt sie fest. »Ich habe für heute Abend genug gemacht. Möchtest du bleiben? Ein Glas Wein trinken?«

Seine Lippen verzogen sich zu einem sexy, erleichterten Lächeln. »Nichts lieber als das.«

Von der Debatte in ihrem Kopf ließ sie sich nicht stören. Wie auch, wenn ihr Herz ihr sagte, dass sie noch eine weitere Nacht mit Duke brauchte? Nur noch ein paar Stunden, um seine Stimme zu hören und die Hitze zu spüren, die von seinem Körper ausging und ihr Inneres verbrannte.

Er half ihr, den Wein und die Gläser aus der Küche zu holen und schnappte sich dazu zwei Kerzen und ein Feuerzeug vom Kaminsims. Anschließend schaltete er die Außenbeleuchtung aus und ihre Nerven drehten ein wenig durch.

Während sie ihre Papiere einsammelte, spürte sie seine Anwesenheit hinter sich, als er die Kerzen und den Wein abstellte und schließlich von hinten die Arme um sie schlang.

»Ich hab dich heute so sehr vermisst.« Sein warmer Atem

strich hauchzart über ihren Hals und jagte ihr einen Schauer über den Rücken.

Sie schloss die Augen und schwelgte in dem Gefühl, seinen Herzschlag an ihrem Rücken zu spüren, wie er die Hände auf ihrem Bauch spreizte und Hitze in ihr entfachte. Als er ihre Schulter küsste, lehnte sie sich voller Sehnsucht nach mehr an ihn.

»Gott, wie sehr ich dich vermisst habe, Baby.« Er drückte ihr einen Kuss auf den Hinterkopf.

Gabriella drehte sich in seinen Armen, krallte sich in sein Shirt und kämpfte gegen den Druck in sich, das Verlangen, ihm den Stoff sofort vom Körper zu reißen. Er packte ihre Hüften, als würde er sie nie mehr loslassen wollen – und Gott steh ihr bei, denn nach nur wenigen kurzen Tagen wünschte sie bereits, dass er es nie tun würde. Ein Blick auf die lodernden Flammen in seinen Augen brachte all die Fantasien des Nachmittags zurück, wieder unter ihm zu liegen und ihn auf sich zu spüren.

»Ich habe dich auch vermisst.«

Das Zucken seiner Augen verriet einen stillen Kampf. »Du kannst das, Gabriella. Du kannst uns von den kommenden Verhandlungen trennen.«

»Kann ich?« *Oh, ich will es so sehr.*

»Ich habe keinen Zweifel daran, dass du alles tun kannst, was du dir in deinen wunderschönen Kopf setzt. Die Frage ist, ob du es willst?«

Mühelos hob er sie auf den Tisch und spreizte dabei die Finger auf ihrer Haut, drängte ihre Beine auseinander und drückte seine kräftigen Hüften gegen ihre Mitte. *Großer Gott.* Wie sollte sie denn so denken?

Er presste seine Lippen auf ihre Stirn, auf ihre Mundwinkel und setzte jeden Nerv in Brand.

»Es ist deine Entscheidung«, flüsterte er ihr ins Ohr, ehe er ihr Ohrläppchen zwischen die Zähne nahm und sinnlich daran saugte.

Sie schloss die Augen, denn sie wollte nicht denken. Sie wollte nicht entscheiden, denn das, was ihr Herz begehrte, und das, worum ihr Großvater sie gebeten hatte, widersprachen einander so sehr. Duke stupste mit der Zungenspitze in ihr Ohr und erfüllte ihren Körper mit Hitze. Sie krallte sich in sein Shirt und wölbte sich ihm entgegen, während er mit seiner geschickten Zunge ihren Hals erkundete. Er knabberte daran, ehe er mit der Zunge über die Stelle leckte und ihr anschließend wieder heiß ins Ohr hauchte.

»Ich will dich in einem Bett lieben, Gabriella. In deinem Bett. Aber ich will so viel mehr als nur heute Nacht.« Er fuhr ihre Ohrmuschel mit der Zunge nach, dann hob er ihr Kinn an und, lieber Himmel, die Leidenschaft in seinen Augen war ihr Untergang.

»Ich will jeden Tag mit dir aufwachen. Ich will alles über dein Leben wissen und nicht nur die sexy …« Er drückte seine Lippen auf ihre. »… atemberaubende …« Er leckte über ihre Unterlippe. »… hinreißende Seite kennen.«

»Ja«, hauchte sie. »Ich will dich, Duke. Ich will dich so sehr.«

Er verschloss ihre Lippen mit einem harten, hungrigen Kuss, während er sie vom Tisch hob und in die Arme nahm, und sie schlang die Beine um seine Hüften. So trug er sie ins Haus, ohne die Verbindung zwischen ihnen zu lösen, und setzte sie auf der Bettkante ab. Er zog sich das Shirt über den Kopf, nahm die Brieftasche aus der hinteren Hosentasche und warf zwei Kondome aufs Bett. Zwei! Ihr Blick fiel auf die Vertiefung zwischen seinen Bauchmuskeln und sie beugte sich vor, um sie mit der Zunge nachzuziehen. Sie streckte die Hände nach ihm aus und er führte diese an den Knopf seiner Hose.

Gott sei Dank.

»Zieh sie aus«, verlangte er mit befehlender, kraftvoller Stimme, der sie gehorchen wollte.

Ihre Finger zitterten so heftig. Er legte seine Hand auf ihre, umfasste ihr Gesicht mit der anderen und beugte sich hinab, um sie zu küssen. Zuerst erstickte er sie fast mit seinen Küssen, war rau, verlangend und so köstlich, dass sie feucht wurde. Genauso schnell wurde der Kuss jedoch langsam und liebevoll und verwandelte sich dann in eine ganze Reihe aus berauschenden, süchtig machenden Küssen. Als sich ihre Lippen trennten, zog er sich nicht zurück. Er war ihr so nah, seine Augen vor Verlangen beinahe schwarz.

»Wenn ich zu aggressiv bin, musst du es mir sagen. Bei dir kann ich mich nicht beherrschen. Ich will alles von dir, Gabriella.«

»Das bist du nicht. Ich bin … Ich liebe diese Seite an dir.« Ihr schwirrte der Kopf, ihr Körper summte und sie wollte mehr. Mehr von diesen schmutzigen Worten, mehr von seinen Berührungen, mehr von seinem Herzen.

Er drückte ihr einen weiteren zärtlichen Kuss auf die Lippen. »Okay, Baby. Du sagst mir, wenn ich eine Grenze überschreite. Keine Sorge. Ich habe keine geheime dunkle Seite, die verlangt, dass du dich jeder meiner Launen unterwirfst. Nur einigen davon.« Erneut sah er ihr suchend in die Augen, ehe er mit einem verruchten Grinsen hinzufügte: »Du hältst die Zügel in der Hand.«

Oh mein Gott. Noch nie hatte sie etwas so Erregendes gehört und sich so begehrt gefühlt.

»Zieh sie aus«, sagte er wieder mit fester Stimme und ließ

ihre Hand los, die er gegen seinen Hosenknopf gedrückt hatte.

Von seinem Verlangen ermutigt und bekräftigt riss sie den Knopf auf und zog den Reißverschluss nach unten. Anschließend zog sie ihm die Hose über die kräftigen Schenkel, sodass er nur noch seine schwarze Unterhose trug. Die Spitze seiner Erektion lugte unter dem Bund hervor. Sie leckte sich über die Lippen, denn sie wollte ihn kosten und verwöhnen, so wie er sie verwöhnt hatte. Er befreite sich von seinen Schuhen und schlüpfte ganz aus seiner Hose.

»Alles«, wies er sie an.

Sie sah auf und sein raubtierhafter Blick spornte sie an. Sie war so hungrig auf ihn, wollte auf ihrer Zunge spüren, wie er ihren Mund ausfüllte. Mit zitternden Händen zog sie ihm die Unterhose von den Hüften und befreite seine Erektion. Sie wartete nicht auf eine Anweisung – sie konnte nicht eine Minute länger warten, ihn zu kosten. Die erste Berührung ihrer Zunge entlockte ihm ein tiefes Stöhnen, er ließ den Kopf nach vorn fallen und heftete seinen Blick auf sie. Langsam fuhr sie mit der Zunge von der Wurzel bis zur Spitze, um seinen Schaft von beiden Seiten zu befeuchten, dann nahm sie ihn in die Hand. Sie streichelte ihn und leckte den Tropfen auf, der an seiner Spitze schimmerte, und sein Geschmack explodierte in ihrem Mund.

»Baby.« Duke streichelte ihre Wange und sie blickte zu ihm auf. »Ich liebe es, dir zuzusehen.«

Ohne den Blick von ihm zu lösen, streichelte sie ihn mit der Hand und ließ ihre Zunge über die geschwollene Spitze tanzen.

»Nimm mich in den Mund, Baby.«

Sie packte seine Hüften, führte ihn an ihre Lippen und sah zu ihm auf. Als sie ihn in den Mund nahm, fühlte sie sich unglaublich sexy und ganz als Herrin der Lage. Er stöhnte erneut, als ihre Lippen seinen Schaft umschlossen, und sie grub die Finger in seine Hüften, um ihn in ihrem Mund zu bewegen.

»Genau so, Baby. Nimm mich ganz tief auf.«

Sie legte eine Hand an seinen Schaft, während sie ihn weiter mit dem Mund bearbeitete. Seine Hüften zuckten, und sie spürte die Anspannung, die von seinem Körper ausging. Sie wusste, dass er sich zurückhielt, und das wollte sie nicht. Sie wollte wissen, dass sie seine Selbstbeherrschung ebenso gründlich vernichten konnte wie er ihre.

Also stand sie auf und verlangte mit gebieterischer Stimme, die sie selbst nicht erkannte: »Zieh mir das Kleid aus.«

»Du hast keine Ahnung, wie heiß du bist, wenn du das zu mir sagst.« Er zog ihr das Kleid über den Kopf und riss ihr den BH vom Leib, indem er den Verschluss brach. Das Brennen des Stoffs, als der gegen ihre Haut schnippte, fachte ihre Erregung nur weiter an. Das hatte sie noch nie zuvor getan, hatte nie etwas anderes als einfallslosen, langweiligen Sex gehabt und sie wollte auf keinen Fall aufhören. Alles, was er tat, angefangen von dem animalischen Ausdruck in seinen Augen bis hin zu der Art, wie er ihr Höschen zerriss, löste eine Sehnsucht nach mehr aus. Mehr von seiner Stärke und von seiner Leidenschaft.

»Du bist so wunderschön, Baby.« Er streckte die Hände nach ihr aus und sie ließ sich zurück aufs Bett fallen, zog seine Hüften zu sich und leckte über seine Hoden. Knurrend krallte er die Finger in ihre Haare. *Grundgütiger, dieses Geräusch!* Sie brauchte ihn, brauchte das hier. Erneut leckte sie über seine Hoden, dann hob sie sie an und glitt mit der Zunge über die empfindliche Haut darunter.

»Großer Gott. Gab ...«

Sie sog seine Hoden in den Mund, leckte ausgiebig darüber und rieb seinen Schaft. Jedes lüsterne Stöhnen verriet ihr, dass sie ihn genau richtig berührte. Seine Kiefermuskeln spannten sich an und er atmete kaum. Sie wusste, dass er darum kämpfte, die Kontrolle zu behalten.

»Tu es, Duke.« Sie wollte das F-Wort sagen, hatte jedoch Schwierigkeiten, den Mut dafür aufzubringen. Ihr gesamter Körper bebte. Sie war so feucht, so bereit und er hatte sie noch nicht einmal angefasst. Also warf sie alle Vorsicht in den Wind. »Nimm meinen Mund. Lass mich dich schmecken.«

»Baby?« Seine Hände erstarrten. »Es ist so viel mehr als das.«

Die Wahrheit seiner Worte konnte sie bis in die Knochen spüren. Mit Duke zusammen zu sein war wie eine außerkörperliche Erfahrung, bei der sie sich selbst dabei beobachtete, wie sie sich in einen Mann verliebte, ihn auf neue, beglückende Arten berührte, und sie wollte nicht damit aufhören.

Sie führte ihn an ihren Mund, umfasste ihn mit einer Hand an der Wurzel und packte mit der anderen seinen Hintern. Ihr Blick klebte förmlich an seinem, als er anfing, in ihren Mund zu stoßen. Jede Bewegung trieb seine Spitze in ihre Kehle.

»So unglaublich sexy.«

Sie zog sich zurück. »Halt dich nicht zurück. Ich will es, Duke. Ich will dich.«

»Ich will dir nicht wehtun«, erwiderte er so behutsam, dass sie ihm danken wollte.

»Das wirst du nicht tun. Ich vertraue dir.«

»Entspann deine Kehle, Baby.« Er streichelte ihre Haare. »Schließ die Augen und entspann dich und falls ich aufhören soll, sag es mir.«

Im Vertrauen, dass er sich um sie kümmern würde, schloss sie die Augen. Langsam drang er in sie ein und streichelte ihr Gesicht, während er sich immer schneller und härter bewegte. Sie krallte sich in die Rückseite seiner Oberschenkel, denn sie wollte mehr, wollte ihn schmecken.

»Baby, ich werde nicht mehr lange durchhalten.«

Das wollte sie auch nicht. Sie drückte gegen seine Beine, um es ihm zu signalisieren, und dann krallte er sich in ihre Haare, stieß heftig zu und ließ seine Hüften immer wieder nach vorn schnellen. Seine Beine erstarrten und eine heiße Explosion ergoss sich in ihren Mund.

»Gabriella …«

Alles, was er ihr zu geben hatte, nahm sie begierig in sich auf. Nach dem letzten Zucken streichelte er erneut über ihre Wangen. Anschließend hob er sie auf die Füße und legte seine Lippen auf ihre. Sein durchdringender Geschmack war noch auf ihrer Zunge und in ihrem Rachen, und ihre Erregung bei dem Gedanken, dass er sich selbst schmecken konnte, machte den Kuss noch viel heißer. Er packte ihren Hintern und schob eine Hand zwischen ihre Beine. Sie war so bereit, so empfindlich, dass sie sich beinahe auflöste.

Duke legte Gabriella auf die Matratze und senkte sich vorsichtig auf sie, während er sich noch von der Intensität seines Orgasmus erholte. Ihr Körper war gerötet, ihre Augen verschleiert vor Verlangen und als seine Brust über ihre empfindlichen Nippel rieb, stöhnte sie.

»So sexy«, sagte er, da er den Gedanken nicht für sich behalten konnte. Er strich ihr die Haare aus der Stirn und flüsterte: »Geht's dir gut?«

Sie nickte. »Mehr als gut.«

»Du musst bei mir nie das Gefühl haben, etwas tun zu müssen, was du nicht möchtest, okay? Ich will alles mit dir erleben, aber nicht, wenn dadurch dein Vergnügen auf der Strecke bleibt.« Es hatte ihn übermenschliche Kraft gekostet, nicht so hart in ihren Mund zu stoßen, wie sein Körper verlangt hatte, doch er wollte kein Risiko eingehen, sie zu verletzen.

»Ich hätte nie gedacht, dass es sich so gut anfühlen kann. Allein mit dir zusammen zu sein gibt dem Genuss eine ganz neue Qualität.« Er ließ seine Hand über ihre Rippen und hinauf zu ihrer Brust gleiten. Mit Daumen und Zeigefinger zwirbelte er ihre Brustwarze. Er war wieder hart und bereit, ihre Hitze um sich zu spüren.

»Oh Gott, das fühlt sich gut an.« Flatternd schloss sie die Augen und zog die Unterlippe zwischen die Zähne.

Duke zog ihre Unterlippe in seinen Mund, und sie so kurz vor dem Höhepunkt zu sehen, schürte das Feuer in ihm. Er eroberte ihren Mund mit einem weiteren verlangenden Kuss, womit er ihr wiederholt ein sinnliches Stöhnen entlockte. Er zog eine Spur von Küssen an ihrem Körper hinab, da er das Verlangen, sie zu kosten, keine Sekunde länger unterdrücken konnte. Mit gespreizten Fingern drückte er ihre Schenkel auseinander und schob ihre Knie nach oben, sodass ihre Füße flach auf der Matratze standen. Er leckte und küsste ein Bein und fuhr mit den Zähnen über die empfindliche Haut. Gabriella krallte sich in die Laken, und als er sich dem anderen Schenkel widmete, genoss er den Anblick ihres glänzenden gelobten Landes.

»Du bist so feucht, Baby, so wunderschön und bereit.«

Sie stöhnte, und er saugte an der Innenseite ihres Schenkels, leckte über die Haut, als würde er ihren Mund küssen.

»Duke.« Gabriella atmete schwer und griff nach seinem Kopf. »Ich brauche dich.«

»Oh, Baby, du bekommst mich. Keine Sorge.«

Er leckte über ihr feuchtes, geschwollenes Geschlecht. Sie schmeckte süß, so unglaublich süß. Mit zwei Fingern drang er in sie ein, während er ihre Klit umspielte. Sie keuchte und ihre Beine bebten, doch Duke hielt sie fest, während er ihre Mitte verschlang. Das Verwöhnprogramm mit Fingern und Zunge sorgte dafür, dass sie sich ihm entgegenwölbte. Gabriella warf den Kopf hin und her und ihr heißes Inneres zog sich um seine Finger zusammen.

»Genau so, Baby. Lass los.«

»Duke«, schrie sie, während er seine Finger weiter schnell in ihr bewegte und sie mit dem Mund am Rande des Höhepunkts hielt.

»Ogottogott. So gut«, rief sie.

Duke glitt an ihrem Körper hinauf, nahm einen ihrer Nippel in den Mund und rieb seine harte Länge über ihre empfindlichen Nerven. Den anderen Nippel zwickte er gerade fest genug, um ihre Hüften nach oben rucken und ihr den Atem stocken zu lassen. Ihre Nägel gruben sich in seinen Rücken, während er seinen Schaft in sinnlichen, langsamen Kreisen an sie drückte. Die Reibung war fast unerträglich und als sie den Rücken durchbog, wusste er, dass sie kurz davor war. Mit den Zähnen reizte er ihren Nippel, und von ihrem lang gezogenen Stöhnen wäre er beinahe ebenfalls gekommen. Er hob die Hüften und drückte seine Spitze gegen ihre geschwollene, heiße Mitte. Er musste sie spüren, selbst wenn es nur eine Sekunde war. Er musste ohne Barriere in ihr sein und diese warme, enge Feuchte um sich haben.

In dieser Position verharrte er, während sie von ihrem Höhepunkt herunterkam und seine Eichel an ihrer Öffnung feucht wurde. Vertrauensvoll sah sie zu ihm auf. Er wusste, dass er nicht fragen sollte. Nicht, wenn sie ihm gesagt hatte, dass sie Abstand brauchte. Nicht, wenn sie Vorkehrungen getroffen hatte, um die Insel zu verlassen – deutlicher konnte sie ihm *Abstand* nicht signalisieren. Aber genau so, wie er sich heute Abend nicht von ihr hatte fernhalten können – er hatte sie sehen müssen, sie küssen, sie berühren – war er gegenüber seinen gierigen Gedanken über sie machtlos.

»Baby.« Er lehnte seine Stirn an ihre und sah ihr tief in die Augen. »Ich empfinde so viel für dich. Ich kann dir nicht nah genug sein. Ich kann es nicht erwarten, alles von dir zu spüren, ohne etwas zwischen uns.«

»Ja. Gott, ja.«

Ihre Antwort erschlug ihn. Einen Augenblick lang hing Stille zwischen ihnen und er rang mit sich. Er hätte nicht fragen sollen, denn jetzt, da er ihre Zustimmung hatte, wusste er, dass es nicht reichen würde. Er brauchte mehr.

Er griff nach dem Kondom und Verwirrung breitete sich in ihren wunderschönen Augen aus. Duke umfasste ihr Gesicht. »Wenn du mir vollkommen vertraust, wenn du nicht länger Abstand und einen klaren Kopf brauchst, weil du dich darauf verlässt, dass mein Kopf klar genug für uns beide ist, wenn dir klar wird, dass ich niemals ein Versprechen breche, besonders dir gegenüber, dann werden wir uns das gönnen. Dann wirst du wirklich mir gehören.«

Sie stöhnte frustriert. »Aber …«

Er schüttelte den Kopf. »Ich hätte nicht fragen sollen. Es tut mir leid. Wir wissen beide, dass du morgen früh aufwachen und dir wieder den Kopf darüber zerbrechen wirst. Ich möchte niemals der Mann sein, mit dem du etwas am liebsten nie getan hättest. Wenn du sicher bist, werden wir es wissen, und bis dahin wird uns die Vorfreude einander nur noch näher bringen.«

»Gott«, flüsterte sie. »Du weißt wirklich, wie man eine Frau verrückt macht.«

Er zog sich das Kondom über und kam über sie. »Baby, du bist die einzige Frau, die ich je verrückt machen will. Und allein der Gedanke, ohne Schutz von deiner Hitze umschlossen zu werden, macht mich so verdammt hart.«

»Du hast wirklich ein schmutziges Mundwerk. Gefällt mir.« Sie richtete sich ein Stück auf und leckte sich über die Lippen.

»Ich liebe dein schmutziges Mundwerk.« Er packte ihren Hintern, hob sie an und schob nur die Spitze seines Schafts in sie. »Baby, als ich gesehen habe, wie du mich zwischen deinen geschwollenen Lippen aufgenommen hast. Das war einfach unglaublich. Ich kann es nicht erwarten, dass du um mich herum kommst. Ich will spüren, wie dein Körper vor Verlangen pulsiert, wenn ich …«

Überwältigt presste er seine Lippen auf ihre, drang tief in sie hinein und wurde dabei nicht langsamer. Gabriella krallte sich in seinen Rücken, hinterließ Kratzer und ein herrliches Brennen auf seiner Haut. Er schob von hinten die Finger zwischen ihre Beine, benetzte sie mit ihrer Nässe und glitt dann zu dem engen Muskelring zwischen ihren Pobacken.

»Duke«, keuchte sie. »Gott, das fühlt sich gut an.«

Er drückte seine Lippen an ihren Hals und saugte daran, während Gabriella keuchte, stöhnte und ihren Hintern gegen seinen Finger drückte. Er verstand den Wink und schob gerade so die erste Fingerkuppe in sie, während er ihre leidenschaftlichen Schreie mit seinem Mund dämpfte. Ihre Zunge umspielte seine, ihr Körper bebte und schien dem absoluten Höhepunkt immer näherzukommen. Mit der anderen Hand hob er sie an und stieß erneut tief in sie, wobei er die Stelle streifte, die ihr auch den letzten Funken Kontrolle entriss. Das zu sehen und gleichzeitig zu fühlen, wie ihr Inneres eng um ihn herum pulsierte, war einfach zu viel und er folgte ihr mit seinem eigenen, atemberaubenden Orgasmus über die Klippe.

Gabriella lag unter ihm, die Augen geschlossen, ihre Körper vor Schweiß glänzend. Duke kümmerte sich um das Kondom, ehe er sich an sie schmiegte. Sie fühlte sich so gut in seinen Armen an, so richtig und obwohl er mit der Absicht hergekommen war, einen Spaziergang zu machen oder einfach nur Zeit mit Gabriella zu verbringen, wusste er irgendwie, dass sie einander nie würden widerstehen können. Die Verbindung zwischen ihnen war zu stark, zu real. Die meisten Dinge in seinem Leben konnte er kontrollieren, aber er lernte schnell, dass er in Bezug auf sein Herz lediglich das Werkzeug war, das den Plan seines Herzens ausführte.

»Eines Tages«, flüsterte er an ihrer Wange, während sie schlief, »wirst du erkennen, dass wir dem, was zwischen uns ist, nicht entkommen können. Du gehörst bereits mir, Baby, und ich bin auf jeden Fall schon dein.«

Achtzehn

Gabriella berührte die leere Seite des Bettes neben sich, als sich die Sonnenstrahlen in ihr Zimmer schlichen. Sie musste in Dukes Armen eingeschlafen sein. Die Stille der Villa verriet ihr, dass sie allein war. Sehnsucht erfasste sie. Er wusste, wie sie dazu stand, die Nacht miteinander zu verbringen, und sie war sicher, dass er deswegen gegangen war. Trotzdem wünschte sie sich, er wäre geblieben.

Nackt stieg sie aus dem Bett und entdeckte ihr Kleid und die Unterwäsche sauber zusammengelegt auf einem Stuhl neben dem Fenster. Dukes Aufmerksamkeit ließ ihr warm ums Herz werden. Sie duschte, zog sich an und fragte sich, wie sie nicht hatte bemerken können, dass er gegangen war. Er musste sie wirklich erschöpft haben. *Auf die bestmögliche Art.*

Es war ein unglaubliches Gefühl gewesen, gestern Nacht in seinen Armen zu liegen. Sie hatte sich geliebt gefühlt. Ihr war klar, dass sie voreilig war, aber anders ließ sich nicht beschreiben, wie sicher und geschätzt und so viel mehr sie sich bei ihm gefühlt hatte. Eine so tiefe Verbindung hätte sie nie für möglich gehalten.

Da sie heute abreiste, sollte sie ihre Koffer packen, allerdings erinnerte sie das daran, dass sie Duke verlassen würde, und das machte sie traurig. Sie konnte es noch ein paar Minuten aufschieben. Es war erst sieben. Sie tapste ins Wohnzimmer, wo die Blumen, Kerzen, das Feuerzeug, ihr Laptop und die Akten auf der Anrichte lagen. Duke hatte aufgeräumt und die Hintertür abgeschlossen. Gabriella wusste auch ohne nachzusehen, dass die Haustür ebenfalls verschlossen war.

Als sie die Kaffeemaschine einschaltete, entdeckte sie eine Notiz von Duke und ihr Herz machte einen Satz.

Guten Morgen, meine Schöne,

ich hatte nicht vor, dich gestern Abend zu lieben. Ich wollte so viel mehr, vor allem, da du heute abreist. Aber ich bin froh, dass wir uns noch einmal nah sein konnten. Bitte vertrau dir selbst und bitte vertrau darauf, dass ich mein Versprechen halte. Ich möchte das Angebot mit dir durchgehen, bevor irgendetwas beschlossen wird, und ich weiß, wie tough du sein kannst. Ich erwarte harte Kritik von dir. Außerdem bist du heiß, wenn du offensiv vorgehst. Und genau jetzt nimmt deine Haut diese hübsche Röte an, die ich so liebe.

Sie legte sich eine Hand auf den Mund, verlegen darüber, dass er ihre Reaktion so genau vorhergesagt hatte.

Ich wollte letzte Nacht bei dir bleiben. Gott, Gabriella, wie sehr ich das wollte. Zu gehen war reine Folter, aber ich weiß, dass du es wolltest, auch wenn ich nicht glaube, dass du es brauchtest. Eines Tages wirst du es sehen.

In Liebe, Duke

Sie griff sich ihr Handy, ließ sich auf die Couch fallen und las den Brief noch einmal. Er war so überzeugt, was sie beide anging, und sie schickte ihm jeden Tag gemischte Signale. Himmel, sie schickte sich selbst stündlich gemischte Signale. Mit ihm im Bett zu landen – und ihn Dinge tun zu lassen, die sie zuvor noch niemandem erlaubt hatte – bestätigte nur, wie sehr sie ihn wollte und ihm vertraute. Offensichtlich war nicht ihre Verbindung zu Duke das Problem. Es war ihre Unfähigkeit, Abstand zwischen ihnen zu schaffen. Vielleicht brauchte sie doch nicht *so viel* Abstand.

Sie schrieb ihm eine Nachricht. *Es war schön, dir gestern Abend nah zu sein. Wir sprechen uns wohl, wenn du bereit zum Verhandeln bist.*

Lange starrte sie die Nachricht an. Das war überhaupt nicht das, was sie sagen wollte und es fühlte sich kalt an, aber brauchte sie das gerade nicht? Eine kleine Abkühlung?

Ihr Finger schwebte über der *Senden*-Taste. Sie erinnerte sich daran, wie nahe sie sich letzte Nacht gewesen waren, was sie getan hatten, und an den Ausdruck in seinen Augen, als er versprochen hatte, erst dann ohne Schutz mit ihr zu schlafen, wenn sie wirklich ihm gehörte. Der Gedanke, ihn zu verlassen, versetzte ihrem Herzen einen Stich. Sie wusste nicht mal, wann sie ihn wiedersehen würde, und trotzdem redete er, als hätten sie Pläne für ein ganzes Leben gemacht.

Wann würden diese blöden Verhandlungen überhaupt stattfinden? Wie lange würde es dauern, bis sie wusste, ob er ihre Träume zerstörte oder nicht?

Sie löschte die Nachricht und schrieb eine neue. *Letzte Nacht war unglaublich. Danke fürs Aufräumen und Abschließen. Das hättest du nicht tun müssen.* Diese Nachricht schickte sie ab, dann legte sie ihr Handy weg. So. Erledigt. Warum fühlte sie sich schuldig? Als würde sie ihren Großvater enttäuschen? Und vielleicht auch sich selbst?

Sie stöhnte laut auf. Mit Duke zusammen zu sein war, als wäre sie ein unbeaufsichtigtes Kind in einem Süßigkeitenladen. Alles, was sie sich je erträumt hatte, war direkt vor ihrer Nase – zu verlockend, um es zu ignorieren. Aber wenn sie nicht aufpasste, könnte ihr all dieser Zucker ein Loch im Zahn bescheren. Und Duke? Duke würde möglicherweise den Ort, den sie am meisten liebte, zerstören. Kein Zahnarzt der Welt könnte einen solchen Schaden wiedergutmachen.

Sobald er Gabriellas Nachricht bekam, stürmte Duke aus seiner Villa und ging über den Pfad zu ihrer. Es war furchtbar gewesen, sie letzte Nacht zu verlassen, doch er hatte gewusst, dass sie am Morgen nur durchdrehen würde, wenn er blieb. Himmel, er vermutete, dass sie ohnehin zu sehr über alles nachdenken würde, ebenso wie nach ihrem ersten Mal. Aber *Letzte Nacht war unglaublich* hieß nicht, dass sie zu viel grübelte, oder? Für ihn klang das ziemlich beruhigend.

Er klopfte an ihre Tür und war zum ersten Mal in seinem Leben nervös. Hoffentlich war sie ebenso versessen darauf, in seinen Armen zu liegen, wie er sie in ihnen halten wollte.

Gabriella öffnete die Tür und sobald sich ihre Blicke trafen, versuchte er, ihre Gefühle zu lesen, doch seine eigenen brodelten zu dicht unter der Oberfläche. Er konnte nicht verhindern, dass sie aus ihm herausströmten, als sie zu ihm auf die Veranda trat.

»Hi, Baby. Ich konnte nicht eine Sekunde länger warten, dich zu sehen.« Er beugte sich für einen Kuss zu ihr hinab und als sich ihre Lippen trafen, verschwanden Zärtlichkeit und

Wärme und wurden von Spannung ersetzt. Duke zog sich zurück und blickte ihr erneut in die Augen.

»Bereust du letzte Nacht?«, fragte er und wappnete sich gegen den Sturm, der sich anscheinend gerade in ihr zusammenbraute.

»Nein.« Sie presste die Lippen zu einer schmalen Linie zusammen und hielt seinen Blick fest.

»Was ist es dann? Ist was passiert?« Er warf einen Blick über ihre Schulter ins Haus.

»Nein, ich bin nur …« Sie tigerte auf und ab und ihm war klar, dass sie keine Ahnung hatte, dass sie aufgebracht noch aufreizender wirkte. Gabriella stemmte die Hände in die Hüften und drehte sich wieder zu ihm. »Ich bin wütend auf mich selbst.«

»Auf dich selbst? Warum?« Er trat näher, doch sie hob eine Hand, um ihn aufzuhalten.

»Weil ich hätte wissen müssen, dass ich nicht so viele Süßigkeiten essen darf.« Sie hatte die Augen verengt und sah ihn ernst an. Durch die auf die Hüfte gestützten Hände wirkte sie noch unerbittlicher, aber er verstand kein Wort.

»Was habe ich verpasst? Ist die Zuckerfee in den frühen Morgenstunden aufgetaucht?«

»So was in der Art«, fuhr sie ihn an. Und genauso schnell sackten ihre Schultern herunter. »Gott, das ist unmöglich. Ich verliebe mich in dich, Duke, und das kann ich nicht. Noch nicht. Wir müssen unsere Beziehung auf Eis legen, nur bis du die Verhandlungen hinter dir hast. Warum dauert das überhaupt so lange? Kannst du meinem Großvater nicht einfach Geld anbieten, das Geschäft abschließen und weiterziehen?«

Jetzt verstand er sie langsam. Sie war so empfindsam und fühlte sich ihrer Familie so stark verpflichtet – und sich selbst –, dass die ganze Situation sie völlig aufwühlte. Duke trat näher und griff nach ihren Händen.

»Gabriella, es geht um mehr als nur das. Ich investiere nicht, wenn ich keine klare Vision habe, und wie ich schon am Anfang sagte, hat sich meine anfängliche Vorstellung geändert.«

»Wie, Duke? Es fühlt sich an, als würde ich gerade ein Wartespiel spielen. Was genau hast du vor?« Sie verschränkte die Arme und er erzählte ihr die Wahrheit.

»Ich habe immer noch keine genaue Antwort. Mein Partner und ich sind uns bei ein paar Dingen nicht einig. Ich habe heute Morgen zwei Stunden mit ihm telefoniert und habe diese Woche Meetings angesetzt, um diese Entscheidungen wenn möglich zu treffen, aber wir dürfen nicht zulassen, dass das zwischen uns kommt.«

Erneut ging sie auf und ab. »Das sagst du ständig und ich will dir glauben. Letzte Nacht habe ich es versucht. Und habe dir *geglaubt*. Doch bei Tageslicht fällt es mir wirklich schwer, einen klaren Weg zu sehen, wie ich meine Gefühle voneinander trenne. Ich sollte mich einfach aus dieser Investition raushalten. Im Moment ist das ja wirklich nur Gerede. Es gibt kein Angebot. Keine baulichen Pläne, überhaupt nichts Konkretes. Deshalb schwebt diese unheilvolle Wolke über mir. Ich warte förmlich darauf, dass der Sturm losbricht. Und es ist ja nicht so, als hätte ich die Macht, auch nur eine einzige Sache daran zu verändern.«

»Ich habe dir ein Versprechen gegeben, Gabriella, und das war mir ernst«, erinnerte Duke sie, und zügelte seine Frustration über ihre Unfähigkeit, ihm zu glauben. »Alles, was du mir erzählt hast, binde ich stark in die Pläne für die Bebauung ein.«

»Richtig. Ich weiß. Ich höre dich, Duke. Und das Verrückte ist, dass ich dir glaube, aber ich weiß auch, wie das Geschäftsleben funktioniert.« Mit Tränen in den Augen sah sie zu ihm auf. »Wie lange wird es dauern, bis du einen Deal hast?«

»Gabriella.« Er zog sie an sich. »Tu das nicht. Zwing dich nicht, zwischen uns und der Insel zu wählen.«

»Wie lange?«

Er erkannte an ihrer bebenden Unterlippe, dass sie sich nur mühsam zusammenriss, und das schmerzte ihn. Er hasste es, ihr solchen Kummer zu bereiten. »Nach den Meetings diese Woche werde ich genauer wissen, wie es aussehen wird.«

Traurigkeit schimmerte in ihren Augen.

»Scheint eine Ewigkeit zu sein, nicht wahr?« Er drückte seine Lippen auf ihre Stirn. »Siehst du es nicht, Baby? So weißt du, dass das zwischen uns echt ist.«

»Ich habe noch nie so etwas gefühlt«, sagte sie leise. »Ich hatte noch nie das Gefühl, jemand anderen zu brauchen, nur um zu atmen, und der Gedanke, dein Gesicht ein paar Tage nicht zu sehen, ist …«

»Folter.«

Ihr Blick wurde wärmer und sie nickte.

»Dann verzichte nicht darauf, mich zu sehen. Ich bin nicht der Böse, Gabriella. Ich bin auf deiner Seite und werde nicht zulassen, dass mein Mädchen gefoltert wird.« Er küsste sie und sie schmolz in seinen Armen dahin.

»Wie machst du das jedes Mal mit mir? Du löst so viel in mir aus und gibst mir einfach das Gefühl, als ob alles gut wird.« Sie lehnte ihre Wange an seine Brust.

»Weil es so sein wird. Und ich könnte nicht mal aufhören, wenn ich es versuchen würde«, erwiderte er ehrlich.

»Ich glaube, das beweist nur noch mehr, dass ich nicht in der Mitte stehen kann. Obwohl ich weiß, dass du nicht der Böse bist, hast du die Macht, alles zu zerstören, was ich liebe.

Dieses Abwarten und Hoffen ist einfach zu schwer.«

»Du gehörst in die Mitte, Gabriella. Alles im Leben passiert aus einem bestimmten Grund. Es gibt einen Grund, dass dich dein Großvater gebeten hat, mich herumzuführen, glaubst du nicht?« Er hielt sie fester. »Wenn du dich zwischen mir und dem, was mit der Insel passiert, hin- und hergerissen fühlst, bekommst du deinen Abstand. Das Erbe deiner Familie ist wichtig und dein Wohlbefinden hat oberste Priorität, aber denke nicht eine Sekunde, dass ich dich ganz loslasse.«

Neunzehn

Gabriella saß auf dem Rücksitz des Taxis und versuchte, die schmerzende Sehnsucht zu ignorieren, die sich beim Verlassen der Insel in ihr ausgebreitet hatte. Jedes Mal, wenn sie nach New York zurückkehrte, überkamen sie dieselben unangenehmen Gefühle. Sie fühlte sich wie Dorothy in Oz, wenn sie die weißen Sandstrände und ihre Familie zurückließ und in die hektische Stadt zurückkehrte, wo Gras und Bäume eine Seltenheit waren und die Menschen drängelten und finstere Mienen zogen. Und heute war es noch schlimmer. Sie hatte nicht nur den Ort verlassen, den sie liebte, sondern auch den Mann, dem ihr Herz gehörte.

Da sie sich gefangen fühlte, ließ sie das Fenster herunter und wurde sofort vom widerlichen Gestank der Stadt überwältigt. Sie blickte auf der Suche nach etwas Hellem und Fröhlichem, das sie daran erinnerte, dass sie nicht unendlich weit von Elpitha entfernt war, auf. Sie waren immer noch auf so viele Arten verbunden und teilten denselben, wunderschönen blauen Himmel. Sie wusste, dass der Himmel heute eine hinreißend blaue Farbe hatte, weil sie ihn auf dem Weg in die Stadt gesehen hatte, doch nun wurde er von großen Gebäuden verstellt und sie sah nur den einzigen Ort, an dem sie nicht sein wollte. In zwei Wochen würde sie zur Feier des Hochzeitstages ihrer Eltern wieder auf der Insel sein, doch das schien so weit weg. Und es war erst Mai, was bedeutete, dass es noch Monate bis zu ihrem Sommerurlaub dauerte. Sie warf einen Blick auf ihr Handy, um nachzusehen, ob sie eine Nachricht von Duke verpasst hatte, aber es gab nur eine von Addy. Warum sollte er ihr schreiben? Jedes Mal, wenn sie einander näherkamen, stieß sie ihn weg. Warum konnte sie nicht wie andere Menschen sein, die ihre Heimatstadt verließen und nie zurückkommen wollten? Warum war ihr die Insel so wichtig?

Weil sie vor all den Jahren einen Teil ihres Herzens auf Elpitha gelassen hatte.

Und nun lag ein weiterer Teil in Dukes starken, fähigen Händen.

Sie musste sich ablenken, bevor sie sich in die Vorbereitung für ihren Fall stürzte. Sie musste ein lächelndes Gesicht sehen und Addys Nachricht bot ihr die perfekte Möglichkeit: *Trinken wir nach deiner Ankunft was?*

Sie schickte Addy eine Antwort und zwanzig Minuten später stand sie mit ihrem Koffer vor dem *NightCaps*. Sie hätte zuerst nach Hause fahren und ihr Gepäck abstellen sollen, hatte aber die Befürchtung, dass sie sich in ihrer leeren Wohnung nur noch einsamer fühlen würde.

Eine Gruppe Männer rief »*Thrive!*«, als sie die schwere Holztür aufzog.

»Entschuldigen Sie bitte.« Ein großer, gut aussehender Mann führte eine hübsche dunkelhaarige Frau zur Bar. Ein Typ mit Bart und eine gertenschlanke Frau mit Tattoos auf dem Arm standen auf, um das Paar zu umarmen.

Addy tauchte neben Gabriella auf. In ihrer Skinny Jeans und der weißen, ärmellosen Bluse sah sie süß aus. Sie war ebenso zierlich wie herrisch.

»Willkommen zurück, Süße. Weißt du, wer das ist?« Sie schnappte sich Gabriellas Koffer und schob sich durch die Menge zu einem Tisch, der mit Einkaufstüten übersät war.

»Ein Typ, dem das Wort *Thrive* gefällt?«, erwiderte Gabriella und setzte sich Addy gegenüber in die Nische.

»Offensichtlich!« Addy verdrehte die Augen. »Das ist Dex Remington. Er ist der Videospielentwickler, von dem die Waring-Kids immer gesprochen haben, wenn ihre Mom bei uns in der Kanzlei war, erinnerst du dich?«

Gabriella hatte sich vor ein paar Monaten um die Sorgerechtsvereinbarungen und Besuchsrechte für die Waring-Kinder gekümmert.

»Hm. Ich erinnere mich. Tja, sie wirken alle sehr glücklich. Deshalb möchte ich einfach nur trinken. Eine Menge.«

»Oh-oh. Verlass dich auf mich.« Addy winkte dem Barkeeper zu. »Ich habe einen Krug Margaritas bestellt, den er bringen soll, wenn du da bist. Ich will alle schlüpfrigen Einzelheiten über deinen Duke hören. Und nur, damit du es weißt, ich habe nicht weniger als zwölf Stunden damit verbracht, seinen Bruder Jake zu stalken. Ich werde mit Bergsteigen anfangen.«

Der Barkeeper brachte den Krug und Gabriella schenkte ihnen ein. Die Musik war laut und in der Bar war es für einen Nachmittag unter der Woche voll. Addy lehnte sich aufgeregt über den Tisch. Gabriella hob ihr Glas zum Anstoßen.

»Mit knapp eins fünfundfünfzig und deinen dürren Ärmchen bist du sicher die geborene Bergsteigerin. Hast du mir nicht mal erzählt, dass man beim Camping in einem normalen Hotelzimmer und nicht in einer Suite übernachtet?« Gabriella lachte und nippte an ihrem Drink.

»Ja, nun, das war, bevor ich alles über Jake gelesen habe.«

Sie schob sich die Haare hinters Ohr und wühlte in einer ihrer Einkaufstüten. »Guck. Ich bin vorbereitet.« Sie zog ein paar hübsche pinke Wanderstiefel und ein Flanell-Oberteil heraus.

»Vorbereitet auf …? Es passt nicht zu dir, jemanden so intensiv zu stalken.«

Addy stopfte die Stiefel wieder in die Tüte. »Das mit Jake ist nur ein Witz. Zum Teil.« Sie nahm einen Schluck von ihrem Drink. »Ich meine, ich würde ihn nicht von der Bettkante schubsen oder so, aber das ist nicht der Grund, warum ich das Zeug gekauft habe. Ich habe von all den tollen Sachen gelesen, die er bei der Rettungsstaffel macht, und es hat mich daran erinnert, dass ich nie irgendetwas *gemacht* habe.«

»Du hast *alles* gemacht. Du bist praktisch um die ganze Welt gereist.« Addisons Vater war ein berühmter Stardesigner und sie hatte bisher ein faszinierendes Leben gehabt. Sie hatte mehr Geld als irgendjemand von Gabriellas Bekannten, doch Addy wollte sich selbst beweisen, dass sie mehr als die Tochter eines angesehenen Modedesigners sein und es allein schaffen konnte. Gabriella konnte sich glücklich schätzen, sie als Assistentin zu haben und verwünschte schon jetzt den Tag, an dem Addy aufwachen und beschließen würde, den glitzernden, glamourösen Lebensstil ihrer Familie auszunutzen.

»Ja, aber das waren nur Reisen und nicht wirkliche Abenteuer. Ich war nie wirklich zelten. Ich bin noch nie auf einen Hügel geklettert, geschweige denn einen Berg. Ich habe noch nie den Grand Canyon gesehen. Das ist doch der Hauptgrund des Lebens.«

Gabriella verdrehte die Augen. »Du warst auf den exklusivsten Fashion-Shows im ganzen Land. Wir sind gemeinsam zur Hochzeit meiner Cousine nach Griechenland geflogen. Du bist auf mehr Jachten gesegelt und hast mehr Promi-Events besucht, als die Hälfte des Staates es je tun wird.«

»Ganz genau. Ich habe das Luxusleben gelebt. Es ist an der Zeit herauszufinden, woraus ich wirklich gemacht bin.«

»Oh mein Gott. Kündigst du? Bitte sag mir, dass du nicht kündigst. Zumindest nicht heute.«

Addy nippte an ihrem Drink und winkte ab. »Keine Sorge. Ich schmeiße die Arbeit nicht ganz hin, sondern denke nur über einen Urlaub nach. Und auch noch nicht jetzt. Ich weiß noch nicht wann. Du hast mich an der Backe, bis du entscheidest, auf dein geliebtes Elpitha zu verschwinden, um Babys großzuziehen und Souvlaki und gebratenes Hühnchen zu essen. Wie geht's denn eigentlich deiner Familie? Ich vermisse das Brathähnchen und die Käsemakkaroni deiner Mom. So viel Feta-Käse und fette Schlagsahne, griechische Gewürze … Mmmh.« Sie leckte sich die Lippen. »Nur bei deiner Mom schmeckt ein Südstaatengericht so griechisch.«

»Bei meiner Mom und jeder anderen Frau auf der Insel. Ich vermisse sie jetzt schon.«

»Ich weiß. Diese unsichtbare Nabelschnur taucht immer an deinen ersten ein oder zwei Tagen in der Stadt wieder auf. Erzähl mir von der Person, die du wirklich vermisst. Was ist mit Duke? Ist er mit dir zurückgekommen?«

Gabriella wandte den Blick ab und schüttelte den Kopf.

»Gabriella Persephone Liakos, was hast du getan?«

»Möglicherweise habe ich ihm gesagt, dass ich Abstand brauche.« Sie sackte in sich zusammen. »Ich muss mich auf den McGrady-Fall konzentrieren und er muss das Angebot zusammenstellen. Wenn mein Fall durch ist, sollte er eine bessere Vorstellung davon haben, wohin es geht.«

»Und dann?«, fragte Addy geradeheraus. »Was, wenn dir sein Vorschlag nicht gefällt? Wirst du einen Typen nur für das abschießen, was er beruflich macht?«

»Ich weiß es nicht. Ich weiß nur, dass ich nur noch ihn sehe und an ihn denke, wenn ich in seinen Armen liege.« Sie seufzte. »Und es ist wundervoll. Magisch. Ich habe noch nie so etwas gespürt, Ad. Er hat versprochen, dass er meine Bedenken bei seiner Entscheidung berücksichtigt, aber du weißt, was mir die Insel bedeutet. Was werde ich empfinden, wenn er sie zerstört?«

»Ich glaube, du meinst, wenn er die Insel *rettet*. Du wirst finden, dass du mit einem tollen Mann zusammen bist, der sein Bestes für die Menschen dort getan hat.« Addy legte ihre Hand auf Gabriellas. »Ich weiß, dass wir unter Schlangen und Betrügern arbeiten und beide hoffen, dass wir nicht in einer Beziehung mit so jemandem enden, doch im Leben geht es nun mal darum, Risiken einzugehen und die Fahrt zu genießen.«

»Sagt die Frau, die noch nie campen war.« Gabriella verdrehte bei ihrer Stichelei die Augen, stürzte ihren Drink hinunter und schenkte dann nach.

»Oh, bitte. Mich gegen die Wünsche meines Vaters zu stellen war ein gewaltiges Risiko und das weißt du.«

»Ja und ich habe den Nutzen von deiner Rebellion. Du bist die beste Assistentin und beste Freundin, die man sich wünschen kann.«

»Dann solltest du auf mich hören. Ruf diesen Muskelprotz an und sag ihm, dass er seinen Hintern in ein Flugzeug schwingen soll, um dich zu sehen.«

»Das ist das Problem, Ad. Ich will das so sehr tun. Ich will jede Sekunde in seinen Armen sein. Aber jedes Mal, wenn ich Duke und die Insel zusammenbringe, sehe ich diese großen, riesigen Fragezeichen.«

»Das ist die Anwältin in dir. Ich glaube, es ist an der Zeit, zur Abwechslung mal die Frau in dir den Fall gewinnen zu lassen, meinst du nicht auch?«

Sie unterhielten sich noch eine Weile und das Gespräch verlagerte sich von Duke und der Insel auf die neueste Kollektion von Addys Vater, die Arbeit und ihre kommenden Fälle, was ihre Gedanken wieder auf die hässlichen Seiten ihres Jobs lenkte. Ein paar Stunden später verließen sie die Bar. Die Sonne verschwand langsam hinter den Gebäuden und auf den Gehwegen war es noch voller geworden.

»Ruf mich an, falls du mich nachher brauchst, okay?«, bat Addy, als sie sich zum Abschied umarmten. »Bleib nicht die ganze Nacht wach und zerbrich dir den Kopf. Ich komme gern vorbei und langweile dich so lange, bis du einschläfst.«

»Danke, Ad.« Gabriella beobachtete, wie sie ein Taxi heranwinkte.

Gabriella selbst lief nach Hause, zog dabei ihren Koffer hinter sich her und schlüpfte gedanklich in ihr dickes Fell. Das musste sie, wenn sie die an ihr vorbeihastenden Menschen ignorieren wollte, die sie anrempelten und es zu eilig hatten, um sich zu entschuldigen. Als sie ihr Wohngebäude erreichte, verspürte sie einen Hauch von Erleichterung und ging hinein.

Der Fahrstuhl kam genau im richtigen Moment in der Lobby an und sie hastete mit ihrem Koffer im Schlepptau hinein. Während sie beobachtete, wie die Stockwerke auf der Anzeige aufleuchteten, kramte sie nach ihrem Schlüssel.

Seit fünf Jahren wohnte sie in diesem Gebäude und es gefiel ihr – jedenfalls was das Leben in einer Wohnung anging. Die Flure wurden sauber gehalten, die Nachbarn waren angenehm, auch wenn sie sie kaum sah, und sie fühlte sich hier sicher. Der Fahrstuhl hielt auf ihrer Etage und sie zog ihren Koffer in den Flur, doch dann blieb sie wie angewurzelt stehen, als sie Duke, der auf dem Fußboden neben ihrer Tür saß, entdeckte. Er richtete sich mit all seinen hinreißenden Muskeln auf, das Bezwinger-Lächeln breitete sich auf seinen Lippen aus – und machte seinem Namen alle Ehre. Gabriella ließ den Koffer los und sprang ihm in die Arme.

Duke war nicht sicher gewesen, wie Gabriella darauf reagieren würde, dass er vor ihrer Wohnung auftauchte, doch als sie seine Lippen, seine Wangen und sein Kinn küsste und mit den Fingern durch seine Haare fuhr – *Gott, wie er ihre Berührung liebte* – war er froh, das Risiko eingegangen zu sein.

»Du bist hier!« Sie umfasste sein Gesicht und Duke konnte sich nicht erinnern, sie je so glücklich gesehen zu haben.

»Schon ein paar Stunden. Du bist hier, Baby. Wo sollte ich sonst sein?«

»Stunden? Hier? Du meinst, an meiner Tür?«

»Erst seit drei.« Jede Stunde hatte sich wie eine Ewigkeit angefühlt.

»Oh mein Gott, tut mir leid. Ich bin mit Addy was trinken gegangen.«

»Du musst dich nicht entschuldigen. Ich hätte auch tagelang gewartet.«

Daraufhin wurden ihre Augen feucht. »Aber ich dachte, du müsstest für die Meetings auf der Insel bleiben.«

Er küsste sie erneut und sie löste sich aus seinen Armen.

»Du warst so aufgewühlt, als du abgefahren bist. Ich wollte mich vergewissern, dass du sicher nach Hause gekommen bist.«

»Du bist Hunderte Kilometer geflogen, um dich zu vergewissern, dass ich sicher nach Hause gekommen bin?«

»Natürlich. Ich habe die Meetings umgeplant und meinen Kumpel Jack angerufen, der mich mit einem seiner Flugzeuge abgeholt hat. Du hättest die Gesichter der Kids sehen sollen, als er auf dem Wasser gelandet ist. Das war das Highlight von Vivis und Davids Vormittag.« Er stellte sie auf die Füße und küsste sie wieder. »Übrigens, David übt heute Nachmittag Curveballs mit den anderen Kindern, und er freut sich darauf, sie seinem Vater zu zeigen, wenn der morgen nach Hause kommt.«

Sie legte eine Hand auf seine Brust und er bedeckte sie mit seiner.

»Duke, es war so süß, was du für ihn getan hast. Und du bist hier. Das ist einfach …« Sie drückte ihre Stirn an seine Brust. »Du bist wirklich schlecht darin, mir Raum zu lassen.«

Er hörte den neckenden Ton in ihrer Stimme, war sich aber klar, dass sie wahrscheinlich immer noch mit dem drohenden Angebot zu kämpfen hatte. Er umfasste ihr Gesicht und sah ihr in die Augen. Sie waren voller Emotionen, die ihr Angst machten, da war er sich sicher.

»Hey, ich werde dir Raum geben. Ich wollte dich nur sehen. Ich hab dir was Kleines mitgebracht, um dich aufzuheitern.« Er griff hinter sich und reichte ihr einen Eimer mit Sand und Muscheln von der Insel.

»Großer Gott. Du hast mir die Insel mitgebracht?« Sie ließ den Sand durch die Finger rinnen und ihre Augen schimmerten erneut. »Duke …«

»Ich hätte dir die ganze Insel gebracht, wenn ich könnte.« Wieder drückte er seine Lippen auf ihre und schlang die Arme um sie, während Gabriella den Eimer zwischen ihnen festhielt. Er vertiefte den Kuss und lächelte an ihren Lippen, als sie sich auf die Zehenspitzen stellte.

»Ich stehe hinter dir, Baby. Das werde ich immer, wenn du mich lässt.«

Zwanzig

Nachdem sie in einem Café zu Abend gegessen hatten, fuhren Duke und Gabriella mit einem Taxi zum Carl-Schurz-Park.

»Ich kann immer noch nicht glauben, dass du deinen Terminplan umgestellt hast, um mich zu sehen, oder mir ein so aufmerksames Geschenk mitgebracht hast«, sagte sie. »Und jetzt bringst du mich hierher. Als wüsstest du ganz genau, was ich brauche. Ich hätte den ganzen Abend in der Wohnung gehockt und gearbeitet.«

Duke blieb unter einem wunderschön blühenden Baum stehen und zog sie an sich. »Ich dachte, dass du wieder das Gefühl hast, der Insel entrissen zu werden, obwohl du dieses Mal diejenige warst, die das entschieden hat.«

»Ich musste zurückkommen, um mich auf meinen Fall vorzubereiten.«

»Das weiß ich, aber ich weiß auch, dass du versucht hast, dein Herz zu beschützen.« Er drückte seine Lippen auf ihre und als sich ihre Zungen berührten, schmolz sie förmlich dahin. Er liebte es, wenn sie sich ihren Gefühlen hingab, auch wenn sie immer noch so hin- und hergerissen war.

»Ich liebe es, dich zu küssen«, flüsterte sie.

Daraufhin eroberte er erneut ihre Lippen und als er den

Kuss vertiefte, wurde er von seinem Hunger nach ihr übermannt. Ihr Stöhnen vibrierte an ihren Lippen und erreichte auch die tiefsten Winkel seiner Seele. Duke zwang sich, den Kuss zu unterbrechen, bevor er es nicht mehr konnte.

»Gott, Baby …« Er lehnte seine Stirn an ihre und versuchte, sich wieder unter Kontrolle zu bekommen. Wie fest Gabriella sich in sein Hemd krallte, verriet ihm, dass sie gegen dieselben Flammen ankämpfte.

»Ich kann kaum atmen. Wie machst du das mit mir?« Fest schlang sie die Arme um ihn und drückte ihre Wange an seine Brust. »Je näher wir uns kommen, desto mehr wird es wehtun, wenn alles den Bach runtergeht.«

»Deshalb hast du die Insel verlassen.« Er sah ihr in die Augen. »Weil dich dort jeder Kuss, jede Berührung, jeder wunderbare, herrliche Moment, der uns einander nähergebracht hat, am nächsten Tag heimgesucht hat.« Er sah die Bestätigung in ihren Augen. »Ich hoffe, wir werden hier, viele Kilometer von der Insel entfernt, herausfinden können, ob dieses Gefühl verschwindet.«

»Verstehst du es nicht, Duke? Ich habe panische Angst davor, dass ich dich nie wieder so ansehen oder wieder so für dich empfinden kann, wenn du die Insel in einen Beton-Spielplatz verwandelst.«

»Baby, du steckst voller Drohungen. Das ist dein Job. Du drohst und dann bekommst du, was du willst, da bin ich mir sicher. Und das verstehe ich. Aber mich musst du nicht bedrohen. Ich bin auf deiner Seite. Immer.«

»Ich drohe nicht«, widersprach sie leise.

Langsam und liebevoll küsste er sie, um seinen Standpunkt unmissverständlich klarzumachen. »Ich habe dir ein Versprechen gegeben. Ich wünschte, du würdest darauf vertrauen.«

Obwohl sie sich verspannte, zog er sie noch fester an sich. »Ich hab dich bis jetzt nicht enttäuscht, oder?«

»Nein, aber …«

»Schieben wir die Sorgen einfach beiseite und genießen unsere gemeinsame Zeit.« Duke küsste sie fest und hoffte, damit ihre Befürchtungen zum Schweigen zu bringen. Der Kuss war intensiv und heiß und er spürte, wie sie wieder losließ und sich ihr Körper der Verbindung hingab.

»Ich werde dir niemals wehtun«, versprach er und sah ihr tief in die Augen.

»Okay.« Sie nickte zuversichtlich, doch Duke hatte das Gefühl, dass sie sich sehr anstrengen musste, um ihm diese Zuversicht vorzuspielen. »Keine Sorgen mehr.«

Sie gingen weiter durch den Park und bestaunten die Schönheit der Gärten. Es fühlte sich an, als wären sie Welten von der Stadt entfernt, obwohl sie sich tatsächlich mittendrin befanden. Gabriella erzählte ihm, wie sehr sie die Insel auf dem Heimweg vermisst hatte und wie schwer es ihr gefallen war, ihn zu verlassen. Mit jeder weiteren Minute spürte er, wie ihr Vertrauen in ihn wuchs, und er hoffte, dass sie wirklich verinnerlichte, dass sie auf ihn zählen konnte.

In der Mitte des Platzes stand eine Statue von Peter Pan in einem wunderschönen Beet, umgeben von blühenden Büschen und sattem Grün. Ein Pärchen saß auf den Stufen neben der Steinmauer, die den Platz umfasste, hielt Händchen und unterhielt sich.

»Ich glaube, Peter Pan hatte recht«, sagte Gabriella, als sie die Statue erreichten. »Erwachsen werden wird ziemlich überbewertet. Es wäre so viel einfacher, für immer jung und sorglos zu sein.«

Duke legte einen Arm um ihre Schultern und dachte über

ihre Worte nach. »Ich hatte eine tolle Kindheit, glaube aber nicht, dass ich für immer Kind sein will. Ich erinnere mich, dass ich es kaum erwarten konnte, erwachsen zu werden und mein Leben zu leben.«

Sie war so schön und das Mondlicht funkelte in ihren ernsten Augen.

»Ich würde nicht eine Sache ändern.« Duke strich mit dem Daumen über ihre Wange. »Alles, was bis jetzt passiert ist, hat mich zu genau diesem Moment gebracht, und es ist der beste Moment aller Zeiten.«

»Das ist womöglich das Wundervollste und Romantischste, was je jemand zu mir gesagt hat.« Ihr Blick war warm, doch da war auch dieser Funke aus Wildheit, den er von ihrer ersten Begegnung kannte. Was wohl als Nächstes kam?

»Es ist mir peinlich, das zuzugeben«, fuhr Gabriella fort, drückte die Hände auf seinen Bauch und grub die Fingerspitzen in seine Muskeln. »Aber mein Job hat mich so abgebrüht gemacht, dass mir bei deinen Worten sofort durch den Kopf geschossen ist: ›Wie viele meiner Mandanten haben das wohl beim ersten Date zu ihren Partnern gesagt?‹«

Duke wollte sie in den Arm nehmen und sie vor den Zerstörungen abschirmen, die solche Gedanken verursachen konnten.

»Du bist nicht sehr gut darin, Sorgen beiseitezuschieben.« Er nahm seiner Stichelei mit einem unschuldigen Kuss die Schärfe. »Wie wäre es, wenn ich es dir auf der Insel gesagt hätte? Was hättest du dann darüber gedacht?«

Gabriella trat näher und schlang die Arme um seine Taille. »Wahrscheinlich nur, dass es das Wundervollste und Romantischste ist, was ich je gehört habe. Meine Gedanken konzentrieren sich nicht auf die Arbeit, wenn ich dort bin.«

»Baby, dein wunderbarer, brillanter Verstand hört sich nach

einem wahren Schlachtfeld der Gedanken an.« Er drückte seine Hand gegen ihren unteren Rücken, sodass sich ihre Körper berührten. Nicht weil er sexuellen Kontakt wollte – obwohl ihm allein in ihrer Nähe ganz heiß wurde –, sondern weil er wollte, dass sie sich sicher fühlte, dass sie wusste, dass sie nicht allein war und er nicht gehen würde, egal, wie sehr sie ihn von sich stieß.

»Vor allen Dingen«, begann er ernst, »bin ich keiner deiner Mandanten, also vergleich mich bitte nicht mit denen. Wie ich dir schon gesagt habe, habe ich noch nie so empfunden und meine Gefühle für dich sind so vereinnahmend und ein so großer Teil von dem Mann, der ich jetzt bin, dass ich fest davon überzeugt bin, sie werden sich nicht ändern. Und zu guter Letzt, Baby, hast du mir gerade noch einen Grund gegeben, die Insel zu einem Ort zu machen, den du genauso lieben wirst, wie du es jetzt tust. Diese Freude würde ich dir niemals nehmen.«

Wieder küsste er sie langsam und hingebungsvoll, wobei er seine Liebe in sie hineinfließen ließ.

»Eines Tages wirst du mir vertrauen. Dein großes Herz sollte nicht von Sorgen, die nie wahr werden, vereist werden, solange du mit mir zusammen bist.«

Duke roch so gut, fühlte sich so stark und sicher an, und die Dinge, die er sagte, die Aufrichtigkeit in seiner Stimme, vertrieben Gabriellas Sorgen aufs Neue. Es fühlte sich an, als wäre sie schon einen Monat wieder in New York und Duke die ganze Zeit an ihrer Seite gewesen, wodurch es sich besser anfühlte, zu Hause zu sein. Woher wusste er immer, was genau sie brauchte? Den ganzen Abend hatten sie Küsse ausgetauscht, schnelle, bebende Küsse und lange, leidenschaftliche Küsse. Küsse, die ihre Knie weich werden ließen und ihren Puls nach oben jagten. Und jetzt, da sie sich ihrem Wohngebäude näherten, konnten sie die Lippen kaum lang genug voneinander lösen, um es durch die Tür zu schaffen.

Während sie auf den Fahrstuhl warteten, zog Duke sie um die Ecke in einen Korridor, der von der Lobby aus nicht einsehbar war, und küsste sie. Mit der Zunge fuhr er ihre Lippen nach, rieb sich an ihr und brachte sie fast um den Verstand. Seine Erregung drückte gegen ihren Bauch und seine großen Hände – Gott, sie liebte diese Hände – fuhren brennend heiß über ihre Hüften zu ihrem Hintern und erinnerten sie daran, was er das letzte Mal dort getan hatte. Hitze sammelte sich zwischen ihren Beinen.

»Ich will dich so sehr.« Seine raue Stimme jagte pulsierende Erregung durch sie.

Bevor sie auch nur ein Wort sagen konnte, läutete der Fahrstuhl und Duke trug sie praktisch um die Ecke und in den schwach beleuchteten, engen Raum. Er drückte den Knopf für ihre Etage und sobald sich die Türen schlossen, eroberte er erneut ihren Mund. Ihre Zungen umspielten einander leidenschaftlich. Duke umfasste ihre Brust und drückte ihren empfindlichen, harten Nippel zwischen den Fingern. Gabriella schlang ein Bein um seine Hüfte und rieb sich an ihm.

»Ich wünschte, ich könnte dich gleich hier nehmen. Einfach an dieser Wand.«

Sie stöhnte – *stöhnte!* – vor Verlangen. Seine schmutzigen Worte und seine rauen Berührungen weckten in ihr den Wunsch, dass er sie wirklich direkt hier nehmen würde.

Der Fahrstuhl hielt auf ihrer Etage, Duke hob sie auf seine

Arme und küsste sie auf dem Weg durch den Flur. Sie fand es wunderbar, dass er sie so mühelos tragen konnte. Eine seiner Hände lag unter ihrem Hintern, die andere hatte er in ihren Haaren vergraben. Die Finger der ersten Hand schob er neckend zwischen ihre Beine und entlockte ihr ein gieriges Stöhnen.

»Schlüssel«, keuchte er zwischen den Küssen.

»Handtasche.«

Er drängte sie mit dem Rücken an die Tür, knabberte an ihrem Hals und küsste ihn, während sie in ihrer Tasche nach den Schlüsseln wühlte. Sie umschloss sie mit der Faust und lehnte den Kopf nach hinten an die Tür, als sie spürte, wie er an ihrem Hals leise lachte.

»Schließt du auf oder soll ich dich ausziehen und mich gleich hier und jetzt über dich hermachen?«

»Ich denke darüber nach.« Sie kicherte und er drückte ihren Hintern.

»Schwachsinn. Ich werde deinen Nachbarn keinen Blick auf mein Mädchen gestatten.«

Mein Mädchen. Wunderbar! Sie ließ die Schlüssel von ihrer Hand baumeln und als er danach griff, zog sie sie grinsend zurück. »Was bekomme ich als Gegenleistung?«

»Mein Gesicht zwischen deinen knackigen Schenkeln.«

Sie konnte nicht schnell genug aufschließen.

Duke trat die Tür hinter ihnen zu und ihr Rücken traf mit einem dumpfen Schlag dagegen, ehe er sie noch höher hob – *wie zum Teufel machte er das?* – und sich ihre Beine über die Schultern legte. Er zog ihr Höschen zur Seite und, *großer Gott,* vergrub seinen talentierten Mund darunter. Mit quälender Perfektion ließ er seine Zunge über sie tanzen und reizte sie, ehe er die Zunge tief in sie schob, seine Finger auf ihre Klit legte und – *ooooooh*. Er wusste ganz genau, wie er sie berühren, lecken und an ihr saugen musste, bis sie nur noch ihn spürte. Seine Hände, sein Mund und sein Atem erfüllten sie. Gabriella ließ den Kopf nach hinten fallen und krallte sich in seine Haare, da sie sich an etwas festhalten musste, als sie all ihre Kontrolle verlor, aufschrie und sich Wonne von ihrer Mitte aus ausbreitete.

Bevor sie zu Atem kommen konnte, lag sie wieder in seinen Armen und spürte seinen Mund auf sich. Er schmeckte nach Sex und Lust und *ihm*. Er trug sie durch das kleine Wohnzimmer direkt ins Schlafzimmer, wo er sie aufs Bett legte. Anschließend zog er sich so schnell aus, dass sie in der Zeit nicht einen einzigen Gedanken fassen konnte. Ihr Kopf war nach dem intensiven Orgasmus immer noch benebelt, aber sie bemerkte, dass ein Kondom neben ihr landete. Duke bewegte sich kraftvoll und geschmeidig zugleich auf dem Bett nach oben, wie ein Panther auf der Jagd. *Komm und nimm mich, Baby.* Er schob die Hände über ihre Schenkel, zog ihr das Höschen aus und warf es auf den Boden. Dann hob er sie an, hielt hungrig ihren Blick fest und zog ihr wortlos das Kleid über den Kopf, das ebenfalls auf dem Boden landete, ehe er sie hastig aus ihrem BH befreite.

»Du bist so unglaublich schön.« Nun legte er sie wieder aufs Bett, küsste sie, entfesselte einen Wirbelsturm von Emotionen in ihr und sorgte für einen Kurzschluss in ihrem Hirn.

»Baby, wie konnte ich so viel Glück haben, dich zu treffen?«

»Nach allem, was du gerade mit mir gemacht hast, bin ich wohl die Glückliche.« Sie zog seinen Mund zurück auf ihren und nahm sich, was sie so verzweifelt wollte.

Sie konnte nicht genug von ihm bekommen. Sie wollte seinen heißen, sinnlichen Mund auf jedem Zentimeter ihrer

Haut spüren. Seine Hände wanderten über ihre Taille, ihre Hüften, ihre Schenkel. Er hob ihre Beine und schlang sie um seine Mitte. *Ja, ja.* Sie musste ihn in sich haben. *Jetzt.* Ihre Münder trafen sich erneut in einem schmerzhaft zärtlichen Kuss.

»Mehr«, flehte sie.

Seine Zunge glitt über ihre Zähne und drang dann in sie ein. Sie fuhr mit den Fingernägeln über seine Haut, zog an seinen Haaren und konnte ihm einfach nicht nah genug sein.

»Duke, bitte«, bettelte sie.

Meisterhaft berührte und drückte er mit einer Hand ihre Brust, mit der anderen ihren Hintern und jagte Wellen aus Verlangen durch sie hindurch. Die Wurzel seiner Erektion drückte sich an sie und übte die perfekte Reibung aus, um sie immer weiter nach oben zu treiben.

»Lass los, Baby«, spornte er sie an.

Er senkte den Mund auf ihre Brust und saugte an ihrem empfindlichen Nippel. Hitze schoss nach unten, sammelte sich, brannte und glühte langsam in ihrem Bauch. Ihre Schenkel verkrampften sich um seine Taille und im nächsten Atemzug berührte er mit den Zähnen leicht ihre Brustwarze und ihre Welt drehte sich.

»Ich muss dich haben, Baby«, presste er zwischen zusammengebissenen Zähnen hervor und griff nach dem Kondom.

Sie packte sein Handgelenk. »Nur dich.«

Er verengte die Augen und die Zurückhaltung war ihm deutlich in den angespannten Kiefermuskeln anzusehen. »Baby.«

»Nur wir. Ich will dich spüren, Duke. Ich bin bereit. Ich bin so was von bereit.«

»Baby, du bist körperlich bereit, vertraust mir aber immer

noch nicht vollständig. Du bist mein vorsichtiges, kluges Mädchen. Morgen früh würdest du dir den Kopf zerbrechen und ich will nicht, dass du unsere Nähe jemals bereust.«

Er schnappte sich das Kondom und riss es mit den Zähnen auf. Ihr Herz brach ein wenig. Sie vertraute ihm durchaus, so viel mehr als sie jemals einem Menschen in ihrem Leben vertraut hatte. Aber sie wusste, dass er recht hatte. Obwohl die Sorge nicht im Mittelpunkt ihrer Gedanken stand, war sie doch präsent. Bereit und an ihrem Eingang positioniert, musste Duke ihre Gedanken gelesen haben, denn er küsste sie zärtlich und strich liebevoll über ihre Wangen.

»Irgendwann, Baby. Das zwischen uns geht so schnell und ich spüre es auch. Und wie ich es spüre.« Sein Blick wurde ernst. »Ich verliebe mich so heftig in dich. Ich will der erste und einzige Mann sein, der dich ohne eine Barriere zwischen uns liebt, und ich will der *einzige* Mann sein, neben dem du jemals morgens aufwachst.«

»Das will ich auch«, erwiderte sie aufrichtig. »Duke, du bist anders als alle Männer, die ich je getroffen habe. Danke, dass ich dir so wichtig bin und dass du mich warten lässt. Obwohl ich dich irgendwie dafür hasse.«

Grinsend packte er sie an der Taille und verteilte Küsse um ihren Mund herum, was ihr den Verstand raubte.

»Mich hassen?« Der Schalk in seinen Augen entlockte ihr ein Kichern. »Das werde ich ändern, Baby. Ich werde diesen Hass so gründlich wegjagen, dass du dich nicht einmal an das Wort erinnerst.«

Ihre Münder und Körper trafen im gleichen Moment aufeinander. Das Gefühl seines harten Schafts, der sie rhythmisch ausfüllte, während er sie küsste und mit seinen Händen, seinem Mund und seinem ganzen Selbst liebte, war rein und explosiv.

»Du gehörst mir, Baby.« Sein Atem strich über ihre Haut. »Ich bin dein.«

Seine Worte lösten brennende Emotionen in ihr aus, die sie wie eine Welle erfassten. Ihre Körper bewegten sich in perfektem Einklang. Lustvolles Keuchen vermischte sich mit leidenschaftlichen Schreien. Ihre Haut prickelte unter seiner Berührung, und als er ihr tief in die Augen blickte und sie am Rand der Ekstase hielt, war sie sicher, dass sie durch die Gefühlsüberflutung ohnmächtig werden würde. Duke streichelte hauchzart über ihre Seiten zu ihren Hüften und hielt sie fest.

»Duke …« Sie wölbte sich ihm entgegen.

»Ich bin bei dir, Baby.«

Er eroberte ihren Mund, während er tief in sie stieß, und dann stürzten sie gemeinsam über die Klippe.

Einundzwanzig

Die Sonnenstrahlen fielen durch die Fenster in Gabriellas Wohnzimmer auf den Tisch, an dem sie seit fünf Uhr morgens arbeitete. Duke war gestern erst nach Mitternacht gegangen und sie war zu erschöpft gewesen, um sich auf die Arbeit vorzubereiten. Jetzt war es fast halb acht und der Lärm der Stadt spielte vor ihrem Fenster eine Symphonie. Es waren nicht die Geräusche des Meeres oder das drollige Zwitschern der Vögel, das sie so sehr liebte, aber die Geräusche der Autos auf dem Asphalt, die Hupen und die Energie der Menschen waren tröstlicher als die Stille ihrer vier Wände und genau das brauchte sie. Vor allem heute Morgen.

Ihre Gedanken waren so in Duke verstrickt, dass sie das Gefühl hatte, nicht klar denken zu können. Gestern Abend hatte er sie zum Abschied geküsst, als würde er sie nie wiedersehen. Als sich ihre Lippen voneinander gelöst hatten, hatte er ihr nur ein Versprechen gegeben. Nicht, dass er sie anrufen oder sie ein weiteres Date haben würden. Nein, Duke Ryders Zuversicht ging weit über das Hier und Jetzt hinaus. Während ihre Lippen noch von ihrem leidenschaftlichen Kuss geprickelt hatten, hatte er gesagt: »Eines Tages werde ich mit dir in meinen Armen aufwachen.« Sie hatte ihn anflehen wollen, zu bleiben, ihm sagen wollen, dass heute dieser Tag sein würde, aber selbst wenn sie es getan hätte, hätte er ihr wieder erklärt, dass er niemals der Grund für ihre Reue sein wollte. Ihre Bedürfnisse kamen für ihn immer an erster Stelle und damit zeigte er ihr, wer er wirklich war. Sie bewunderte diese Eigenschaft – und konnte sie im gleichen Maße *nicht* leiden. Sollten Männer in Sachen Sex und Übernachten nicht einknicken? War der Reiz von Sex ohne Kondom, das Gefühl, wie ihre intimsten Stellen einander ohne eine Barriere berührten, für Männer nicht ebenso aufregend wie für eine Frau?

Sie drückte die Finger in den Eimer mit Sand, den er ihr geschenkt hatte, und schloss die Augen. Wenn sie sich genug anstrengte, konnte sie den Sand unter ihren Füßen spüren und Duke am ersten Tag, an dem sie ihm die Insel gezeigt hatte, neben sich sehen. Seine lockere Art erfüllte ihre Gedanken. Er hatte nicht ein Wort darüber verloren, dass der Saum seiner teuren Hose dreckig wurde oder er stundenlang in der brennenden Hitze herumlaufen musste. Trotz ihrer Bemühungen, ihm die Insel madig zu machen, hatte er eine Verbindung zu den Menschen hergestellt und sich jede Minute weiter in die Insel verliebt. Er war ganz anders als jeder Geschäftsmann, den sie je getroffen hatte. Er trug sein Herz auf der Zunge und nicht nur für sie; das hatte sie bei allen gesehen, mit denen er sprach, und in jeder seiner Taten erkennen können.

Während sie ihre Papiere einsammelte und in ihre Absatzschuhe schlüpfte, warf sie einen letzten Blick auf ihre Wohnung und erinnerte sich daran, wie sie gestern Abend durch die Tür geplatzt waren, unfähig, die Hände voneinander zu lassen. Die Luft hatte von ihrer Leidenschaft pulsiert. Sie füllte jeden Raum und sickerte in jeden Winkel der Wohnung und ihres Herzens. Nun fühlte sich die Luft schal an. Selbst die Geräusche der

Stadt brachten ihr nicht die Energie, nach der sie sich sehnte. Wie auch, wenn es nur eine einzige Person auf der Welt gab, die das konnte?

Während sie die Dokumente und ihre Handtasche in die lederne Aktentasche steckte und sie sich über die Schulter schlang, erkannte sie, dass sie Duke schon nach wenigen Stunden ebenso vermisste wie die Insel – tief und schmerzhaft, als wäre auch er ein Teil von ihr geworden.

Sie zog die Tür hinter sich zu und überprüfte das Schloss, denn sie erinnerte sich daran, wie Duke an ihrem ersten Abend die Villa durchsucht hatte, nachdem er sie nach Hause gebracht hatte.

Der Fahrstuhl war fast voll. Sie blickte starr geradeaus, als sich die Türen schlossen, und fragte sich, ob sich der erste Tag auf der Arbeit immer anfühlen würde, als würde ein Erzähler in ihrem Kopf sagen: *Ein weiterer Tag im verrückten, durcheinandergewirbelten Leben von Gabriella Liakos. Weg mit der fröhlichen Inselpersönlichkeit; her mit der stahlharten Anwältin.*

Wenn sie auf der Insel wäre, würde sie die Vögel beobachten, die auf dem Sand landeten. Sie würde ihrer Mutter helfen, die Kinder zum Bus bringen, oder bei etwas anderem, was gerade anfiel, anstatt sich durch die Glastüren zu drängen und auf eine Lücke in diesem Meer aus Menschen zu hoffen, um auf den Gehweg zu treten, ohne angerempelt oder zertrampelt zu werden.

Sie schob die Gedanken an die Insel beiseite und versuchte, sich in ihrer stahlharten Rolle wohlzufühlen.

Duke stand schon seit zwanzig Minuten neben der Limousine vor Gabriellas Gebäude, als sie durch die Tür kam und die Menschenmassen musterte, die an ihr vorbeigingen. In dem dunklen Kostüm, der pfirsichfarbenen Bluse und den Absatzschuhen sah sie schön und professionell aus. Duke trat durch die Menge und als sich ihre Blicke trafen, blitzte kurz Verwirrung in ihren Augen auf, ehe sie breit lächelte.

»Guten Morgen, meine Schöne.«

»Duke?« Sie schlang die Arme um seinen Hals, als er sich zu einem Kuss nach vorn beugte.

Ihre Lippen waren weich und warm und das perfekte Mittel gegen das Gefühl, sie heute Morgen vermisst zu haben.

»Ich konnte nicht den ganzen Tag darauf verzichten, dich zu sehen.« Er deutete auf den Wagen. »Ich bringe dich zur Arbeit.«

»Es sind nur ein paar Blocks. Normalerweise laufe ich.« Ihr Blick wanderte über seine Brust und brachte die Hitze, die die ganze Nacht in ihm gebrodelt hatte an die Oberfläche. »Wow, du siehst echt schick aus.«

»Du auch, Baby. Ich begleite dich. Gib mir nur eine Sekunde.« Er hob ihre Hand an seine Lippen und küsste ihre Fingerknöchel. Nur ungern ließ er sie zurück, auch wenn er nur über den Bürgersteig gehen musste, um die Papiere, die er ihr zeigen wollte, vom Rücksitz zu nehmen und dem Fahrer zu sagen, dass er ihn in zwanzig Minuten an ihrem Büro abholen sollte.

Besitzergreifend legte er eine Hand auf ihren unteren Rücken und küsste sie noch einmal. »Wollen wir?«

»Musst du nicht zur Arbeit?« Sie warf einen Blick auf die Papiere in seiner Hand.

»Ich war in den letzten beiden Stunden auf der Arbeit.« Er

beugte sich näher zu ihr, schlang eine Hand fest um ihre Taille und fügte hinzu: »Ich habe dich letzte Nacht vermisst. Ich hoffe, du hast gut geschlafen.«

Sie ließen sich von der Menge zur Ecke tragen und warteten an der Ampel.

»Nicht gut, aber …«

»Eines Tages wirst du in meinen Armen schlafen. Und dann schläfst du gut.« Er hob die Dokumente, die er ihr zeigen wollte. »Ich habe heute Morgen etwas recherchiert und mir Inseln angesehen, auf denen Autos nicht erlaubt sind.« Er blätterte die Fotos durch. »Das ist Hydra. Eine der …«

»Ich kenne Hydra«, unterbrach sie ihn mit einem bewundernden Ausdruck in den Augen. »Sie gehört zu den Saronischen Inseln Griechenlands. Nur ein Stück von Athen entfernt.«

Die Ampel wurde grün und sie folgten der Masse über die Straße. Duke hielt die Bilder in der einen Hand, während die andere noch immer an Gabriellas Taille lag.

»Das dachte ich mir. Das ist Bald Head Island. Sicher kennst du sie. Autos sind dort verboten, aber es gibt Straßen.«

Sie zog die Brauen auf die ihr eigene hinreißend verwirrte Art zusammen. »Warum zeigst du mir das?«

»Recherche, Baby. Ich sammle Ideen für unser Angebot und wollte dich miteinbeziehen.«

»Mich …? Wirklich?« Sie nahm ihm die Fotos der beiden Inseln aus der Hand und betrachtete sie. »Was meinst du damit, dass du mich einbeziehen willst?«

Sie liefen schnell, um mit dem Fußgängerverkehr Schritt zu halten, für Duke war es jedoch zu schnell. Er würde den Vormittag gern auf den Nachmittag, den Abend und den nächsten Morgen ausdehnen.

»Sag mir, was du denkst. Du willst keine Straßen auf Elpitha, aber über Straßen können Rettungsfahrzeuge schneller ihr Ziel erreichen als auf unbefestigten Wegen. Und es gibt andere Dinge zu bedenken …«

»Ich weiß nicht, was du von mir willst, Duke. Mir ist klar, dass Straßen helfen, Rettungsfahrzeuge schneller voranzubringen, doch sie zerteilen auch die Lebensräume der Tiere. Einige Arten überqueren die offenen Flächen nicht, die durch Straßen geschaffen werden, weil die Bedrohung durch Fressfeinde größer ist. Wusstest du das?«

Daran hatte er nicht gedacht.

»Die natürliche Umgebung der Pflanzen und Tiere zu stören wird definitiv Einfluss auf beide haben. Außerdem wird es mit den Autos nicht lange dauern, sobald es Straßen gibt.« Gabriella blieb vor ihrem Bürogebäude stehen. Ihr aufrichtiges Lächeln war verschwunden und wurde von der ernsten Miene der fähigen Anwältin ersetzt, die ihren Fall vortrug.

Er bewunderte ihre Fähigkeit, ihrem Standpunkt treu zu bleiben, musste aber auch einen Partner zufriedenstellen und an den Profit aus seiner Investition denken. Er gab nicht so schnell auf. Er hatte den Willen und würde einen Weg finden, sein Versprechen an Gabriella zu halten, ohne Pierce hängen zu lassen.

»Es kann trotzdem Regeln und Beschränkungen auf der Insel geben, die Autos verbieten.«

Sie schüttelte den Kopf. »Bis die Investition Verluste macht und du verkaufst. Dann wird der nächste Investor einen Schritt weiter gehen. Ich weiß nicht, Duke. Ich glaube nicht, dass ich involviert sein sollte, weil es mich nur aufwühlt.«

Er zog sie an sich, denn er hasste es, sie zu verärgern, und küsste ihre Stirn.

»Es tut mir leid. Es ist nicht meine Absicht, dich aufzuregen. Ich versuche nur, dich in den Prozess mit einzubeziehen und deine Sichtweise zu hören.«

Sie drückte ihm die Fotos an die Brust und trat einen Schritt zurück. »Tja, die hast du nun. Ich muss reingehen. Mein Termin ist um acht.«

»Gabriella.« Er überbrückte den Abstand zwischen ihnen. »Baby, ich hatte wirklich nicht vor, dich aufzuregen.«

Sie stellte sich auf die Zehenspitzen und küsste ihn schnell. »Das weiß ich doch. Ich bin trotzdem froh, dass ich dich heute Morgen gesehen habe.«

Er zog sie näher an sich. »Baby, ich ...«

»Ach, hallo, Mr. Ryder.«

Duke drehte sich zu der hübschen, zierlichen Brünetten um, die in jeder Hand einen Kaffeebecher hielt. In ihren dunklen Augen lag ein prüfender Ausdruck. Er hatte keine Ahnung, wer sie war, das Grinsen auf ihren geschminkten Lippen und der schnelle Blick zu Gabriella verrieten ihm jedoch, dass sie es durchaus wusste.

»Hi, Addy«, begrüßte sie die Frau mit weitaus freundlicherem Tonfall als dem, den er eben zu hören bekommen hatte. »Duke, das ist meine Freundin und Assistentin, Addison Dahl.«

»Ah, Addison, die wie eine Schwester für meine Gabriella ist. Sie spricht in den höchsten Tönen von dir. Ich bin froh, dass wir uns kennenlernen.« Duke versuchte, sich auf Addy zu konzentrieren, aber Gabriellas Antwort auf seine Bemühungen, sie in die Planung miteinzubeziehen, besorgte ihn ein wenig. Auch ihre kurzzeitig gereizte Reaktion angesichts seiner besitzergreifenden Worte halfen nicht, seine Sorge zu mildern.

Addison reichte Gabriella einen der Kaffeebecher. »Gab ist eine alte Lügnerin.« Sie zwinkerte Gabriella zu und fügte hinzu:

»Ich bin zehnmal besser, als sie dich hat glauben lassen.«

»Das musst du auch sein, um mit ihr mitzuhalten«, erwiderte Duke, ohne zu zögern.

Addisons Blick huschte zwischen ihnen hin und her. »Stimmt und ich stehe in jeder Lebenslage hinter ihr, also sei gut zu ihr.«

Gabriella verdrehte die Augen.

»Sie kann sich glücklich schätzen, eine Freundin wie dich zu haben, Addy«, sagte Duke und ließ sich von der leichten Anspannung in Gabriellas Augen nicht stoppen. »Wie gut, dass ich vorhabe, mehr als nur gut zu ihr zu sein.«

»Das höre ich gerne.« Addy beugte sich im Vorbeigehen zu Gabriella, und Duke hörte sie flüstern: »Heiß, heiß, heiß.«

»Oh mein Gott. Tut mir leid. Sie ist …« Sie lachte. »Sie ist Addy.«

»Sie ist großartig. Ein Hitzkopf. Ich mag sie, und offensichtlich hält sie große Stücke auf dich, wodurch ich sie noch mehr mag.« Er hob die Lasche ihrer Tasche an und schob die Fotos hinein. »Baby, es tut mir leid, dass ich dich aufgewühlt habe. Behalte sie. Vielleicht änderst du irgendwann deine Meinung.«

Ihr Blick wurde sanfter und als sie ihre Hand auf seine Taille legte, atmete er erleichtert auf.

»Ich weiß. Ich habe einen höllischen Tag vor mir und … Entschuldige. Ich bin froh, dass wir uns noch gesehen haben. Es ist verrückt, wie sehr ich dich schon nach nur wenigen Stunden vermisst habe.«

Sein Wagen fuhr vor und der Fahrer stieg aus, um ihm die Tür zu öffnen.

»Ich muss zu einem Meeting.« Er küsste sie schnell. »Wenn es verrückt ist, dass wir uns vermissen, sollte jemand besser eine Zwangsjacke für zwei anfertigen.«

Zweiundzwanzig

Nach dem Meeting mit der Rechtsabteilung verbrachte Duke den Nachmittag damit, alternative Ideen für die Insel und einen Kompromiss zu finden, der sowohl Pierce als auch Gabriella zufriedenstellte. Als ihn sein Bruder Cash schließlich auf dem Handy anrief, war er dankbar für die Ablenkung.

»Hey, Cash. Wie geht's?« Duke und Cash hatten es sich zum Prinzip gemacht, sich häufig zu treffen, da sie beide in New York lebten.

»Nun, großer Bruder, das kommt drauf an. Hast du heute Abend Zeit?« Begeisterung schwang in Cashs tiefer Stimme mit.

»Ich treffe mich mit Gabriella. Was hast du denn vor?«

»Gabriella?«

Sie war bereits ein so wichtiger Teil seines Lebens geworden, dass er ganz vergessen hatte, dass er seiner Familie noch gar nicht von ihr erzählt hatte. »Meine Freundin. Ich habe sie letzte Woche kennengelernt.«

»Verdammt. Ernsthaft?«

Cash lag Duke ständig damit in den Ohren, sich häuslich niederzulassen, seit er seine Frau Siena kennengelernt hatte. »Ja, *ernsthaft*. Was gibt's?«

»Oh, da ist aber jemand ein wenig übellaunig, hm?« Cash

lachte. »Trish kommt für ein paar Tage in die Stadt. Sie hat entschieden, nicht wie geplant eine Auszeit zu nehmen. Stattdessen hat sie eine neue Rolle und morgen findet hier ein Meeting statt. Sie bringt Jake mit. Anscheinend war er bei einer Bergungsmission in Kalifornien und das Timing hat zufällig gepasst. Wir gehen heute zusammen essen. Mom und Dad treffen uns im Restaurant. Bring Gabriella mit. Ich bin neugierig auf die Frau, die dich umgehauen hat.«

Natürlich spürte sein Bruder, wie viel Gabriella ihm bedeutete. »Wer hat gesagt, dass sie mich umgehauen hat?«

»Du hast ihren Namen erwähnt – das war mein erster Hinweis. Normalerweise sagst du, dass du ein Date oder einen Termin hast, dann behauptest du, du würdest umplanen, und lässt die Ladys fallen, um dich mit der Familie zu treffen. Und du hast sie gleich als deine Freundin bezeichnet. Bruderherz, bei dir sagt das alles.«

Er lachte. »Kumpel, sie hat ein Lasso um mein Herz geworfen und weiß es nicht mal.«

»Wird aber auch Zeit«, erwiderte Cash und musste ebenfalls lachen.

Sie unterhielten sich noch eine Weile und besprachen die Details fürs Abendessen. Nach dem Telefonat schrieb er Gabriella.

Würdest du mir die Ehre erweisen, mich zu einem Abendessen mit einigen meiner Geschwister und meinen Eltern zu begleiten?

Gabriella antwortete ein paar Sekunden später. *Die Familie kennenlernen? Das ist eine große Sache.* Stirnrunzelnd fragte er sich, ob sie damit wieder nach Abstand verlangte. Ihre Reaktion auf ihre Diskussion heute Morgen hatte ihn beunruhigt, aber bei ihrer Verabschiedung war sie so süß gewesen, dass er gedacht hatte, sie wären darüber hinweg.

Sein Handy vibrierte und zeigte eine weitere Nachricht an. *Ha-ha! Ich komme gern.*

»Du kleiner Frechdachs«, murmelte er und antwortete: *Danke, Baby. Ich rufe dich an, wenn ich hier fertig bin. Und ich komme heute Abend in dir.*

Mit einem selbstzufriedenen Grinsen auf den Lippen und einer leichten Erektion, die allein bei dem Gedanken zuckte, heute tief in die Frau einzudringen, die er vergötterte, machte er sich an die Aufgabe, einen Weg zu finden, die Investition in die Insel zu einem Erfolg zu machen.

Gabriellas Antwort erhielt er kurz darauf. *Ich werde rot …*

Und eine Stunde später stritt er sich mit Pierce am Telefon.

»Duke, wir hatten einen Plan«, erklärte Pierce mit seinem typischen, geschäftsmäßigen Selbstvertrauen. »Einen soliden Investitionsplan. Und jetzt änderst du mittendrin die Regeln.«

Duke wusste, dass er im Unrecht war. Pierce und er waren nicht nur Investitionspartner, sondern auch enge Freunde. Sie kannten sich seit Jahren und Pierce hatte recht. Also würde Duke sein Vertrauen nicht missbrauchen. Er musste alle Karten auf den Tisch legen.

»Du hast recht und es tut mir leid, Pierce. Aber ich habe mich in Gabriella verliebt und sie bedeutet mir wirklich zu viel, um mich gegen ihre Wünsche zu stellen.«

»Mensch, Duke. Warum hast du das denn nicht gleich gesagt? Das ist doch etwas ganz anderes, als einfach nur aus einer Laune heraus etwas zu verändern.« Er hörte die Freude in Pierces Stimme. »Ich weiß, wie schnell Liebe einen Menschen verzehren kann. Sieh dir Rebecca und mich an. Für sie hätte ich auch ohne zu zögern eine Investition aufgegeben.« Pierce war ein ziemlicher Playboy gewesen, bevor er Rebecca kennengelernt hatte, und sie hatte sein Herz genauso schnell gestohlen, wie

Gabriella Dukes erobert hatte.

»Ich gebe die Investition nicht auf. Jetzt habe ich noch einen Grund mehr, Elpitha zu einem spektakulären Ort zu machen«, erklärte Duke. »Aber ich möchte ihre Gedanken dabei berücksichtigen.«

Pierce und er einigten sich darauf, einen Weg einzuschlagen, der eine hohe Investmentrendite garantierte, ohne auf Elpitha ein kleines Las Vegas zu erschaffen. Dann schalteten sie Pierces Cousine Emily dazu, eine Expertin auf dem Gebiet von Passivhäusern und ökologischen Baumaßnahmen, und zwei Stunden später setzten sie ihren Plan in Bewegung.

Gabriella legte nach dem Telefonat mit Mary McGrady auf und stöhnte. Mr. McGradys Anwalt hatte alle Fäden gezogen, doch nicht einmal er hatte für diese Woche einen Gerichtstermin erreichen können. Sie wurden erst nächste Woche im Gericht erwartet, was für Gabriella eine weitere Woche Stress bedeutete.

Die Schlichtung hätte den Fall klar machen sollen. Den Besitz aufteilen, eine faire Sorgerechtsvereinbarung treffen, dazu der Kindesunterhalt und der ganze übliche Mist, der anfiel, wenn man eine achtzehnjährige Ehe trennte. Momentan zweifelte Mary ganz und gar an der Scheidung. Und ihr Mistkerl von einem Ehemann, der seine Geliebte in einer Wohnung an der East Side unterhielt, führte sie direkt auf den Weg in die Hölle, indem er Versprechen machte, die er nicht halten würde. Das Versprechen, mit seiner Freundin Schluss zu machen, mit der er seit vierzehn Monaten schlief, war nur eines davon.

Gabriella hatte Ehepartner diesen Fehler schon öfter machen sehen, als sie zählen konnte, musste mit ihrem Rat jedoch vorsichtig sein. Sie hatte Mary daran erinnern wollen, dass sie ihrem Mann nicht mit der Scheidung drohen müssen sollte, um ihn von einer anderen Frau zurückzugewinnen. Aber wie die meisten ihrer Mandanten wusste Mary das bereits. Stattdessen sagte sie ihr das, was sie allen Scheidungs-Mandanten mit Kindern erzählte: Ihre Entscheidung würde die ganze Familie beeinflussen und sollte sorgfältig getroffen werden, in dem Bewusstsein, dass ihre Handlungen – egal, welchen Weg sie letztendlich einschlugen – nachhaltige Botschaften an ihre Kinder waren.

Was sie jedoch nicht fragte, war, ob sie wollen würde, dass ihre Tochter bei einem Mann blieb, der sie betrog. Selbst nach all den Jahren, in denen sie sich mit Scheidungsfamilien auseinandergesetzt hatte, war sie noch erstaunt, dass die Eltern anscheinend glaubten, in einer Blase zu leben und dass ihre Kinder nur das sahen, was sie sie sehen lassen wollten.

Addy klopfte an die Tür und streckte den Kopf in Gabriellas Büro. Es war achtzehn Uhr und Addy hätte vor einer halben Stunde gehen können, aber sie machte nie Feierabend, wenn Gabriella mit einem Mandanten sprach, nur für den Fall, dass sie ihr eine Akte heraussuchen musste. Gabriella hatte ihr schon zig Mal gesagt, dass sie nicht bleiben musste, doch es war zwecklos. Die Frau tat, was *sie* für das Beste hielt. Immer.

»Hallöchen«, sagte sie freundlich. »Ich dachte, ich hätte dich stöhnen gehört und da Duke nirgends zu sehen ist, wusste ich, dass es kein sexuell frustriertes Stöhnen ist, und dachte, du müsstest vielleicht gerettet werden.«

Gabriella schüttelte den Kopf. »Du bist verrückt. Das weißt du, oder?«

»Besser als ich geht nicht.« Sie zwinkerte ihr zu und setzte sich auf den Rand ihres Schreibtisches. »Für den Fall, dass ich es noch nicht erwähnt habe, wenn ich einen Mann wie Duke hätte, der mich vor der Arbeit aufsucht, um mir zu demonstrieren, dass er seit Sonnenaufgang wach ist, um einen Kompromiss für die von mir vergötterte Insel zu finden, hätte ich mich auf der Straße ausgezogen und ihn auf der Stelle genommen.«

»Das hast du erwähnt, ungefähr ein Dutzend Mal. Gibt es nicht eine Regel, dass man nicht hinter dem Freund der besten Freundin – und Chefin – her sein darf?«

Addy lachte. »Keine Ahnung, da deine Beziehungen nie länger als eine Woche halten, und auch eher dünn gesät sind. Das gibt mir nicht wirklich was zum Spielen.« Sie verengte die Augen und zeigte auf Gabriella. »Was übrigens sehr egoistisch von dir ist. Das sollten wir ändern. Sofort.«

»Wie auch immer.« Gabriella verschränkte die Arme auf dem Tisch und legte den Kopf darauf.

»Himmel, was ist denn mit dir los?« Addy tippte ihr auf den Kopf.

Gabriella stand auf und tigerte durch ihr Büro. »Meine Mandanten sind selbstsüchtig und nicht sehr klug, wenn es darum geht, auf sich selbst aufzupassen, aber sehr egoistisch, was ihre Kinder angeht, und ich verliebe mich in Duke.«

»Auf die Sache mit den Mandanten kommen wir zurück, und definiere bitte, was du mit ›verlieben‹ meinst.«

»Na ja, das volle Programm. Hals über Kopf und mit Schmetterlingen im Bauch. Die Art von Verliebtsein, die rationales Denken unmöglich macht.« Sie sah aus dem Fenster hinaus auf die belebten Straßen unter sich und fragte sich, was Duke machte. War er wütend über ihre Reaktion? Sie hatte nicht mal darüber nachgedacht, wie lange er heute Morgen schon vor ihrer Wohnung gewartet hatte. Schuldgefühle überkamen sie.

Sie sah wieder zu Addy. »Die Art von Verliebtsein, die mein Hirn jedes Mal dahinschmelzen lässt, wenn ich seine Stimme höre. Es macht mir eine Heidenangst. Warum konnte ich ihn nicht erst in einem Jahr kennenlernen? Nach dem, was auch immer mit Elpitha passieren wird?«

»Dann mach mit ihm Schluss.« Addy nahm eine Schokoladenpraline aus der Glasschüssel auf Gabriellas Tisch, wickelte sie aus und schob sie sich in den Mund.

»Ernsthaft? Das ist dein toller Ratschlag?« Sie senkte das Kinn und schüttelte den Kopf, denn sie wusste weder ein noch aus.

»Natürlich nicht, Dummkopf. Du müsstest ein Idiot sein, um mit einem Mann Schluss zu machen, dessen einziges Ziel im Leben es ist, dich glücklich zu machen.« Sie wickelte eine weitere Schokopraline aus und brachte sie ihr. »Er ist gestern Nacht gegangen, obwohl du ganz genau weißt, dass er bleiben wollte. Er hat vor deiner Wohnung auf dich gewartet. Wer tut so was?«

Gabriella steckte sich die Praline in den Mund. »Warum können Männer nicht wie Schokolade sein? Dann wären sie da, wenn man süßes Verlangen von ihnen will, und … Mist. Mir fällt kein kluges Ende für diesen Satz ein, weil ich nicht will, dass er weggeht. Ich will einfach, dass die Sache mit der Insel vorbei ist.«

»Das wird sie auch sein, weißt du. Irgendwann. Und er bemüht sich, Gab.«

»Ich *weiß*, dass es allein mein Problem ist. Er ist … Gott, Addy. Er ist alles, was ich mir von einem Mann wünschen könnte. Er sagt und tut die süßesten Dinge. Hab ich dir erzählt, dass er mir Sand und Muscheln von der Insel mitgebracht hat?«

»Ja. Sand. Muscheln. Abendessen. Orgasmen. Hat dich zur Arbeit gebracht wie ein Schuljunge, der deine Bücher trägt. Ein Mann, dessen größter Fehler es ist, sich in dieselbe Insel verliebt zu haben wie du. Wir sollten den Mistkerl erschießen.«

Gabriella nahm sich noch eine Praline. »Ich will ihm ganz und gar gehören, weißt du? So wie er mir. Aber dann denke ich an Mary McGrady und frage mich, was ihr Mann für sie getan hat, als sie zusammengekommen sind. Ich will keine Statistik sein.«

»Ich verstehe deinen Standpunkt. Siehst du? Wenn man dich mit Schokolade besticht, kommt die Wahrheit heraus. Erzähl mir, was Mary gesagt hat, das dir so die Laune verhagelt.«

Sie zuckte mit den Schultern. »Dieselbe Leier wie immer, nur von einer anderen Klientin. Sie denkt darüber nach, zu ihm zurückzukehren, und er verspricht ihr die Welt. Du weißt, dass sie wie alle anderen Mandantinnen in drei Monaten wieder hier ist, wenn sie sich jetzt nicht von ihm scheiden lässt. Warum habe ich mich überhaupt für Familienrecht entschieden? Ich hätte Kindergärtnerin werden sollen oder Lehrerin oder …«

»Unser Job ist nicht gerade die beste Werbung für die Liebe, nicht wahr?« Addy nahm die Schüssel mit der Schokolade und zog Gabriella neben sich auf die Couch.

»Ich denke einfach, dass die Leute nicht mehr wissen, was Hingabe bedeutet. Vielleicht ist das so eine Generationssache. Du musst zugeben, dass wir nur selten Mandanten in den Sechzigern haben.«

Addys Blick wurde ernst. »Duke weiß, was Hingabe bedeutet.«

»Ja«, erwiderte sie seufzend. »Das hat er immer wieder bewiesen, oder?« Wie oft konnte sie ihn noch wegstoßen und erwarten, dass er zurückkam? Sie verletzte nicht nur ihn. Auch sich selbst verletzte sie mit sieben einfachen Buchstaben. A-B-S-T-A-N-D. *Zur Hölle mit Abstand.* Sie wollte keinen Abstand. Sie wollte D-U-K-E.

»Wenn es eine Sache gibt, die ich durch die Arbeit hier gelernt habe, dann, dass es in Ehen keine Sicherheitsnetze gibt. Wenn die Paare nicht zu einhundert Prozent dabei sind, und das die ganze Zeit, werden sie auf verschiedenen Seiten des Spielfelds landen.« Addy wickelte eine weitere Praline aus. »Aber es gibt auch Paare, die herauskriegen, wie es funktioniert, wie deine Eltern, richtig?«

»Ja, aber meine Eltern leben nicht in der realen Welt. Die Insel ist nicht die reale Welt – du weißt das.« Gabriella nahm eine Praline, wickelte sie aus und bot sie Addy an.

»Die Insel ist *ihre* reale Welt, Gab. Vielleicht müssen sie sich nicht mit so vielen Menschen rumschlagen, die mit ihnen flirten und sie zur Untreue bewegen wollen. Ich schwöre dir, Single-Menschen halten heutzutage jeden für Freiwild. Je größer die Herausforderung, desto mehr Spaß bringt es oder so ähnlich. Doch ich schweife ab. Wo waren wir? Ach ja, richtig, deine Eltern. Sie müssen sich weder mit Menschenmengen noch dem Stress der Stadt herumschlagen, dafür aber mit anderem Stress. Wie dem Leben auf einer Insel, wo sie jedes Jahr aufs Neue nicht sicher sind, ob sie genug Geld verdienen werden, um davon zu leben.«

»Das stimmt.« Gabriella dachte an Duke und fühlte sich schuldig, weil sie seine Ideen heute Morgen so schnell abgeschmettert hatte. Er bemühte sich wirklich, einen Kompromiss zu finden, und sie hatte sich wie ein verzogenes Gör verhalten. Es war an der Zeit, dass sie sich zusammenriss, bevor sie die beste Beziehung ruinierte, die sie je gehabt hatte – und die einzige, die sie wollte. Ja, sie würde sich definitiv zusammenreißen. Und zwar von dieser Sekunde an. Sie reichte Addy noch eine Praline, während sie versuchte, sich zu beruhigen.

»Und dann gibt es Eltern wie deine, Ad. Die Paare, die für die Öffentlichkeit eine falsche Fassade aufrechterhalten, obwohl überhaupt keine Liebe mehr da ist. Es tut mir leid, aber ich möchte nicht so enden.«

»Wirst du nicht. Werden wir nicht. Was denkst du denn, warum ich nicht mehr unter ihrer Fuchtel stehen wollte?«

»Weil du dachtest, es wäre lustiger, für eine Frau zu arbeiten, die Kindern helfen wollte, aber in einem Meer aus unglücklichen Ehen verloren gegangen ist?«

»Ja, so was in der Art.« Addy legte den Kopf auf ihre Schulter. »Wir könnten lesbisch werden, einander regelmäßig zum Orgasmus bringen, auf der Insel deiner Eltern leben, Brathähnchen und Souvlaki essen und fett werden. Ich verspreche, immer deinen G-Punkt zu treffen und dich niemals nie zum Schlucken zu zwingen.«

Gabriella lachte, obwohl ihr allein beim Gedanken daran, Duke zu schmecken, ganz heiß wurde. »Und ich werde deine Beine nie so weit über deinen Kopf drücken, dass du dieses Röllchen am Bauch bekommst.«

»Das ist nie schön. Warum machen Männer das?«

»Keine Ahnung. Warum machen sie überhaupt irgendwas?«

»Weil wir uns in Lust verlieren«, sagte Duke, als er Gabriellas Büro betrat.

»Oh mein Gott.« Gabriella legte die Hände vors Gesicht.

»Oje.« Addy nahm sich mehr Pralinen.

»Ich habe geklopft, aber ihr wart in Schokolade und Sexgespräche versunken.« Sein Blick wanderte über Gabriellas

Gesicht, blieb an ihren Lippen hängen und senkte sich dann auf ihre Brust.

Ihre Nippel verhärteten sich unter seinem heißen Starren.

Er beugte sich hinab und küsste ihre Wange. »Hab dich vermisst, Baby«, flüsterte er, ehe er lauter sagte: »Männer sind ziemlich einfach gestrickt. Dieses Röllchen, von dem ihr gesprochen habt, bemerken sie gar nicht. Oder es ist ihnen egal. Wenn sie so tief drin sind, sind sie nicht mehr in der Lage, irgendwas wahrzunehmen.«

Er nahm sich eine Praline aus der Schüssel und lehnte sich beim Auswickeln lässig an den Schreibtisch. »Keine Sorge, Baby. Ich würde nie etwas tun, was du nicht möchtest.«

Gabriellas Herz schlug rasend schnell und Addy hatte die Augen aufgerissen. Und Duke – *Grundgütiger, Duke* – hatte ihr Herz bereits in Brand gesetzt.

»Tut mir leid, dass ich störe. Wahrscheinlich hätte ich anrufen sollen, aber ich konnte es nicht erwarten, dich zu sehen.« Er legte sich die Praline auf die Zunge und Gabriella hätte schwören können, dass sie zusammen mit der süßen Leckerei dahinschmolz. Dieser Mann war die Verführung in Person, doch viel wichtiger war, dass er eine solche Herzensgüte besaß, dass Gabriella nicht länger gegen ihre Gefühle für ihn ankämpfen konnte.

»Ich bin froh, dass du hier bist. Ich hab dich auch vermisst.« Ihr verträumter Tonfall verriet ihre intimsten Emotionen, doch das war ihr egal. Sie liebte diesen Mann. Sie spürte es tief in ihrem Inneren und wollte nicht versuchen, es zu leugnen, oder zulassen, dass ihre Sorgen um die Insel oder ihr stressiger Job zwischen ihnen standen. Er hatte so viel Vertrauen in ihre Beziehung und in sie. War es nicht an der Zeit, dass sie es auch hatte?

Nachdem Addy gegangen war, zog Duke Gabriella in seine Arme. Er hatte einen höllischen Tag hinter sich, und Gabriella zu halten war genau das, was er brauchte. Er sah in ihre vertrauensvollen Augen, spürte, wie sich ihre Kurven an ihn schmiegten, und wusste, dass er mit Pierce die richtige Entscheidung getroffen hatte. Er würde tun, was immer nötig war, um dafür zu sorgen, dass Gabriellas Traum nicht nur am Leben blieb, sondern auch wahr wurde.

»Du siehst am Ende eines Arbeitstages unglaublich sexy aus.« Er küsste sie und wurde von ihrem betörenden Geschmack noch tiefer in den Kuss gezogen. Seine Hände glitten über die Vertiefung an ihrer Taille und die hinreißende Rundung ihrer Hüften, die sich so wundervoll an seine Handflächen schmiegten. Er spürte das Beben ihres Körpers, und es kostete ihn jeden Funken seiner Selbstbeherrschung, sie nicht auf den Tisch zu heben und gleich hier zu lieben. Aber sie waren zum Abendessen verabredet und sobald er einmal mit Gabriella anfing, würde er nicht wollen, dass ihre Intimität zu Ende war.

Als sich ihre Lippen voneinander lösten, hob sie eine Hand und streichelte seine Wange. »Duke, ich möchte mich für heute Morgen entschuldigen. Ich habe mich kindisch verhalten. Ich weiß wirklich zu schätzen, dass du meine Gedanken über die Insel hören willst.«

Er drückte ihr einen Kuss auf die Stirn und dann wieder auf den Mund. »Baby, du hattest recht. Ich kann nicht erwarten, dass du zwischen den Stühlen stehst. Das sorgt für zu viel Stress. Es tut mir leid, dass ich dich in diese Lage gebracht habe, und ich habe mich heute um alles gekümmert, damit das nicht noch mal passiert.«

»Du hast dich gekümmert? Was …?«

»Halten wir uns nicht mit den Einzelheiten auf. Vertraust du darauf, dass ich hinter dir stehe? Dass ich dafür sorge, dass du nicht zwischen den Stühlen stehst und deine Insel nicht mit all den Dingen überflutet wird, die du hasst?«

Er sah ihr suchend in die Augen und entdeckte unzählige Fragen darin. Gabriella schluckte schwer, zog sich aber nicht zurück. Sie sträubte sich auch nicht so wie heute Vormittag oder keuchte entsetzt bei der Vorstellung, ihn seinen Job machen zu lassen.

Stattdessen drückte sie sich an ihn. »Ich vertraue dir, Duke. Und ich will das. Ich will all das, was zwischen uns passiert. Ich bin mit Haut und Haar dabei und will, dass du heute Nacht bei mir bleibst. Und ich verspreche dir, dass ich mir morgen nicht den Kopf über uns zerbrechen werde. Oder zumindest werde ich es versuchen.«

Ihre Worte ließen vor lauter Überraschung Emotionen in ihm aufwallen, die ihm Tränen in die Augen trieben. »Baby …«

Ihre Lippen fanden sich zu einem schnellen, harten Kuss.

»Ich werde dich niemals enttäuschen, Gabriella.«

Sie hatte Tränen in den Augen und er strich sie mit dem Daumen weg.

»Was ist los?«

»Ich bin einfach …« Sie biss sich auf die Unterlippe, ehe ihr Mund sich zu dem herzerwärmendsten Lächeln verzog, das Duke je gesehen hatte. »Ich empfinde einfach so viel für dich. Es ist ein wenig überwältigend.«

»Für mich auch.« Er zog sie an sich und sog ihr Geständnis in sich auf. »Willst du das Essen mit meiner Familie sausen lassen?«

»Nein. Ich möchte sie kennenlernen. Sie alle.« Sie stellte sich auf die Zehenspitzen und küsste sein Kinn. »Und dann will ich nach Hause und die ganze Nacht in deinen Armen verbringen.«

Dreiundzwanzig

Es fühlte sich an, als würde ein Bienenstock in Gabriellas Bauch summen, als sie und Duke der Hostess zu einem Ecktisch im Restaurant folgten. Sie trafen Dukes Familie und noch nie war sie vor einem Treffen so nervös gewesen. Drei hübsche Frauen und drei gut aussehende Männer unterhielten sich an dem Tisch, an den sie gebracht wurden, und die Männer erhoben sich.

»Bruderherz«, sagte ein dunkelhaariger Mann, umarmte Duke herzlich und flüsterte ihm etwas zu, das Gabriella nicht hören konnte.

»Benimm dich, Jake. Mann, ich hab dich vermisst.« Duke wich auf Armeslänge zurück, um ihn zu betrachten. »Du siehst klasse aus.« Er drehte sich zu Gabriella. »Das ist meine Freundin Gabriella. Gabriella, das ist mein jüngerer Bruder Jake.«

Freundin! Ihr Herz setzte einen Schlag aus.

Jakes Blick wurde sündhaft und Duke schlug ihm auf den Arm.

»Entschuldige«, sagte Jake, und sein Lachen verriet Gabriella, dass es ihm Spaß machte, seinen Bruder aufzuziehen.

Sie mochte seine verspielte Art sofort und dachte daran, wie sehr es Addy gefallen hätte, ihn kennenzulernen. Er und der andere junge Mann waren so groß wie Duke, wodurch sich Gabriella klein und feminin fühlte. »Hi, Jake. Freut mich, dich kennenzulernen.«

Duke umarmte den anderen Mann, während Jake sie in seine Arme zog und flüsterte: »Er ist ein toller Kerl, aber verrat ihm nicht, dass ich das gesagt habe.«

»Jake gibt nur heiße Luft von sich, Gabriella«, warf eine der Frauen ein und erhob sich vom Tisch. »Ich bin Siena, Cashs Frau.« Sie war groß und schlank, mit kastanienbraunen Haaren und den blauesten Augen, die Gabriella je gesehen hatte.

»Und ich bin Cash.« Der Mann, der dieselben sandblonden Haare wie Duke hatte, zog Gabriella fest in seine Arme.

»Pop, wie schön, dich zu sehen.« Duke umarmte seinen Vater, ehe er sich nach unten beugte und auch seine Mutter an sich drückte. »Pop, Mom, das ist Gabriella. Baby, das sind meine Eltern Ned und Andrea.«

Ihr wurde ganz warm, als er sie vor seiner Familie *Baby* nannte. Die drei Brüder waren so groß wie ihr Vater. Beide Elternteile trugen Brillen. Das grau-melierte Haar des Vaters war dicht, und obwohl sie von dem grauen Unterlippenbärtchen überrascht war, passte es irgendwie zu ihm.

»Schön, dich kennenzulernen, Gabriella.« Ned umarmte sie, wobei er sie so lange festhielt, wie es ihre eigenen Verwandten tun würden, und das brachte den summenden Bienenstock in ihr sofort zum Schweigen.

Seine Mutter erhob sich. Duke hatte die warmen braunen Augen und die sandblonden Haare von ihr geerbt. »Hi, Schätzchen. Wir freuen uns so, dass du kommen konntest.«

Gabriella freute sich, dass seine Familie so umarmungsfreudig wie ihre war. Sie fühlte sich sofort wohl.

»Ich freue mich auch. Ich kann es nicht erwarten, alle kennenzulernen.«

Duke legte seine Hand auf ihren unteren Rücken, als sie von Siena umarmt wurde, und die anderen setzten sich. Cash legte seinen Arm über Sienas Stuhllehne und die dritte Frau stand auf.

»Baby, das ist meine Schwester Trish.« Duke nahm die Hand von ihrem Rücken, als Trish die Arme für sie ausbreitete.

»Ich dachte mir, dass ich erst die anderen über dich herfallen lasse«, erklärte Trish und ließ sie wieder los. Sie sah zwischen Gabriella und Duke hin und her und Freude tanzte in ihren Augen. »Wir Ryders können etwas überwältigend sein, auch ohne Blue und Gage. Ich bin sicher, dass du sie auch irgendwann kennenlernst, dies ist also eine gute Gelegenheit, dich langsam an unsere Verrücktheit zu gewöhnen. Ich freue mich sehr, dass ihr es heute geschafft habt.«

»Ich mich auch. Danke, dass ich mich euch anschließen durfte.«

Duke zog ihr einen Stuhl hervor, setzte sich dann neben sie und legte seine Hand auf ihre in ihren Schoß.

»Dich anschließen?« Trish und Siena tauschten einen wissenden Blick aus. Die beiden wirkten auf sie, als wären sie Schwestern, doch Gabriella wusste, dass sie Schwägerinnen waren. »Duke hat uns … noch nie eine Frau vorgestellt.«

»Himmel, Trish«, sagte Duke. »Musst du ihr all meine Geheimnisse verraten?«

»Alter. Du machst niemandem etwas vor.« Jakes Mundwinkel hoben sich. »Du bist hier, Gabriella, was bedeutet, dass Duke dir schon all seine Geheimnisse anvertraut hat. Mann, er konnte ja nicht mal dich geheim halten, richtig? Das sagt schon alles.«

Duke drückte ihre Hand und sie wurde von einem Schauer

erfasst. Seine Familie war genauso lustig wie ihre.

»Lasst der armen Gabby doch etwas Raum zum Atmen«, schlug Siena vor. »Ist es okay, wenn ich dich Gabby nenne?«

»Klar. Das macht niemand, aber es gefällt mir.«

»Niemand?«, fragte Trish. »Ich wollte dich auch Gabby nennen.«

Gabriella zuckte mit den Schultern. »In meiner Familie hat jeder einen Haufen Spitznamen. Alle nennen mich Ella oder Lala und dazu noch ein halbes Dutzend griechische Kosenamen, aber Gabby hat nie dazugehört. Da ich mich immer als Gabriella vorstelle, nennen mich die Leute wohl einfach so.« Sie erinnerte sich, dass Duke sie *kardia mou*, mein Herz, genannt hatte, doch diese Intimität wollte sie nicht mit ihnen teilen.

»Meine Familie nennt mich einfach *neugierig*«, sagte Trish lachend.

»Ich möchte alles über deine Familie erfahren«, bat Andrea.

»Mal sehen«, setzte Gabriella an. »Duke und ich fahren nächstes Wochenende wieder auf die Insel, um den dreiunddreißigsten Hochzeitstag meiner Eltern zu feiern.«

Seine Eltern sahen einander liebevoll an. »Wir haben nächstes Jahr unseren einundvierzigsten.«

Mühelos verfielen sie in ein Gespräch über Gabriellas Familie und die Vermischung von Südstaatentraditionen und griechischen Traditionen, mit der sie aufgewachsen war. Mit Andrea, Siena und Trish konnte man sich leicht unterhalten und die Männer schien es nicht zu stören, da sie in ein Gespräch über die Rettungsmission, die Jake gerade abgeschlossen hatte, und den neuen Feuerwehrmann auf Cashs Wache vertieft waren. Duke erzählte nur wenig über seine Investitionspläne für die Insel und Gabriella war dankbar dafür. Sie wollte nicht in ein Gespräch darüber hineingezogen werden, was sie wollte und nicht wollte.

»Bist du gern Scheidungsanwältin?«, fragte Siena.

»Ja und nein. Ich kümmere mich nicht nur um Scheidungen. Ich liebe die Adoptions- und Leihmutterschaftsaspekte, jedenfalls meistens. Aber Scheidungen sind ein großer Teil meiner Arbeit, und ich finde es furchtbar, dass Kinder dabei wie Währung benutzt werden. Es macht so viele Menschen unglücklich, dass ich ernsthaft darüber nachdenke, mit den Scheidungen aufzuhören und mich nur noch um andere Aspekte des Familienrechts zu kümmern.«

»Ach ja?«, fragte Duke. »Ich wusste nicht ...«

»Ich denke nur darüber nach.«

Er beugte sich zu ihr und küsste sie sanft auf die Lippen. »Ich denke, dass du tun solltest, was immer dich glücklich macht. Und wenn ich irgendwie helfen kann, sag es mir.«

»Wow, Gabby.« Trish schüttelt mit ernstem Blick den Kopf. »Was hast du mit meinem Bruder gemacht? Er hat diesen rührseligen Blick in den Augen und ist so schnulzig.«

»Er ist wirklich toll, nicht wahr?«

Jake schüttelte den Kopf. »Gage und ich werden in Zukunft die einzigen Junggesellen der Ryders sein, oder?«

Alle lachten und dann zogen sich die Brüder gegenseitig damit auf, sich häuslich niederzulassen. Duke hielt Gabriellas Blick fest, ehe er sich ins Gespräch einklinkte, und sie spürte eine zarte Hoffnung in ihrem Herzen. Es war so leicht, sich in Duke und seiner Familie zu verlieren. Sie waren so herzlich, einladend und witzig und gingen ganz offen liebevoll miteinander um. Cash hatte nicht eine Sekunde aufgehört, Siena zu berühren, und sein Vater hatte, seit sie sich gesetzt hatten, den Arm um Dukes Mutter gelegt. Sie konnte sich vorstellen, leicht bei Siena und Trish Anschluss zu finden, Mädelsabende und lange Telefonate zu genießen. Und sie wusste, dass sich seine Familie perfekt mit ihrer verstehen würde.

Sie musste sich ablenken, um nicht zu übertreiben. Es war ihr gerade erst gelungen, sich von ihren Sorgen zu verabschieden.

»Wann beginnen die Dreharbeiten zu deinem nächsten Film?«, fragte sie Trish. Sie hatte Dukes Schwester ebenso falsch eingeschätzt wie ihn an ihrem ersten Tag. Trish war zwar Schauspielerin und wunderschön, aber keineswegs hochnäsig oder eingebildet. Keiner von ihnen war es.

»Wir sind gerade in der Produktionsvorbereitung, also dauert es noch Monate bis zum Drehstart«, erklärte Trish. »Viele langweilige Meetings, Papierkram, PR-Arbeit. Meine PR-Managerin ist abwechselnd in L. A. und New York. Shea Steele, kennst du sie vielleicht?«

»Tatsächlich hat der Ex-Mann einer Mandantin mit ihr gearbeitet. Er war in der Unterhaltungsbranche und, na ja, sagen wir einfach, dass Shea nach seinen schäbigen Affären viel Schadensbegrenzung betreiben musste.« Gabriella nippte an ihrem Wein und fügte hinzu: »Aber meine Mandantin hatte viel Spaß daran, sie offenzulegen.«

»Ja, darauf wette ich.« Siena beugte sich zu Cash und er küsste ihre Wange. »Darum, betrogen zu werden, musst du dir bei den Ryders keine Sorgen machen. Sie sind treu, besitzergreifend und so ehrlich, wie die Sonne heiß ist. Sicher weißt du das von Duke bereits.«

»Du hast den besitzergreifendsten der Ryders, Süße.« Trish zeigte auf Siena. »Cash weiß nicht, was erdrückend bedeutet.«

»Oh doch«, widersprach Siena. »Und er kann es so gut.« Sie umfasste Cashs Gesicht und küsste ihn.

Die Liebe zwischen Dukes Eltern und Cash und Siena

schenkte Gabriella etwas mehr Vertrauen in die Möglichkeit anhaltender Liebe abseits der Insel. Man vergaß leicht, dass es auch hier echte Liebe gab, wenn man sich tagtäglich mit zerrissenen Ehen herumschlug. Sie drückte Dukes Hand, dankbar, dass er nicht mehr versuchte, Abstand zu halten. Sie wollte ihm näher sein. So nah wie nur möglich.

Die Bedienung war schnell und effizient und als alle aufgegessen hatten, hatte sich Gabriella bereits mit den Frauen für den folgenden Nachmittag zum Einkaufen verabredet. Sie hatten auch Addy eingeladen, nachdem Gabriella ihnen erzählt hatte, wie nah sie sich standen.

Während sie sich alle vor dem Restaurant voneinander verabschiedeten und einander umarmten, tauschten die Frauen Handynummern aus und bestätigten noch mal ihre Pläne.

»Liebes, ich kann verstehen, warum Duke von dir hingerissen ist.« Seine Mutter umarmte sie. »Ich hoffe, ihr beide kommt bald mal bei uns vorbei. Wir würden gern mehr Zeit mit dir verbringen.«

»Danke. Ich freue mich so sehr, die Menschen getroffen zu haben, die ihn zu diesem großartigen, liebevollen und intelligenten Mann gemacht haben.«

»Du musst dich bei ihr nicht einschleimen«, stichelte Duke und küsste ihre Wange. »Wir kommen vorbei, Mom. Hab dich lieb.« Er umarmte sie, ehe er sich Jake zuwandte. »Dich auch, Mann. Echt schön, dich zu sehen.«

»Ja, geht mir auch so.« Jake umarmte Gabriella. »Kümmer dich um meinen Bruder.«

»Immer«, erwiderte sie leise.

Duke fing ihren Blick auf und ihr Puls beschleunigte sich. Er verabschiedete sich mit einer Umarmung von den anderen und brachte seine Zuneigung mit Worten zum Ausdruck.

Gabriella war bis jetzt nicht klar gewesen, wie sehr sie sich danach sehnte, ebenfalls drei ganz bestimmte Worte von ihm zu hören. Ihre Gefühle für Duke waren so schnell gewachsen, aber diese drei kleinen Worte lagen ihr auf der Zungenspitze, bereit, den Sprung zu wagen.

Vierundzwanzig

Nach dem Essen war es bereits spät, und da sie zu Dukes Haus fahren mussten, das je nach Verkehrslage gut eine Stunde von hier entfernt lag, um seine Sachen für morgen zu holen, entschieden sie, stattdessen bei ihm zu übernachten. Duke rief seinen Fahrer an und bat ihn, einen Wagen vor Gabriellas Wohngebäude bereitzustellen. Dort packte sie hastig Kleidung und Toilettenartikel zusammen, während Duke lässig am Türrahmen lehnte und sie beobachtete. Mit jedem gemeinsamen Moment liebte er sie mehr, aber sie mit seiner Familie zu sehen und sie als seine Freundin vorzustellen, hatte diese Liebe noch fester zementiert. Und jetzt, als sie ihre Sachen packte, wollte er sie in seine Arme nehmen und ihr sagen, wie sehr er sie liebte. Dennoch hielt er sich zurück. Sie hatte gerade erst angefangen, ihm zu vertrauen, und er wollte sie nicht erdrücken.

Okay, vielleicht doch, aber er würde sich zusammenreißen.

Für eine Weile.

Vielleicht.

»Danke, dass du heute Abend Zeit mit meiner Familie verbracht hast.«

Sie nahm noch ein Outfit aus ihrem Schrank und schloss

die Tasche. »Es war wirklich toll, sie zu treffen. Eure Sticheleien haben mich an meine Familie erinnert. Es ist offensichtlich, wie wichtig ihr einander seid. Und Trish und Siena sind so lustig. Ich bin ganz in sie vernarrt. Und ich freue mich darauf, morgen nach der Arbeit mit ihnen einkaufen zu gehen.«

Er trat neben sie und drehte sie in seinen Armen. »Wir stehen uns sehr nah. Es gibt nichts, was ich nicht für sie tun würde, und ich hoffe, du weißt, dass es auch nichts gibt, was ich nicht für dich tun würde.«

Sie schmiegte sich an ihn und es war Folter zurückzuhalten, was er wirklich sagen wollte.

»Nimm mehr Sachen mit«, schlug er vor. »Genug für mindestens ein paar Tage, für den Fall, dass du noch mal bei mir übernachten willst.« Er spürte, wie er in dem Brunnen aus Emotionen in ihren Augen ertrank. »Ich würde ja sagen, dass du alles einpacken sollst, aber ich weiß, dass das zu viel verlangt ist.«

»Duke …?«

Erneut küsste er sie tief und innig. »Eines Tages.« Das wollte er so sehr.

Sie packten den Rest zusammen. Eine Stunde später bogen sie in seine Straße ein und Duke erzählte ihr von seiner Kindheit.

»Unmöglich. Du kannst kochen?«, fragte sie mit großen Augen.

»Kochen, Wäsche waschen. Meine Eltern waren der Meinung, dass wir in der Lage sein sollten, für uns selbst zu sorgen. Und Trish hat die gleichen Dinge gelernt wie wir Jungs, wie Fischen und Rasenmähen.«

»Je mehr ich über deine Familie höre, desto mehr will ich den Rest auch noch kennenlernen«, sagte sie, während sie die lange, dunkle Einfahrt entlangfuhren.

Er hob ihre Hand an seine Lippen und küsste sie. »Danke. Ich glaube, dass sie dich auch liebend gern treffen würden.«

»Du hast einen ziemlich langen Weg in die Stadt.«

Duke parkte in der runden Einfahrt und stellte den Motor ab. Vor ein paar Jahren hatte er das dreistöckige Gebäude gekauft. Es war für seine Bedürfnisse etwas groß, aber zu viel Platz war in Ordnung, wenn man dafür den Meeresarm des Long Island Sound hinterm Haus hatte.

»Ich muss geschäftlich in die Stadt, würde jedoch nicht dauerhaft dort leben wollen. Ich schätze meine Privatsphäre und ich liebe das Wasser zu sehr.«

»Das Wasser? Wieso wusste ich nicht, dass du am Wasser wohnst? Mr. Ryder, welche Überraschungen haben Sie denn noch für mich bereit?«

Er beugte sich über die Mittelkonsole und legte eine Hand in ihren Nacken, um sie an sich zu ziehen. »Unzählige Überraschungen über viele, viele Jahre, Baby.« Er lehnte seine Stirn an ihre und atmete tief ein. »Du riechst so köstlich. Du riechst nach Zuhause.«

Er küsste sie und genoss ihr leises Aufseufzen, als er den Kuss vertiefte und sie fester hielt.

»Deine Lippen … Ich liebe deine Lippen.« Wieder küsste er sie und sie schob die Finger in seine Haare. »Gott, Babe. Deine Hände. Ich schwöre, du hast die sinnlichsten Finger.«

»Das beruhigt mich wirklich, denn es ist etwas passiert, als mir klar wurde, dass *ich* uns im Weg stehe und Mauern aufbaue, wo keine sein sollten. Ich dachte, ich könnte dafür sorgen, dass nur das Richtige für die Insel passiert, aber das ist nicht mein Job und nichts ist es wert, das zu verlieren, was ich bei dir spüre. Als ich die Sache mit der Insel schließlich losgelassen habe, schien der Damm gebrochen zu sein, hinter dem ich meine Gefühle aufgestaut habe, und jetzt überfluten sie mich.«

Ihm ging das Herz auf. »Lass sie fließen, Baby. Du wirst nie enttäuscht werden.« Er besiegelte sein Versprechen mit einem Kuss, und wenn er nicht so groß gewesen wäre, wäre er über die Mittelkonsole geklettert und hätte sie gleich hier geliebt.

Stattdessen ging er ums Auto herum und half ihr beim Aussteigen. Gabriella klammerte sich an sein Hemd, stellte sich auf die Zehenspitzen und er kam ihr entgegen, um sie leidenschaftlich zu küssen.

»Ich will alles mit dir, Baby.«

»Ja – alles. *Jetzt*«, stimmte sie zu und schmiegte sich an ihn.

Plötzlich lag Gabriella in Dukes Armen und er trug sie die Stufen hinauf. Sie küssten und lachten und küssten sich weiter, während er die Tür aufschloss und sie hinter ihnen mit dem Fuß zuschob, ohne dabei ein einziges Mal von ihr abzulassen. Seine starken Beine brachten sie die Treppe hinauf, doch sie war zu abgelenkt von dem Verlangen, das zwischen ihnen pulsierte, um sich umzusehen. Zum ersten Mal, seit sie zusammen waren, fühlte sie sich endlich vollständig frei, all die sündhaften, wundervollen Emotionen zuzulassen, die in ihr brodelten.

Duke blieb stehen und Gabriella öffnete flatternd die Augen, als sich ihre Lippen voneinander lösten.

»Schlafzimmer.« Er knabberte an ihrer Unterlippe.

Das ungezügelte Verlangen in seinen Augen machte der Lust Konkurrenz, die sich zwischen ihren Beinen sammelte.

»Warum bleiben wir stehen?«

»Ich versuche, mich wieder unter Kontrolle zu bekommen. Ich will durchhalten und, Baby, wenn ich jetzt in dich eindringe, wird es grob und schnell und … *Fuck* … Tut mir leid.«

Seine unanständigen Worte machten sie noch mehr an. »Grob und schnell und *fuck* klingt perfekt.«

Ein tiefes Geräusch grollte in seiner Brust, dann trat er über die Schwelle und sie stolperten in einem verstrickten Knäuel und mit verzweifelten Lauten aufs Bett. Gabriella zog sich die Schuhe aus, während er sie von ihrer Kleidung befreite. Sie packte seinen Kragen und riss ihn auf, sodass die Knöpfe durch die Gegend flogen und über den Holzfußboden hüpften.

»Die Läden werden uns lieben«, stichelte er.

Er kam auf die Knie und befreite sich vom restlichen Stoff. Dann stand er auf und sie folgte ihm vom Bett, während er sich auszog, da sie sich nach seiner Berührung sehnte.

»Großer Gott. Eines Tages wirst du für mich strippen.«

»Ach ja, werde ich das?«, fragte er. »Klingt heiß.«

»Bedank dich bei Addy.« Kichernd nahm sie seinen Nippel in den Mund und genoss, wie er sich unter ihrer Zunge zusammenzog, während er seine Hände über ihre Hüften und unter ihren Hintern gleiten ließ.

»Himmel, Baby. Das fühlt sich so gut an.« Seine tiefe Stimme glitt über ihre Haut und seine Finger fanden die Hitze zwischen ihren Beinen.

Sie widmete sich dem anderen Nippel und schenkte ihm dieselbe Aufmerksamkeit, saugte daran und fuhr mit den Zähnen über die Spitze. Anschließend bückte sie sich, um seine harte Länge in den Mund zu nehmen, und er streichelte sie weiter zwischen den Beinen, tauchte einen Finger in sie, trieb sie immer höher und liebte ihren Mund.

»Du hast den tollsten Hintern«, sagte er mit zusammengebissenen Zähnen und verpasste ihr einen leichten Klaps.

Ihre Augen weiteten sich – sowohl vor Überraschung als auch von dem dadurch ausgelösten erregenden Schauer und dem Verlangen, das in ihre Mitte schoss.

Beruhigend rieb er über die brennende Stelle, dann schob er erneut seinen Finger in sie, während sie seinen Schaft mit Hand und Mund bearbeitete.

»Baby, du machst mich wahnsinnig«, presste er hervor.

Mit feuchten Fingern glitt er zwischen ihre Pobacken, dann wieder nach unten, um ihren engen Eingang zu necken.

»Gott, Duke.« Keuchend versuchte sie, die Empfindungen zu kontrollieren, die sie durchfluteten. Sie streichelte ihn mit der Hand weiter, da sie den Kopf in den Nacken hatte fallen lassen. Duke drückte seine Lippen auf ihre und verwickelte sie in einen verlangenden Kuss, während er seinen Finger durch den Muskelring schob. Der Druck – und die erotische Wirkung – entlockten ihr ein Stöhnen. Er umspielte ihre Zunge im Rhythmus seiner Finger in ihrem Hintern. Sie packte seine Hüften und riss sich von seinen Lippen los, getrieben vom Verlangen, ihn ebenso in den Wahnsinn zu treiben, wie er es mit ihr tat. Tief nahm sie ihn in ihren Mund auf und saugte stark, und er krallte seine Hand in ihre Haare und hielt sie fest. Seine Bewegungen waren grob und gierig und gleichzeitig liebevoll und zärtlich. Gabriella war auf derselben Wellenlänge, sie wollte alles. Sie wollte, dass er jeden Zentimeter von ihr in Besitz nahm. Als er ihren Kopf nach hinten riss, wippte sein Schaft gegen seinen Bauch und er eroberte erneut ihren Mund mit seinem. Sein Finger tauchte in ihren Hintern und seine Zunge in ihren Mund und er brachte sie damit an den Rand ihres Verstandes.

»Aufs Bett«, sagte er zärtlich und doch auch irgendwie befehlend. »Auf die Knie, Baby.«

Hastig kletterte sie aufs Bett, denn sie wusste ohne jeden Zweifel, dass Duke nichts tun würde, was sie verletzen würde. Trotzdem war sie ein wenig nervös, was *genau* er vorhatte.

»Ich weiß nicht, woran es liegt, Baby, aber dein umwerfender Hintern macht mich an.«

Über die Schulter beobachtete sie, wie er sie an die Bettkante zog, ihre Pobacken spreizte und mit der Zunge zu der Stelle wanderte, an der sein Finger gewesen war.

Heilige Mutter Gottes. Sie verdrehte die Augen und ließ den Kopf hängen. Nie hätte sie für möglich gehalten, dass sich das so gut anfühlen könnte, und Duke hörte nicht auf. Er sank tiefer, reizte ihr geschwollenes Geschlecht und wechselte dann zwischen den beiden Stellen hin und her, während er ihre Pobacken massierte. Jede Bewegung seiner Zunge jagte sie dem Vergessen näher entgegen. Sie krallte sich in die Laken, um ihre zitternden Arme zu stützen. Als er seinen Mund erneut auf ihre Mitte legte und seine Zunge tief in ihrer Hitze vergrub, ergab sie sich den überwältigenden Empfindungen und löste sich förmlich unter ihm auf.

»Duke«, flehte sie.

»Soll ich aufhören, Baby?« Er küsste ihren Steiß.

»Gott, nein.« Ihr Körper bebte so heftig, dass sie auf die Ellbogen sank. »Ich will dich in mir. Bitte. Kein Kondom. Nur dich, Baby. Bitte.«

Er leckte erneut über ihre Feuchte und ihr ganzer Körper erschauerte. Gott, wie sie seine Zunge liebte. Seine Eichel drückte gegen ihren Eingang und sie schob ihm verzweifelt die Hüften entgegen. Duke drang mit der Spitze in sie ein und sie stützte sich wieder auf den Händen ab und drängte sich ihm auf der Suche – mit dem Verlangen – nach mehr entgegen.

»Duke. Bitte, ich brauche mehr. Das ist Folter.«

»Bist du sicher, Baby? Sobald ich ohne Kondom in dir bin, gibt es kein Zurück.«

Sie ließ den Kopf zwischen den Schultern hängen. »Du hast die Willenskraft eines Gottes. Ja, ich bin sicher. Wenn du mich jetzt nicht nimmst, verspreche ich dir, dass ich dich zu Boden ringen und es auf meine Art machen werde!«

»Gott, du bist wirklich heiß, Baby. Du kannst mich gern nehmen, wie du willst.«

Er drang tief in sie ein und sie schrie seinen Namen, wölbte sich ihm entgegen und genoss das erlesene Gefühl, von ihm ausgefüllt zu sein. Zu Beginn waren es langsame, harte Stöße, bei denen er sich fast vollständig aus ihr herauszog und dann wieder hineinglitt, bis er bis zum Anschlag in ihr war und sich so fest an sie drückte, dass sie jeden Zentimeter von ihm spürte. Dann wiederholte er diesen brillanten Rhythmus, während er mit dem Finger unablässig ihren Eingang reizte.

Sie wollte, brauchte mehr und drängte sich ihm entgegen. Duke wickelte sich ihre Haare um die Finger und zog sanft daran, sodass er ihr in die Augen sehen konnte, wenn er sich über ihren Rücken beugte. Lange betrachtete er sie, tief in ihr vergraben. Sie konnte seinen Gesichtsausdruck nicht lesen. Er war voller Lust und Zurückhaltung und etwas so viel Größerem. Mit einem trägen, sinnlichen Kuss, der alles an ihr in flüssige Hitze verwandelte, versiegelte er ihre Lippen.

»Ich bin so sehr in dich verliebt, Baby«, sagte er so liebevoll, dass sie seufzte. »Wenn du mir weiter deinen hübschen kleinen Hintern entgegen schiebst, werde ich dich nicht mehr reizen, sondern ihn nehmen.«

Sie riss die Augen auf. *Ihn nehmen?*

»Keine Sorge, Baby. Ich würde nie etwas tun, was du nicht willst.« Er küsste ihre Schulter, ehe er über ihren Mund leckte und Hitzewellen in ihr auslöste. Dann nahm er sie mit einem weiteren langsamen, berauschenden Kuss in Besitz. »Es sei denn, du willst mehr.«

Mehr? Oh Gott, das war bereits mehr, als sie je getan hatte. *Jemals.* Und so wahr ihr Gott helfe, sie liebte es, sehnte sich nach ihm, wollte eine Überdosis Duke, aber für diese Art von mehr war sie noch nicht bereit.

»Duke«, sagte sie ungeduldig. »Nicht *mehr* … aber …« Sie konnte ihm nicht sagen, dass er es tun und sie mit seinem Finger nehmen sollte. Das war einfach zu schmutzig.

»Ich liebe dich, Baby, so sehr. Ich weiß, was du brauchst. Ich weiß immer, was du brauchst.«

Er ließ ihre Haare los, streichelte ihren Rücken und ließ Küsse auf ihre Wirbelsäule hinabregnen. Noch nie hatte sie sich so geliebt gefühlt und obwohl sie sich ihm auf eine ganz neue Weise hingab, hatte sie das Gefühl, die Kontrolle zu haben. Ihr Herz war ganz von Duke und seiner Liebe erfüllt. Sie konnte sich kaum beherrschen und versuchte, seine Worte zu verarbeiten, während er ihre intimsten Stellen reizte und mit makelloser Präzision in sie hineinstieß.

Er vergrub seine Zähne hart genug in ihrer Schulter, dass es brannte, während er gleichzeitig seinen Finger durch den engen Muskelring schob. Ein Feuerwerk explodierte in ihrem Körper. Elektrizität schien durch die Luft zu zucken, als sie die Augen zusammenkniff und von innen nach außen von Hitze verschlungen wurde, die durch ihre Adern pulsierte und sie sich um seinen Schaft zusammenziehen ließ.

»Duke!«

Er stieß weiter in sie hinein, liebte sie und brachte sie durch das wunderbare Gefühl, von ihm ausgefüllt zu sein, an den Rand des Wahnsinns. Gerade als sie von ihrem Höhepunkt herunterkam, zog er seinen Finger zurück, packte ihre Hüften und jagte sie wieder hinauf. Er presste ihren Namen mit zusammengebissenen Zähnen hervor und ergab sich ihrer gemeinsamen Leidenschaft. Sie spürte seinen warmen Samen in sich, seine Hände, die sie hielten, und seinen Körper auf sich, und in diesem Moment besaß er sie vollkommen.

Nach dem intensivsten Orgasmus, den er je erlebt hatte, brach Duke schwer atmend auf Gabriellas Rücken zusammen. Er schlang einen Arm um ihren Bauch und drückte seine Lippen auf ihren Rücken. »Liebe dich, Baby.«

Ohne sie loszulassen, rollte er sich auf die Seite. Ihr Körper schmiegte sich perfekt an seinen. Er hatte nicht vorgehabt, ihr seine Liebe zu gestehen, aber die Gefühle waren zu groß, um sie zurückzuhalten.

Ihre weichen, femininen Finger streichelten über seine. »Ich liebe dich auch.«

Er drehte sie um, denn er musste in ihre wunderschönen Augen sehen. Sie lächelte, als sich ihre Körper berührten, und er küsste sie.

»Mir ist jedes Wort ernst, Baby. Ich dachte, ich würde mich in dich verlieben, doch das ist vorbei. Abgeschlossen. Ich liebe dich.«

»Geht mir auch so. Mir war nicht klar, wie viel ich in mir unterdrückt habe, aber ...« Sie blinzelte ihn an und sah süßer als das Leben selbst aus. »Ich kann nicht vor meinen Gefühlen für dich davonlaufen.«

Er küsste sie wieder. »Ich werde dir niemals einen Grund zum Weglaufen geben. Habe ich dich durch meine Worte oder meine Berührungen in Verlegenheit gebracht? Hast du dich unwohl gefühlt? Mich haben einfach meine Emotionen überwältigt. Ich wollte dir so nah wie möglich sein und dir so viel Vergnügen schenken, wie ich konnte.«

Sie biss sich auf die Unterlippe und ihre Wangen röteten sich. »Nein. Ich meine, ich hab das bis jetzt noch nicht gemacht, aber es hat mir gefallen. Mir gefällt alles mit dir.«

»Mir auch, Baby. Mir auch.«

Fünfundzwanzig

Duke wurde von Gabriellas heißem Mund auf seiner Brust und von ihren zarten Händen geweckt, die sanft über seine Nippel, seine Rippen und Bauchmuskeln strichen. Kuss um Kuss arbeitete sie sich an seinem Körper wieder hinauf und entlockte ihm ein Stöhnen. Dann leckte sie sich über die Unterlippe. Sie hatte den sinnlichsten Mund. Gott, wie er ihren Mund und jedes Wort daraus liebte.

»Morgen, mein Hübscher.« Ihre Augen waren dunkel vor Verlangen und ihre Stimme so belegt und verführerisch, dass er schon jetzt stahlhart war.

»Hast du mich vermisst?« Er schlang die Arme um ihre Taille und zog sie geschickt unter sich. Sie lachte und er hatte nie etwas Schöneres gehört. Das Geräusch schoss direkt in sein Herz.

»Vielleicht ein wenig. Es hat mir gefallen, in deinen Armen zu schlafen. Du bist nachts wie ein Ofen.«

»Du suchst also nach Wärme? Ist das deine Art?« Er schob ihre Beine mit den Knien auseinander. »Ich hab hier nämlich eine Wärmesuchrakete, die dir gefallen könnte.«

Sie kicherte. »Nein. Ja. Gott, das hab ich nicht gemeint.« Sie wand sich unter ihm und positionierte seinen Schaft an ihrem

Eingang. »Ich meinte *während* der Nacht.«

»Oh, Baby, ich bin auch dabei, wenn wir *während* der Nacht rummachen wollen. Am Tag, am Morgen, in der Dusche. Sag es und ich gehöre dir.« Nachdem sie sich gestern Nacht geliebt hatten, waren sie für ein paar Minuten eingenickt. Anschließend waren sie gemeinsam unter die Dusche gegangen, und Duke hatte ihren Körper ausgiebig gewaschen, ehe sie sich mit all der Zärtlichkeit, die beim ersten Mal gefehlt hatte, in der Dusche liebten.

Langsam drang er in sie ein und versiegelte ihre Lippen mit einem Kuss. Dann glitt er tiefer und sie stöhnten beide lustvoll auf.

»Gott, du fühlst dich so gut an«, flüsterte sie.

»*Wir* fühlen uns so gut an.«

Ihre Körper bewegten sich in perfektem Einklang. Sie kam jedem seiner Stöße mit den Hüften entgegen. Duke genoss das Gefühl ihrer Hitze, als sie sich küssten, und sie streichelte über seinen Rücken, wodurch sie heiße Schauer durch seine Gliedmaßen jagte.

Duke drückte ihr Bein gegen ihre Brust und stieß härter zu. Flatternd schloss sie die Augen und grub die Nägel in seine Haut.

»Du bist so wunderschön. Komm für mich, Gabriella.«

Ihre gerötete Haut, die Anspannung ihrer Muskeln um seinen Schaft und die erotischen Laute, die über ihre vollen Lippen perlten, trieben ihn an den Rand des Höhepunkts.

»Duke. Oh Gott, Duke …«

Da war dieses brennende Verlangen, die schmerzhafte Sehnsucht nach mehr von ihr. Er fing ihre Lippen ein und küsste sie mit rücksichtsloser Hingabe. Seine Zunge nahm, seine Lunge gab und seine Emotionen schwirrten. Himmel, sein Körper, sein Herz, alles von ihm gehörte ihr. Duke konnte nur noch an die Frau unter sich denken, die Lust, die sie verdiente, und die Lust, die sie gab. Ihr sinnliches Stöhnen erfüllte den Raum, Leidenschaft erfasste sie beide und die Welt wirbelte davon.

Eine dünne Schweißschicht bedeckte ihre Körper und sie atmeten angestrengt.

»Wow, mit dir aufzuwachen ist wirklich toll.« Ein befriedigter Ausdruck lag in Gabriellas Augen. »Ich bin froh, dass du mein Erster warst.«

Hoffentlich bin ich auch dein Letzter. »Ich auch.«

Duke küsste ihre Lippen, ihre Mundwinkel, ihre Wangen und dann erneut ihre Lippen.

»Baby, ich mache überall auf der Welt Geschäfte. Ich besitze einen Firmenjet, eine Jacht, die ich kaum nutze, und fünf Häuser.« Er küsste sie wieder. »Mir war nie klar, wie wenig diese Dinge bedeuten. Alles, was ich brauche, ist hier in diesem Schlafzimmer – und wir könnten das Schlafzimmer morgen verlieren und ein Zelt auf Elpitha aufschlagen, und ich hätte trotzdem noch alles, was ich jemals brauchen könnte, solange du in meinen Armen bist.«

Den ganzen Tag über spulte Gabriella Dukes Worte in Gedanken immer wieder ab. Es war genau das, was sie brauchte, während sie telefonierte und sich Fallakten voller Unglück ansah. Die Liebe hatte sie verwirrt und sie hatte nie viel darüber nachgedacht, bevor sie Duke getroffen hatte. Wie hatte sie es ihr ganzes Leben lang geschafft, nicht einmal das Verlangen nach einem Mann zu spüren? Ohne das Gefühl zu haben, etwas zu verpassen, weil sie nie verliebt gewesen war? Nur ein Nachmittag mit Duke hatte ausgereicht, um zu wissen, dass sie mehr von ihm wollte. Das Herz, entschied sie, war ein seltsames und wundervolles Ding.

»Guckst du jetzt den ganzen Tag so, als hättest du den besten Sex deines Lebens gehabt?«, fragte Addy grinsend, eine Hand in die Hüften gestemmt. »Denn wenn ja, sage ich unser kleines Shoppingabenteuer lieber ab und suche mir stattdessen einen Penis. Ich bin ein wenig eifersüchtig.«

Gabriella lachte. »Ich fürchte, dass dieses Lächeln nicht verschwinden wird. Du weißt doch, dass ich immer Sorge hatte, es würde sich komisch anfühlen, neben einem Typen aufzuwachen?«

»Ja, und du nennst *mich* verrückt?« Addy seufzte. »Gott, der Sex am Morgen danach ist der beste.«

»Es ist nicht nur das. Obwohl der tatsächlich absolut großartig war.« Sie blickte aus dem Fenster und erinnerte sich daran, wie Duke sie heute Morgen beim Büro abgesetzt hatte. Er hatte darauf bestanden, ihr die Autotür zu öffnen und sich beim Abschied Zeit gelassen, ungeachtet der Tatsache, dass er an einer Telefonkonferenz teilnehmen musste.

»Kommt da jetzt noch was Bedeutsames oder hast du den Faden verloren?«

Gabriella zeigte auf ihre Freundin. »Du bist eine Klugscheißerin. Addy, wie er sich heute Morgen um mich gekümmert hat, mich beim Duschen zärtlich eingeseift hat …« Erneut zeigte sie auf Addy. »Sieh mich nicht so an.«

Addy hob ergeben die Hände. »Hey, ich feuere dich an, Baby. Mach weiter.«

»Er war so … liebevoll. Er hat mich nach meiner Meinung zu seinem Arbeitsoutfit gefragt und mir beim Anziehen genauso oft Komplimente gemacht, wie er mich geneckt hat. Ich schwöre dir, seine Arme lagen zig Mal um meine Taille und sein talentierter Mund … Vergiss das.« Sie hielt inne, um die schmutzigen Gedanken zu vertreiben. »Ich habe mich bei ihm mehr als nur wohlgefühlt. Ich habe mich gewollt gefühlt.«

»Oh, Gab. Du hast das wirklich verdient. Du setzt dich unermüdlich für das Richtige ein und ich freue mich für dich. Aber ernsthaft, du hättest mir wirklich sagen können, dass du ihn liebst, bevor du es ihm gestehst.«

Gabriella sah sie ausdruckslos aus, woraufhin Addy lachte.

»Ich möchte mit dir über etwas reden, bevor wir uns mit den Mädels treffen.« Sie kam um den Tisch herum und lehnte sich dagegen. »Ich habe viel über das nachgedacht, was du gestern Abend gesagt hast. Dass unser Job nicht hilfreich ist, wenn man an die Liebe glauben möchte. Nachdem ich endlich all die negative Energie über die Insel rausgelassen und die Wirkung davon gespürt habe, habe ich mich so frei gefühlt. Ich glaube, es ist an der Zeit, die Dinge in die Hand zu nehmen, die mein Leben auf negative Weise beeinflussen.«

»Du feuerst mich, weil ich deine Schokolade gegessen und anzügliche Kommentare über deinen Mann gemacht habe, nicht wahr?« Addy bemühte sich angestrengt, ein Grinsen zu unterdrücken, scheiterte aber kläglich.

»Ja, gleich nachdem wir einen Richtungswechsel für meine Kanzlei besprochen haben.«

Addy riss die Augen auf. »Oh mein Gott. Du wirst es tatsächlich tun? Nachdem du zwei Jahre immer nur davon gesprochen hast, wirst du es endlich in die Tat umsetzen? Dieser Mann muss einen verdammt tollen Schwanz haben, in dem ein Klugheitsserum oder so was steckt.«

Gabriella schlug ihr auf den Arm. »Du bist ein kleines Ferkel. Irgendein Typ wird total auf dein schmutziges Mundwerk stehen.«

»Oh ja. Ich kann einen Kirschstiel mit der Zunge verknoten.«

Gabriella musste unwillkürlich lachen, ehe sie über Addys Worte nachdachte.

»Ernsthaft? Das ist echt cool.«

»Ja, ernsthaft.« Addy verdrehte die Augen.

»Ich wette, das ist eine Metapher für etwas Spaßiges, was du mit deiner Zunge und dem … du weißt schon … eines Mannes anstellen kannst, doch ich habe absolut keine Ahnung.«

»Du bist süß, Gab. Aber was meine *Zungenfertigkeiten* angeht, sind Blowjobs wie Eiscreme, also sind sie nicht hilfreich. Lecken, saugen, etwas Einsatz der Zähne, ein paar Handbewegungen, leicht an seinem Sack ziehen, kurz bevor er kommt, und *voilà*. Glücklicher Mann!«

»Zähne? Autsch.« Sie würde Addy nicht verraten, dass sie sich in Gedanken Notizen machte. *Zähne und ziehen. Verstanden.*

»Süße, du solltest dir ein paar Pornos ansehen oder wir gehen zusammen in einen Sexshop.«

»Mir war nie klar, wie viel ich *nicht* weiß«, gestand Gabriella. »Ich glaube, ich werde Duke nach ein paar Tipps fragen.«

»Wir müssen reden.« Addy zog sie auf die Couch und nahm ihr Handy aus der Tasche. »Willst du deinen Mann wirklich fragen oder ihn überraschen?«

Die nächste Stunde klebte Gabriella förmlich an Addys Handy. Die Frau wusste mehr über Sex als Gabriella über das Gesetz. Sie war eine Sexgöttin, die Königin der Sinnlichkeit und des Kinks, und Gabriella prägte sich alles ein, als hinge ihr Leben davon ab. Als sie zu ihrem Treffen mit den Mädels aufbrachen, fühlte sich Gabriella in Sachen Schlafzimmeraktivitäten gerüstet und gefährlich. Wenn man natürlich bedachte, in wen sie verliebt war, verblasste das wahrscheinlich im Vergleich zu dem, was er sich unter Schlafzimmeraktivitäten vorstellte. Aber sie war eine wissbegierige Schülerin und Duke ein hervorragender Lehrer.

Trish und Siena standen sich so nah wie Addy und Gabriella und die Chemie zwischen ihnen allen stimmte sofort. Zwei Stunden lang vertrieben sie sich die Zeit mit Einkaufen und Gesprächen und als sie am Ende noch etwas Trinken gingen, hatte Gabriella das Gefühl, sie schon eine Ewigkeit zu kennen.

Im *NightCaps* war wie immer eine Menge los. Sie schnappten sich eine Nische und machten es sich dort bequem. Gabriella bekam eine Nachricht von Duke. *Vermisse dich wie verrückt. Lass dir Zeit. Viel Spaß. XOX*

Sie fühlte sich schuldig, weil er auf sie warten musste, anstatt nach Hause zu fahren. Schnell schrieb sie ihm zurück. *Du kannst nach Hause fahren, wenn du willst. Ich kann auch bei mir schlafen.*

Seine Antwort kam beinahe augenblicklich. *Zu Hause ist ohne dich kein Zuhause. Ich warte gern. Außerdem lerne ich Griechisch, damit ich dir in deiner eigenen Sprache schmeicheln kann.* Seine Worte waren wie eine Umarmung. Sie fühlte sich so glücklich, fröhlich, so ... verliebt.

»War die Nachricht von meinem Bruder?« Trish trug eine kurzärmelige Bluse, sodass die große, bunte Tätowierung eines Schmetterlings über ihrem Ellbogen sichtbar war. Die Tätowierung passte perfekt zu ihrer extrovertierten Art.

»Ja. Ich hab ihm gesagt, dass er nicht auf mich warten muss.«

Trish und Siena tauschten einen Blick und sagten synchron: »Ja, klar.«

»Ryder-Männer lassen ihre Frauen niemals zurück«, erklärte Siena. »Außerdem wird er die ganzen sexy Dessous sehen wollen, zu denen wir dich überredet haben.«

Viel Ermutigung hatte sie nicht nötig gehabt, um Seide und Spitze zu kaufen. Allein die Vorstellung, Duke von ihrem Anblick erregt zu sehen, weckte in ihr den Wunsch, für jede Nacht der Woche ein anderes Ensemble zu haben.

»Ich habe noch nie gesehen, dass mein Bruder sich so Hals über Kopf in eine Frau verliebt hat«, sagte Trish. »Nicht, dass ich ihn überhaupt schon mal mit einer Frau gesehen habe. Er hat sein Privatleben immer von der Familie getrennt. Bis du kamst.«

Siena tätschelte ihre Hand. »Kein Grund, rot zu werden. Das ist gut. Liebe ist immer gut.«

Gabriella war froh, dass die beiden sie nicht nur akzeptierten, sondern sich aufrichtig für sie und Duke freuten.

»So, wenn mir jetzt auch jemand etwas Liebe bestellen könnte, wären wir alle glücklich.« Addy musterte die Männer in der Bar.

»Für mich auch«, fügte Trish hinzu. »In ein paar Monaten werde ich mit Boone Stryker in einem Film sein und ich dachte …«

Addy verschluckte sich an ihrem Drink und klopfte sich mit großen Augen auf die Brust. »Du arbeitest mit Boone Stryker? Dem Rockstar?«

»Er ist total süß«, sagte Gabriella. »Und ich liebe seine Musik.«

»Jap, aber freut euch nicht zu früh. Er ist heute nicht mal zum Meeting aufgetaucht, und das verrät mir mehr über diesen Typen, als sein Aussehen es je könnte. Diva trifft es wohl nicht ganz.«

»Ich hasse solche Typen«, sagte Siena. »Als Model muss ich oft mit ihnen arbeiten. Sie sind zimperlicher als die Mädels.« Sie sah sich in der Bar um und kicherte.

»Was?« Trish folgte ihrem Blick.

»Ich hab mich nur daran erinnert, wie Cash und ich uns kennengelernt haben. Er hat mir hier meinen ersten Screaming Orgasm gegeben.« Sie nippte an ihrem Drink.

Gabriella wirbelte zu ihr herum. »Hier?«

»Unter dem Tisch?«, fragte Addy verspielt.

War Gabriella die Einzige, die das für sehr riskant hielt?

»Ja, hier«, bestätigte Siena und ein Hauch von Belustigung funkelte in ihren Augen. »Das ist ein Drink. Oh, ihr dachtet ...«

»Du bist gemein«, neckte Trish.

Siena beugte sich über den Tisch und flüsterte: »Aber ich hätte es auch hier mit ihm getan, unterm Tisch, auf der Toilette, hinter der Bar.«

»Bitte! Er ist mein Bruder!«, jammerte Trish.

»Wir beide, Gabby. Wir werden uns sehr gut verstehen«, fuhr Siena fort. »Weil ich der lieben Schwester da drüben keine schlüpfrigen Details erzählen kann. Aber wir beide? Wir können unsere Erfahrungen austauschen.«

»Klingt lustig.« *Mehr Erfahrungen. Hurra!*

Sie unterhielten sich noch eine Weile und als sie ihre Sachen einpackten, kamen Cash, Duke und Jake durch die Tür. Dukes durchdringender Blick richtete sich unbeirrt auf Gabriella. Ihr

Puls beschleunigte sich bei der Vorstellung, unter dem Tisch zwischen Dukes Beinen zu knien und ihre neu gefundenen Talente auszuprobieren.

»Hey, Baby.« Er legte einen Arm um ihren Rücken und küsste sie etwas inniger, als es in der Öffentlichkeit anständig war, und sie genoss es sehr.

»Woher wusstet ihr, dass wir gehen wollen?«, fragte Gabriella.

»Meine wundervolle Frau hat mir geschrieben«, erklärte Cash, während er seinen Arm um Siena legte.

»Er hat mich gut erzogen«, erwiderte Siena und sah zu ihm auf. »Er macht sich abends Sorgen um mich. Könnt ihr euch vorstellen, wie er sein wird, wenn wir ein Baby haben?«

»Oh mein Gott, bist du …?«, fragte Trish.

»Nein, aber wir denken darüber nach.« Siena schlang die Arme um Cash. »Wahrscheinlich bald.«

»Wirklich?« Dukes Blick wurde warm. »Das ist toll. Ihr werdet unglaubliche Eltern sein.«

»Baby-Gerede. Ich bin weg.« Ein verruchter Ausdruck trat in Jakes Augen, als er Addys Körper musterte.

Duke beugte sich zu Gabriella und flüsterte: »*Baby-Gerede. Warum will ich jetzt in dir sein?*«

Gabriella wusste nicht, was sie mehr begeisterte, die Vorstellung, mit Duke zu schlafen oder eines Tages eine Familie mit ihm zu haben.

Sechsundzwanzig

Als Duke und Gabriella am Haus ankamen, schwebte der Mond über dem Wasser und warf einen langen, orangefarbenen Schatten, der wie ein roter Teppich auf sie wartete. Gemeinsam gingen sie über den Steinweg am Haus bis zur Terrasse mit Blick aufs Meer.

»Du hast hier draußen wirklich dein eigenes kleines Paradies.« Gabriella stand an der hüfthohen Steinmauer, die die Terrasse umgab und seufzte. »Kein Wunder, dass dich die Insel angezogen hat.«

Duke nahm ihre Haare zusammen, legte sie ihr über die Schulter und küsste ihren Hals. »Wenn du bei mir bist, fühlt es sich wie das Paradies an.«

»Du bist wirklich ein Süßholzraspler.« Seufzend lehnte sie sich an seine Brust. Zum ersten Mal, seit sie von der Insel weggezogen war, war sie wirklich glücklich. Sie wartete nicht auf die nächste Gelegenheit zurückzukehren oder wünschte, ihr Leben wäre anders. Es fühlte sich an, als wäre sie genau da, wo sie sein sollte. Vielleicht hatte Duke recht und alles im Leben passierte aus einem bestimmten Grund.

»Hast du schon mal daran gedacht, unten am Wasser einen Naturgarten anzulegen? Oder vielleicht kleine Sitzecken, die von Blumenbeeten und ein paar blühenden Bäumen gesäumt werden?«

»Ich denke jetzt darüber nach.« Er küsste ihren Hals. »Als ich dieses Haus gekauft habe, dachte ich, ich würde viel Zeit hier verbringen, habe ich aber nicht. Nichts wäre mir lieber, als mit dir hier draußen zu sein.«

Sie drehte sich in seinen Armen um. »Mir auch nicht.«

»Hey, als ich mich um *die Investition, über die wir nicht reden*, gekümmert habe, hast du erwähnt, dass du keine Scheidungsfälle mehr annehmen wirst. War das dein Ernst? Das ist eine ziemlich große Entscheidung. Setzen wir uns. Möchtest du darüber reden?«

Ihr Blick wurde weich, ganz im Gegenteil zu dem, was er erwartet hatte. Er hatte gedacht, dass ihr eine so schwerwiegende Entscheidung Stress bereiten würde. Sie zogen ihre Schuhe aus und Duke streckte sich auf einem der Liegestühle aus. Gabriella legte sich neben ihn und bettete den Kopf auf seine Brust.

»Das ist schön.« Sie knöpfte langsam sein Hemd auf, während sie sprach. »Ich denke schon sehr lange darüber nach, meine Kanzlei zu verändern, habe aber nie gemerkt, wie sehr mich die tagtägliche Negativität runterzieht, bis wir beide uns nähergekommen sind. Ich habe eine tolle Kanzlei. Und ein Großteil dreht sich um Scheidungen, doch ich kümmere mich auch um Adoptionen, Leihmutterschaften und kleinere Familienangelegenheiten, was mir wirklich Spaß macht.« Nervös strich sie mit einem Finger über den Bund seiner Hose. »Dadurch werde ich weniger Geld verdienen, allerdings hat mir das noch nie viel bedeutet. Natürlich brauche ich es zum Leben, aber ich wäre lieber glücklich, als eine Menge Geld zu haben.«

»Das ist eines der Dinge, die ich an dir bewundere.«

»Danke. Doch so bin ich einfach.«

Sie schob sein Hemd auf und ließ ihre Finger kaum merklich über seinen Hosenbund tanzen. Hitze schoss ihm geradewegs in den Schritt. »Das fühlt sich unglaublich an, Baby.«

»Schließ die Augen«, flüsterte sie.

Er folgte ihrer Bitte. »Mmh, Zeit fürs Unanständige.« Selbst mit geschlossenen Augen wusste er, dass sie daraufhin erröten würde, angesichts ihres Gesprächs mit Addy, in das er letztens hereingeplatzt war. Himmel, seitdem dachte er ständig daran.

Ihre Zunge fuhr über seinen Nippel. »Möglicherweise habe ich mir mit Addy ein paar Pornos angesehen.«

Er riss die Augen auf. »Mit Addy?« *Großer Gott.*

»Grins nicht so. In deiner Zukunft wird es keinen Dreier geben.«

»Baby, du bist die einzige Frau, die ich will. Aber falls du …«

Sie verpasste ihm einen Klaps und brachte ihn zum Lachen. »Ich mach nur Witze!«

Gabriella glitt zwischen seine Beine. Ihre Augen verdunkelten sich, als sie seinen Kiefer umfasste und mit ihren Lippen über seine strich, bevor sie mit schüchternem, unglaublich sinnlichem Blick in den Augen sagte: »Ich habe recherchiert. Für dich.«

»Ich liebe dich so, wie du bist, Baby, aber das ist das Heißeste, was ich je gehört habe.« Er legte eine Hand in ihren Nacken, eroberte ihren sinnlichen Mund und küsste sie innig, während sie sich verführerisch an seiner Erektion rieb.

Gabriella zog sich zurück und leckte sich über die Lippen. »Mach die Augen zu.« Ihre Stimme zitterte ein wenig.

Duke schloss die Augen und packte ihre Hüften, als sie mit den Zähnen über seinen Kiefer schabte, dann eine Spur von

Küssen zu seinem Ohr zog und ihre Zunge hineintauchte. Mit einer Hand rieb sie währenddessen durch die Hose über seine Erregung. Duke hob die Hüften und sie stöhnte in sein Ohr. Die Empfindungen wurden durch seine geschlossenen Augen verstärkt. Ihr süßer Duft umspielte ihn. Er spürte jeden ihrer flachen Atemzüge, als wären sie seine eigenen. Sie küsste sich über seine Brustmuskeln bis zu seinem Bauch, wobei sie ihn noch immer mit der Hand verwöhnte. Als ihre Lippen die empfindliche Haut unterhalb seines Bauchnabels erreichten, konnte er ein gieriges Stöhnen nicht unterdrücken. Ihr heißer, feuchter Mund brachte seine Hüften zum Zucken.

Gabriella rieb mit dem Mund über seine Hose und seine harte Länge und übte dabei mit den Zähnen gerade so viel Druck aus, dass er explodieren wollte. Mit beiden Händen packte er ihre Haare und sog zischend die Luft ein.

»Baby …« Er hob die Hüften, und sie drückte ihn wieder nach unten, wie er es schon unzählige Male bei ihr getan hatte.

»Dieses Mal übernehme ich die Führung.« Verschwunden war das zögerliche Beben in ihrer Stimme, ersetzt von Selbstbewusstsein und Verführung.

Grundgütiger, ich bin gestorben und im Himmel gelandet.

Sie knöpfte seine Hose auf und öffnete quälend langsam den Reißverschluss. Er kämpfte gegen den Drang an, sich das Kleidungsstück von den Beinen zu reißen, und ergab sich ihrer sinnlichen Fantasie. Seine Hose war nun offen, seine Erektion immer noch von der Unterwäsche bedeckt, doch Gabriella fuhr seine Länge durch den Stoff mit der Zunge nach. Die Hitze war magisch, und er stöhnte erneut, denn er brauchte so viel mehr. Er krallte sich an den Rand des Liegestuhls, um nicht die Kontrolle zu übernehmen. Sie umfasste seine Hoden und jagte Wellen aus Lust durch ihn hindurch. Sie leckte und knabberte an seinem Bauch, ganz knapp über seiner Spitze, und er biss die Zähne zusammen.

»Verflucht. *Fuck*, Gabriella. Du folterst mich.«

»Du hast bis jetzt noch gar keine Folter gesehen.« Sie stieg vom Stuhl und er öffnete die Augen. Der Mond leuchtete hinter ihr und betonte ihre unglaublich attraktiven Kurven, als sie sich langsam wiegte und anfing, ihre Bluse aufzuknöpfen.

Duke richtete sich auf, doch sie stellte einen Fuß auf seine Brust, drückte ihn auf den Rücken und schüttelte den Kopf.

»Genieß es einfach. Nächstes Mal strippst du für mich.«

»Baby, ich erfülle jede deiner Fantasien.«

Ein Knopf nach dem anderen öffnete sich und das Aufblitzen von Spitze und Haut raubte ihm mit jeder Sekunde weitere Hirnzellen. Sobald sie die Bluse vollständig aufgeknöpft hatte, hielt sie die Seiten fest, ließ die Hüften kreisen und zog den Stoff aus ihrem Rock, ehe sie sich ganz davon befreite und sie zur Seite warf. Ihr Fuß stand noch immer auf Dukes Brust und er packte ihre Wade, streichelte und drückte sie, da er die Verbindung brauchte. Jetzt löste sie den Verschluss ihres Spitzen-BHs, der daraufhin bis zu ihren Nippeln nach oben rutschte. Ohne sich weiter darum zu kümmern, nahm sie den Fuß von seiner Brust und drehte sich um. Duke brannte, brauchte mehr. Sie wandte ihm den Rücken zu und betrachtete ihn über die Schulter. Die Haare fielen ihr über die Augen, während sie erst den einen und dann den anderen Träger über ihre Schulter schob und den BH abstreifte. Das Kleidungsstück segelte zu Boden und landete neben ihren Füßen. Sie öffnete ihren Rock und schenkte ihm einen weiteren, verführerischen Tanz. Duke rieb über seinen Schaft, unfähig, noch länger auf die Erlösung zu warten. Ihre Augen weiteten sich und das spornte ihn an. Es war so sexy, wie sie sich aus ihrem kleinen schwarzen Rock befreite, bis sie nur noch in ihrem schwarzen Höschen vor ihm stand. Duke schob seine Hose und Unterwäsche nach unten, leckte sich über die Handfläche und streichelte sich.

Gabriella verschränkte die Arme vor der Brust und drehte sich zu ihm um. Die Haare hingen ihr offen über die Schulter und bedeckten die Wölbung ihrer Brüste. Der Bund ihres Höschens saß weit oben auf ihrer Hüfte und da sie die Arme über ihrem vollen Busen verschränkt hatte, wurde dieser ein wenig zur Seite gedrückt. Duke leckte sich über die Lippen, wollte mit der Zunge über die cremige Haut fahren und mit dem Mund die versteckten rosigen Knospen erobern, die er so sehr liebte.

Sie beobachtete seine Hand, mit der er sich jetzt schneller streichelte und befreite ihn von seiner Hose. Anschließend schlüpfte sie aus ihrem Höschen, wirbelte es auf dem Finger herum und warf es schließlich zur Seite.

»So verdammt sexy.« Lust sammelte sich an einem Punkt am Ende seiner Wirbelsäule. Er stand kurz vor dem Höhepunkt.

Sie lockte ihn mit einem Finger zu sich. Als Duke sich aufsetzte, positionierte sie sich zwischen seinen Beinen. Er schüttelte sein Hemd ab, sodass sie beide nackt waren, und strich mit beiden Händen über ihre Schenkel. Gabriella erhob sich auf die Knie, führte seine Hände zu ihrem Hintern und reckte die Hüften nach vorn. Ihre feuchten Locken strichen über sein Kinn.

»Küss mich«, verlangte sie im selben Befehlston wie vorhin.

Ein Befehl war nicht nötig. Er würde sie lecken, nehmen, lieben, was immer sie wollte. Er küsste ihre seidige Haut, wanderte dann tiefer, drückte seine Lippen in diese feuchten, sexy Locken und küsste sie dort. Eine Hand ließ er über ihre Hüfte gleiten, die andere zwischen ihre Beine, doch sie packte sein Handgelenk und führte es gezielt zurück zu ihrem Hintern.

Lächelnd sah er zu ihr auf, küsste sie dort, wo sie es verlangte, und genoss diese neue Seite an ihr. Sie krallte sich in seine Haare und lenkte seinen Mund zur Innenseite ihres Schenkels, der Vertiefung neben ihrem Schritt, über die feuchten Locken und zum anderen Bein. Ihr Geruch machte ihn verrückt. Er drückte die Finger in ihre Haut, hielt sie fest, während er sie küsste, leckte und an den Stellen saugte, wo sie es gestattete.

»Genau so«, schnurrte sie. »Oh, so gut. Fass dich mit der anderen Hand an.«

»Baby, du bringst mich um.« Er war nicht sicher, wie lange er noch durchhalten würde, bevor er seinem Verlangen nachgab, sie unter sich zu haben.

»Ich hab noch nie ...« Sie zog ihn an den Haaren nach oben bis zu ihrer Brust und führte seinen Mund an ihren harten Nippel. »Oh, ja. Oh Gott. Das ist so gut. Ich hab das noch nie gemacht, aber als ich die Filme gesehen hab ...«

Er sog ihren Nippel in seinen Mund und ließ seine Erektion los, um stattdessen erneut ihre Hüften zu packen. Er brauchte die Reibung, musste ihre weichen Kurven an sich spüren. Sie riss seinen Kopf zurück und drückte ihre Lippen auf seine, um ihn innig und wild zu küssen. Ihre Zungen umkämpften einander. Plötzlich löste sie den Kuss und lenkte seinen Mund an ihre andere Brust.

»Großer Gott, Baby«, murmelte er an ihrem Nippel. Dann saugte und leckte er daran und konnte nicht widerstehen, an der Spitze zu knabbern. Sie schrie auf, hielt seinen Kopf aber weiter fest.

»Mir gefällt, dass du dir diese Filme angesehen hast.« Er

verengte die Augen. »Nächstes Mal guckst du sie mit *mir*.«

Was als *Mal sehen, ob ich mutig sein kann*-Moment anfing, verwandelte sich in eine vollständige Erkundung von Gabriellas sexuellem Selbstbewusstsein – und sie genoss es sehr. Je mehr sie Duke lenkte, desto erregter wurde sie. Ihn unter ihrer Kontrolle zu haben war wie eine Droge. Sie wollte mehr. Mehr Kontrolle, mehr Zeit, um herauszufinden, was ihr gefiel. Aber sie kämpfte während jeder Sekunde seiner unglaublich erfüllenden Erkundung gegen den Drang an, sich rittlings auf ihn zu setzen und das brennende Verlangen zwischen ihren Beinen zu stillen.

»Ich werde sie mir mit dir ansehen. Leg … leg dich wieder auf den Stuhl.« Sie hörte, wie ihre Festigkeit mit jeder Berührung seiner Zunge an ihrem empfindlichen Nippel nachließ.

Er ließ sich nach hinten sinken und sie bedeutete ihm, sich hinzulegen, während sie sich an den harten Muskeln sattsah, die er nur für sie zur Schau stellte. Sein langer, dicker Schaft ragte über seinen Bauchnabel heraus und sein Hodensack lag am Übergang zu seinen kräftigen Schenkeln. *Zähne und ziehen.* »Gott, Duke, diese Typen aus den Pornos können dir nicht das Wasser reichen.«

Ein überhebliches Grinsen breitete sich auf seinem attraktiven Gesicht aus. »Gut zu wissen, Baby.«

Es fühlte sich an, als würden ihre Nerven offen liegen. Sie stützte eine Hand auf seiner Hüfte ab, schloss die Augen – *Wenn ich die Augen zumache, ist es mir nicht peinlich.* – und setzte sich rittlings auf seine Brust. Wenn sie zu sehr darüber nachdachte, würde sie einen Rückzieher machen. Während sie seinen Schaft umfasste, rutschte sie weiter nach hinten und senkte ihren Schritt über seinen Mund.

»Leck mich.« Sie sprach die Worte so leise aus, dass sie nicht sicher war, ob er sie gehört hatte, doch nur Sekunden später packte er ihre Hüften und verschlang sie mit seinem talentierten Mund.

Es kostete sie all ihre Konzentration, daran zu denken, dass sie ihn auch befriedigen wollte, und sie senkte den Kopf und leckte den glitzernden Tropfen von seiner Spitze. Sie liebte den Geschmack seiner Erregung und das Wissen, dass er ihr gehörte. Dadurch fühlte sie sich gestärkt und attraktiver als je zuvor, als sie ihn mit der Hand bearbeitete, ihn tief in sich aufnahm und ihre Kehle entspannte, wie Addy es ihr erklärt hatte. Sie fuhr mit den Zähnen über seinen Schaft und seine Hüften schossen nach oben.

»Hab ich dir wehgetan?«, fragte sie hastig.

»Nein. Du bringst mich um den Verstand.«

Zufrieden grinsend wiederholte sie das Ganze, was ihr ein weiteres, heftiges Zucken seiner Hüften einbrachte. Sie streichelte seine Hoden, drückte sie ein wenig und als er ihre Beine weiter spreizte und ihre Klit in seinen Mund saugte, stöhnte sie gedämpft. Die Vibration ließ seinen Schaft unglaublicherweise noch weiter anschwellen und deshalb tat sie es noch einmal, erfreut über diese erotische Reaktion.

Plötzlich schob er seine Finger in sie, und sie wölbte sich ihm entgegen, löste sich jedoch nicht von seiner Erektion, während er sie direkt an den Rand des Höhepunkts trieb. Sie wollte ihm dasselbe Vergnügen bereiten und versuchte, den Nebel aus Lust wegzuschieben, der ihr den Kopf schwirren ließ. Sie leckte über seine gesamte Länge, kitzelte seine Hoden und konzentrierte sich auf die Spitze, die sie saugte, streichelte und leckte, bis er in sie hineinstöhnte. In den Videos hatte sie noch etwas anderes gelernt und wollte alles versuchen, aber … Als sein Finger ihren anderen Eingang neckte, stöhnte sie, befeuchtete ihre Finger und spielte auch mit seinem Hintern. Addy hatte ihr den Rat gegeben, sich nicht zu weit vorzuwagen, also reizte und berührte sie ihn nur ein wenig.

»So verdammt gut, Baby.« Mehr Zustimmung als seine heisere Stimme brauchte sie nicht.

»Bring mich zum Höhepunkt.« Sie hatte gar nicht über diese Worte nachgedacht, sie kamen einfach, als sie ihn tief in sich aufnahm und gleichzeitig mit der Hand liebkoste.

Gerade als sie spürte, wie es in ihr bebte und brannte, drang er mit den Fingern in sie ein und stieß sie über den Rand. Sanft zupfte sie an seinem Hodensack und er ergoss sich heiß in ihren Mund. Ihre Körper bebten und zuckten. Noch nie hatte sie etwas so Intensives gespürt, als sie unter seiner Hand und seinem Mund zersprang und er in ihrem kam. Sie schluckte seinen salzigen Samen, leckte über die Spitze und nahm jeden wunderbaren Tropfen in sich auf. Ihre Gedanken verschwammen ineinander, und sie brach wie betäubt auf Duke zusammen, der sie in die Arme nahm und auf seinen Schoß zog.

»Ich liebe dich so sehr, Baby.« Er schob ihr die Haare aus dem Gesicht und küsste sie sanft. »Geht's dir gut?«

»Das war … intensiv«, sagte sie an seinem Hals. »So eine Ganzkörpererfahrung ist neu für mich. Ich hab das Gefühl, mich nicht bewegen zu können.«

»Das musst du auch nicht.« Er hielt sie fest und seine Beine zitterten noch ein wenig unter ihr, bis er sich nach seinem Höhepunkt beruhigt hatte. Anschließend hob er sie hoch und trug sie ins Haus. »Ich hole unsere Sachen, nachdem ich dir ein heißes Bad eingelassen habe.«

»Ich habe auch andere Dinge gelernt.« Sie rieb die Nase an seiner Brust, erstaunt über das, was sie gerade getan hatten, und die Tatsache, dass er sie splitterfasernackt durch sein Haus trug. Ihr fiel auf, dass sie sich keine Sorgen darüber gemacht hatte, nackt auf seiner Terrasse zu sitzen. Es gab keine Nachbarn und draußen war es stockdunkel. Im Haus war es hell und Duke konnte jede Kurve, jede Wölbung erkennen, die der Schokolade auf ihrem Schreibtisch zu verdanken waren. Trotzdem war sie nicht befangen. Duke gab ihr das Gefühl, begehrenswert zu sein, und seine Reaktion vorhin auf der Terrasse hob ihr Selbstbewusstsein noch mehr.

Am Fuß der Treppe blieb er stehen und sah ihr in die Augen. »Weißt du, wie viel es mir bedeutet, dass du mehr für mich machen wolltest? Für uns?« Er hielt inne. Sein Blick wurde ernst und er presste die Lippen zusammen, als würde er versuchen, seine Gefühle unter Kontrolle zu bekommen.

»Du musst nur du selbst sein, damit ich mich gut fühle, Baby. Ich möchte nicht, dass du dich gedrängt fühlst, wenn es um unsere Intimität geht. Was es besonders macht, ist die Person, mit der man zusammen ist, und nicht das, was man tut.« Er küsste sie erneut und verzog die Lippen dann zu einem teuflischen Grinsen. »Aber ich mag deine forsche Seite.«

Siebenundzwanzig

Duke und Gabriella verbrachten den Rest der Woche in Dukes Haus, fuhren gemeinsam zur Arbeit und wieder zurück und liebten sich jede Nacht bis in die frühen Morgenstunden. Am Wochenende hielten sie sich am Samstag hauptsächlich im Bett auf und erkundeten ihre Körper und probierten all die Positionen aus, die Gabriella in den Videos gesehen hatte, die sie mit Addy geguckt hatte. Zuzusehen, wie Gabriella ihre sinnliche Seite entdeckte, war, als würde man eine Blume beim Blühen beobachten. Innerhalb eines Wimpernschlags war sie nicht mehr zögerlich und schüchtern, sondern übernahm die Kontrolle, und das machte alles nur noch verlockender.

Der Sonntagmorgen versprach, sonnig und warm zu werden, und nachdem sie gemeinsam geduscht hatten, was sich mittlerweile zu einer Gewohnheit entwickelt hatte, frühstückten sie auf der Terrasse, ehe sich Gabriella ihren Fallakten widmete, um sich auf den kommenden Gerichtstermin vorzubereiten.

Duke hatte sie bewusst von seiner Arbeit am Insel-Deal abgeschirmt. Jetzt hatte er jedoch eine E-Mail von seinem Team erhalten; sie hatten ein letztes Briefing angesetzt, um noch einmal alle Details durchzugehen, bevor sie ein Angebot abgaben. Duke musste morgen die Stadt verlassen und freute sich nicht darauf, ohne Gabriella verreisen zu müssen. Aber da ihr Fall am Dienstag verhandelt wurde, konnte sie unmöglich weg.

Gerade beobachtete er sie dabei, wie sie mit den Dokumenten auf dem Schoß auf dem Liegestuhl lag. Ihr Stift flog schnell übers Papier und sie hatte einen ernsten Ausdruck in den Augen. Er stellte sie sich mit rundem Bauch vor, in dem ihr gemeinsames Kind heranwuchs. Dann spann er den Gedanken noch weiter zu einem Kind in ihren Armen, einem weiteren im Bauch und ihm an ihrer Seite, während er die anderen beiden an den Händen hielt. Er stellte sich sie alle auf der Insel mit ihren Eltern und Verwandten vor und wie sie beim Leuchtturm tanzten. Seine Fantasie wanderte noch weiter, zu alternden Körpern und von grauen Strähnen durchzogenen Haaren. Wenn Falten ihre umwerfenden Augen umrahmen und ihre tollen Kinder selbst Eltern sein würden. Duke wusste mit jeder Faser seines Seins, dass er all das mit ihr haben wollte.

Sie sah auf und ertappte ihn beim Träumen. »Warum siehst du mich so an?«

Er legte seine Akten ab und setzte sich neben sie, legte eine Hand auf ihren Bauch und schluckte die Worte hinunter, die er eigentlich sagen wollte. *Ich habe nur daran gedacht, wie wunderschön du wärst, wenn du unsere Kinder austragen würdest.* Eine gewaltige Hürde lag noch vor ihnen, bevor sie dafür bereit waren. Der erste Schritt war, ihr von dem Meeting zu erzählen, egal, ob es möglicherweise den Zauber brach, unter dem sie gestanden hatten, während sie das drohende Angebot ignorierten.

»Ich habe nur daran gedacht, dass ich dich nicht verlassen will, aber ich muss morgen weg.«

»Du verlässt die Stadt?« Als sie ihre Papiere weglegte, bemerkte er, dass sie keine Notizen gemacht hatte. Sie hatte gezeichnet.

»Was ist das?« Er nahm das Blatt und erkannte seinen Garten, die Steinmauer um die Terrasse und das Meer am Rand des Bildes. Sie hatte Gärten am Wasser, um die Terrasse und hinter dem Haus in frei gestalteten Anordnungen gezeichnet.

»Nichts.« Sie griff nach dem Blatt.

»Du willst mir das nicht zeigen?« Er hoffte, dass sie es doch tat.

»Noch nicht. Ich spiele nur herum. Wohin fährst du?«

»Pierce und ich haben ein Meeting mit unserem Team in Reno, wo er lebt. Ich sollte nicht länger als einen oder zwei Tage weg sein, hoffe ich.«

»Oh, wegen des Elpitha-Angebots?« Sie senkte den Blick.

Er beugte sich zu einem Kuss zu ihr. »Ja. Möchtest du darüber reden?«

»Nein.« Sie nahm ihre Papiere, bedeckte das Blatt mit der Zeichnung, an der sie gearbeitet hatte, und richtete ihre Aufmerksamkeit auf die eigentliche Akte.

»Gabriella, ich erzähle dir alles, was du wissen willst.«

»Es ist nur …« Sie sah ihn an. »Wir stehen uns jetzt so nah und …«

»Warum kommst du nicht mit, damit du miteinbezogen wirst? Dann müsstest du dir keine Sorgen machen.«

»Nein, ich kann nicht. Ich muss zum Gericht und außerdem ist das dein Geschäft, nicht meins.« Ihr Lächeln war nicht aufrichtig und Dukes Brust zog sich zusammen.

Er schlang die Arme um sie und zog sie fest an sich. »Baby, ich habe nichts zu verbergen. Ich habe versprochen, dass du mit dem Ergebnis glücklich sein wirst, und ich habe vor, dieses Versprechen zu halten.«

Während des gesamten Nachmittags bemühte sich Gabriella, ihre wachsende Besorgnis um die Insel zu verbergen. Sie hatte sich die ganze Woche im Griff gehabt und dann, *bumm*!, riss sie allein die Erwähnung in einen Strudel aus Angst. Ihre Mutter hatte immer gesagt, dass es sinnlos war, sich zu sorgen, wenn man das Ergebnis ohnehin nicht beeinflussen konnte und da es in diesem Fall nun einmal so war, war es wirklich sinnlos. Aber das hielt ihre Gedanken nicht davon ab, ihr bis in den Abend hinein Streiche zu spielen. Sie stellte sich vor, wie Duke ihr eines Abends erzählte, dass der Deal abgeschlossen war, und sie dann herausfand, dass er all das durchgesetzt hatte, was sie nicht wollte: riesige Hotels, Casinos, breite Straßen, große Kreuzfahrtschiffe. Könnte sie ihm wirklich einen Vorwurf machen? Das war immerhin sein Geschäft. Die Insel gehörte nicht einmal ihr. Sie klammerte sich an Kindheitserinnerungen und Träume von einer Insel, die, wenn nicht irgendetwas den Tourismus ankurbelte, in den nächsten zehn Jahren mit Sicherheit unbewohnt sein würde.

Am Abend packte sie ihre Tasche, um am Montag in ihrer eigenen Wohnung zu schlafen, während Duke nicht in der Stadt war. Sie konnte nicht aufhören, daran zu denken, wie nah sie einander gekommen waren und wie sich ihre Leben so nahtlos ineinandergefügt hatten.

»Hey, Babe? Lass uns spazieren gehen.« Duke griff nach ihrer Hand und zog sie an sich.

Das tat er jedes Mal, wenn sie im selben Raum waren, er hielt sie bei sich, als bräuchte er den Kontakt ebenso sehr wie sie. Wie hatte sie sich nur so an ihn binden können? Bei dem

Gedanken an eine Nacht ohne ihn fühlte sie sich einsam und er war noch nicht mal weg.

»Na komm. Wir laufen die ganze Angst weg, die sich in dir aufbaut. Außerdem will ich dir was zeigen.«

»Ist das ein Trick, um unanständigen Sex im Garten zu haben, oder …?« Trotz ihrer wiedererwachten Sorgen fühlte sie sich zum Scherzen aufgelegt.

»Irgendwie bezweifle ich, dass ich bei dir einen Trick brauche, aber nein. Ich möchte nur mit meinem Mädchen einen Spaziergang im Mondschein machen.« Er küsste sie und ihr gesamter Körper leuchtete innerlich auf.

Vor allem ihr Herz.

Hand in Hand gingen sie am Wasser entlang. Der Mond schien wie ein Leuchtfeuer durch die Wolken und warf einen grau-blauen Schein über das dunkle Wasser.

»Ich weiß, dass du dich wegen des Meetings sorgst, und bin sicher, dass es all die Kindheitsträume wieder an die Oberfläche bringt, von denen du dachtest, dass sie durch den Umzug nach New York zerstört wurden. Und dass du dich gefürchtet hast, mir zu vertrauen, weil du dich von deinem Großvater verraten gefühlt hast, da er dir nicht geglaubt hat, was du ihm erzählt hast.« Duke legte einen Arm um ihre Schultern und zog sie an sich.

Er erinnerte sich an das, was sie ihm in der Nacht am Leuchtturm anvertraut hatte? Er achtete wirklich auf alles, was sie sagte.

»Doch ich bin froh, dass er dich gebeten hat, dir ein Leben abseits der Insel aufzubauen. Sonst hätten wir uns vielleicht nie kennengelernt. Dein Großvater hätte jemand anderen angewiesen, mich herumzuführen.«

»Vielleicht.« Einen Arm schlang sie um seine Taille und die andere Hand legte sie flach auf seinen Bauch. »Mach dir keine

Sorgen um mich, Duke. Ich schaffe das. Ich bin heute nur kurz in die Nostalgie abgerutscht.«

»Aber genau das ist es, Baby. Deine Nostalgie ist mir wichtig. Ich möchte nicht, dass du versuchst, sie zu ignorieren. Ich möchte, dass du sie spürst und mit mir darüber redest. Ich habe alles gehört, was du mir anvertraut hast, und über jede Sorge, jede Hoffnung, jedes schmerzhafte Geständnis nachgedacht. Ich werde dich nicht enttäuschen. Wir dürfen uns nicht davor fürchten, einander Dinge zu erzählen, denn sonst wird unsere Beziehung nie bestehen.«

»Danke, ich habe keine Angst. Ich komme einfach besser klar, wenn ich diese Gedanken wegschließe.«

Er blieb stehen und umfasste ihre Hände. »Wir müssen nicht darüber reden, aber ich will nicht, dass du irgendetwas wegschließt. Ich will dich, Gabriella. Alles von dir. Nicht nur die sinnlichen Teile oder die, die du mir zeigen willst.«

Sie trat näher und drückte ihre Lippen an seine Brust. »Warum bist du so *gut*?«

Er lachte. »Einige meiner Kunden würden behaupten, dass ich ein durchtriebener Mistkerl und wohl kaum *gut* bin. Du bist mir wichtig, und ich hasse es, dass du dich so damit quälst.«

»Duke, ich komme mit allem klar, was auch immer passiert. Wirklich.« Konnte sie das? Ihre Zweifel von früher waren nun schwächer. Im besten Fall waren es nur noch Überbleibsel und in dem Moment, in dem sie Duke in die Augen sah, wurde für sie alles kristallklar. Sie konnte es nicht erwarten, an diesem Wochenende mit ihm auf die Insel zurückzukehren und ihrer Familie zu erzählen, dass sie jetzt ein Paar waren.

»Was auch immer passiert wird meine Gefühle für dich nicht ändern. Ich dachte, es wäre so, doch ich liebe dich, Duke und ich weiß, dass nichts etwas daran ändern wird. Nichts wird das je können.«

Achtundzwanzig

Duke verbrachte den Montag mit Pierce, dessen Verlobter Rebecca Rivera, die in seiner Firma im Bereich der Geschäftsübernahmen arbeitete, Pierces Schwester Emily und ihrem Verlobten Dae Bray sowie ihrem Team für die Landerschließung und den Finanzberatern. Der Konferenzraum war voll und die Anspannung intensiv. Sie diskutierten heftig den ganzen Nachmittag und bis in die frühen Abendstunden, um einen akzeptablen Kompromiss zu finden. Als sie schließlich eine einvernehmliche Lösung gefunden hatten und Feierabend machten, war die Sonne bereits untergegangen. Das Finanzteam würde sich morgen noch einmal treffen und die Kalkulationen am späten Nachmittag präsentieren.

»Das hat Spaß gemacht, nicht wahr?« Pierce stand auf und streckte sich. »Es geht doch nichts über eine heftige Verhandlung, um den Appetit anzuregen. Gehen wir noch essen?«

Er streckte die Hand nach Rebecca aus, während sie ihre Papiere einsammelte. Sie ergriff Pierces Hand und warf ihm einen Luftkuss zu. »Gib ihm eine Minute, Pierce. Wahrscheinlich will er die Frau anrufen, für die er die ganzen Änderungen macht.«

»Gabriella.« Er liebte es, ihren Namen auszusprechen, und

wünschte, sie wäre hier bei ihm, damit er ihre süßen Lippen kosten konnte.

Schalk funkelte in Emilys Augen. Sie schob sich die langen dunklen Haare hinters Ohr und nahm ihr Handy. »Ich will auch meinen Freund anrufen.« Ihre Stimme triefte vor Sarkasmus.

»Nur über meine Leiche.« Dae wirbelte sie in seine Arme und küsste sie, während sie lachte. »Rebecca, machst du Pierce das Leben auch so schwer wie Em mir?«

»Meine Rebecca?«, fragte Pierce. »Sie ist die perfekte Frau.«

Rebecca verdrehte die Augen. »Warte nur, bis du siehst, wie verärgert er ist, wenn ein Kellner im Restaurant mit mir redet. Es macht immer Spaß zu sehen, wie er bei den kleinsten Dingen die Krallen ausfährt.«

Scherzend sammelten sie ihre Unterlagen ein und in Duke wuchs die Sehnsucht danach, Gabriellas Stimme zu hören. Also verließ er den Konferenzraum und rief sie an.

»Hey. Ich vermisse dich jetzt schon.«

Er konnte die Freude in ihrer Stimme hören.

»Hi, Babe. Ich vermisse dich auch. Wie war dein Tag?«

»Gut. Der Gerichtstermin für die McGradys morgen steht noch. Zumindest im Augenblick. Mary hat noch keinen Rückzieher gemacht.«

»Sie geht also nicht zu ihrem ehebrecherischen Mann zurück?«

»Im Moment wohl nicht. Manchmal bin ich die Letzte, die so was erfährt. Wie war dein Meeting?«

»Lang und laut.« Er sah zurück zum Konferenzraum. »Ich wünschte, du wärst hier bei mir. Ich gehe gleich mit Pierce, Rebecca, Emily und Dae zum Essen. Du würdest sie wirklich mögen. Ich würde alles geben, um dich jetzt an meiner Seite zu haben.«

»Tut mir leid. Aber wie es jetzt aussieht, werde ich die ganze Nacht auf sein, mich vorbereiten und Notizen durchgehen. Oh, deine Schwester hat mich heute angerufen. Das war wirklich schön. Sie meinte, sie hätte gehört, dass du nicht in der Stadt bist, und gefragt, ob ich mit ihr, Cash und Siena essen gehen will.«

Das überraschte ihn nicht, da er sowohl Cash als auch Trish erzählt hatte, dass er nach Reno flog. Er war froh, dass sie angerufen hatte. Ihm gefiel die Vorstellung nicht, dass Gabriella allein war. »Du bist nicht mitgegangen?«

»Ich wäre sehr gern, aber da morgen der Gerichtstermin ist und ich Mittwoch zwei Treffen mit Mandanten habe, hätte ich keine Zeit, mir ihre Fälle anzusehen, wenn ich mich heute Abend nicht vorbereite. Ich habe ihr gesagt, dass wir das ein anderes Mal nachholen.«

»Super. Ich freue mich, dass sie dich angerufen hat. Sie mag dich wirklich.«

»Ich mag sie auch.«

»Wie lange bist du noch im Büro?« Er mochte es nicht, dass sie allein im Dunkeln nach Hause ging.

»Weiß ich nicht. Vielleicht noch eine Stunde. Ich muss vor dem Termin morgen noch etwas Schlaf nachholen, werde also nicht länger als elf bleiben.«

»Wie wäre es, wenn ich dir meinen Fahrer schicke, damit er dich abholt?«

»Duke, es sind nur ein paar Blocks. Ich glaube, das schaffe ich.«

Er schloss eine Sekunde die Augen und erinnerte sich daran, dass sie jahrelang allein in New York klargekommen war, bevor sie ihn kennengelernt hatte. Warum sollte sich das jetzt ändern?

Trotzdem machte er sich Sorgen.

»Ich würde mich besser fühlen, vor allem, wenn du noch länger im Büro bleibst.«

»Ich kann mir ein Taxi rufen«, bot sie an. »Fühlst du dich dadurch besser?«

»Ein wenig. Ich rufe Ted an und sage ihm, dass er auf dich warten soll.«

»Du bist unmöglich.« Er hörte die Stichelei in ihrer Stimme und war froh, dass sie nicht böse war. »Aber ich wurde ja vorgewarnt. Siena hat mir erzählt, dass ihr Ryder-Jungs ein überfürsorglicher Haufen seid. Na schön. Wenn er nichts dagegen hat, sag ihm bitte, dass er um elf hier sein soll. Dann bleibe ich definitiv nicht zu lange.«

»Danke.« Pierce und die anderen kamen aus dem Konferenzraum. »Ich muss los, Baby. Wahrscheinlich schläfst du schon, wenn wir wieder bei Pierce und Rebecca sind. Telefonieren wir morgen früh?«

»Ooh und ich hatte gehofft, Telefonsex ausprobieren zu können. Addy sagt, dass das einen Riesenspaß macht.«

Ein Grinsen breitete sich auf seinen Lippen aus. »Baby, lass dein Handy an. Ich liebe dich.«

Gabriella hatte Duke für überfürsorglich gehalten, war aber doch ganz froh, dass sie nicht allein nach Hause laufen musste. Als sie das Gebäude verließ und zum Auto ging, wurde ihr klar, dass sie früher immer mit hochgezogenen Schultern und übertrieben wachsam nach Hause gegangen war. Es war ganz anders als ihr Leben auf der Insel, wo niemand auch nur die

Türen abschloss.

Dukes Fahrer Ted hielt ihr die Autotür auf.

»Danke fürs Abholen. Das weiß ich wirklich zu schätzen.«

»Ist mir ein Vergnügen«, antwortete er und wartete anschließend, bis Gabriella im Gebäude war, ehe er wieder ins Auto stieg und davonfuhr.

Abgesehen vom heutigen Morgen, als Duke und sie ihre Taschen hergebracht hatten, hatte sie mehrere Tage keine Minute zu Hause verbracht. Es fühlte sich seltsam an, hier und nicht in Dukes Haus zu sein, und es war noch seltsamer, Duke nach der Arbeit nicht bei sich zu haben. Sie wusste nicht mal, wann Duke anrufen würde, doch sie gönnte sich eine warme Dusche, um die schlechten Schwingungen der anstehenden Scheidungsverhandlung abzuwaschen. Anschließend zog sie das seidene Hemdchen und das passende Höschen dazu an, das sie mit den Mädels auf ihrer Shoppingtour gekauft hatte. Dann machte sie es sich mit Handy und iPad im Bett gemütlich.

Dort googelte sie Bilder von Elpitha und lächelte, als ihre Lieblingsorte vor ihr auftauchten. Die meisten Bilder sahen aus, als wären sie in den letzten Jahren entstanden. Die Vorstellung von unzähligen Hotels an der Küste und befestigten Straßen auf der Insel schummelte sich in ihren Kopf. Ihr Herzschlag beschleunigte sich, doch das war albern. Das musste passieren, damit die Insel nicht unterging, und es war das Beste für ihre Familie und all die Menschen dort, die sie liebte. Während sie die Bilder von der Bank, der Bibliothek und den Häusern im Plantagenstil durchsah, wurde ihr ganz warm ums Herz. Sie erinnerte sich, wie Duke die Insel im Anzug besichtigt hatte, und zwang sich, über ihn hinauszusehen. Wie viele Menschen würde es wohl nicht stören, wenn ihre Schuhe und Kleidung am Ende des Tages vom Staub verdreckt waren? Allein das könnte auf Touristen abschreckend wirken. Genau das, was sie liebte, könnte der Untergang der Insel sein. Sie rief sich Dukes Bemerkung über Rettungsfahrzeuge ins Gedächtnis. Als sie in der zweiten Klasse gewesen war, war das Haus ihrer Freundin abgebrannt. Niemand war verletzt worden, aber sie hatten neu bauen müssen. Daran hatte sie seit Jahren nicht gedacht. Hatten die fehlenden Straßen eine Rolle bei der Tragödie gespielt?

Ihre Gedanken wanderten zu Katarina und ihren Kindern, dem neuen Baby und der süßen Vivi, die von der Insel wegwollte. Würde Vivi noch gehen wollen, wenn es mehr Menschen, mehr Jobs, mehr Chancen auf die wahre Liebe gab und sie bei ihrer Familie bleiben konnte? Würde das irgendjemand tun?

Wie hatte sie so kurzsichtig sein können? Wieso hatte es so lange gedauert, bis sie es erkannte?

Und wie hatte Duke zustimmen können? Er musste tun, was für die Insel und die Leute am besten war, ungeachtet dessen, was sie wollte.

Neunundzwanzig

Duke streckte sich auf dem großen Doppelbett im Gästezimmer bei Pierce und Rebecca aus. Er trug nur seine Boxerbriefs und ein hungriges Lächeln. Er dachte an Gabriella und ihre herausfordernde Bemerkung, dass sie Telefonsex ausprobieren wollte. Konnte sie noch süßer sein? Noch verlockender? Er drückte die Schnellwahltaste und war allein von der Vorstellung erregt, gleich ihre Stimme zu hören.

Sie ging nach dem ersten Freizeichen ran und bevor er ein Wort sagen konnte, fing sie an: »Du musst tun, was das Beste für die Insel ist.«

Kurz fühlte er sich aus der Bahn geworfen. »Okay.«

»Ich meine es ernst. Ich weiß, dass ich hin und her schwanke und eine ziemliche Nervensäge bin, wenn wir darüber reden, aber du musst wirklich tun, was das Beste ist. Ich könnte mir sonst nicht verzeihen. Ich war so egoistisch …«

Er wusste nicht, wie sie auf diese Gedanken gekommen war, wünschte aber, sie halten und ihr in die Augen sehen zu können. »Liebling, wir werden tun, was für alle das Beste ist. Das verspreche ich dir und ich breche keine Versprechen. Vor allem nicht den Menschen gegenüber, die ich liebe, also mach dir bitte keine Sorgen. Ich schaffe das.«

Ein erleichtertes Seufzen erklang am anderen Ende. »Wirklich?«

»Ja, Baby. Wirklich. Ich wäre so gern bei dir, um es dir zu versichern. Es war schön, Zeit mit den anderen zu verbringen, aber sie sind alle so verliebt. Dadurch habe ich dich nur noch mehr vermisst.«

»Ach, Duke. Ich wünschte auch, du wärst hier. Es ist komisch, ohne dich im Bett zu sein.«

Bei der Vorstellung zuckte sein Schaft. »Du bist im Bett?«

»Mm-hm. Und ich bin *so* einsam. Wenn es doch nur einen willigen, sexy Mann gäbe, der mir Gesellschaft leistet. Jemand, der vielleicht einen Meter neunzig groß ist, dessen Hände sich so gut anfühlen, wenn sie über meine Haut streichen, und dessen Mund patentiert werden sollte, weil er so viel Vergnügen schenkt.«

»Da hat wieder jemand Pornos geguckt«, zog er sie auf.

»Nein.« Sie lachte, aber er konnte die Verlegenheit in ihrem Seufzen am Ende hören.

Er hatte sich ihr Lachen eingeprägt. Da war das sexy, tiefe, neckende Lachen, das ihre Lust nach Spaß verriet und normalerweise von einem sinnlichen Blick begleitet wurde. Dann gab es noch das echte, *Ha, sehr witzig*-Lachen, das viel höher war und sich auf ihrem ganzen Gesicht zeigte. Und dann war da dieses süße, feminine, verlegene Lachen, das immer in einem unglaublich verführerischen Seufzen endete. Gott, er liebte dieses Seufzen.

»Die Pornos waren eine einmalige Sache. Das waren *meine* Worte und *meine* Gedanken.«

»Du weißt, wie sehr ich es liebe, dich zu berühren.« Seine Stimme war so voller Verlangen wie sein Herz voll Liebe. »Hast du das Licht an, Baby?«

»Ja.«

»Mach es doch für mich aus, leg dich hin und mach es dir bequem.« Er stellte sich vor, wie sie aufstand, um den Lichtschalter an der Tür zu drücken und als er dann ihren leisen Atem hörte, malte er sich aus, wie sie sich wieder ins Bett legte.

»Bist du auch im Bett?«, fragte sie.

»Ja. Das Gästezimmer ist sehr maskulin, mit vielen Holzmöbeln und dicken, dunklen Vorhängen. Es braucht deine Weiblichkeit, Gabriella. Ich brauche dich.«

Sie seufzte und er stellte sich vor, wie sie ihre vollen Lippen öffnete und ihre Lider vor Verlangen ganz schwer wurden.

»Das Licht ist aus und ich liege in meiner schwarzen Calvin-Klein-Unterhose mitten auf dem Bett. Ich kann den Mond am Himmel durch den Spalt in den Vorhängen sehen. Ich wünschte, du wärst hier, Baby. Ich würde dich gern nackt auf diesem großen Bett sehen.« Sie atmete schwerer. »Mit gespreizten Beinen, damit ich dazwischen gleiten kann. Würde dir das gefallen, Baby?«

»Ja«, hauchte sie gierig.

»Was hast du an, Gabriella?« Er schloss die Augen, um sich das Bild gedanklich vorzustellen.

»Ein Seidenhemdchen.«

»Gib mir mehr, Baby. Welche Farbe? Hat es diese dünnen Riemen, die ich mit den Zähnen abziehen muss? Trägst du ein Höschen?«

Einen Augenblick lang schwieg sie und er wusste, dass er sie in Verlegenheit gebracht hatte.

»Kein Druck, Liebling. Wir können auch einfach nur reden oder Gute Nacht sagen. Was immer du willst.«

»Nein«, erwiderte sie hastig. »Ich hätte nur nicht gedacht, dass das so erregend sein könnte.«

»Alles zwischen uns ist erregend, Baby. So ist die Liebe. Sie reicht so tief, dass man nicht genug von der anderen Person bekommen kann.« Er hörte die Worte aus seinem Mund, die so anders waren als alles, was er je zuvor empfunden hatte, und die Wahrheit darin löste eine weitere Welle aus Emotionen aus.

»Entspann dich, Baby. Es gibt nur dich und mich. Niemand sonst kann uns hören. Du bist bei mir immer sicher.«

»Ich weiß.« Sie hielt einen Moment inne. »Ich trage ein schwarzes Seidenhöschen, das zu meinem Hemdchen passt. Ich habe beides für dich gekauft, als ich mit den Mädels unterwegs war, und habe gezielt nach dünnen Trägern gesucht, die du zerreißen kannst, wenn du zu hart daran ziehst. Ich liebe es, wenn du das tust, wenn du die Kontrolle übernimmst und mir die Kleider vom Leib reißt.«

»Gerade würde ich das so gern tun.« Er rieb durch die Unterwäsche über seine Erektion. »Wenn ich da wäre, würde ich dir das Höschen sofort von deinem umwerfenden Körper ziehen, die Hände über deinem Kopf fesseln und dich reizen, bis du so heftig kommst, dass dein Körper erschlafft.«

»Himmel.«

»Würde dir das gefallen, Baby? Wenn ich über deine Schenkel lecke, dich mit meinen Händen, meinem Mund, meiner Härte reize?«

»Ja …« Ihre Stimme zitterte.

»Zieh dein Höschen für mich aus und sag mir, dass du feucht bist.« Er schob sich die Unterwäsche von den Beinen und warf sie auf den Boden. Währenddessen lauschte er ihrem schneller werdenden Atem. »Es ist okay, Baby. Ich bin hier und deinetwegen stahlhart. So verdammt hart, dass es wehtut.«

»Ich habe alles ausgezogen, und Duke?«

»Ja, Baby?«

»Ich bin so feucht, so bereit, dich in mir zu spüren. Ich hasse es, dass du so weit weg bist. Ich will, dass du mich mit deinem ganzen Körper liebst. Ich will deine Brust auf mir spüren. Ich will deinen Mund, der an meinen Nippeln saugt und mich … da unten leckt.«

»Großer Gott, Baby, das will ich auch. Fass dich an. Spür die Hitze, die ich nicht anfassen kann.« Er streichelte sich mit festen, harten Bewegungen. Ihre lüsternen, hohen Laute verrieten ihm, dass sie kurz davor war. »Berühre dich mit einer Hand und reib mit der anderen deine Klit, Baby. Stell dir vor, es wären meine Hand und mein Mund.«

»So gut«, hauchte sie erhitzt.

»Genau so, Baby. Wenn ich da wäre, würde ich mich so tief in dir vergraben, dass du nicht mehr weißt, wo dein Körper endet und meiner anfängt. Ich würde so heftig an deinen Nippeln saugen, dass du das Brennen bis tief in deinen Körper spürst.«

»Ja … Oh Gott, Duke …«

»Ich bin direkt bei dir, Baby. Du siehst so sexy aus, wenn du kommst. Ich stelle mir vor, wie du dich vom Bett wölbst und die Augen schließt. Wie du die Beine erst spreizt und sie sich dann vor Lust verkrampfen …« Hitze lief brennend an seiner Wirbelsäule herab.

»Mehr. Rede weiter so mit mir. Ich bin fast da.«

»Oh, Baby, das ist so sexy. Ich will dich umdrehen, von hinten nehmen und deinen hinreißenden Hintern an mir spüren. Ich will jeden Zentimeter deines schönen Rückens küssen und mich zu deinem Hintern vorarbeiten, dich dann umdrehen und an deiner Klit saugen, damit ich jedes Pulsieren spüren kann, wenn du …«

»Ogottogott. Ich komme …«

Ein Wortschwall brach aus ihr heraus – *So gut. Duke. Oh Gott. Ja* – und entlockte ihm seinen eigenen Höhepunkt. Er kam heftig auf seine Brust und stöhnte ihren Namen.

Gabriella kam so heftig, dass sie nichts anderes tun konnte, als dazuliegen und Duke beim Atmen zuzuhören. Ihr Körper summte vor Lust und sie wusste, dass es eher an Dukes Stimme und seinen sinnlichen, liebevollen Worten als an ihrer eigenen Berührung lag. Er besaß die Fähigkeit, alles zu finden, was sie brauchte, und es ihr dann im richtigen Moment in kleinen Häppchen zu servieren.

»Bist du noch bei mir, Baby? Geht's dir gut?«, fragte er mit der Zärtlichkeit, die er ihr immer zeigte.

»Ja. Nur ein bisschen verlegen.« Vielleicht sollte sie dieses Geständnis verlegen machen, aber sie wusste, dass er es verstehen würde. Und sie fühlte sich ihm so nah. Es gab nichts, was sie ihm nicht erzählen würde.

»Du bist so schön und vertrauensvoll. Nichts, was wir tun, muss dir peinlich sein, Baby. Ich wünschte, ich wäre da, um dich zu halten. Ich würde dich in die Arme nehmen und dich die ganze Nacht festhalten, damit du weißt, dass du sicher bist und geliebt wirst.«

»Selbst von so weit weg gibst du mir dieses Gefühl.« Sie zog die Decke über ihren nackten Körper. »Ich habe all das vorher noch nie gemacht und mit dir will ich alles tun. Duke, vor dieser Nacht am Leuchtturm habe ich mich noch nie vor einem Mann angefasst.«

»Das bedeutet, dass du mir vertraust. Das mit uns gibt dir

ein Gefühl von Sicherheit. All das, unsere Gespräche, unsere Sinnlichkeit, unsere Sorgen, unsere Hoffnungen, machen eine Beziehung aus und deshalb funktionieren wir so gut. Ich kann es nicht erwarten, am Wochenende mit dir auf die Insel zurückzukehren und sie als Paar zu erleben. Ich will das mit dir. Ich will alles mit dir und du wirst nie etwas anderes als Ehrlichkeit von mir bekommen – in Worten, Taten und Gefühlen.«

»Danke. Ich habe so viele meiner ersten Male mit dir zusammen und es ist so … Ich weiß nicht. Es fühlt sich *groß* an. Es fühlt sich gut an.«

»Ich wäre gern dein erster Freund gewesen, damit auch der erste Kuss uns gehört hätte.«

»Ich bin nicht sicher, ob du mich damals gemocht hättest. Ich war ziemlich herrisch. Meinen ersten Kuss hatte ich mit Bill Campbell. Er war groß, blond und der perfekte Südstaaten-Gentleman.«

»Baby, ich liebe es, wenn du herrisch bist. Bill ist groß und blond? War er es, mit dem du auf der Feier getanzt hast?« Seine Stimme war vor Eifersucht angespannt und sie liebte diesen Klang.

»Ja, tatsächlich. Aber glaub mir, ich habe nicht an unseren ersten Kuss gedacht.« Lachend erinnerte sie sich an ihr Gespräch, das sich um seine Arztpraxis in South Carolina gedreht hatte.

»Du hast die Insel geliebt, und ich nehme an, dass er von der Insel kommt. Warum hat es nicht funktioniert?«

»Ich war eine herrische Griechin und er ein stiller Südstaaten-Gentleman. Wir waren wie Öl und Wasser. Na ja, und weil wir *fünfzehn* waren.« Seufzend schloss sie die Augen. Sie wollte ihm einfach beim Reden zuhören. Wie konnte sie nur so glücklich sein? Übersah sie etwas? Ein Warnsignal, das sie nicht sehen konnte, weil sie zu verliebt war? »Erzähl mir von deinem größten Makel. Und fang nicht mit so was an, wie dass du *zu treu* bist, weil das kein Makel ist.«

»Die Wahrheit?« Sein Tonfall wurde ernst.

»Natürlich.« Sie lachte. »Sonst hätte ich gesagt, dass du mich anlügen sollst. Und zwar gut.«

»Okay, na ja, erst mal habe ich mit zu vielen Frauen geschlafen, die mir nichts bedeutet haben.« Er hielt inne und seine Aussage tat weh. »Ich habe immer zu viel gearbeitet und wollte zu viel.«

»Okay«, presste sie hervor, hatte aber noch daran zu knabbern, dass er sich durch die Betten geschlafen hatte. Obwohl er in dieser Hinsicht immer ehrlich gewesen war, milderte es den Schlag nicht ab, es so unverblümt zu hören.

»Als ich dich kennengelernt habe, wurde mir klar, *warum* ich all das getan habe. Ich habe versucht, einen Teil von mir zu füllen, von dem ich nicht wusste, dass er leer war. Ich habe eine tolle, liebevolle Familie. Eine großartige Karriere. Für viele Leute sieht es wohl so aus, als hätte ich ein rundum perfektes Leben. Aber mir fehlte das Wichtigste – die richtige Frau zu lieben und von ihr geliebt zu werden. Jemand, der mich um meiner selbst willen liebt und nicht wegen meines Vermögens. Jemand, der klug und interessant, witzig und liebevoll ist. Dass ich jahrelang so hart gearbeitet habe, hat mich in die Lage versetzt, die Insel zu kaufen, und das hat mich zu dir geführt. Und weil ich bei jeder anderen Frau nie mehr als körperliche Anziehung gespürt habe, wusste ich, dass meine Gefühle für dich echt und anhaltend sind. Du bist mein *kardia mou*, mein Herz, Baby, und es war uns bestimmt, einander zu treffen. Spürst du das nicht?«

Tränen brannten in ihren Augen. Sie würde ihm nicht sagen, dass sich Sätze nicht wortwörtlich aus dem Griechischen übertragen ließen und er den Kosenamen irgendwie missbraucht hatte. Allein die Tatsache, dass er diese Bezeichnung für sie bestimmt hatte, bedeutete ihr die Welt und zeigte ihr, wie viel sie ihm bedeutete. Die anderen Frauen vor ihr mochten zahlreicher gewesen sein als die Männer, mit denen sie geschlafen hatte, aber wen interessierte das? Alles, was er gerade gesagt hatte, stimmte. Seine Vergangenheit hatte ihn zu dem Mann gemacht, der er jetzt war, und diesen Mann liebte sie sehr.

Dreißig

Am Dienstagmorgen stand Gabriella vor dem Gerichtssaal, wartete darauf, dass der McGrady-Fall aufgerufen wurde, und dachte an Duke. Er hatte sie heute Morgen angerufen, um ihr Glück zu wünschen. So, wie die Meetings gerade liefen, würde er wohl bis zum Ende der Woche dortbleiben müssen. Sie hatte nicht gewusst, dass es möglich war, eine Person so sehr zu vermissen, aber die Vorstellung, die ganze Woche ohne ihn zu schlafen, hinterließ eine einsame Sehnsucht in ihr. Sie atmete tief ein und richtete ihre Gedanken auf Mary McGrady und die Verhandlung.

Die meisten ihrer Mandanten stellten sich einen Gerichtssaal wie im Fernsehen vor. Gewaltige Zimmer mit dunklen Holzverkleidungen, Holzböden und einer Ausstrahlung, die einen verschluckte, sobald man hinein ging. *Wenn es nur so wäre.* Es gab Holz und eine gewisse Ausstrahlung, aber nicht in diesem Ausmaß. Angst, Nervosität und Einschüchterung entsprangen der Tatsache, dass ihre Mandanten etwas taten, was sie nie vorgehabt hatten. Sie betraten mittelgroße Räume, von denen einige anscheinend seit dreißig Jahren nicht renoviert worden waren, und stellten sich einem Richter, weil sie eine Ehe beendeten, von der sie geschworen hatten, sie *in guten wie in schlechten Zeiten* aufrecht zu erhalten.

Gabriella betrachtete Mary, die jeden einzelnen ihrer Ratschläge befolgt hatte. Angefangen bei dem zurückhaltenden dunklen Rock und dem cremefarbenen Oberteil bis hin zu den schlichten Steckern in ihren Ohren und den praktischen Absatzschuhen. Sie hatte die Hände im Schoß gefaltet, aber Gabriella konnte ihr Zittern erkennen. Die blonden Haare wurden sorgfältig von einer Klammer im Nacken zurückgehalten und ihr Make-up war nüchtern. Aber es war der verlorene Ausdruck in den Augen jedes Mandanten, selbst wenn sie die Scheidung selbst ins Rollen gebracht hatten, der ihr jedes Mal zusetzte.

Sie hatte Mary instruiert, so prägnant wie möglich zu antworten und nur auf die Fragen zu antworten, die ihr gestellt wurden. Auch ihre Körpersprache und Gesichtsausdrücke hatten sie geübt. Beide Seiten würden einander schmerzhafte Dinge entgegenschleudern, und sie wollte nicht, dass ihre Mandanten zusammenbrachen oder, schlimmer noch, mit hasserfüllten Anschuldigungen um sich warfen – selbst wenn der Partner auf der Gegenseite sie verdiente. Aber nichts konnte sie auf den inneren Tumult vorbereiten, der aus dem resultierte, was wirklich passierte und was es für ihr Leben bedeutete. Für das Leben ihrer Kinder. Selbst die Mandanten, die ihre Kinder wie Schachfiguren einsetzten, mussten Schuld- und Reuegefühle verspüren, oder nicht? Auf jeden Fall hoffte sie es, denn egal, wie oft sie versuchte, sich selbst von den Situationen ihrer Mandanten zu *scheiden*, blieb der Schmerz, eine Familie aufzulösen.

Als sie in den Gerichtssaal gebeten wurden, fasste Mary sie am Handgelenk. »Egal, was da drin passiert, danke.«

»Hoffen wir auf das Beste.« Mittlerweile war das ihre Standardantwort.

»Er hat mich heute Morgen angerufen und angefleht zu bleiben. Ich wollte es Ihnen nicht sagen«, gestand Mary leise, »aber Sie sollten wissen, dass ich standhaft geblieben bin und Ihnen dafür danken muss.«

»Das war Ihre Entscheidung, Mary. Ich bin nur hier, um Ihre und die besten Interessen Ihrer Kinder zu vertreten.«

»Ich weiß. Sie sollten es nur wissen. Er hat mir eine Menge Geld geboten, damit ich mich nicht scheiden lasse, und mir alles Erdenkliche versprochen. Aber ich habe mich daran erinnert, dass Sie mir sagten, meine Handlungen wäre Botschaften an meine Kinder und … Danke.«

Auf dem Weg in den Gerichtssaal straffte Gabriella die Schultern, hob das Kinn und bereitete sich darauf vor, die Schlacht einer anderen Person zu schlagen.

Drei aufreibende Tage später war Duke immer noch in Reno, und nach zu vielen hitzigen Diskussionen, Tränen, Zweifeln und langen Stunden in den Räumlichkeiten des Richters näherte sich der Fall McGrady endlich dem Ende. Beide Seiten hatten ihre Argumente vorgetragen und der Richter würde sein Urteil fällen. Es fühlte sich an wie das Ticken einer Zeitbombe. Sie wollte ihren Flug nach South Carolina nicht verpassen. Die Feier zum Hochzeitstag ihrer Eltern war am folgenden Nachmittag und sie würde am Morgen da sein, um ihnen bei den Vorbereitungen zu helfen – komme, was wolle. Immerhin waren das Kochen und die Unterhaltungen mit all ihren Freunden und ihrer Familie schon der halbe Spaß.

Es wäre toll, wenn Duke auch schon da wäre, aber er hing noch bis Samstag in Reno fest. Zumindest würde er es zur Party schaffen und dann hatten sie noch eine gemeinsame Nacht auf der Insel, ehe sie wieder in die Stadt zurückkehrten. Es fühlte sich an, als hätte sie ihn seit einem Monat nicht mehr gesehen, obwohl er sie jeden Morgen und Abend anrief. In ihrer wenigen Freizeit brachte sie ihre Pläne für den Garten auf Papier, und das verriet ihr, dass ihr Herz ihm gehörte. Sie konnte nicht leugnen, dass sie in diesen langen, einsamen Nächten darüber fantasiert hatte, wie eine Zukunft mit Duke aussehen könnte. In seinen Armen aufzuwachen, Kinder gemeinsam großzuziehen. Er stand seiner Familie so nah wie sie ihrer und das bedeutete ihr eine Menge. Alles an Duke kam direkt aus seinem großen, edelmütigen Herz.

»Hiermit wird angeordnet ...«

Die Stimme des Richters riss Gabriella wieder in die Gegenwart und sie lauschte seinem Urteil bezüglich der Aufteilung der Vermögenswerte, des Unterhalts, der Sorgerechtsvereinbarung und einer Handvoll anderer Belange. Damit reduzierte er die Familie McGrady und ihre Ehe auf eine klar definierte Liste verhandelter Gegenstände. Mary nickte, zufrieden mit seiner Entscheidung, aber Gabriella erkannte an ihren geballten Fäusten und dem Zucken ihrer Unterlippe, dass der starke Gesichtsausdruck nur ein dünner Schleier aus Mut war. Leider schien dieser Schleier von einem Scheidungspaar an das nächste weitergereicht zu werden.

Nachdem sie sich um den restlichen Papierkram und die nötigen Abmachungen gekümmert hatte – was ihr einen empörten Blick von Blödmann McGrady einbrachte – verabschiedete sie sich von Mary. Es fühlte sich an, als würde ihr eine gewaltige Last von den Schultern genommen. Sie war ihrem

Ziel, nie wieder einen Scheidungsfall zu verhandeln, einen Schritt nähergekommen, und nichts könnte sie glücklicher machen – außer, in Dukes Armen zu liegen.

Im Taxi zum Flughafen schickte sie Addy schnell eine Nachricht. *Ein Fall geschafft, bleiben noch drei! Dann gibt es keine hässlichen Scheidungen mehr! Mach heute früher Feierabend. Das hast du dir verdient, weil du die Stellung gehalten hast.*

Addy antwortete sofort. *Danke, Boss. Wir feiern, wenn du zurück bist. Viel Spaß auf der Insel! Umarm deine Familie von mir! XO*

Liebend gern würde sie jetzt Duke anrufen, aber er hatte ihr erzählt, dass die Verhandlungen in den letzten Tagen hitzig geworden waren, und sie wollte ihn nicht stören. Also machte sie ein Selfie von sich, wie sie einen Luftkuss warf und schrieb: *Wir haben im Gericht überlebt und es ist gut ausgegangen. Liebe dich, vermisse dich, kann es nicht erwarten, dich zu küssen. Bin auf dem Weg zum Flughafen. Wünschte, du wärst bei mir. Wir sehen uns morgen Nachmittag! XOX*

Einunddreißig

Am Freitagabend um kurz nach neun stieg Gabriella vom Boot auf den vertrauten Steg. Mit einem Lächeln, das sie nicht einmal in ihren Träumen unterdrücken könnte, stand sie unter den Sternen, zog ihre Schuhe aus, stopfte sie in ihre Tasche und hätte sich auch aus ihren Arbeitsklamotten geschält, um direkt hier am Steg in eine kurze Hose oder ein Strandkleid zu schlüpfen, wenn am Strand nicht Leute unterwegs gewesen wären. Ein Paar ging Hand in Hand an ihr vorbei, und sie überlegte, wie schön es wäre, wenn Touristen die Insel wieder genießen könnten.

Mit dem Koffer im Schlepptau ging sie Richtung Strand. Das Holz des abgenutzten Stegs kitzelte ihre nackten Füße, die Luft war warm und die Gerüche des Meeres vertrieben den Stress der letzten Tage. *Inselmagie*, vermutete sie. Oh, wie sie es hier liebte. Sie dachte an Duke und hoffte, dass es bei den Meetings gut lief. Sie konnte sich nicht vorstellen, wie viele Menschen und Teams zusammenkommen mussten, um eine Insel zu kaufen. Er hatte seine Anwälte, Teams für die Landerschließung und Teams von Finanzberatern erwähnt. Das alles hörte sich sehr stressig an. Er hatte diesen Ausflug genauso nötig wie sie und morgen würden sie endlich wieder vereint sein.

Im Besucherzentrum war es dunkel, als sie reinging und sich die Schlüssel für einen der Golfwagen holte. Es erinnerte sie daran, wie Duke am ersten Tag ihre Eltern kennengelernt hatte. Sündhaft heiß hatte er im Türrahmen gestanden und sie amüsiert beobachtet.

Der Golfwagen ruckelte über die vertrauten Wege. Als sie das Resort erreichte, standen drei weitere Golfwagen davor. Es musste einen kleinen Besucheransturm gegeben haben. Alle Lichter brannten und ihr Großvater stand in der Tür. So spät war er sonst nie hier. Sie hoffte, dass alles in Ordnung war, und eilte schnell zum Gebäude. Als er die Tür hörte, drehte ihr Großvater sich um und breitete lächelnd die Arme aus.

»*Gabrielaki mou*, du hast meine Nachricht bekommen. Ich hatte befürchtet, dass du sie vielleicht nicht gehört hast.« Seine Wärme und der vertraute Geruch nach Essen legten sich um sie.

»Ich hab keine Nachricht bekommen. Ich habe mein Handy am Flughafen ausgeschaltet. Was machst du so spät hier? Ist alles in Ordnung?« Schnell musterte sie ihn auf Anzeichen für eine Notlage von oben bis unten, doch er lächelte nur. Er trug eines seiner schicken Hemden, eine ordentliche Hose und seine Lieblingssandalen.

»Wir haben ein Meeting. Komm.« Er führte sie in den Konferenzraum, in dem zwei Männer und zwei Frauen, die alle sehr professionell gekleidet waren, am Tisch saßen. Blaupausen und verschiedene Dokumente waren darauf ausgebreitet.

Beim Anblick der freundlichen Gesichter drehte sich ihr der Magen um. Sie wandte sich an ihren Großvater und sprach auf Griechisch, damit sie die Unterhaltung nicht verstehen konnten. »Wer sind diese Leute? Was soll das alles?« Verkaufte er die Insel nicht an Duke? *Nein, nein, nein, nein, nein.*

»Sie sind von BRB Enterprises und haben ein sehr gutes

Angebot für die Insel abgegeben«, antwortete er ebenfalls auf Griechisch.

Sie fühlte sich wie eine Verräterin, denn Duke arbeitete so hart daran, ein Angebot zusammenzustellen, aber aus Respekt gegenüber ihrem Großvater widersprach sie nicht. Stattdessen versuchte sie, sich aus dem Raum zurückzuziehen. Wenn er die Insel an jemand anderen verkaufen wollte, war das seine Sache. Doch sie musste es nicht stillschweigend hinnehmen.

Ihr schlug das Herz bis zum Hals. »Warum bin ich hier, Grandpa? Das ist dein Deal. Ich bin müde und wenn du nichts dagegen hast, würde ich gern in meine Villa gehen.«

Er legte einen Arm um ihre Schultern und es überraschte sie, dass er nicht auf Griechisch antwortete.

»Gabriella, sie haben ein sehr gutes Angebot für die Insel gemacht, aber es gibt eine schriftliche Auflage, dass alle Designs deine endgültige Zustimmung benötigen.«

Ihre Augen weiteten sich und die Luft wich aus ihrer Lunge. Es fühlte sich an, als hätte sie einen harten Schlag in die Magengrube bekommen. Sie würde sich nicht in seinen neuen Geschäftsabschluss verstricken lassen. Es war schon schwer genug, sich bei Duke zurückzuhalten. Sie hatte nicht vor, ausgerechnet bei Fremden Teil eines Deals zu werden. Sie hatte beinahe ihren Frieden gefunden. Ihr war klar, dass die Insel, die sie liebte, vollkommen verändert werden würde, aber sie musste keine neue Reise des Unbehagens antreten. Doch der Respekt für ihren Großvater zählte mehr als ihre eigenen Wünsche und anstatt sich zu weigern, versuchte sie, es ihm auszureden.

Sie trat näher an ihn heran, wandte den anderen den Rücken zu und senkte die Stimme, damit sie niemand hören konnte. »Dem werden sie niemals zustimmen.«

»Wir haben nicht nur zugestimmt, sondern darauf bestanden.«

Gabriella blieb das Herz stehen. *Duke?* Mit wild hämmerndem Herzen wirbelte sie herum. Duke stand in der Tür und sah in dem dunklen Anzug, der hellblauen Krawatte und mit dem selbstbewussten Funkeln in den Augen, das sie vom ersten Tag an angezogen hatte, wie ein Geschenk des Himmels aus.

»Duke …?« Ein Kloß bildete sich in ihrer Kehle und sie versuchte, zu verstehen, was gerade passierte.

Er überbrückte den Abstand zwischen ihnen und küsste ihre Wange. »Hi, Baby. Ich hab dich vermisst.« Er legte eine Hand auf ihren unteren Rücken, richtete sich wieder auf und hielt ihren Blick fest. »Tut mir leid, dass ich nicht im Raum war, als du angekommen bist.« Er deutete auf den Tisch. »Das sind meine Partner, Pierce Braden und seine Schwester Emily. Und das sind Pierces Verlobte Rebecca und Emilys Verlobter Dae. Wir sind von Ryder Enterprises zu Braden, Ryder, Braden Enterprises gewechselt, als wir entschieden haben, unsere Kräfte für dieses Projekt zu vereinen.«

Seine Partner und deren Verlobte? Noch immer schwebte sie auf Wolke sieben, da sie Duke eher als erwartet wiedersah, und während sie noch versuchte, seine Worte zu verarbeiten, erklärte er weiter.

»Emily ist eine führende Architektin in der Passivhaus-Bewegung und auf ökologische Bauweisen spezialisiert. Dae ist Abrissunternehmer und wird mit uns arbeiten, um sicherzugehen, dass alles, was abgerissen werden muss, so sicher und umweltfreundlich wie möglich geschieht. Rebecca ist Akquise-Spezialistin, und Pierce und ich arbeiten am geschäftlichen Ende des Deals.«

»Freut mich, Sie alle kennenzulernen«, sagte Gabriella, fügte jedoch hinzu, bevor sie antworten konnten: »Ich verstehe das nicht. Was habe *ich* mit all dem zu tun?«

Duke nahm ihre Hand und sah ihr tief in die Augen. Sie spürte, wie der Raum vor Energie pulsierte und war sicher, dass es auch alle anderen fühlen konnten.

»Baby, ich habe dir etwas versprochen und ich halte meine Versprechen immer. Nichts, kein einziges Sandkorn wird ohne deine Zustimmung bewegt. Du hast mir vertraut und ich vertraue dir. Ich habe die anderen gebeten, mich zu begleiten, damit du mit ihnen sprechen, arbeiten, planen, Fragen stellen, Vorschläge machen und Entscheidungen treffen kannst. Wir wollen die Insel in ein Resort, in dem man alles zu Fuß erreichen kann, verwandeln, genau, wie du wolltest.«

Sie konnte ihn über ihren donnernden Herzschlag kaum verstehen. Sie sah zu ihrem Großvater, der zustimmend nickte.

»Wir haben uns eine Themeninsel vorgestellt«, erklärte Rebecca. »Natürlich nur, wenn du einverstanden bist, und falls nicht, arbeiten wir gern mit deinen Ideen, um ein umweltfreundliches Resort zu schaffen.«

»Wir möchten gern das einzigartige Mittelmeer- und Südstaaten-Flair beibehalten«, fügte Emily hinzu. »Wie in Little Italy oder Chinatown zum Beispiel, mit umweltfreundlichen Gebäuden, die nicht höher als vier Stockwerke sind. Die würden auch nur in bestimmten Bereichen stehen und nicht in der Nähe der Naturschutzgebiete. Außerdem würden wir dafür sorgen, dass die neuen Gebäude den Blick der bestehenden Häuser nicht verstellen.«

»*Omeingott.*« Sie packte Dukes Arm. »Duke?« Er hielt sein Versprechen wirklich. Tränen brannten in ihren Augen. »Keine Straßen? Aber was ist mit Rettungsfahrzeugen?«

»Wir dachten an ein paar spezielle Straßen durch die bewaldeten Gebiete, damit diese Fahrzeuge sicher vorankommen können, jedoch nicht in den Hauptgebieten der Insel. Die bisher unbefestigten Straßen würden unbefestigt oder geschottert bleiben.« Emily erhob sich und reichte Gabriella ein Informationspaket. »Es gibt neue, experimentelle Straßen, die kinetische Energie aufnehmen, und spezielle Produkte und Materialien, die Solarenergie aufnehmen, um Elektrizität zu generieren. Das würden wir gern hier auf Elpitha nutzen. Du meine Güte, ich könnte dir ein Ohr abkauen und du bist gerade erst gekommen. Tut mir wirklich leid.«

»Mir tut es leid«, erwiderte Gabriella. »Ich bin etwas von den Socken.«

Duke drehte sie in seinen Armen und umfasste ihr Gesicht mit seinen großen, warmen, sicheren Händen. »Es gibt keinen Druck, Baby. Aber ich habe etwas versprochen und will nichts lieber, als dass du Teil dieses Vorhabens bist. Du wirst nicht nur bei allem das letzte Wort haben, sondern wirst vor allem ein wesentlicher Bestandteil dabei sein, der Insel, die du so sehr liebst, etwas zurückzugeben.«

Nun liefen ihr die Tränen über die Wangen.

»Du wirst nicht zwischen den Stühlen stehen, Baby. Genau, wie ich es versprochen habe«, sagte er und strich ihr die Tränen weg. »Du wirst die Führung haben. Also, wenn du willst.«

Gabriella klammerte sich an seine Arme und zwang sich, trotz des Kloßes in ihrer Kehle zu sprechen.

»Ja. Ja, Duke. Ich will das wirklich sehr.«

Nach einem gemeinsamen Umtrunk zur Feier des Tages richteten sich die anderen im Resort häuslich ein. Duke und

Gabriella fuhren ihren Großvater zurück zu seinem Haus, ehe sie den Golfwagen zurückbrachten. Duke trug Gabriellas Koffer zu ihrer Villa, was ihn an ihren letzten Aufenthalt hier erinnerte, bei dem er sein eigenes Gepäck getragen hatte. Er erinnerte sich daran, wie sehr es ihn geschmerzt hatte, sie in der ersten Nacht allein zu lassen, obwohl er sein letztes Hemd gegeben hätte, um ihr näher zu sein.

Die Villa war genauso, wie er sie vor einer Stunde verlassen hatte, und das Verandalicht brannte.

»Es fühlt sich so gut an, hier zu sein.« Gabriella verließ den Weg, trat ins Gras und betrachtete den klaren, mitternachtsblauen Himmel. »Hier auf Elpitha habe ich angefangen, mich in dich zu verlieben.« Sie schlang die Arme um seine Taille und fuhr dann auf Griechisch fort: »Elpitha hat erneut ihren Zauber gewirkt.«

»Das hat sie.«

Überrascht keuchte sie auf und suchte seinen Blick. »Du hast verstanden, was ich gesagt habe?«

»Ich kann dich ja kaum fragen, ob du mich heiraten willst, wenn ich die Sprache deiner Familie nicht spreche, oder?«, erwiderte er ebenfalls auf Griechisch.

»Dich h-*heiraten*?«, fragte sie und wechselte erneut ins Englische, weil sie nicht klar denken konnte.

»Ich bin früher angekommen und hab mit deiner Familie Mittag gegessen. Mit deinen Eltern, deinem Großvater und deinen Brüdern. Ich wollte dich schon fragen, seit du das erste Mal bei mir übernachtet hast und ich mir dich mit einem runden Babybauch vorgestellt habe.«

Ihre Augen weiteten sich.

»Du willst doch Kinder, oder?« Er kannte die Antwort bereits, aber mit dem geschockten Ausdruck auf ihrem wunderschönen Gesicht sah sie im Mondlicht so hinreißend aus, dass er dem Drang nicht widerstehen konnte, ein wenig mit ihr zu spielen.

»Ja! Ja! Ich will viele Kinder mit dir.« Sie krallte sich in sein Hemd und die Vorfreude summte wie elektrische Energie zwischen ihnen.

»Und ich nehme an, dass du bei mir einziehen willst?«, fragte er so gelassen wie möglich.

»Ja! Ich habe Pläne für Gärten und so weiter entworfen.«

»Okay, dann lass uns reingehen.« Er nahm ihren Koffer, doch sie riss ihn zurück.

»Duke! Du kannst eine Frau nicht so hängen lassen!«

Lachend ließ er den Koffer fallen. »Baby, habe ich dich jemals hängen lassen?«

Er trat einen Schritt zurück, zog sein Jackett aus und holte das Handy heraus.

»Duke …« Sie lachte und schüttelte den Kopf. »Vielleicht sage ich nach all dem nicht mehr Ja.«

»Vielleicht nicht, aber ich habe ein gutes Gefühl, was uns angeht.«

Er klickte *Lose My Mind* von Brett Eldredge auf Spotify an. Anschließend zog er seine Schuhe aus – die Strümpfe war er schon vorhin losgeworden – und umkreiste sie im Takt der Musik, wobei er die Hüften wiegte und langsam sein Hemd aufknöpfte. Während Brett von einer Achterbahn der Gefühle sang und davon, dass er bei ihrem ersten Treffen gewusst hatte, dass er nie wieder derselbe sein würde, wirbelte Duke sie herum und rieb seinen Hintern an ihren Hüften.

»Oh Mann«, murmelte sie mit leidenschaftlichem Blick.

Im Refrain ging es darum, dass er eine Schraube locker hatte und wild gemacht wurde, und Duke schob sich das Hemd von der Schulter, ehe er sich vorbeugte, als wollte er sie küssen. Sie kam ihm entgegen und als der Rhythmus schneller wurde, zog er sich außer Reichweite zurück, während Brett davon sang, verrückt gemacht zu werden.

Duke entledigte sich seines Hemdes, wirbelte es über dem Kopf, was Gabriella ein Kichern entlockte, und warf es ihr dann zu. Sie drückte es an ihre Nase und atmete tief mit geschlossenen Augen ein. Alles, was sie tat, erregte ihn, und als ihr ein sinnliches Stöhnen entkam, hätte er beinahe auf den Rest seines Tanzes verzichtet, um sie in die Arme zu nehmen und zu küssen. Aber das hier war für sie und er würde nicht weniger tun, als jeden einzelnen ihrer Wünsche, jede ihrer Fantasien für den Rest ihres Lebens zu erfüllen.

Bei der Wiederholung des Refrains ließ Duke den Knopf seiner Hose aufschnappen, wiegte die Hüften und überbrückte erneut den Abstand zwischen ihnen. Er öffnete den Reißverschluss und stieß seinen Unterleib gegen ihr Bein, wodurch er hart wurde und Gabriella ein weiteres, sinnliches Stöhnen entlockte.

»Mmh. Ich will dich den Verstand verlieren lassen«, sagte sie und streckte die Hände nach ihm aus.

»Und das wirst du«, bestätigte er, trat zurück und zog sich im Takt der Musik die Hose aus, sodass er bis auf die Unterwäsche nackt war.

Er umfasste Gabriellas Taille, zog sie an sich und rieb seine Erektion an ihrer Hüfte. Flatternd schloss sie die Augen und er sang den Refrain an ihrer Wange, während das Lied langsam verklang. Dann zog er einen Samtbeutel aus seiner Unterhose, sank auf ein Knie und holte einen Ring aus dem Beutel.

»Oh mein Gott, Duke.«

»Gabriella.« Er hielt inne, um seine Atmung zu beruhigen,

führte ihre Hände an seine Lippen und küsste jeden einzelnen Knöchel. »Baby, du bist die einzige Frau, die ich je geliebt habe, und die einzige Frau, die ich je lieben *werde*. Ich möchte all deine Träume und all deine Fantasien wahr werden lassen. Ich möchte da sein, um das Glück mit dir zu feiern und dafür zu sorgen, dass du niemals zwei Mal aus demselben Grund weinen musst.«

Er erhob sich und sah der Frau in die Augen, deren Herz so groß war, dass sie die Anziehung zwischen ihnen geleugnet hatte, um die Insel und die Menschen zu schützen, die sie liebte.

»Willst du mich heiraten, Baby? Für immer mein sein? Ich verspreche, dass ich dich niemals hängen lassen werde.«

»Ja, ich will dich heiraten, Duke. Ich würde dich noch in dieser Sekunde heiraten.«

Er steckte ihr den Ring an den Finger und erneut liefen ihr Tränen über die Wangen. Die vier Diamanten im Prinzess-Schliff, die von weiteren, runden Diamanten eingerahmt wurden, funkelten im Mondlicht. Zwei Reihen Diamanten verbanden sich zum eigentlichen Ring, so wie ihre Herzen sich vereinigt hatten, um ihre Liebe zu formen.

»Es könnte sein, dass ich eine Kleinigkeit noch nicht erwähnt habe«, fügte Duke so ernst wie möglich hinzu, obwohl ihm das Herz in der Brust aufging.

»Was denn?«

»Als meine Frau bist du Teilhaberin von BRB Enterprises. Wenn du auf die Insel ziehen und dich um die Projekte kümmern willst ... Ich kann von überall aus arbeiten.«

Sie warf sich in seine Arme und sprach so schnell, dass ihm der Kopf schwirrte – auf die bestmögliche Art. »Wirklich? Das würdest du für mich tun? Du würdest hierherziehen? Weg von deinem Haus am Wasser? Mit mir? Für mich? Was ist mit Addy? Meiner Kanzlei? Oh mein Gott!«

»Wir finden eine Lösung und natürlich gibt es auch eine Stelle für Addy. Ich würde dich nie von deiner Partnerin beim Pornogucken trennen.« Ihr Lachen schoss ihm direkt ins Herz. »Ich habe versprochen, dir jeden Wunsch zu erfüllen. Für immer und ewig, Baby. Ich werde dich niemals enttäuschen.«

Sie besiegelten ihren Schwur mit einem salzigen, tränenreichen Kuss. Und als Duke Gabriella ins Haus trug, fühlte er sich wie der glücklichste Mann der Welt, denn er wusste, dass er ihre vollen Lippen jeden Tag für den Rest seines Lebens küssen würde.

Epilog

»Er ist umwerfend, Schätzchen«, lobte Gabriellas Mutter, während Gabriella den funkelnden Verlobungsring zum millionsten Mal betrachtete, seit Duke ihn ihr gestern Abend angesteckt hatte. »Und ich bin so froh, dass Duke alle eingeflogen hat, um eure Verlobung zu feiern.«

»Und euren Hochzeitstag«, fügte Gabriella hinzu. Fast der ganze Ort war erschienen, um im großen Haus zu feiern. Es war eine familiäre, festliche Szenerie. Ein Lamm briet am Spieß, Gelächter drang aus allen Richtungen, die Kinder spielten und tanzten, und Dukes und Gabriellas Familie fanden nahtlos zueinander. Sie war so überrascht gewesen, alle zu sehen, dass sie beinahe hyperventiliert hätte.

»Es gibt kein besseres Geschenk zum Hochzeitstag, als unsere Gabrielaki glücklich zu sehen. Er ist ein wundervoller Mann, Schätzchen, und jeder hier spürt seine Liebe für dich. Er trägt sein Herz auf der Zunge, genau wie du.« Ihre Mutter deutete mit dem Kopf auf Duke, der sie beobachtete, während er sich mit seiner Familie und Gabriellas Brüdern unterhielt.

Duke warf ihr einen Luftkuss zu. Sein Bruder Blue stupste ihn mit der Schulter an und sagte etwas, woraufhin Duke und die anderen lachten. Vom ersten Moment an hatte sie seine

Brüder Blue und Gage genauso gemocht wie den Rest seiner Familie. Blues Verlobte Lizzie unterhielt sich mit Addy, Siena, Trish und Katarina. Addy warf immer wieder verstohlene Blicke zu Jake und es war unmöglich zu übersehen, wie er sich nach ihr verzehrte. Wie lange es wohl dauern würde, bis die Kuppler in ihrer Verwandtschaft die Funken bemerkten? Ein paar Meter weiter hatten sich einige ihrer Tanten um den Buffet-Tisch gedrängt, den Blick fest auf Addy und Jake gerichtet. Gabriella lächelte angesichts der Erinnerung, wie sie am Morgen der Geburtstagsfeier an Duke geklebt hatten. Oh Mann, wie sie diese Frauen liebte. *Oh Mann, wie ich Duke liebe.*

Siena hob Katarinas Tochter Ermione auf ihre Hüfte. Es sah so natürlich aus, wie sie das kleine Mädchen hielt. Gabriella wurde von einer heftigen Sehnsucht erfasst. Plötzlich hatte sie mehr Schwestern, als sie sich je erhofft hatte, und sie konnte es nicht erwarten, sie besser kennenzulernen, Kinder mit ihnen großzuziehen und eines Tages zu beobachten, wie sich ihre Kinder verliebten und heirateten.

Sie war ziemlich voreilig, aber Duke und sie hatten einander die ganze Nacht über geliebt und über die Zukunft gesprochen. Sie wollten beide viele Kinder.

»Gabrielaki mou.«

Sie war so in Gedanken verloren gewesen, dass die Stimme ihres Großvaters sie erschreckte. Das Kratzen seines buschigen Schnauzers war tröstend, als er ihr einen Kuss auf beide Wangen drückte.

»Dein zukünftiger Ehemann hat dieser Familie ein wunderbares Geschenk gemacht«, sagte er mit ernster Stimme.

»Ja, das hat er. Emily und Rebecca haben fantastische Ideen und sind so im Einklang mit der Natur und der Umwelt, dass wir ganz sicher in guten Händen sind.«

»Ah, du siehst die Erneuerung der Insel als sein Geschenk. Ich sehe etwas anderes, mein Kleines. Nur ein besonderer Mann lässt sich nicht von einer klugen, willensstarken Frau wie dir einschüchtern. Und es braucht ein großzügiges, liebevolles Herz, um diese Stärke zu fördern und dich aus deiner Komfortzone zu holen, anstatt diese Stärke zu unterdrücken oder kontrollieren zu wollen.«

Duke entfernte sich von den anderen und warf Gabriella einen verführerischen Blick zu. Die Menge teilte sich für ihn, als er auf sie zuging. Jeder entschlossene Schritt beschleunigte ihren Puls. Zu der unbändigen Liebe in seinen Augen kamen jetzt Lust und Verlangen und während ihr Atem immer flacher wurde, fragte sie sich, wie ihre Beine sie tragen sollten, wenn er so weiter machte. Bemerkte ihr Großvater ihre Reaktion?

Oh, Mist! Grandpa!

Sie drehte sich zu ihm und er lehnte sich näher. »Jede Blume braucht Sonnenlicht, Liebes, und Duke hat dir geholfen, zu strahlen. Er hat uns ein viel größeres Geschenk gemacht, als der Insel zu helfen. Er hat unserer Familie dein Glück geschenkt. Und dafür werde ich ihm ewig dankbar sein.«

Ihr wurde klar, dass auch ihr Großvater sie aus ihrer Komfortzone gedrängt und ihr damit geholfen hatte, ihre Flügel auszubreiten und zu leuchten.

»Und ich werde dir auf ewig dankbar sein. Alles, was du getan hast, hat mich zu Duke geführt. Und, Grandpa, er *ist* mein Sonnenlicht, mein Regen … mein *alles*.«

Duke glaubte, ihm würde das Herz aus der Brust springen, als er auf Gabriella zuging, die Frau, die bald seine Ehefrau und hoffentlich eines Tages die Mutter seiner Kinder sein würde. Seine Liebe für sie erfüllte ihn mit solcher Macht, dass er nur daran denken konnte, sie zu erreichen und in den Armen zu halten.

Er beobachtete, wie ihr Großvater ihr etwas ins Ohr flüsterte. Dann entfernten er und ihre Mutter sich. Duke griff nach Gabriellas Hand, verschränkte ihre Finger ineinander und zog sie an sich. Die Musik wurde langsamer. Er legte die Hand an ihre Taille, drückte ihren Körper an sich und sie wiegten sich im Takt.

»Habe ich dir in letzter Zeit gesagt, wie sehr ich dich liebe?«, flüsterte er an ihrer Wange.

»Ja.« Sie klang so atemlos wie nach ihrem ersten Kuss und sein gesamter Körper reagierte darauf.

»Lass es mich dir noch einmal sagen. Ich liebe es, wie wichtig dir deine Familie ist. Ich liebe es, dass du versuchst, es allen recht zu machen, und in unserer Beziehung über deine Grenzen hinausgehst. Ich liebe es, wie sinnlich du mich ansiehst, aber trotzdem etwas verlegen bist, dass du mir das zeigst.« Er spürte, wie sich ihr Herzschlag beschleunigte. »Ich liebe es, wie du am Morgen aussiehst, wenn du kaum wach bist, aber mit den Händen nach mir suchst. Baby, ich liebe es, wie unsere Körper zusammenpassen, als wären wir füreinander bestimmt.«

»Das liebe ich auch.«

»Woran denkst du gerade? Wie unglaublich es sich letzte Nacht im Bett angefühlt hat?« Er ließ seine Hand bis ganz zum Ende ihrer Wirbelsäule gleiten, presste ihre Hüften aneinander und flüsterte: »Oder spürst du, wie sehr ich dich erneut lieben will?«

Sie rieb beim Tanzen mit der Nase über seinen Hals. »Du

verwandelst mich noch vor allen anderen in Wachs.«

Er betrachtete ihre Eltern, die neben Pierce und Rebecca und Emily und Dae tanzten. Cash und Siena tanzten mit Ermione zwischen sich und Blue und Lizzie unterhielten sich Arm in Arm mit Gage und Trish. Dimitri führte Addy auf die Tanzfläche, was Jake wie ein Panther auf der Jagd beobachtete. Duke lachte leise vor sich hin, denn er erinnerte sich daran, wie er sich gefühlt hatte, als Gabriella mit dem blonden Typen auf der Geburtstagsfeier getanzt hatte. Er wusste, dass Eifersucht in der Zukunft nicht ausbleiben würde. Wie auch, wenn er eine so brillante, wunderschöne Frau heiratete? Aber er war verdammt froh, dass sie bis ans Ende aller Tage jeden Abend zu ihm nach Hause kommen würde.

»Keine Sorge, Baby. Falls du dich in Wachs verwandelst, sammle ich jeden einzelnen Tropfen auf und setze dich wieder zusammen. Aber bei der Hitze zwischen uns solltest du dich besser daran gewöhnen, zu Wachs zu werden, denn wenn es nach mir geht, wird das niemals aufhören.«

»Du bist ziemlich von dir überzeugt, hm?«, stichelte sie.

»Nein, Baby. Ich bin sehr von *uns* überzeugt.«

Voller Vertrauen, Liebe und Zuversicht sah sie zu ihm auf, und als sie »Genau wie ich« antwortete, spürte er die Wahrheit ihrer Worte bis in die Tiefen seiner Seele.

Bereit für mehr von den Ryders?

Verlieb dich mit Trish und Boone.

Eins

»Ich gehe rüber. Soll ich rübergehen? Red es mir aus. Oder doch nicht?« Trish Ryder hielt das Handy fest in der Hand und ging im Trailer am Set ihres neuen Films »No Strings« auf und ab. Die ganze Nacht hatte sie versucht, ihren Text zu lernen, aber ihr Co-Star, der berühmte Rocker Boone Stryker, feierte eine ausgelassene Party in seinem Trailer, und sie konnte bei dem Lärm kaum denken.

»Es ist Mitternacht und du musst in sieben Stunden am Set sein«, erinnerte ihre beste Freundin Fiona sie. »*Du* bist der Star, also ja. Schwing deinen Hintern rüber und lass die Diva raushängen.«

Trish blieb wie angewurzelt stehen. »Aber ich *bin* keine Diva!«

»Natürlich nicht, aber du weißt, dass seine Groupies das anders sehen werden, was dich *nicht* interessieren wird. Richtig?«

»Richtig.« Sie nickte knapp, doch es war ihr nicht egal. Es bedeutete ihr eine Menge und Fiona wusste das. Sie hatte hart daran gearbeitet, ihren Ruf nicht mit einer divenhaften Einstellung oder einem ähnlichen Eindruck zu beflecken, und wollte das jetzt nicht für einen egozentrischen Rockstar aufs Spiel setzen, der sein Film-Debüt hatte.

Fiona stöhnte, und Trish hörte, wie Jake Braden, der Verlobte ihrer Freundin, sagte: »Gib mir das Telefon.«

»Gib ihm *nicht* das Telefon.« Trish tigerte wieder los. Sie vergötterte Jake. Er war nicht nur ein großartiger Stuntman, sondern behandelte ihre beste Freundin auch noch wie eine Prinzessin. Aber Jake war genau wie Trishs fünf Brüder durch und durch ein überfürsorglicher Beschützer-Typ, was bedeutete, dass er sich *für sie* um die Sache kümmern wollte.

»Als hätte ich eine Wahl.« Fiona kicherte und Trish lauschte, wie sie sich um das Telefon zankten.

»Trish?« Jakes Tonfall ließ ihren Namen wie einen Befehl klingen, dem sie salutieren sollte.

Trish Ryder salutierte keinem Mann. »Nein, hier ist Mary Poppins.«

»Okay. Tja, dann hör zu, Mary«, erwiderte Jake, ohne zu zögern. »Schwing deinen hübschen kleinen Hintern da rüber und sag dem Kerl, dass er sich zusammenreißen soll. Wenn er dir Schwierigkeiten macht, rufst du mich wieder an, und ich komme ans Set und bringe ihn wieder zur Vernunft.«

Natürlich wirst du das. »Danke, Jake, aber ich schaffe das.

Ich war einfach nicht sicher, ob ich für Unruhe sorgen will. Er hat es sowieso schon so vermasselt, und die ganze Crew weiß, dass sich der Film auf dünnem Eis bewegt.«

»Das ist noch ein Grund mehr dafür, dass du ihn wieder auf Kurs bringst«, sagte Jake. »Du musst ja nicht zickig sein. Sei einfach wie immer ganz normal und selbstbewusst. Er müsste schon ein ziemlicher Mistkerl sein, sollte er die Situation nicht geradebiegen.«

Sie seufzte und hörte, wie Jake das Handy wieder Fiona reichte. Vielleicht hatten sie recht. Sie war eine angesehene Schauspielerin und Boone drehte zum ersten Mal einen Film. Vielleicht wusste er einfach noch nicht, wie man sich am Set verhielt. Offensichtlich, denn innerhalb weniger Wochen hatte er das Treffen für die Vorproduktion verpasst, war zu spät am Set aufgetaucht und hatte so viele Szenen vergeigt, dass man sie nicht mehr zählen konnte.

»Bin wieder dran. Geht's dir gut?«, fragte Fiona.

»Ja. Nein. Ich weiß nicht, aber ich gehe rüber. Ihr habt recht. Wenn ich die ganze Nacht wach bin, setze ich morgen alles in den Sand, und ich kann es nicht gebrauchen, dass der Regisseur sauer auf mich wird.«

Nachdem Trish den Anruf beendet hatte, legte sie ihr Handy neben die Ausgabe des *Rolling Stone*-Magazins. Boone war mit freiem Oberkörper auf dem Cover abgedruckt. Sie hatte den Artikel gelesen. Sie hatte jeden Artikel gelesen, in dem es darum ging, dass Boone die Rolle in »No Strings« angenommen hatte, und überall stand das Gleiche. *Boone Stryker ist eine wahr gewordene Fantasie: warme, braune Augen, die »Hilf mir«, »Nimm mich« und »Du wirst mich nie vergessen« sagen, Tattoos, die von einer aufgewühlten Seele sprechen, und unendliche Hingabe an seine Kunst.*

Sie hatten *selbstbezogener Mistkerl, der für niemanden außer sich selbst Respekt hat* weggelassen. Und seinem Verhalten nach zu urteilen, war sie noch nicht mal sicher, ob er den überhaupt hatte.

Tja, weißt du was? Es wird Zeit, erwachsen zu werden.

Ihr Handy vibrierte, als ihr ältester Bruder Duke anrief. Sie stöhnte. *Oh Mann, Jake. Du kannst wirklich nichts für dich behalten.* Manchmal war es nicht schön, die kleine Schwester zu sein – selbst, wenn man fast dreißig war. Sie ließ den Anruf auf die Mailbox gehen. Sie war nicht in der Stimmung, sich mit ihrem überfürsorglichen Bruder herumzuschlagen, der zehn Jahre älter war als sie. Wann würde er begreifen, dass sie nicht automatisch behütet werden musste, nur weil sie eine Frau war?

Sie stürmte aus ihrem Trailer. Von der anderen Seite des Platzes her dröhnte lauter Rock 'n' Roll. Spärlich bekleidete Frauen und oberkörperfreie Männer standen rauchend und trinkend in kleinen Grüppchen zusammen und bildeten einen Puffer zwischen Boones Trailer und dem Rest der Welt. Trish blieb stehen, beobachtete das Ganze einen Augenblick und versuchte, Boone in der Menge zu entdecken. Sie konnte sich nicht vorstellen, ständig mit Groupies zu leben. Kein Wunder, dass er zu spät auftauchte und nie vorbereitet war. Wie sollte man das ertragen und sich auf irgendetwas konzentrieren?

Sie warf sich die Haare über die Schulter, hob das Kinn und richtete sich auf, als wäre sie ganz und gar nicht nervös. Sie war Schauspielerin. Sie schaffte das und Jake hatte recht. Es gab keinen Grund, zickig zu werden. Sie würde sich ruhig und gelassen geben und Boone würde hoffentlich vernünftig reagieren. *Gelassen, ja klar.* Normalerweise hatte sie kein Problem mit Konfrontationen, aber der knallharte Rocker zupfte an Saiten in ihr, die noch nie berührt worden waren, und er schaffte das mit kaum mehr als einem Blick, was schrecklich peinlich war. Sie konnte die Hitze nicht leugnen, die sich schlagartig in ihr ausbreitete, wann immer sich ihre Blicke trafen. Zwar war die Chemie zwischen ihnen abseits vom Set mehr als heiß, doch wenn sie arbeiteten, wurde Boone kühl, als würde er diese Hitze nicht spüren wollen. Um die Situation nicht noch unangenehmer zu machen, hatte sie sich abseits des Sets von ihm ferngehalten. Dass das ihre erste *richtige* Interaktion sein würde, war ihr sehr unangenehm. Aber sie kam zu dem Schluss, dass das seine Schuld war, und marschierte über den Platz, um es hoffentlich so schnell wie möglich hinter sich zu bringen.

Der Geruch von Zigaretten, Marihuana, Schweiß und Sex hing schwer in der Luft. Sie zog die Arme fest an sich, drehte sich seitwärts, um sich an den nicht besonders hilfsbereiten Leuten vorbeizudrängen, und schob sich durch die betrunkene Menge zu seinem Trailer. Dabei hielt sie Ausschau nach Boone und versuchte, zu ignorieren, wie sie von den Männern und Frauen gemustert wurde. Sie war es gewohnt, angestarrt zu werden, und war eigentlich nicht voreingenommen, aber die Groupie-Stimmung und der anzügliche Geruch lösten in ihr das Gefühl aus, eine Dusche zu brauchen. Und zwar sofort.

»Hey, Babe«, sagte ein langhaariger Typ, als sie sich zwischen ihm und einer vollbusigen Brünetten hindurchzwängte.

Gezwungen lächelnd schob sie sich an ihnen vorbei und ging ohne Umschweife zur Trailer-Tür. Klopfen wirkte albern, wenn man bedachte, was um sie herum los war, aber sie tat es trotzdem. Niemand antwortete. Sie klopfte noch einmal lauter, und als wieder niemand reagierte, drehte sie den Knauf. Abgeschlossen. *Perfekt.* Der Mistkerl lag wahrscheinlich nackt und ohnmächtig zwischen einem Haufen Frauen. Ein Schauer lief ihr über den Rücken. *Igitt.* Sie schob sich wieder durch die Menge, entschlossen, ihm morgen die Hölle heißzumachen, egal, wie es sich auf den Film auswirkte. Das war absurd. Wie sollte sie bei diesem Lärm schlafen?

»Trish?«

Sie zuckte zusammen, als sie Boones Stimme aus Richtung des Parkplatzes hörte, und wirbelte herum. Er hatte die sinnlichste Stimme, die sie je gehört hatte. Egal, ob er sang oder schauspielerte, es ließ sie nie kalt. Seine Stimme war tief und voll und irgendwie rau, sodass sie sowohl nach Aufmerksamkeit verlangte, als auch ein Gefühl von Vertrautheit erzeugte. Sie versuchte, ihren rasenden Herzschlag durch ein paar tiefe Atemzüge zu beruhigen, während sie seinen Anblick in sich aufsog. Er hatte seinen Gitarrenkoffer in der Hand und lächelte schief. Seine Lippen waren wunderschön und voll, und trotz allem sorgte sein perfekt geformter Mund dafür, dass ihr das Wasser im Mund zusammenlief. Das ausgebleichte T-Shirt schmiegte sich an seine muskulöse Brust. Lust und Frustration stiegen gleichzeitig in ihr auf. Sie wusste aus eigener Erfahrung um seine Selbstsucht und wollte ihn *trotzdem* zu Boden werfen und über seinen perfekten Körper herfallen.

Sie schluckte, straffte erneut die Schultern und stemmte eine Hand in die Hüfte, um ihre Anziehung hoffentlich zu verbergen. Sein Lächeln wurde selbstgefällig und seine Augen blitzten wissend auf, sodass sich ihr Magen verkrampfte. *Blödmann.*

»Hab ich dich geweckt?« Sie konnte vielleicht ihre Anziehung nicht verstecken, aber jedes ihrer Worte triefte vor Sarkasmus.

Er fuhr sich mit einer Hand durch die Haare und seufzte, als wäre er von der Unterhaltung gelangweilt. Oder vielleicht vom Leben.

»Mich geweckt?«, fragte er und hob eine Braue. »Ich bin gerade erst gekommen.«

Sie warf einen Blick auf die Menge und zeigte auf ihre Ohren, um ihn auf die dröhnende Musik hinzuweisen, die er unmöglich überhören konnte, und sah ihn finster an. »Du lässt deinen Groupies einfach so freien Lauf, wenn du gar nicht hier bist?«

Er schritt auf sie zu und seine stechenden, dunklen Augen zogen sie direkt in seinen Bann. Unmittelbar vor ihr blieb er stehen, sodass die Luft von seiner selbstbewussten Arroganz erfüllt war und sie kaum atmen, geschweige denn sich konzentrieren konnte.

»Ich hatte keine Ahnung, dass sie feiern. Ich beende es. Und nur fürs Protokoll, nein. Ich lasse meinen *Groupies* keinen freien Lauf.« Er musterte ihren Körper, was dafür sorgte, dass sie beinahe explodierte. Ein sündhaftes Lächeln umspielte seine Lippen, als sein Blick gemächlich nach oben über ihre Hüften wanderte, an ihren Brüsten verweilte und dafür sorgte, dass ihre verräterischen Nippel hart wurden, als wäre er ein längst verschollener Liebhaber.

»Hübsche Frauen wie du sollten nicht so oft ein finsteres Gesicht machen.« Seine volle Stimme glitt wie eine Berührung über sie und verursachte ihr eine Gänsehaut.

Gott, sie hasste sich gerade.

Da sie ihm nicht die Oberhand lassen wollte, grinste sie überheblich und erwiderte seine Musterung ebenfalls mit einem anzüglichen Blick. Sie nahm jeden Zentimeter seiner athletischen Statur in sich auf, angefangen bei seinen kräftigen Oberarmen, über seine Bauchmuskeln, die durch das enge Shirt sichtbar waren, bis hin zu der eindrucksvollen Ausstattung zwischen seinen muskulösen Schenkeln. Dort blieb sie hängen und leckte sich frech über die Lippen.

Er beugte sich vor – so weit, dass sie glaubte, er könnte sie küssen. Und, Grundgütiger, sie wollte es. Lust und Provokation pulsierten zwischen ihnen, stark und lebendig wie ein drittes Herz. Trish wandte den Blick ab und bemerkte eine umwerfende Blondine im Schatten hinter ihm. Verlegenheit und etwas, das sich viel zu sehr nach den Klauen der Eifersucht anfühlte, gruben sich in sie.

Sie sah wieder zu Boone, doch bevor sie den Mund aufmachen konnte, sagte er: »Ich kümmere mich um den Lärm«, und verschwand mit der Blondine im Arm.

Ende des Auszugs

Wenn Ihnen die Vorschau gefallen hat, können Sie *Von der Liebe verführt* gleich bei Ihrem Online-Buchhändler bestellen!

Wenn Sie mehr von Pierce und Emily Braden lesen möchten, finden Sie ihre Geschichten in der Serie *Die Bradens in Trusty*. Die Serie beginnt mit *Bei Heimkehr Liebe*. Wenn Sie mehr über Siena und Cash erfahren möchten, beginnen Sie die Serie *Die Remingtons* mit *Spiel der Herzen*. Beide Serien finden Sie bei Ihrem Online-Buchhändler.

Lernen Sie Eric James kennen. Er macht vor gar nichts Halt, um Kat für sich zu gewinnen.

Kat Martin weiß genau, was für einen Mann sie will — er muss beständig sein und sie abgöttisch lieben, auf keinen Fall ist es einer, der sich durch die Betten schläft. Schließlich ist Kat eine Frau, die meist das Richtige tut. Als sie allerdings auf den bestechend verführerischen Eric James trifft, fühlt sich das Falsche plötzlich so richtig an wie noch nie.

Seinen Beruf lebt der Rennfahrer Eric James in aller Intensität und mit Leidenschaft, seine Bettgeschichten dagegen sind gewagt, hemmungslos und vor allem ohne weitere Verpflichtungen.

In einer stürmischen Nacht verführt ein verspäteter Flug zusammen mit dem Reiz des Unbekannten Kat dazu, alle Bedenken über Bord zu werfen und sich ein Abenteuer zu gönnen, das sie hinterher sofort wieder vergessen will. In Eric weckt das heimliche Stelldichein jedoch eine besitzergreifende Seite und Vergessen ist keine Option mehr.

Bestellen Sie *Liebe ungebremst* bei Ihrem Online-Buchhändler.

Neu bei »Love in Bloom – Herzen im Aufbruch«?

Ich hoffe, Ihnen hat es genauso viel Vergnügen bereitet, die Ryders kennenzulernen, wie mir, über sie zu schreiben. Falls dieser Band Ihr erstes Buch aus der Reihe »Love in Bloom – Herzen im Aufbruch« ist, warten noch jede Menge Geschichten über unsere sexy, selbstbewussten und loyalen Heldinnen und Helden auf Sie.

Die Ryders ist nur eine der Serien aus meiner großen Sammlung von Liebesromanen mit Tiefgang, Humor und Happy-End-Garantie. In allen Büchern finden Sie eine abgeschlossene Geschichte, die auch für sich allein gelesen werden kann. Figuren aus den einzelnen Serien und Büchern der weitverzweigten »Love in Bloom – Herzen im Aufbruch«-Familien tauchen immer wieder auch in den anderen Bänden auf. So verpassen Sie nie eine Verlobung, eine Hochzeit oder eine Geburt. Wenn Sie mögen, lernen Sie doch auch die anderen Serien der Reihe kennen! Eine vollständige Liste aller auf Deutsch erschienenen und geplanten Bücher gibt es am Ende des Buches und unter dem folgenden Link finden Sie weitere Informationen:

www.MelissaFoster.com/Herzen-im-Aufbruch

Danksagung

Bei dieser Geschichte haben mir viele Leute geholfen: jeder Fan, jedes Mitglied des Street Teams, das mich angetrieben hat, Duke einzigartig zu machen, jede Freundin, die mir endlos zugehört hat, und natürlich meine Familie, die tagtäglich mit mir und meinen fiktionalen Figuren und Welten lebt. Doch ohne die Hilfe meiner Freundin und treuen Leserin Aphrodite Pipilis und ihrer Schwester Katarina wäre diese Geschichte nie so bunt geworden. Danke, Dite, für deine unzähligen Auskünfte zur griechischen Kultur, den Begriffen, dem Essen (Oh, das Essen!), und dafür, dass du so großzügig warst, die Frühfassung dieser Geschichte zu lesen. Ich glaube, Elpitha gehört dir genauso wie Duke und Gabriella. (Nicht vergessen: Elpitha Island ist eine erfundene Insel.)

Lynn Mullan, danke für deine Wortschöpfungen. Christine Dyc, ich hoffe, dass du Dukes Besessenheit mit Gabriellas knackigem Hintern (!) genossen hast. Oh, wir haben in unserem fantastischen Fanclub eine Menge Spaß! Wer sich noch nicht angeschlossen hat, ist sehr herzlich eingeladen:
www.Facebook.com/groups/MelissaFosterFans

Wer über Neuerscheinungen und Bonusmaterial auf dem Laufenden bleiben möchte, abonniert am besten meinen Newsletter:
www.MelissaFoster.com/Newsletter_German

Folgen Sie mir auch auf Facebook! Es macht so viel Spaß, über unsere liebenswerten Helden und frechen Heldinnen zu plaudern, und ich halte dort meine Fans über die Welt unserer

fiktionalen Freunde immer auf dem Laufenden:
www.Facebook.com/MelissaFosterAuthor

Ein großer Dank gilt meinem großartigen Redaktionsteam:
Kristen Weber, Penina Lopez, Jenna Begnini, Juliette Hill,
Marlene Engel, Lynn Mullan sowie auf deutscher Seite: Anne
Sommerfeld, Annika Bührmann, Stephanie Schottenhamel und
Judith Zimmer.

Die Bradens (Peaceful Harbor)

Geheilte Herzen
Voller Einsatz für die Liebe
Liebe gegen den Strom
Vereinte Herzen
Melodie der Liebe
Sieg für die Liebe
Endlich Liebe – ein Braden-Flirt

Die Bradens & Montgomerys
(Pleasant Hill – Oak Falls)

Von der Liebe umarmt
Alles für die Liebe
Pfade der Liebe
Wilde Herzen
Schenk mir dein Herz
Der Liebe auf der Spur
Verrückt nach Liebe
Liebe süß und sündig
Und dann kam die Liebe
Eine unerwartete Liebe

Die Remingtons

Spiel der Herzen
Im Dschungel der Liebe
Herzen in Flammen
Herzen im Schnee
Liebe zwischen den Zeilen
Von der Liebe berührt

Seaside Summers

Träume in Seaside
Herzen in Seaside
Hoffnung in Seaside
Geheimnisse in Seaside
Nächte in Seaside
Herzklopfen in Seaside
Sehnsucht in Seaside
Geflüster in Seaside
Sternenhimmel über Seaside

Die Ryders

Von der Liebe bestimmt
Von der Liebe erobert
Von der Liebe verführt
Von der Liebe gerettet
Von der Liebe gefunden

Die Whiskeys: Dark Knights aus Peaceful Harbor

Tru Blue – Im Herzen stark
Truly, Madly, Whiskey – Für immer und ganz
Driving Whiskey Wild – Herz über Kopf
Wicked Whiskey Love – Ganz und gar Liebe
Mad About Moon – Verrückt nach dir
Taming My Whiskey – Im Herzen wild
The Gritty Truth – Kein Blick zurück
In For A Penny – Süßes Glück
Running on Diesel – Harte Zeiten für die Liebe

Die Whiskeys: Dark Knights von der Redemption Ranch

Immer Ärger mit Whiskey
Um Whiskeys willen

…

Entdecken Sie Melissa Fosters Bücher auch auf:
www.MelissaFoster.com/Herzen-im-Aufbruch